La prophétie
du dernier jour

La prophétie
du dernier jour

Scott Mariani

Traduit de l'anglais par
Évelyne Châtelain

City
Poche

Pour Malcolm et Isabelle

« Heureux le lecteur et les auditeurs de ces paroles prophétiques s'ils en retiennent le contenu, car le Temps est proche ! »

Bible de Jérusalem, Apocalypse 1, 3.

Publié en Grande-Bretagne sous le titre *The doomsday conspiracy* par Avon, une division de HarperCollins Publishers.

Couverture : Headdesign / Getty images

ISBN : 978-2-35288-872-7
Code Hachette : 50 9632 6

Rayon : Thriller poche
Collection dirigée par Christian English & Frédéric Thibaud

Catalogue et manuscrits : www.city-editions.com

Dépôt légal : deuxième trimestre 2012
Achevé d'imprimer en mai 2012
par CPI Brodard et Taupin - La Flèche (France)
N° d'impression : 69073

1

Corfou, Grèce, juin 2008, le premier jour

Il faisait nuit noire lorsqu'ils l'embarquèrent. Ils l'avaient retrouvée sur une île luxuriante et l'avaient observée pendant trois longues journées avant d'élaborer leur plan. Elle habitait dans une villa de location isolée, à l'ombre des oliviers, sur une colline qui dominait les eaux cristallines.

Comme elle vivait seule, on aurait dû pouvoir l'enlever aisément, mais la maison était toujours pleine d'invités qui dansaient et chantaient presque vingt-quatre heures sur vingt-quatre. Ils n'avaient donc pas pu s'approcher.

L'équipe avait néanmoins tout planifié dans les moindres détails. La façon d'entrer, la prise de contact, l'extraction. La manœuvre devait être subtile et discrète. Ils étaient quatre, trois hommes, une femme.

Ils savaient que c'était son dernier jour de vacances. Elle devait prendre un vol à l'aéroport de Corfou le lendemain matin pour rentrer dans son pays, où l'enlèvement se révélerait beaucoup, beaucoup plus délicat.

C'était donc ce soir ou jamais. D'un point de vue stratégique, c'était le moment idéal. Personne ne s'inquiéterait de son absence le lendemain.

Ils attendirent que la soirée batte son plein dans leur voiture, une berline louée dans une agence locale, anonyme, discrète, payée d'avance, en liquide. Ils s'approchèrent en silence et se garèrent à quelques centaines de mètres de la villa.

Ils observèrent en silence. Comme prévu, la maison était illuminée, et le son de la musique et des rires se diffusait à travers les arbres. Sur les trois balcons séparés de l'imposante demeure de pierre blanche, les convives dansaient, buvaient et bavardaient ou, penchés sur la rambarde, profitaient simplement de la fraîcheur de l'air et de la beauté de la nuit.

En contrebas, la mer scintillait dans le clair de lune. La nuit était douce, et l'air embaumait des senteurs florales, portées par la légère brise marine. De temps à autre, une voiture s'arrêtait devant la villa, et de nouveaux invités entraient.

Vers onze heures du soir, l'équipe décida d'entrer en action. Les deux hommes assis à l'avant restèrent dans la voiture et s'installèrent confortablement pour ce qui pouvait être une très longue attente. Ils en avaient l'habitude. À l'arrière, l'homme et la femme échangèrent un bref regard et un signe de tête. La femme passa les doigts dans sa chevelure noire brillante qu'elle tira en arrière et l'attacha avec un ruban élastique. Elle vérifia son maquillage dans le rétroviseur.

Ils ouvrirent les portes et sortirent de la voiture.

Ils ne se retournèrent pas. L'homme portait une bouteille de vin, un cru local de valeur. Ils sortirent de l'ombre, s'approchèrent de la villa, franchirent le portail et montèrent les marches qui menaient à la terrasse et à la grande porte. Ils entrèrent, s'habituant peu à peu au bruit et à la lumière, sous le regard des deux hommes qui les observaient de loin, dans la voiture. Sans échanger le moindre mot, en vrais professionnels, ils se mêlèrent à la foule de manière très naturelle. Ils savaient comment passer inaperçus.

D'ailleurs, la plupart des invités étaient déjà trop partis pour remarquer leur présence, ce qui leur convenait à merveille. Des cadavres de bouteilles gisaient çà et là, et la fumée ne provenait pas seulement de cigarettes. Le couple déambulait dans les pièces élégantes et admirait le décor luxueux. Rapidement, ils repérèrent leur cible qu'ils ne quittèrent plus des yeux.

Elle ne se doutait de rien.

Elle faisait l'objet de toutes les attentions et semblait s'en réjouir. Elle dépensait son argent librement, sans se poser de questions, comme tous ceux qui savent que la source ne se tarirait jamais. Le champagne coulait à flots. Les invités s'agglutinaient près du bar, au coin du grand salon, et buvaient tout ce qu'ils pouvaient ingurgiter.

À la manière des scientifiques qui observent des rats dans leur cage, en sachant exactement comment ils vont réagir, le couple l'épiait. Elle était jeune et aussi séduisante que sur les photographies. Ses cheveux blonds étaient un peu plus longs à présent, et son bronzage doré mettait en valeur ses yeux bleus étincelants. Elle portait un pantalon de coton blanc et un caraco de soie jaune qui attirait les regards appréciateurs des hommes.

Elle s'appelait Zoé Bradbury. Ils en savaient long sur elle. À vingt-six ans, elle s'était fait une carrière exceptionnelle pour son âge, en tant qu'écrivain, historienne, spécialiste de la Bible, et jouissait d'une solide réputation auprès de ses pairs. Célibataire, elle était toujours entourée d'une petite cour, ce qu'elle semblait fort apprécier. Le couple pouvait d'ailleurs le constater de visu, car elle flirtait et dansait avec tous les beaux garçons de la soirée. Née en Angleterre, elle avait été élevée à Oxford. Ils connaissaient le nom de ses parents. Ils disposaient de toutes les informations importantes la concernant. En bons enquêteurs, ils avaient fait des recherches exhaustives. C'est pour cela qu'on les payait. Leur plan était simple. Dans quelques minutes, la femme s'écarterait et l'homme se rapprocherait de la cible. Il lui offrirait un verre, lui ferait un peu la cour, peut-être. La trentaine, bel homme, il était presque certain de pouvoir glisser la drogue dans son verre.

Le produit agirait très lentement et reproduirait exactement les effets de l'ivresse, à part que la victime s'endormirait pendant des heures. Au rythme où elle descendait les verres, personne ne s'offusquerait de la voir se retirer dans sa chambre pour dormir un peu. La soirée s'étiolerait, et, après le départ des invités, ils emmèneraient la jeune femme. Le bateau attendait déjà au point de rendez-vous. Comme prévu, l'approche ne posa aucun problème. L'homme se présenta sous le nom de Rick.

Il bavarda et badina un peu avec la cible. Lui offrit un Martini. Elle n'allait pas refuser ! Il s'approcha du bar, prépara la boisson, y versa le contenu de la fiole. Très professionnel. En souriant, il revint vers elle et lui tendit le verre.

– Santé ! dit-elle, en levant son verre, dans une parodie de toast.

Ses bracelets tintaient autour de son poignet. Ce fut à cet instant précis que tout commença à mal tourner. Ils n'avaient pas encore remarqué l'homme qui se tenait dans le coin de la pièce avant qu'il ne traverse la salle d'un pas rapide et prenne Zoé par le bras pour l'inviter à danser. Pourtant, ils connaissaient ce visage. Ils l'avaient repéré à plusieurs reprises lors de leur surveillance. Quarante-cinq ans environ, mince, bien habillé, les tempes légèrement grisonnantes.

Beaucoup plus vieux que ses autres petits amis. Ils ne lui avaient guère prêté attention... jusqu'à présent.

Elle acquiesça d'un signe de tête et reposa son verre. Soudain, l'homme fit un geste étrange pour quelqu'un qui paraissait sobre. Il se prit les genoux dans la table, dans un mouvement maladroit qui semblait presque volontaire. Le verre se renversa et le liquide se répandit sur le sol.

Ils n'avaient qu'une seule dose de ce fichu produit ! Ils observèrent l'homme plus âgé qui guidait la cible vers la terrasse, sous le ciel étoilé où les invités dansaient sur une musique de jazz.

Le couple fit donc ce qu'il était entraîné à faire : improviser. Toutes leurs communications passèrent par des regards et des gestes subtils, indiscernables aux yeux de ceux qui ignoraient la raison de leur présence. En quelques secondes, ils avaient mis un nouveau plan au point. Traîner dans les parages, se mêler à la foule, se faufiler par une porte, et se cacher jusqu'au départ des derniers invités. Facile. Ils n'avaient aucune raison de se presser. En silence, ils se dirigèrent vers la terrasse, se penchèrent sur la rambarde, en buvant un verre. Une certaine tension était perceptible entre la cible et l'homme plus âgé qui dansaient. L'homme semblait vouloir la persuader de quelque chose. L'air anxieux, tout en cherchant à ne pas manifester son inquiétude, il lui murmurait à l'oreille.

Personne n'en remarqua rien, à part eux. Quoi qu'il lui eût demandé, elle refusa. Pendant une seconde, on aurait pu croire qu'une dispute allait éclater.

Puis, il renonça. Il lui passa la main sur le bras, dans un geste de conciliation, l'embrassa sur la joue, et quitta la soirée. Le couple l'observa tandis qu'il s'éloignait dans sa Mercedes.

Il était onze heures trente-deux.

À minuit moins le quart, la cible regarda sa montre. Puis, de manière inattendue, elle pria soudain ses amis de prendre congé. Elle coupa la musique, un silence abrupt s'installa. Elle s'excusa devant son assemblée, prétextant qu'elle devait prendre un vol tôt le lendemain matin. Merci à tous d'être venus. Bonne fin de soirée. À très bientôt.

Tout le monde sembla un peu surpris, mais pas vraiment troublé. Il ne manquerait pas d'autres soirées animées sur l'île par une si belle nuit d'été. Le couple n'avait d'autre choix que de partir avec les autres. Il n'aurait plus aucune chance de pouvoir se dissimuler en toute sécurité. Néanmoins, ils cachèrent bien leur frustration. Ce n'était qu'un léger contretemps, pas de quoi s'inquiéter. D'un pas tranquille, ils retournèrent à l'endroit où était cachée la voiture, à l'ombre des oliviers.

– Et maintenant ? demanda le chauffeur.

– On attend, répondit la femme sur la banquette arrière.

L'homme aux cheveux blonds fit la grimace.

– J'en ai assez de ces conneries. Passe-moi le pistolet ! Je vais la chercher, moi, cette nouille !

Il tendit le bras et claqua des doigts. Le chauffeur haussa les épaules et sortit le pistolet de son holster, dissimulé sous sa veste. Le blond le lui arracha des mains et commença à sortir de la voiture.

La femme le retint.

– Discrétion absolue, tu t'en souviens ? Pas de raffut !

– Oh, la merde ! J'te dis que je…

– On attend ! répéta-t-elle en lui lançant un regard furieux qui le réduisit au silence.

Soudain, ils entendirent le bruit de la moto.

Il était minuit pile.

2

Baie de Galway, côte occidentale d'Irlande ;
deux minutes plus tard, 22 h 02, heure locale

Dans la pièce obscure, Ben Hope regardait dans le vide depuis longtemps déjà, assez longtemps pour que les glaçons aient fondu dans son verre de whisky. À l'ouest, le soleil s'enfonçait dans l'Atlantique, sous un ciel qui se tintait des reflets or et roses des nuages.

Ben observait les vagues qui se fracassaient contre les roches noires dans des gerbes d'embruns. Son visage restait impavide, son esprit était en proie à une douleur que le whisky ne pouvait apaiser.

Des visions et des souvenirs qu'il ne parvenait à chasser, ne voulait pas vraiment chasser, l'envahissaient. Il repensait à sa vie. À ce qu'il regrettait d'avoir fait. À ce qu'il regrettait de ne plus pouvoir faire. Au vide du seul avenir qu'il envisageait. À la manière dont les jours solitaires se transformaient en nuits solitaires.

Après tout, il n'était pas obligé de continuer comme ça !

La bouteille se trouvait derrière lui, sur une table basse, un single malt, de dix ans d'âge. Elle était encore intacte dans l'après-midi. Il n'en restait plus que quelques doigts au fond du culot, désormais. Une Bible se trouvait juste à côté de la bouteille, une vieille Bible reliée cuir, tout usée. Il connaissait bien ce livre.

Juste à côté, se trouvait son pistolet. Un Browing Hi-power 9 mm qui avait beaucoup servi, propre et huilé, avec treize cartouches brillantes dans le chargeur et une dans la chambre. Il était là depuis des heures, verrouillé, le nez de cuivre luisant de cette première cartouche bien aligné avec le canon, la crosse dirigée vers le tireur, n'attendant plus qu'une décision.

Une seule balle suffirait.

Quelque part, dans l'obscurité de la pièce, le téléphone sonna. Ben ne bougea pas. Il le laissa sonner jusqu'à ce que l'interlocuteur se lasse.

Le temps passait. Le soleil plongea dans l'océan. Les vagues s'assombrissaient au fur et à mesure que la nuit s'avançait, si bien que Ben ne voyait plus que son reflet qui le regardait dans la vitre.

De nouveau, le téléphone sonna.

Cette fois encore, il ne bougea pas. Une minute plus tard, la sonnerie se tut et on n'entendit plus que le rugissement de l'Atlantique.

Il s'écarta de la fenêtre et approcha de la table basse. Il posa son verre et prit le pistolet. Il soupesa le lourd métal dans sa main.

Il regarda longuement la lune qui se reflétait sur l'acier du canon. Il débloqua le cran de sécurité.

Lentement, il tourna l'arme vers lui jusqu'à ce qu'il regarde droit dans le canon, le pouce sur la détente. Il approcha le pistolet de son visage. Sentit le froid du métal contre son front. Il ferma les yeux. Il revoyait son visage, comme il aimait s'en souvenir, son sourire, si plein de vie, de beauté, d'amour…

Tu me manques tellement !

Il soupira.

Non, pas aujourd'hui, pensa-t-il. Ce n'est pas le bon jour.

Il abaissa son arme et resta immobile pendant un moment, le pistolet toujours dans sa main, au bout de son bras ballant. Il remit le cran de sécurité en place, reposa le pistolet sur la table et sortit de la pièce.

3

Corfou, 12 h 03, heure locale

Zoé Bradbury sentait l'air frais dans ses cheveux tandis que le gros scooter Suzuki Burgman sillonnait la route sinueuse.

En conduisant, elle remarqua les phares puissants d'une voiture qui la suivait. Elle se demandait qui cela pouvait bien être. Un invité attardé qui quittait la soirée ?

Bizarre, il n'y avait plus de voiture dans la cour lorsqu'elle avait fermé les volets et la porte avant de partir.

Elle continua, en ouvrant un peu plus les gaz. Les arbres défilaient à toute vitesse de chaque côté de la route. Le vent s'engouffrait dans ses cheveux et ses vêtements, et les lumières diminuèrent dans ses rétroviseurs.

Elle sourit. Elle était contente que Nikos ait embarqué toutes ses affaires chez lui. Cela aurait été trop encombrant sur le Suzuki et elle pouvait ainsi profiter de sa dernière promenade avant de rentrer à Oxford, le lendemain matin. Le scooter de quatre cents centimètres cubes était assez puissant pour l'effrayer… et les frissons et le risque, c'est ce qu'elle aimait par-dessus tout. Elle accéléra encore et son sourire s'agrandit.

Pourtant, les lumières réapparurent dans son rétroviseur. La voiture était encore plus proche ; à présent, ses phares l'éblouissaient. Elle ralentit un peu et s'écarta pour la laisser passer.

La voiture resta en arrière, s'adaptant à sa vitesse. Irritée, elle lui fit signe de passer. Sans effet. Elle entendait le moteur de la voiture, par-dessus celui de son engin.

Bon, un crétin qui voulait faire la course ! Il allait être servi ! Elle ouvrit les gaz et accéléra à fond dans le virage, penchant son engin en prenant la corde.

La voiture suivit. Elle accéléra encore et l'écart entre les deux véhicules s'accrut. Pas pour longtemps. La voiture la rattrapa et, pendant un instant, elle eut peur de se faire renverser.

Zoé avait le cœur qui battait, et soudain, l'idée de cette course le long de cette route vide, avec des arbres de chaque côté, ne l'amusa plus beaucoup.

Elle aperçut un chemin de campagne, un peu plus loin, sur la droite. Elle savait où il menait. Elle s'y était promenée quelques fois.

Au bout du chemin, il y avait un portail, toujours fermé, pourtant, entre les montants et le mur de pierre en ruine, l'espace était suffisant pour y faufiler son scooter.

Sur le chemin, le Suzuki était difficilement maîtrisable. À peine tassé, le terrain se dérobait sous les roues. Elle dérapa avant de reprendre le contrôle de l'engin. Dans son rétroviseur, les lumières se rapprochèrent de nouveau.

Qu'est-ce qu'ils veulent ?

Le portail approchait vite. Plus que trente mètres. Vingt mètres. Elle serra les freins, vacilla, mais réussit à se faufiler dans l'interstice. Le plastique grinça en frottant contre la pierre. La voiture s'arrêta en dérapant, et les lumières s'éloignèrent enfin dans son rétro.

Elle avait gagné !

En se retournant, elle vit des silhouettes dans la lumière des phares immobiles. Des silhouettes qui couraient. Des silhouettes armées.

Elle entendit un craquement sourd. Son engin dérapa violemment. Elle avait un pneu crevé.

Elle perdit le contrôle du scooter qui se déroba sous elle. Elle se sentit tomber. Le sol lui sauta à la figure.

Ce fut tout ce dont elle se souvint pendant un bon moment.

4

Thames Ditton, Surrey, Angleterre, le lendemain

Le haut portail doré était ouvert, et Ben Hope s'engagea dans l'allée. Frais et verdoyant dans la chaleur de l'après-midi, le chemin privé s'enfonçait dans un long tunnel boisé. Au détour d'un virage, les arbres s'écartaient et laissaient voir au loin une demeure de la fin de l'époque géorgienne, derrière les pelouses manucurées qui ressemblaient à du velours. Les graviers crissèrent sous les pneus de l'Audi A4 de location lorsqu'il se gara à côté des Bentley, des Rolls et des Jaguar.

En descendant de voiture, Ben rajusta sa cravate et enfila la veste du costume luxueux qu'il avait acheté pour la cérémonie et qu'il n'aurait sans doute plus jamais l'occasion de porter. Il entendait déjà le son du grand orchestre porté par la brise. Suivant la musique, il coupa à travers les pelouses et se dirigea vers l'arrière de la maison. Le gigantesque domaine s'ouvrit devant lui.

Les invités s'agglutinaient autour d'une tente de jardin rayée, installée sur la pelouse. Rires et bavardages. De longues tables couvertes de canapés, des serveurs armés de plateaux. Des femmes en robes d'été, avec des chapeaux fleuris. La noce était beaucoup plus somptueuse que Ben ne l'aurait imaginé.

Charlie avait bien réussi, pensa-t-il. Pas mal pour le Londonien terre à terre qui avait débuté comme chauffeur poids lourds dans les Royal Engineers. Il était entré dans l'armée dès sa sortie de l'école. Dans le régiment des SAS 22, il n'avait jamais dépassé le grade de simple soldat. Sa seule ambition était d'être toujours le meilleur. C'était étrange de le voir entrer dans le monde des riches. Ben se demandait s'il trouverait le bonheur au milieu de tous ces objets de luxe.

Charlie et sa jeune épouse dansaient sur la pelouse, parmi les autres couples. Ben sourit en le reconnaissant. Smoking mis à part, il n'avait pas vraiment changé. L'orchestre avait entamé un vieil air de jazz dont il se souvenait vaguement, Glenn Miller ou Bennie Goodman… Les trombones et les saxophones scintillaient dans les rayons du soleil.

À distance, Ben écoutait la musique en observant la scène. Il repensait au jour de son propre mariage, quelques mois plus tôt. Instinctivement, il porta la main sur l'alliance attachée à une lanière de cuir, autour de son cou. Il la toucha à travers sa chemise de coton, essayant de bloquer les souvenirs qui affluaient, les mauvais souvenirs, les souvenirs du jour où tout avait pris fin.

Pendant un instant, il revit toute la scène se dérouler devant lui. Il cligna des yeux pour chasser les images, pour les enfouir dans l'ombre. Il savait qu'elles reviendraient.

La danse se termina sous les applaudissements et les rires. Charlie repéra Ben et lui fit un signe. Il embrassa la mariée qui se dirigea vers le chapiteau et rejoignit un groupe d'amis, tandis que l'orchestre entamait un autre morceau. Visiblement tout excité, incapable de réprimer son large sourire, Charlie trottina vers Ben.

– Dis donc, ça te change drôlement, ce costume ! lança Ben.

– Je ne croyais plus que vous alliez venir, monsieur. Je suis content que vous ayez pu vous libérer. Cela fait des jours que j'essaie de vous joindre.

– J'ai eu ton message, rétorqua Ben. Et pas de monsieur, c'est Ben !

– Cela fait plaisir de vous voir, Ben.

Ben lui donna une tape affectueuse sur l'épaule.

– Alors, qu'est-ce que vous devenez ? demanda Charlie. Comment ça va ?

– Ça fait un bail, répondit Ben, éludant la question.

– Cinq ans, à peu près.

– Félicitations pour ton mariage, je suis content pour toi.

– Merci. Nous sommes très heureux.

– C'est une belle maison que vous avez là.

– Ah, ça ? fit Charlie en balayant l'horizon et en montrant la demeure et le parc bien entretenu. Vous plaisantez ! Ça appartient à la famille de Rhonda. Ce sont eux qui paient tout. Vous savez… leur fille unique, et tout… C'est un peu beaucoup, à mon avis. Si cela n'avait tenu qu'à Rhonda et à moi, on serait allés à la mairie en vitesse, et au pub d'à côté ! dit-il en souriant chaleureusement. Et vous Ben ? Vous avez fait le grand plongeon ?

– Le grand plongeon ?

– Vous savez, la vie normale, le mariage, les enfants, ce genre de trucs…

– Oh…

Ben hésita. *Après tout*... Inutile de faire semblant.

– Oui, je me suis marié, dit-il d'un ton calme.

Le regard de Charlie s'illumina.

– Super ! Fantastique. Et quand ?

– En janvier.

Charlie regarda tout autour de lui.

– Vous nous l'avez amenée ?

– Elle n'est pas là.

– Quel dommage, dit Charlie, déçu. J'aurais aimé la rencontrer.

– Elle est partie, dit Ben.

Charlie fronça les sourcils, confus.

– Elle est venue et elle déjà repartie ?

– Non, elle est morte.

La réponse lui était venue plus brusquement qu'il ne l'aurait voulu. C'était toujours difficile à dire.

Charlie blêmit. Il regarda ses pieds et garda le silence quelques secondes.

– Mon Dieu. Je ne sais pas quoi dire.

– Tu n'es pas obligé de dire quoi que ce soit.

– Comment ça va ? demanda Charlie, maladroit. Comment vous supportez ?

Ben haussa les épaules.

– Il y a de bons et de mauvais jours.

Le contact froid du Browning contre son front était toujours présent dans sa mémoire.

– Que s'est-il passé ? demanda Charlie après un long silence.

– Je n'ai pas vraiment envie d'en parler.

Charlie semblait peiné.

– Je vais vous chercher un verre. C'est affreux…

Je voulais vous demander quelque chose, mais maintenant…

– Ne t'en fais. Qu'est-ce que tu voulais demander ?

– Je préférerais en parler en privé. Trouvons un coin tranquille.

Ben le suivit à travers la pelouse, au milieu de la foule qui bavardait en buvant du champagne.

– Il y en a du monde ! commenta-t-il.

– Du côté de Rhonda, pour l'essentiel. Je ne connais presque personne, en dehors de mes potes de l'armée. Et Rhonda ne voulait pas voir de militaires, dit-il en roulant les yeux.

– C'est ton frère, là-bas, non ?

Charlie le regarda, surpris.

– Cela fait plus de sept ans que vous n'avez pas vu Vince et il ne me ressemble même pas ! Comment avez-vous pu le reconnaître ?

– Je n'oublie jamais un visage, répondit Ben, en souriant.

– Je vois ça !

Près du chapiteau, un serveur leur proposa une coupe de champagne.

Ben hocha la tête.

– Non, la bouteille !

Le serveur l'observa un instant, reposa les verres, prit une bouteille pleine dans le seau à champagne et la lui tendit. Ben la prit d'une main et saisit deux flûtes en cristal de l'autre. Avec Charlie, il s'éloigna de la foule des invités et de ses bavardages. Il avait compris que Charlie préférait que personne n'entende leur conversation.

– Vous êtes sûr que cela ne vous dérange pas ? Euh, dans ces circonstances…

– Je t'écoute. Vas-y !

Charlie hocha la tête.

– J'ai des problèmes, Ben.

– Quel genre de problèmes…

– Oh, pas ça, dit Charlie, comprenant son regard. Rhonda et moi, nous sommes très heureux, tout va bien de ce côté-là.

– Alors, l'argent, peut-être ?

Au loin, l'orchestre entamait *String of Pearls,* de Glenn Miller.

– Qu'est-ce que cela pourrait être d'autre, souffla Charlie, avec un geste résigné. Je suis au chômage.

– Tu as quitté l'armée ?

– Il y a un peu plus d'un an. Quatorze mois. Rhonda voulait que je démissionne. Elle avait peur que je me fasse tuer en Afghanistan ou ailleurs.

– C'est compréhensible.

– Oui, ça a failli arriver d'ailleurs. Plus d'une fois. Alors, voilà, retour à la vie civile ! Le problème, c'est que je ne suis pas fait pour ça. Je n'arrive pas à garder un boulot. J'en ai déjà eu quatre depuis.

– C'est souvent le cas. Ce n'est pas facile de se réadapter après ce qu'on a vu et ce qu'on a fait.

Charlie but une longue gorgée de champagne. Ben prit la bouteille et lui remplit son verre.

– Nous avons acheté une maison, il y a quelque temps, poursuivit Charlie. Une petite maison, mais vous connaissez les prix de l'immobilier, et ce n'est pas une des régions les moins chères du pays. Le moindre cottage vaut un demi-million en ce moment. La famille de Rhonda a offert le premier apport, comme cadeau de fiançailles, mais on a du mal à rembourser l'emprunt. Ça me tue. On se noie dans les dettes. Je ne sais pas quoi faire.

– Et Rhonda ? Elle travaille ?

– Pour une organisation caritative. Cela ne paie pas beaucoup.

– Il y a pas mal de postes administratifs, dans l'armée. Pourquoi tu ne postulerais pas ?

Charlie hocha la tête.

– Ils deviendraient fous si j'y retourne. Ils auraient trop peur que je sois tenté 'de retourner sur le terrain. Le père de Rhonda a fait fortune en vendant des sonneries de téléphones. Il veut que je travaille pour lui. Il insiste énormément. Comme toute la famille. Vous imaginez, des sonneries de téléphone ! Vous vous rendez compte !

Ben sourit.

– Tu devrais peut-être accepter. Ça peut être amusant… et lucratif ! Et moins risqué que l'armée.

– Je ne tiendrai jamais, dit Charlie. Cela risquerait de peser sur mon mariage.

Il but une autre longue gorgée de champagne.

– Je ne t'ai pas amené de cadeau de mariage. Si cela peut t'aider, je peux te donner de l'argent à la place. Je peux te faire un chèque tout de suite.

– Pas question, ce n'est pas ce que je veux.

– Alors, je peux t'en prêter. Jusqu'à ce que tu retombes sur tes pieds.

– Non, je voulais vous demander autre chose.

Ben hocha la tête.

– Je crois savoir. Tu veux que nous travaillions ensemble.

Charlie poussa un soupir.

– OK, je vais être franc. Comment marchent les affaires d'enlèvement et de rançon ces derniers temps ?

– Plus florissantes que jamais, répondit Ben. C'est une industrie en pleine croissance.

– 'Et pour vous ?

– On cherche toujours des gens comme moi, répliqua Ben. Impliquer la police, c'est presque toujours une mauvaise idée. Les agents d'assurances anti-enlèvement et la plupart des négociateurs ne sont que des andouilles en costume-cravate. Les gens qui ont des ennuis ont besoin d'autres solutions.

– Et l'une de ces solutions, c'est vous.

– Je vois où tu veux en venir.

– Vous savez que je serais très bon, enchaîna Charlie. Mais je ne peux pas me lancer tout seul. Je ne connais rien sur la question. J'ai besoin d'une formation. Vous 'avez été l'un de mes meilleurs professeurs. Si je tentais l'aventure, j'aimerais travailler pour vous.

– D'après ce que tu me racontes, je ne crois pas que ta nouvelle famille apprécierait.

– Je leur dirais que je suis consultant en sécurité. Cela ne peut pas être aussi dangereux que ce que l'on a connu à l'armée. Pas vrai ?

Ben ne répondit pas. Leurs deux verres étaient vides, et le soleil tapait dur. Il vida le reste de la bouteille de champagne et la reposa lourdement sur le ciment.

– Le problème, c'est que je ne peux pas t'aider. Sinon, je le ferais volontiers. Mais c'est terminé. J'ai pris ma retraite. Je suis désolé.

– En retraite ? Vraiment ?

Ben acquiesça. Il le lui avait promis, le jour où elle avait accepté de l'épouser.

– Depuis la fin de l'année dernière. C'est terminé pour moi.

Charlie s'adossa sur les marches du kiosque, déprimé.

– Vous avez des contacts ?

– 'Non. J'ai toujours travaillé seul. Tout passait par le bouche-à-oreille.

Il termina son verre.

– Comme je t'ai dit, si c'est une question d'argent, je peux t'aider.

– Je ne peux pas accepter d'argent. Rhonda pourrait demander à ses parents de nous en prêter 'n'importe quand, et ils accepteraient sûrement. Mais nous pensons que c'est notre responsabilité, notre problème. Nous devons trouver une solution par nous-mêmes. J'espérais simplement…

– Je suis vraiment désolé. Je n'ai aucun moyen…

Charlie fit une grimace de déception.

– Si vous entendiez parler de quelque chose, vous me le feriez savoir ?

– Cela n'arrivera pas. Je te l'ai dit, je ne suis plus dans le coup.

De nouveau, Charlie soupira.

– Je suis désolé de vous avoir embêté.

Il marqua une longue pause, regarda les gens danser et s'amuser au loin.

– Alors, qu'allez-vous faire maintenant ?

– Je retourne à Oxford. J'y vais directement. J'ai déjà loué un appartement.

– Pour quoi faire, à Oxford ?

– Retourner à l'université. Je vais redevenir étudiant.

– Vous ? Étudiant ? Et en quoi ?

– Je vais terminer ce que j'avais commencé avant de perdre la raison et de m'engager dans l'armée, il y a presque vingt ans. Des études de théologie.

– De théologie ? Pour devenir prêtre ?

– Pasteur. Autrefois, c'était la seule chose que je voulais faire, dit Ben en souriant. Cela me semblait être la vie parfaite.

– Et vous vous êtes engagé à la place ? Drôlement logique !

– Parfois, les choses ne tournent pas du tout comme on l'avait imaginé. C'est ce qui est arrivé. À présent, la boucle est bouclée. C'est le bon moment pour moi. On m'a laissé terminer le cycle. Je n'ai plus qu'une année à faire et je pourrais entrer dans l'église, comme c'était prévu il y a des années.

Il se tapa sur les cuisses.

– Et voilà.

Charlie le regardait, incrédule.

– C'est une blague. Vous vous moquez de moi !

– Non, je suis très sérieux.

– Cela ne vous ressemble pas. Je vous revois toujours… Ce jour-là, avec le tank, dans le désert. Nous étions sous le feu ennemi, il ne vous restait plus que trois cartouches. Je n'avais jamais rien vu de pareil. Dans le régiment, les gars… des gars qui ne vous connaissaient même pas… ils en parlent toujours comme…

– Je n'ai plus envie d'en parler, le coupa Ben. Quoi que j'aie fait dans le passé, qui que j'aie voulu être, c'est fini. Je suis fatigué, Charlie, j'ai trente-huit ans, et tout ce que j'ai connu, c'est la violence et la mort. Je veux vivre en paix.

– Un col romain et une Bible à la main ?

Ben hocha la tête.

– Exactement. Aussi loin que possible du passé.

– Je vois ça !

– Je pourrais sans doute te surprendre.

– J'aurais dû attendre un peu, dit Charlie en riant. Vous auriez pu nous marier.

Ils n'avaient pas remarqué Rhonda qui s'approchait d'eux. Ils se levèrent. Grande et mince, elle avait les cheveux qui semblaient teints au henné et un petit bijou dans le nez. Son regard sauvage contrastait avec ses talons hauts et la robe luxueuse qu'elle portait. Elle était jolie, mais Ben discernait une certaine dureté derrière ces yeux. Elle sembla soupçonneuse lorsque Charlie présenta Ben.

– J'ai beaucoup entendu parler de vous, dit-elle, en le toisant. Major Benedict Hope. L'indomptable. Je connais toutes vos histoires. Très impressionnant.

– Je ne suis pas le major Hope. Simplement Ben. Oubliez toutes ces histoires.

– Bon, je suppose que vous êtes là pour convaincre mon mari de vous rejoindre…

– C'est moi qui l'ai invité, intervint Charlie, tu t'en souviens ?

Elle lança un regard brûlant à Ben.

– Je ne veux pas qu'il se mette en danger.

– Je suis la dernière personne qui risquerait de le mettre en danger, rétorqua Ben. Vous pouvez me faire confiance sur ce point.

– Ah bon ? s'étonna-t-elle. Bien, je pourrais peut-être récupérer mon mari, à présent. Et il y a quelqu'un qui voudrait vous rencontrer.

Ben suivit la direction de son doigt et son regard tomba sur une femme étrangement séduisante, près du chapiteau. Elle leur souriait timidement.

– C'est Mandy Latham, dit Rhonda. Ses parents possèdent la moitié du Shropshire. Des nouveaux riches absolument délicieux, encore pires que les miens. Ils passent l'hiver en Suisse, ils ont une

Lamborghini. Elle m’a demandé qui était ce beau blond qui parlait avec Charlie.

– Il va devenir prêtre, dit Charlie.

– Pourquoi ne l’inviteriez-vous pas à danser ? continua Rhonda.

– Rhonda ! lâcha Charlie.

– Je ne sais pas danser, répondit Ben. La fête était splendide, dit-il gentiment à Charlie. À un de ces jours.

Il s’éloigna.

– Vous m’appellerez ? cria Charlie derrière lui.

Ben ne répondit pas. Il traversa la pelouse, reposa son verre sur une table. Il regarda sa montre. Mandy Latham s’approcha de lui, faisant bruisser sa robe de soie bleue assortie à ses yeux.

– Bonjour, dit-elle, séductrice, je m’appelle Mandy. Vous étiez vraiment l’officier de commandement de Charlie dans les SAS ?

– Vous ne devriez pas croire tout ce qu’on vous raconte. J’ai été ravi de vous rencontrer, Mandy. Je dois partir à présent.

Il la laissa en plan et s’éloigna.

5

Summertown, Oxford ; l'après-midi

Le professeur Tom Bradbury ferma la porte derrière lui, posa son vieil attaché-case et ses clés de voiture sur la console de chêne du vestibule, à côté du vase de fleurs.

La maison était silencieuse. Il ne s'y attendait pas. Zoé devait rentrer ce jour-là, et sa présence était toujours accompagnée par la musique rock qu'elle insistait pour passer à fond sur la chaîne du salon.

Bradbury erra dans la grande cuisine. Les fenêtres de la terrasse étaient ouvertes, et les senteurs du jardin envahissaient la pièce. Se souvenant de la bouteille de Pinot Grigio entamée la veille, il ouvrit le réfrigérateur. À l'intérieur, il trouva un fondant au chocolat fraîchement préparé, le gâteau favori de Zoé que lui réservait sa mère à chacune de ses visites.

Il se versa un verre de vin frais. Il sortit dans le jardin et vit sa femme, agenouillée devant une plate-bande, un plateau de fleurs annuelles à côté d'elle.

– Tu es rentré de bonne heure, dit-elle en levant les yeux, tout sourire.

– Où est-elle ?

– Pas encore arrivée.

– Je trouvais la maison bien tranquille !

– Ça a l'air bon ! dit-elle, en remarquant son verre.

Il le lui tendit, elle en but une gorgée et fit claquer ses lèvres.

– Il n'y a pas de quoi s'inquiéter. Tu la connais ! Elle est sans doute restée à Londres, chez un ami.

– Elle ne pouvait pas directement passer ici ? Elle est toujours avec un ami ou un autre ! On ne la voit presque jamais.

– Ce n'est plus une enfant. Elle a vingt-six ans, Tom !

– Alors, pourquoi se conduit-elle toujours comme un bébé !

– Elle appellera ! Elle arrivera sans doute demain, en enfant prodigue.

– Tu es trop indulgente avec elle. Tu lui as même préparé son gâteau préféré !

Sa femme sourit.

– Tu es aussi indulgent que moi !

Bradbury se tourna vers la maison.

– Elle pourrait au moins nous dire où elle est !

6

Île de Paxos, Grèce, troisième jour

Zoé Bradbury se réveilla en suffoquant. La première chose qu'elle sentit, ce fut le soleil brûlant sur son visage, qui la faisait cligner des yeux. Elle essaya de se concentrer, mais sa vision était trouble. Où était-elle ?

Une minute plus tard, son esprit commença à s'éclaircir. Elle se trouvait dans une chambre. La sienne ? Le plus étrange, c'était qu'elle ne s'en souvenait pas !

Couverte d'un simple drap froissé, elle était allongée sur un matelas nu. Elle s'assit dans le lit et ressentit soudain une violente douleur d'un côté. Elle fit la grimace et se tint les côtes. Elle avait l'impression d'avoir une côte cassée. Elle avait la tête en feu et la bouche sèche. Elle regarda ses mains égratignées et mâchées, un peu comme si elle était tombée lourdement et avait mis ses mains en avant pour se protéger.

Des éclairs. Des lumières vives. Des bruits. Des lieux et des gens. Dans son esprit, tout s'emmêlait et se bousculait dans une obscure cacophonie. Elle se rappelait vaguement une sensation de chute. Un impact à la tête. Elle se frotta le crâne et sentit la bosse. Elle luttait pour revenir à la réalité. Rien. Elle cligna des yeux et hocha la tête. Toujours rien.

Soudain, elle fut prise de panique. Elle ne se souvenait de rien. Elle ne savait pas ce qu'elle faisait ici, ni même, comprit-elle horrifiée, de qui elle était. Une vilaine chute. Une grave blessure à la tête. Elle espérait que cela ne serait que temporaire.

Elle pressentait seulement le danger. C'était le savoir instinctif d'un animal piégé, en présence de son prédateur.

Cet instinct l'aida à se concentrer. *Sauve-toi d'ici ! Tu t'occuperas du reste plus tard !*

Elle était seule dans la pièce. Tandis que la brise soulevait le drap, elle aperçut l'homme sur la chaise longue du balcon.

La première chose qu'elle remarqua fut le pistolet. Vaguement tenu dans sa main, une grosse main large, il était pointé vers elle. Allongé sur sa chaise longue au soleil, l'homme lui faisait face. Au début, elle crut qu'il l'observait à travers ses lunettes noires.

Pourtant, la poitrine se soulevait lentement et, comme il n'avait pas réagi lorsqu'elle s'était réveillée, elle en conclut qu'il dormait. Une bouteille d'Ouzo et un verre vide gisaient à ses pieds. Les cheveux blonds ondulaient légèrement dans la brise marine.

Zoé s'efforça de se lever, malgré la douleur qui lui déchirait le flanc. Elle posa un pied sur le sol carrelé, puis l'autre. Les dalles étaient froides sous la plante des pieds.

L'homme ne bougeait toujours pas.

Lentement, elle se redressa et s'éloigna du lit étourdie et chancelante. Elle s'aperçut qu'elle était tout habillée. Elle portait un pantalon blanc et un chemisier jaune. Ses vêtements lui collaient à la peau, comme si elle dormait avec depuis plusieurs jours. Le genou droit du pantalon était déchiré et son chemisier jaune était maculé de terre à l'endroit où elle ressentait une vive douleur. Une conséquence de la chute, pensa-t-elle.

Flageolant sur ses genoux, elle se baissa pour ramasser les sandales à talons près du lit. Elles étaient assorties au chemisier jaune. Étaient-ce les siennes ? Elle n'en savait rien. Elle les prit par la lanière et se dirigea vers la porte en priant pour ne pas réveiller l'homme sur sa chaise longue.

Lorsqu'elle sentit la poignée résister, elle crut la porte verrouillée. Finalement, il n'en était rien, et son cœur battit un peu plus vite. La porte s'ouvrit sans un bruit. Elle donnait sur un corridor et une volée de marches qui menait à l'étage inférieur. Sur la pointe des pieds, Zoé traversa le couloir et, par-dessus la rambarde, observa les lieux. On entendait des voix, plus loin, quelque part dans la maison, les paroles d'une femme et le rire d'un homme.

Son cœur tambourinait à présent. Elle commença à descendre l'escalier, grimaçant à chaque marche. Ses pieds se posaient en silence sur les carreaux de céramique. La peur affûtait son esprit. Zoé n'avait aucune idée de l'endroit où elle se trouvait mais était certaine de devoir s'enfuir au plus vite.

Elle réussit à descendre sans qu'on l'entende. Personne ne s'était précipité dans la chambre. Elle ne craignait rien… pour l'instant.

En bas de l'escalier, une porte ouverte laissait entrer la lumière éclatante de l'extérieur. Zoé sortit, en s'accrochant à ses chaussures et en se tenant les côtes et se retrouva sur une petite terrasse bordée de plantes et de fleurs. Trois marches permettaient de descendre sur la plage de galets blancs. Les cailloux brûlants lui lacéraient les pieds. Elle enfila les chaussures. Elles lui allaient parfaitement.

Elle se glissa sur la plage et regarda la maison. C'était une demeure de pierre blanche toute grêlée, avec des volets aux fenêtres et un toit de tuiles rouges. À travers la balustrade du balcon du premier, elle voyait le dos de la chaise longue. À l'arrière, une pente boisée montait jusqu'à la falaise. Il était impossible d'y grimper.

Désespérée, elle regarda tout autour d'elle. La plage était déserte. Au bout d'une longue jetée de bois branlante, un petit bateau à moteur se balançait doucement dans la houle.

Hâtant le pas, Zoé s'approcha de la jetée. Elle trébuchait avec ses talons de dix centimètres. Elle ne cessait de regarder la maison. Personne. Elle pourrait s'échapper.

Elle arriva à la jetée. Les planches étaient solides malgré tout et il était plus facile d'y courir que sur le sable et les galets. Oubliant la douleur, elle accéléra le pas.

Ce fut à cet instant qu'elle entendit le cri. Il venait de la maison. Une voix mâle, puissante et enragée. Elle se retourna. C'était le blond du balcon ! Il avait son arme à la main. Il descendait les marches de la plage et courait vers elle en hurlant.

D'autres individus surgirent de la maison. Une femme et deux hommes. La femme la montra du doigt. Ils se mirent tous à courir. Et à hurler.

Elle se trouvait au milieu de la jetée. Elle parviendrait bientôt au bateau. Pourrait-elle le faire démarrer ? Est-ce qu'ils tireraient ? Que lui voulaient ces gens ? Les jambes tremblantes, elle trébucha.

Zoé tomba. Elle s'étala sur les planches rugueuses et sentit sa cheville se tordre. Son talon s'était pris dans un interstice. Elle se tortilla et se débattit. La chaussure était coincée. Elle se plia en deux et essaya de l'enlever.

Ils approchaient. Les pas résonnaient sur les planches. Elle sentit le canon de l'arme qui s'enfonçait dans son dos, le souffle court qui haletait dans son oreille.

Elle se retourna et vit le visage de l'homme, tordu de colère, les dents découvertes.

Les autres arrivèrent.

– Qu'est-ce qui s'est passé ? demanda une voix.

– Cette salope s'est tirée ! dit l'homme au pistolet.

– Et toi, qu'est-ce que tu fichais ? tempêta la voix de la femme. Tu dormais ?

Sans répondre, il hissa Zoé sur ses pieds. Tous les quatre rebroussèrent chemin. Zoé se débattait et hurlait comme une folle. Sans dire un mot, ils la traînèrent jusqu'à la maison, la reconduisirent dans la chambre et la jetèrent sur le lit. Ils lui attachèrent grossièrement les pieds et les genoux avec du ruban adhésif. Le blond rangea son pistolet dans sa ceinture et attrapa Zoé par le poignet. Il lui leva un bras et l'attacha à la tête de lit dans un bruit de métal. Il fit de même avec l'autre bras.

Elle se débattait comme une sauvage.

– Qu'est-ce que vous me voulez ? Lâchez-moi !

Il pressa un morceau de ruban adhésif sur sa bouche pour la faire taire. Des larmes incontrôlables lui roulaient sur les joues. L'homme sortit le pistolet glissé sous sa ceinture et lui appuya le canon contre la tempe. Elle essaya de reculer pour ne plus sentir le métal et ferma les yeux.

Soudain, il sourit et écarta son arme. Les autres reculèrent et l'observèrent. Elle était trop épuisée pour continuer à résister. Haletante, elle avait peur de s'évanouir.

Les mains sur les hanches, la tête penchée sur le côté, un léger sourire sur les lèvres, la femme dit :

– Laissez-la se reposer, je dois passer un coup de téléphone. On s'occupera d'elle plus tard.

– *Qu'est-ce que vous me voulez ?* tenta de crier Zoé, à travers le bâillon.

Personne ne lui répondit. Ils sortirent l'un après l'autre. Le blond fut le dernier à partir.

– Je suis impatient de commencer, dit-il, en lui souriant.

7

Oxford, le même jour

Ben émergea lentement d'un sommeil agité, pleins de rêves menaçants, et reprit peu à peu ses esprits. Il se souvenait maintenant. Il se trouvait dans son nouvel appartement.

Oxford était loin d'être une ville inconnue pour lui, mais il lui semblait étrange d'y habiter à nouveau, après tant d'années. Il ne rentrerait pas chez lui en Irlande avant le mois de décembre.

Luttant contre la torpeur paralysante qui lui donnait envie de se réfugier sous les couvertures, il s'arracha du lit. Il enfila un haut de survêtement, se rendit dans le salon, enjamba les bagages pas encore défaits et entra dans la cuisine. L'appartement se trouvait dans un immeuble isolé d'un quartier résidentiel de la banlieue nord de la ville. Moderne et bien agencé, il n'avait rien à voir avec la maison biscornue du bord de la mer aux planchers de pierre et aux cheminées pleines de courants d'air.

En préparant le café, il écoutait le gazouillis des oiseaux et le grondement lointain de la circulation. Pas de lait, pas de sucre, rien à manger. Il n'alluma pas la radio. Il ne s'intéressait pas à ce qui pouvait se passer dans le monde. Il resta un moment à la table de la cuisine, la tasse chaude entre les mains, essayant de se vider l'esprit et de ne penser à rien. De ne pas penser aux deux bouteilles de vieux Laphroaig qui se trouvaient dans sa valise… Il aurait été si facile d'en ouvrir une. Trop facile. Il savait qu'il succomberait, dans un moment de faiblesse, quand ses démons le tortureraient. Pas pour l'instant.

À huit heures moins trois, il se leva, retourna au salon et trouva le sac d'un grand magasin qu'il avait laissé sur un fauteuil, la veille. Il souleva le lourd paquet, l'emmena dans l'autre pièce et renversa son contenu sur le bureau. Les livres se déversèrent.

Il y avait plus d'une vingtaine de manuels de théologie qu'il était bien déterminé à lire dans les jours prochains. Des pages et des pages d'hébreu et de latin dans lesquelles se plonger, des milliers de pages de philosophie absconse. Aristote, Spinoza, Wittgenstein. Des piles d'essais et d'interprétations de la Bible. Cela représentait un travail phénoménal et cette perspective le réjouissait. Cela lui occuperait l'esprit et constituerait un parfait entraînement avant la rentrée d'octobre. Dix-neuf ans, cela faisait un sacré retard à rattraper !

Il travailla pendant six heures d'affilée, s'étira et se dirigea vers la minuscule salle de bains. Après une douche rapide, il enfila un jean et une chemise de coton et avala un sandwich au thon rance qu'il avait acheté la veille à une station-service sur la M40. Peu après deux heures, il sortit de l'appartement et, en moins de vingt minutes, fit le tour du centre-ville, promenade qui prenait normalement une bonne demi-heure. Il se dirigea vers la Bodléienne, la plus grande et la plus ancienne bibliothèque de l'université, un peu à l'écart du centre-ville.

En marchant sous le soleil brûlant, il enleva sa veste et la jeta par-dessus son épaule. Soudain, au beau milieu de sa promenade, sous le grand ciel bleu, il éprouva un étrange sentiment.

Il s'arrêta. Il n'avait jamais rien éprouvé de tel.

Je suis une personne normale. Un étudiant qui va entrer à l'université et passe à la bibliothèque. C'est tout.

Pendant un moment de pur délice, tout lui sembla possible. Il pourrait mener la vie simple dont il rêvait, loin de la violence et de la laideur dans lesquelles il avait été plongé pour ce qui lui semblait être une éternité. Il pourrait être de nouveau heureux, un jour, sa douleur s'apaiserait enfin.

C'était un avant-goût de ce bonheur, un avant-goût de normalité, de liberté, et de la promesse d'une vie nouvelle. Il savait que d'autres mauvais jours l'attendaient, des jours pendant lesquels il n'aurait plus envie de vivre.

Mais là, pour la première fois depuis des mois, il sentait le soleil sur son visage et se réjouissait d'être encore en vie. Peut-être que le pire de la douleur était passé. Peut-être commençait-il à émerger ! Les choses allaient enfin s'arranger !

C'est ce qu'elle aurait voulu. En pensée, il revit son visage et soudain le sentiment de sa perte et la culpabilité le transpercèrent. Il avait envie de la toucher. Puis, elle lui sourit et il eut envie de pleurer, et de sourire à la fois.

Oh, Leigh, je suis vraiment navré, pour ce qui est arrivé !

Je sais, répondit la voix lointaine dans son esprit.

Il souriait toujours tristement lorsqu'il franchit le portail de pierre de la bibliothèque. Les grandes salles de lecture sentaient le vieux cuir et le bois ciré. Il s'approcha du comptoir et présenta sa carte à la bibliothécaire.

Vingt ans plus tôt, la bibliothécaire était une mégère notoire au regard intimidant qui terrorisait la plupart des étudiants. Il s'était vaguement demandé s'il allait la retrouver, plus grisonnante, plus grosse encore et toujours plus terrifiante.

La bibliothécaire lui sourit. Âgée de vingt-huit ou vingt-neuf ans, elle avait les cheveux cendrés retenus en queue-de-cheval, avec quelques mèches rebelles qui lui encadraient le visage. Un beau visage, ouvert, naturel. Elle regarda deux fois son nom sur la carte et sourit de nouveau. Il demanda le livre qui l'intéressait, et elle lui répondit à voix basse qu'on devrait aller le chercher dans la réserve.

Il la remercia et passa la demi-heure suivante à feuilleter des périodiques dans un box de la salle de lecture juste en face du comptoir. De temps à autre, il sentait que la bibliothèque le regardait puis, un magasinier vint lui porter le livre qu'il avait commandé et il ne la revit plus.

Il était tard dans l'après-midi lorsqu'il quitta la bibliothèque. La chaleur et la sueur du centre-ville animé offraient un contraste total avec le silence des salles de lecture de la Bodléienne. Il emplit ses poumons de l'odeur de la vieille cité.

8

Grèce, le quatrième jour

– La ligne est sûre ? Il faut que je te parle.

– Oui. Pourquoi ne pas avoir repris contact plus tôt, Kaplan ?

– On a eu un problème.

Une pause.

– La fille ?

– Oui, j'en ai peur.

– Vous l'avez tuée, c'est ça ? Vous aviez ordre de la ramener vivante !

– Elle est vivante.

– Alors, quoi ?

– Elle est vivante, mais elle ne nous sert à rien.

– Tu es en train de me dire que vous avez tout foiré ?

– On l'a, d'accord ? Elle est entre nos mains, mais elle n'a pas été facile à choper. Elle était à moto. On a dû la poursuivre sur cinq kilomètres, jusque dans les collines. La route est sinueuse, et il y a des arbres partout. On a essayé de la décourager, cette nouille s'est affolée. Elle a quitté la route, on n'a pas pu la suivre. J'ai laissé Ross et Parker dans la voiture et j'ai pris Hudson avec moi. On l'a pourchassée à pied.

– Et elle s'est tirée !

– Non, on l'a eue ! Elle n'est pas allée bien loin avant de tomber.

– Il y a des dégâts ?

– Extérieurement, pas beaucoup. Quelques égratignures. Mais elle a subi une sorte de traumatisme crânien, c'est là le problème. Elle est restée inconsciente longtemps, près de trente heures. Elle s'est réveillée hier. Elle ne peut pas répondre à nos questions car elle a perdu la mémoire.

– Vous êtes sûrs d'avoir la bonne personne ?

– Absolument certains.

– Elle va vraiment très mal ?

– On ne peut pas le dire. L'amnésie est peut-être temporaire.

– Il vaudrait mieux ! Tu sais à quel point c'est important !

– Tout est sous contrôle.

– Eh bien, d'ici, on ne dirait pas, Kaplan. Si elle ne recouvre pas la mémoire très vite, il faudra que vous nous l'ameniez là où on dispose de l'équipement adéquat.

– Il y a un autre problème.

– Tu veux dire que ça s'aggrave ?

– Toutes ses affaires ont disparu de la villa. Quand nous sommes allés les chercher, il n'y avait plus rien. Les bagages, les papiers, tout avait disparu. Elle ne devait pas partir avant le lendemain matin. Cela signifie qu'il faut revoir nos plans. Cela ne peut plus ressembler à un accident.

– Joli travail, Kaplan !

– Encore une chose… Il y avait un type à fiesta…

Une sorte de petit ami… Il traînait dans le coin. On n'y a pas prêté vraiment attention. Mais pendant la soirée, il a renversé le verre, juste après que Hudson ait versé le produit. On aurait dit qu'il l'avait fait exprès.

– Alors, il est au courant. Qui est-ce ?

– Un type du coin, d'après ce qu'on sait. L'une de ses nombreuses conquêtes. Marié sans doute, c'est pour cela qu'il était si discret. Il y a un garage, attenant à la villa, et il y garait toujours sa Mercedes. On ne la voyait pas ! On pense que c'est lui qui a emporté les affaires, dans sa voiture, un peu plus tôt. Et on croit bien qu'elle avait rendez-vous avec lui, quand on l'a embarquée.

– Alors, il sait tout.

– Sûrement, mais on n'avait aucun moyen de le deviner.

– Vous avez des infos sur ce type ?

– On y travaille.

– Il va falloir que vous démêliez la situation rapidement. Le temps nous est compté. Les gens vont commencer à s'inquiéter pour elle.

– On le trouvera.

– Vous avez intérêt ! Et surtout, tenez la situation sous contrôle. On peut peut-être encore réparer les dégâts. Si ça part en fumée, vous êtes morts, c'est compris ?

9

Oxford, le sixième jour

Après deux longues journées d'études, Ben se sentait prêt à prendre l'air. Le soleil brillait derrière ses carreaux, et il sentait l'appel de l'extérieur. En Irlande, il mettait un point d'honneur à courir quinze kilomètres par jour.

Il enfila un pantalon de jogging et un t-shirt et, d'un pas rapide, se rendit en ville, où il se fraya un chemin entre les boutiques de Cornmarket pour se rendre à son ancienne université : Christ Church. Il entra par la porte principale et se retrouva dans la grande cour carrée. Il inspira profondément.

Il traversa l'esplanade en admirant les vieux bâtiments de grès qui renvoyaient la lumière du soleil. Les souvenirs l'envahirent.

Au centre, au milieu des pelouses, la statue familière de Mercure trônait toujours au-dessus d'une fontaine très élaborée. Ben passa devant, monta quelques marches dans un coin reculé de la cour et se dirigea vers une arche. Derrière, se trouvait la plus petite cathédrale d'Angleterre qui servait de chapelle à l'université.

Ben n'avait pas prévu d'y entrer mais il s'y sentait attiré. Il se glissa de l'autre côté de la porte.

Au fond de la cathédrale, l'office du matin n'était pas terminé. Ben ne reconnut pas le prêtre qui prêchait, mais il savait qu'il le rencontrerait un jour ou l'autre au cours de ces études. D'une voix douce et solennelle, il lisait l'Évangile selon saint Matthieu. Ses paroles résonnaient contre les colonnes et les murs du XIIIe siècle et montaient jusqu'au plafond merveilleusement décoré. La petite congrégation rassemblée à l'avant écoutait attentivement.

En silence, Ben avança sur le sol de mosaïque polie, prit un siège près de l'entrée et écouta de loin. Il essayait de s'imaginer en chaire, en col romain, dirigeant l'office du même ton grave. C'était son avenir, le rôle pour lequel il se préparait, le rôle qui, du plus loin qu'il s'en souvienne, avait toujours plus ou moins fait partie de sa vie. De sa place, il avait du mal à s'imaginer la scène. Il l'avait tant désiré, il en avait rêvé si souvent… Ce rêve était-il à sa portée ?

Tête baissée, se laissant pénétrer par l'atmosphère de sérénité, il s'attarda quelques minutes dans la cathédrale, baignée dans la douce lumière des vitraux. Puis, sans un bruit, il se leva et retourna dans la cour ensoleillée.

Il se dirigea vers la gauche et la gigantesque prairie, derrière Christ Church. Il courut pendant une demi-heure sur le chemin qui longeait la rivière, jusqu'à ce qu'il sente la brûlure de ses mollets. Satisfait de ne pas trop avoir perdu la forme, il retourna vers l'université au petit trot. Il était si profondément perdu dans ses pensées en retournant dans la grande cour qu'il ne vit pas la personne qui s'approchait.

– J'espérais te rencontrer, dit une voix.

Ben se retourna et vit la grande silhouette aux cheveux gris vêtue de tweed du Professeur Tom Bradbury. Il ne l'avait pas revu depuis l'entretien pour son intégration, six semaines plus tôt.

– Professeur ! Comment allez-vous ?

Bradbury sourit.

– Appelle-moi Tom ! Je crois que nous nous connaissons depuis assez longtemps pour ça.

Tom Bradbury et le père de Ben, Alistair Hope, avaient fait leurs études à Cambridge en même temps. Cette amitié entre le spécialiste de théologie et l'étudiant en droit pouvait sembler peu naturelle, mais elle avait duré des années et n'avait pris fin qu'à la mort du père de Ben. C'était cette année-là que Ben avait interrompu ses études pour s'engager dans l'armée. Il avait gardé de bons souvenirs de cette époque et n'avait jamais oublié Tom Bradbury, même s'il avait perdu le contact pendant des années. Adolescent, il pensait souvent à lui comme à un oncle. Sa présence avait toujours été chaleureuse et rassurante, tout comme l'odeur de la pipe qui s'incrustait dans les vêtements. Ses classes étaient les plus animées que Ben eût jamais connues. C'était un spécialiste de l'Ancien Testament, et tous les étudiants l'adoraient.

– Je voulais te parler, dit Bradbury. Serais-tu libre, demain, à l'heure du déjeuner ?

– J'avais rendez-vous avec Descartes, mais un déjeuner avec vous semble beaucoup plus sympathique.

– Excellent choix ! fit Bradbury, même si ce n'est pas mon philosophe préféré, je dois dire. Je pensais que tu pourrais passer à la maison.

– Vous habitez toujours à Summertown ?

Bradbury hocha la tête. Ils se mirent d'accord sur une heure, le professeur lui adressa un faible sourire et se dirigea vers son bureau. Ben le regarda s'éloigner. Bradbury était un homme de soixante-trois ans, très alerte et gaillard.

Habituellement, il était jovial et plein de vie, et une étincelle de malice pétillait dans ses yeux. Pourtant, aujourd'hui, il semblait différent. Il lui manquait quelque chose. Il paraissait vieux, fatigué, déprimé. Était-il malade ? Dans ce cas, pourquoi inviter quelqu'un à déjeuner le lendemain ? Quelque chose ne tournait pas rond.

10

Grèce

Le blond se plaisait à aiguiser son cran d'arrêt Buck. Comme il était sur le balcon, sans avoir grand-chose à faire à part profiter du soleil, boire de l'Ouzo et surveiller cette garce, il passait des heures à frotter la lame sur une pierre soigneusement huilée.

Couteau en main, il s'approcha lentement du lit. Zoé roula les yeux vers lui et poussa un petit cri de terreur derrière son bâillon.

Elle avait les bras attachés au matelas nu. Ses doigts s'accrochaient dans le tissu tandis qu'elle tentait de se débattre.

Il s'assit sur le bord du lit, se pencha vers elle et lui montra la lame. Il sentait l'odeur de la peur.

– Bien aiguisée, pas vrai ?

Il passa doucement le pouce sur le tranchant, coupant superficiellement la peau.

– Tu ne te rends pas compte à quel point ! Tu t'en apercevras bientôt.

Il appuya le plat de la lame contre la joue de Zoé qui étouffa un cri. Sa gorge tremblait.

– Bon, je vais enlever ton bâillon, mais ne recommence pas à crier ! Tu vas tout me raconter, sinon, je t'arrache un œil. D'un seul coup, comme ça !

De l'autre côté de la pièce, la femme aux cheveux bruns observait. Le visage fermé, elle se tenait bras croisés. Elle aurait voulu intervenir, mais elle se contint.

L'homme défit le bâillon. Zoé avait une respiration haletante. Elle déglutit et poussa un gémissement de terreur, tandis qu'il faisait glisser la lame sur ses tempes et autour de ses yeux.

– Je ne me souviens de rien, murmura-t-elle.

– Oh, que si ! Arrête de mentir.

– Je vous le jure. Je ne me rappelle pas !

– Tu vois cette lame ? Il suffirait de pas grand-chose, et ces beaux yeux bleus vont dégouliner. T'as déjà vu un œil arraché ? On dirait un œuf cru.

Il sourit, laissa la lame s'attarder sur la peau et l'écarta. Zoé tremblait, horrifiée.

– Je ne sais pas quoi vous dire, répondit-elle en sanglotant. Je ne sais rien.

– Cleaver. Tu te souviens de monsieur Cleaver ? Tu sais ce que tu lui as fait ?

Elle hocha violemment la tête.

– Où tu l'as mis ?

– Où j'ai mis quoi ?

– Où tu l'as mis ? lui hurla-t-il au visage.

– J'en sais fichtre rien ! cria-t-elle. Je ne sais pas ce que vous me voulez.

Elle avait un regard perdu, ses cheveux mouillés de larmes collaient à ses joues.

– Il faut me croire. Je ne sais rien. Vous vous êtes trompés de personne. Laissez-moi partir ! supplia-t-elle en pleurant encore plus fort. Je n'en parlerai à personne. Je le promets !

La femme fit un pas en avant et posa la main sur l'épaule de l'homme.

– Il faut qu'on ait une petite conversation.

Il se raidit et regarda la fille sur le lit. Puis, il soupira, se retourna et suivit la femme en dehors de la chambre.

Ils s'arrêtèrent dans le couloir. La femme ferma la porte pour que Zoé n'entende pas.

– Cela ne marche pas.

– Elle fait semblant, Kaplan, murmura-t-il, furieux.

– Et tu sais ça comment ?

– Laisse-moi une demi-heure avec cette salope ! Je la ferai cracher le morceau.

– Comment ? En lui arrachant un œil ?

– J'y arriverai. J'ai besoin de plus de temps.

La femme se mordit les lèvres et hocha la tête.

– Elle ne peut pas rester ici. Nous n'avons pas le site adéquat. Je vais la transférer.

– Laisse-moi dix minutes avec elle avant !

– Non.

– Cinq. Je la ferai parler, crois-moi.

– Non, ça te ferait trop plaisir, Hudson.

– Je fais mon boulot.

– Et si tu la tues ? Nous sommes tous morts !

– Je ne la tuerai pas. Je sais ce que je fais, Kaplan.

– Ah vraiment ? dit-elle, méprisante. Écoute-moi, je veux que tu reposes ce couteau, si je le revois, c'est moi qui te tire une balle dans le crâne. C'est bien compris ?

L'homme se tut et la regarda d'un air morose.

– Ils la feront parler, dit-elle, ils ont d'autres moyens.

11

La Holywell music room, Oxford, le même soir

Ben s'adossa au siège rigide et observa le public qui entrait au compte-gouttes dans la salle. L'acoustique amplifiait tous les sons, si bien que les gens parlaient à voix basse. Il s'était installé dans la dernière rangée, et la salle se remplissait un peu, mais le concert n'attirerait pas les foules. Par chance, il avait vu le dépliant, quelques jours plus tôt et se réjouissait d'être ici. Ce n'était pas un grand amateur de concerts, pourtant l'idée de ce quatuor à cordes de Bartók l'avait séduit. Sa musique tourmentée en dérangeait beaucoup et mettait parfois mal à l'aise ; lui, il l'aimait. Il la trouvait sombre et dense, introspective, quelque peu dissonante et chargée d'une tension qui le détendait.

L'auditorium se trouvait à l'extrémité d'une rue sinueuse, non loin de la bibliothèque bodléienne. Simple petite salle blanche, dotée d'une petite scène, il n'avait rien de grandiose ou de majestueux et ne pouvait guère accueillir plus d'une centaine de spectateurs. L'éclairage était sommaire et les sièges en gradins semblaient avoir été conçus pour être des plus inconfortables. D'après le programme, c'était la plus ancienne salle de concert d'Europe et Händel s'y serait même produit. On pouvait y lire une petite monographie sur le compositeur et sa musique, ainsi qu'un paragraphe sur chacun des musiciens. Tous étaient en dernière année et enseignaient déjà avant de quitter l'université.

Quatre chaises de plastique étaient disposées sur la petite estrade, derrière quatre pupitres. Les musiciens allaient entrer sur scène d'un instant à l'autre. Ils attendraient peut-être encore quelques minutes, dans l'espoir de voir arriver d'autres spectateurs, mais cela semblait compromis. Ben la sentit arriver dans la salle, plus qu'il ne la vit. Il se retourna et remarqua aussitôt son grand sourire, lorsqu'elle le reconnut. La bibliothécaire de la Bodléienne. Elle avait laissé tomber ses cheveux cendrés sur ses épaules et portait une veste légère cintrée qui soulignait sa silhouette. Ben reposa le programme sur ses genoux tandis qu'elle s'approchait.

– Vous êtes seul ? murmura-t-elle. Cela vous ennuie si je m'installe à côté de vous ?

Sa veste était posée sur le siège adjacent. Il la prit et la plia à ses pieds.

Elle s'assit, toujours souriante. Elle posa son petit sac à main sur le sol, à côté d'elle.

– Je ne m'attendais pas à vous voir ici, murmura-t-elle. Je m'appelle Lucy, au fait.

– Ben.

– Votre carte de bibliothèque indique Benedict.

– Ben, ça suffit.

Elle ôta sa veste et il remarqua qu'elle avait gardé le chemisier blanc rigoureux qu'elle portait lorsqu'il l'avait rencontrée.

– Vous avez travaillé tard ?

Elle roula les yeux.

– Racontez-moi ça.

Elle allait répondre lorsque les musiciens entrèrent sur scène avec leur instrument. Une petite salve d'applaudissements retentit quand les deux violonistes, l'alto et le violoncelliste avancèrent vers leurs sièges. Ils s'inclinèrent devant le public et se saluèrent mutuellement. Puis, ils commencèrent à jouer.

Tandis que la musique tourmentée envahissait la pièce, Ben sentait le parfum de Lucy. De temps à autre, elle bougeait sur son siège et son genou touchait légèrement le sien. Il se demandait vaguement pourquoi elle avait tenu à s'asseoir à côté de lui dans cette salle à moitié vide. Sa compagnie n'était pas désagréable. Elle ne le dérangeait pas.

Le soleil se couchait lorsqu'ils quittèrent la Holywell music room pour remonter la rue étroite.

– Ça m'a beaucoup plus, dit Lucy.

– Très reposant.

– Vous trouvez ? C'est plutôt intense.

– Cela me détend.

– Vous voulez prendre un verre ?

– Pourquoi pas ?

Le Turf, un pub dont il se souvenait de ses années d'études, se trouvait à deux pas. Ils traversèrent la rue et suivirent le son des rires et de la musique. L'intérieur était des plus traditionnels : plafonds bas, poutres apparentes, avec un comptoir de bois qui semblait dater de plus de deux siècles. Le pub était bondé. Un contingent de touristes italiens très bruyants occupait plusieurs tables. Ben alla prendre un double Scotch et un verre de vin rouge et conduisit Lucy dans un coin tranquille du jardinet, entouré de murs de pierre et de plantes grimpantes. Le parfum lourd du chèvrefeuille embaumait l'air.

Ben sortit son paquet de cigarettes.

– Vous permettez ?

– Je vais vous accompagner, dit-elle.

Il lui tendit du feu, et ils trinquèrent. Cela lui paraissait étrange de se trouver là avec elle, et pourtant, cela semblait très simple à la fois.

– Le concert était fantastique. Dommage qu'il n'y ait pas eu plus de monde.

– Apprécier Bartók, ce n'est pas inné, j'imagine.

– Si cela avait été les valses de Chopin ou un concert de musique baroque, la salle aurait été comble.

Elle sourit.

– Alors Ben, vous êtes docteur…

– Doctorant. J'entame ma dernière année à Christ Church.

Elle sembla surprise.

– Je sais, je sais, je suis vieux.

– Vous n'êtes pas vieux.

Je me sens vieux, pensa-t-il. Et fatigué !

– J'ai fait des détours, expliqua-t-il. J'ai commencé les deux premières années de mon diplôme de théologie il y a bien longtemps. Trop longtemps. On m'a laissé le terminer.

– Un changement de carrière ?

– Du tout au tout.

– Que faisiez-vous avant ?

Il réfléchit un instant, songea même à lui dire la vérité, mais se ravisa.

– J'étais free-lance. Une sorte de consultant. En gestion de crise. Un boulot de spécialiste. J'ai voyagé dans le monde entier.

Cela ne voulait rien dire, c'était la réponse la plus vague qu'il avait pu concocter, pourtant, elle sembla s'en satisfaire.

– Un changement de carrière, ça me conviendrait aussi.

– Vous n'aimez pas votre travail à la bibliothèque ?

– Oh, si ça va ! Mais j'ai envie de peindre. Je suis peintre. Le travail à la Bodléienne, ce n'est que quelques heures par semaine, pour payer mes factures. Je serais peintre à temps complet si je pouvais en vivre ! Ce n'est pas facile.

– Oui, c'est difficile. J'espère que vous y arriverez. Quel genre de chose peignez-vous ?

Elle eut un petit rire.

– Cela ne vous intéresserait pas.

– Si, si, je m'y intéresse.

Elle fouilla dans son sac et en sortit une carte de visite. Sur une des faces, son nom était imprimé : Lucy Wilde, artiste peintre, avec un numéro de téléphone et l'adresse d'un site internet. Au dos, le dessin abstrait, aux formes géométriques strictes, rappelait un peu les toiles de Kandinsky.

– Tenez.

– Ça me plaît. Vous êtes très douée. J'espère que vous réussirez.

Il lui redonna sa carte.

– Gardez-la !

Il sourit et la glissa dans sa poche.

Un silence gêné s'installa entre eux. Il fit tourner son verre sur la table et regarda sa montre.

– Je devrais peut-être y aller.

Il termina son verre.

– Où habitez-vous ? demanda-t-elle.

– Au nord d'Oxford. Woodstock Road. Et vous ?

– À Jericho.

– Je vous aurais bien raccompagnée, mais je suis à pied.

– Moi aussi ! Vous prenez le même chemin, au moins jusqu'à St Giles. Vous m'accompagnez ?

Il hocha la tête. Elle sourit et ils sortirent tous les deux.

Ils n'échangèrent que peu de paroles en longeant les rues étroites. Leurs pas résonnaient sur le mur grêlé des grandes écoles tandis qu'ils retournaient vers le centre-ville. Une foule sortait du Nouveau Théâtre et les camions à kebab pris d'assaut diffusaient une odeur de viande grillée dans la douce atmosphère nocturne.

Ils passèrent devant St John College et arrivèrent vers le quartier plus aéré de St Giles. Les rues étaient plus tranquilles sous la lumière ambrée des lampadaires.

Lucy s'arrêta.

– Je vais par là, dit-elle en indiquant une rue adjacente. J'ai une chance de vous revoir bientôt ? À la bibliothèque ?

– Sans doute.

Il était sur le point de tourner les talons.

– Ben ?

– Oui ?

Elle hésita.

– Je pensais… Vous voudriez aller voir un film avec moi, demain soir ?

Il ne répondit pas.

– Un film sur Goya, ajouta-t-elle, nerveuse. Le peintre…

– Je sais qui est Goya.

Il était horrifié par la brutalité de son ton.

– Je ne sais pas ce qu'il vaut. Mais je pensais que vous aimeriez peut-être…

Sa voix retomba. Elle piétina un peu, regarda ses pieds, ouvrit et ferma son sac.

– Je suis désolée, Lucy. Je ne crois pas pouvoir me libérer, j'ai du travail.

– Un autre soir, peut-être ? Pour boire un verre ?

– Non, je ne crois pas.

Elle semblait nerveuse.

– Oui, je comprends. À un de ces jours, alors.

Elle se tourna et il la regarda s'éloigner. Elle ne regarda pas en arrière. Il reprit son chemin. À une centaine de mètres, il ralentit le pas. S'arrêta. Resta un instant sous les lumières ambrées et hocha la tête. *Quel crétin !* lui dit sa petite voix intérieure. Il s'était conduit comme un malotru. Il s'était montré frustre et maladroit. Ce n'était visiblement pas le genre de femme qui faisait des propositions à tout bout de champ. Elle avait dû faire un effort pour l'approcher, et il l'avait piétinée comme un vulgaire insecte. Elle méritait mieux que cela. Il devait rebrousser chemin et lui expliquer la situation. Lui dire qu'il l'aimait bien, mais qu'il ne pouvait pas la voir souvent. Il ne pourrait s'attacher à personne avant longtemps, peut-être jamais. Il n'avait rien contre elle, c'était sa faute à lui, il avait trop de problèmes. Il était désolé.

Il fit demi-tour et retourna sur la rue pavée à l'endroit où Lucy l'avait quitté. Étroite et mal éclairée, elle était bordée de hauts bâtiments qui projetaient des ombres noires sur le sol. C'était presque une simple allée. Il n'y avait personne aux alentours.

Rien que Lucy et ces trois types.

Ils se trouvaient à une trentaine de mètres. Ils l'avaient plaquée contre le mur. L'un d'eux avait ses mains autour de son cou. Les deux autres lui bloquaient le passage. Elle se débattait et donnait des coups de pied. L'un des garçons avait pris son sac, et elle s'accrochait à la lanière pour le lui reprendre. Finalement, elle lâcha prise, et Ben entendit un rire par-dessus ses cris étouffés.

D'un pas souple, il avançait dans l'ombre. Ils étaient trop occupés avec Lucy pour remarquer son approche, mais même un soldat entraîné n'y aurait vu que du feu. Deux des garçons étaient blancs et celui qui lui avait arraché son sac était asiatique. Celui qui avait les mains sur sa gorge lui semblait le plus intéressant. Crâne rasé, des piercings dans le nez, l'air arrogant. Le chef, sans aucun doute.

L'autre Blanc était petit, massif, presque obèse. Ils avaient à peine dépassé l'enfance, entre dix-sept et vingt ans peut-être, tous vêtus des mêmes vêtements de sport de luxe.

Des enfants, oui, mais des enfants dangereux. Un objet scintilla dans la faible lumière ambrée. Le chef avait fouillé dans sa poche et en avait sorti une lame. Un couteau de cuisine, avec un manche de plastique noir, une lame de douze centimètres d'acier inoxydable. Il la brandit devant le visage de Lucy. Elle poussa un cri étouffé et il lui cria de rester tranquille et de la fermer.

Ben ferma les poings à la vue du couteau. Il s'approcha sans un bruit. Ils ne l'avaient toujours pas vu.

L'Asiatique fouillait dans le sac, à la recherche d'un porte-monnaie pendant que son gros copain la tenait par le bras pour lui voler sa montre. Elle avait les yeux écarquillés de terreur.

Ben sortit de l'ombre. Ils se figèrent, le regardèrent. Lucy murmura son nom.

Il avait l'esprit plein des mille et une manières de les neutraliser. En trois secondes, il pouvait les étaler par terre, inconscients. Quant au couteau, il était grand et effrayant pour la victime ordinaire, néanmoins, le gosse ne savait visiblement pas s'en servir. Pas contre un homme entraîné capable de le lui arracher des mains et le lui planter dans le crâne avant même qu'il ait eu le temps de dire ouf.

Des enfants dangereux, mais des enfants quand même.

– Ouvre ce sac, dit-il à l'Asiatique.

Le garçon regarda le sac, puis Ben. Il cligna des yeux.

– Allez ! Ouvre ! insista Ben, tout en gardant un œil sur le chef.

Il parlait d'une voix sûre et tranquille.

Le garçon au couteau fronçait les sourcils, et Ben lisait la confusion sur son visage. Il savait à quoi il pensait. Trois contre un, mais il y avait quelque chose d'horriblement faussé dans l'équilibre des pouvoirs.

Sa confiance en lui s'effilochait, et son arrogance se transformait en crainte tandis qu'il cherchait ses mots. Le couteau tremblait dans sa main, il desserra son étreinte sur Lucy, qui réussit à se dégager.

L'Asiatique fit ce qu'on lui avait demandé. Il ouvrit la fermeture du sac de cuir fauve qui avait beaucoup servi.

– Combien y a-t-il là-dedans ? demanda Ben.

Le gosse plongea les doigts dans le porte-monnaie et en retira un billet de vingt.

– Sacré butin, les mômes ! siffla Ben. Moins de sept livres chacun. Et puis, vous allez vous apercevoir que la carte de crédit ne sert à rien, que le compte est déjà dans le rouge. Regardez la vérité en face, elle n'a pas d'argent. Oui, une sacrée nuit de boulot, un truc dont vous pourrez vous vanter devant vos copains !

Le garçon au couteau retrouva finalement sa voix.

– Va te faire foutre ! cria-t-il, sans pouvoir dissimuler ses tremblements.

Ben ne réagit pas.

– Bon, on va passer un marché.

Il fouilla dans la poche arrière de son jean et en sortit son portefeuille qu'il ouvrit. Il contenait une liasse de billets de cinquante, tout neufs, à peine sortis du distributeur. Il les compta lentement, en prenant tout son temps, sentant le poids de leurs regards sur ses mains. Il en sortit six billets, et rangea son portefeuille.

– Trois cents. Cent chacun. C'est mieux que sept. Et beaucoup plus que ce que vous ne valez.

Il les brandit devant eux.

– Ils sont à vous.

Le garçon au couteau s'avança pour les prendre. Ben retira l'argent.

– C'est un marché. Cela signifie que j'attends quelque chose de vous en échange. Quatre choses. Un, vous la laissez partir. Deux, vous lui rendez son sac. Trois, vous posez ce couteau par terre. Ensuite seulement, je vous donnerai l'argent. C'est facile. Quatre, vous filez et je ne veux plus jamais entendre parler de vous.

Ils hésitaient.

– Bon, si vous ne voulez pas de marché, pas de problème, dit Ben. L'ennui, c'est que vous serez tous morts dans moins d'une minute, parce que je ne vois pas d'autres solutions. C'est à vous de choisir.

L'Asiatique commençait à frissonner violemment.

Le garçon au couteau avait les yeux écarquillés. Ils échangeaient des regards nerveux.

– Je vous offre une porte de sortie, ajouta Ben. Je vous achète vos vies pour ne pas être obligé de vous tuer.

Le chef de bande se pencha et posa son couteau sur les pavés. L'Asiatique rendit son sac à Lucy et ils s'écartèrent tous rapidement. Livide, Lucy tremblait. Elle s'approcha de Ben qui lui posa la main sur l'épaule.

Du bout du pied, il envoya le couteau valdinguer de l'autre côté de la rue.

– C'est la bonne décision ! Vous ne vous rendez pas compte à quel point vous avez eu de la chance ce soir !

Il tendit l'argent. Les doigts du chef de bande tremblotaient lorsqu'il prit les billets. Puis, ils tournèrent tous les talons et se mirent à courir comme des diables.

– Vous allez bien ? demanda Ben à Lucy.

Elle leva des yeux mouillés de larmes vers lui.
– Je n'arrive pas à y croire...– Laissez-moi vous raccompagner.

12

Le septième jour

Les Bradbury vivaient dans une grande maison victorienne en bordure de la banlieue verdoyante de Summertown. Ben arriva à midi et demi avec une bouteille de vin et un bouquet de fleurs pour Jane. Il ne l'avait pas revue depuis fort longtemps.

Physiquement, elle avait peu changé en dehors des quelques mèches grises dans sa chevelure noire. Pourtant, il semblait remarquer une certaine fragilité qui n'existait pas auparavant.

Il se souvenait d'elle comme d'une femme tranquille, toujours dans l'ombre de son brillant mari. Aujourd'hui, elle était encore plus silencieuse que dans son souvenir.

Le déjeuner fut servi sur le patio, à l'arrière de la maison. Le jardin n'avait pas vraiment changé depuis deux décennies. Les rosiers de Tom Bradbury étaient plus volumineux et plus chatoyants que par le passé et les grands murs de pierre étaient désormais couverts de lierre.

Après le déjeuner, ils restèrent à bavarder un moment pendant que le chien, un solide terrier blanc, tout en muscles et en poils, courait sur la pelouse, reniflant la trace dont on ne savait quoi.

– On dirait le même chien que celui que vous aviez la dernière fois que je suis venu !

– C'est Whisky, le fils de Sherry.

En entendant son nom, le chien s'arrêta et accourut au galop, il s'approcha de Ben, s'assit sur son arrière-train et tendit sa patte.

– C'est Zoé qui lui a appris ce tour, dit Bradbury. C'est plus son chien à elle, mais nous nous en occupons, en son absence.

– Comment va Zoé ?

C'était une question banale, pourtant, elle sembla avoir un effet étrange. Bradbury se balança inconfortablement sur sa chaise et regarda ses mains. Sa femme blêmit, son visage se ferma et ces mouvements se raidirent. Elle adressa à son mari un regard lourd de signification, comme si elle l'incitait à parler.

– Il y a quelque chose qui ne va pas ? demanda Ben.

Bradbury caressa la main de sa femme. Elle s'adossa à sa chaise. Le professeur se tourna vers Ben. Il semblait prêt à se confier, mais il s'empara de la bouteille et remplit les trois verres. Il reposa la bouteille, prit son verre, le vida à moitié et le reposa.

– J'ai l'impression que ce n'est pas seulement une simple visite de courtoisie, dit Ben. Vous avez envie de me demander quelque chose.

Bradbury s'essuya le coin des lèvres avec une serviette. Sa femme se leva nerveusement.

– Je vais chercher du vin.

Bradbury fouilla dans la poche de sa veste de tweed, en sortit sa vieille pipe de bruyère et commença à la remplir de tabac qu'il prenait dans une petite poche.

Ben attendit patiemment.

Bradbury fronça les sourcils en allumant sa pipe.

– Nous sommes très heureux de te revoir, fit-il, dans un nuage de fumée odorante. Jane et moi, nous t'aurions invité à déjeuner, même dans des circonstances ordinaires.

– Donc, vous m'avez demandé de venir pour une raison particulière, dit Ben. Quelque chose ne va pas.

Jane Bradbury revint avec une bouteille de vin qu'elle posa sur la table. D'après leur visage, ils en avaient beaucoup à raconter. L'après-midi serait longue.

Le professeur et sa femme échangèrent des regards.

– Je sais que cela fait longtemps que nous ne nous sommes pas revus, commença Bradbury. Mais ton père et moi, nous étions de bons amis. De très bons amis. Et nous pensons toujours à toi comme à un ami.

– J'apprécie énormément.

– Alors, nous savons que nous pouvons te faire confiance, poursuivit Bradbury. Et te confier nos secrets.

– Bien entendu.

Ben se pencha sur sa chaise.

– Nous avons besoin de ton aide, dit Bradbury, hésitant. Voilà, quand tu as quitté Oxford, il y a toutes ces années, nous avons entendu des rumeurs. Que tu avais dérivé un moment, et que tu t'étais engagé dans l'armée. Apparemment, tu as bien réussi, là-bas. Des rumeurs, c'est tout, rien de précis. Puis, il y a six semaines, lorsque tu es revenu pour ton entretien d'admission, tu nous as un peu parlé, à mes collègues et à moi, du parcours que tu avais suivi entre-temps. Je sais que tu ne voulais pas t'attarder sur les détails, mais tu en as suffisamment dit pour me donner une image assez claire. Je crois avoir compris que tu étais un homme doué d'un certain nombre de talents spécifiques qui a beaucoup d'expérience. Tu recherchais des personnes disparues.

– J'étais consultant en gestion de crise, rectifia Ben. Je travaillais en free-lance et j'aidais les gens à retrouver des victimes d'enlèvement. Des enfants surtout. À présent, c'est fini. Je vous l'ai dit lors de l'entretien, j'ai pris ma retraite.

– Surtout des enfants, répéta Bradbury.

– C'est en relation avec Zoé, donc, en déduisit Ben.

De nouveau, Jane se leva de son siège. Elle entra dans la maison par les portes-fenêtres et revint quelques minutes plus tard avec une photo encadrée. Elle posa le cadre d'argent sur la table et le poussa vers Ben.

– Tu te souviens d'elle ? Ce n'était qu'une enfant la dernière fois que tu l'as vue.

– Elle devait avoir cinq ou six ans, non ?

– Presque sept, dit Bradbury.

– Alors, elle a vingt-cinq, vingt-six ans, maintenant.

Ben prit la photo. Le cadre d'argent était froid au toucher. Il le tourna vers lui. La jeune femme était d'une beauté surprenante, avec ses longs cheveux blonds et son grand sourire. C'était une photo d'elle, heureuse, tenant son chien dans les bras.

Bradbury hocha la tête.

– Elle a fêté ses vingt-six ans en mars.

Ben reposa le cadre.

– Qu'est-ce qui ne va pas ? Elle a des ennuis ? Où est-elle ?

– Là est le problème. Elle devrait être ici. Mais elle n'est jamais arrivée.

– J'ai trop bu, dit soudain Jane, je vais préparer du café.

Ben la regarda. Ses mouvements étaient empreints d'une extrême raideur, comme si elle subissait une énorme pression. Il fronça les sourcils.

– Quel est le problème ?

Bradbury jouait avec sa pipe, embarrassé. Il regarda par-dessus son épaule. Quoi qu'il eût à dire, Bradbury préférait ne pas s'exprimer devant sa femme.

– Nous l'avons toujours beaucoup aimée, vous savez.

– Je n'en doute pas, répondit Ben qui se demandait où cela allait le mener.

– Ce n'est pas facile pour moi d'en parler. C'est très personnel.

– Nous sommes amis, dit Ben, en le regardant dans les yeux.

Bradbury sourit faiblement.

– Lorsque nous nous sommes mariés, Jane et moi, il nous a fallu très longtemps avant d'avoir un enfant. Ce n'était la faute à personne.

Il fit la grimace.

– En fait, si, la mienne, essentiellement. C'est gênant… Les détails sont…

– Qu'importent les détails. Continuez.

– Au bout de cinq ans d'efforts, Jane est tombée enceinte. C'était un garçon.

Ben fronça les sourcils, les Bradbury n'avaient pas de fils.

– Vous vous doutez de la suite, poursuivit Bradbury. Il s'appelait Tristan. Il n'a pas vu son premier anniversaire. La mort subite du nourrisson. C'est ce qu'on nous a dit. Ça a été épouvantable.

– Je suis navré, dit Ben, sincère. Cela a dû être très dur.

– C'était il y a longtemps, dit Bradbury, pourtant nous en souffrons encore. Nous avons essayé d'avoir un autre enfant, mais cela a encore été difficile. Nous étions sur le point d'abandonner et de songer à l'adoption, lorsque Jane a été conçue. C'était un petit miracle pour nous. Neuf mois plus tard, nous avons eu une merveilleuse petite fille.

– Je m'en souviens très bien, dit Ben, elle était adorable. Et très intelligente.

– Elle l'est toujours, répondit Bradbury. Pendant des années, nous avons eu peur de la perdre. C'était irrationnel, bien sûr. Elle a toujours été en excellente santé. Néanmoins, ces choses laissent une trace indélébile en vous. Je reconnais que nous l'avons gâtée. Elle j'ai peur que nous ne l'ayons pas élevée comme nous aurions dû.

– Que fait-elle maintenant ?

– Elle a fait de brillantes études universitaires. Elle n'a pas eu beaucoup d'efforts à faire. Elle a survolé ses études. Elle est sortie major de sa promo en archéologie, à Magdalen. Elle se prépare à une belle carrière. L'archéologie biblique ouvre un vaste champ de recherche. C'est une science relativement nouvelle, et Zoé en est l'une des pionnières. Elle faisait partie de l'équipe qui a découvert les ostraca, en Tunisie, l'année dernière.

Ben hocha la tête. Du grec *ostrakon,* qui signifie coquille. Dans sa forme plurielle, c'est le nom que les archéologues ont donné aux fragments de terre cuite qui servaient autrefois de support à l'écriture. Surtout utilisés au quotidien, on y rédigeait des contrats, faisait des calculs, notait une liste de courses…

– Oui, j'ai entendu parler de cette découverte. Je ne savais pas qui en était à l'origine.

– Ce fut un moment fantastique pour elle. En fait, son équipe a découvert le plus grand gisement d'ostraca intacts depuis les fouilles de 1910, en Israël. Ils étaient enterrés profondément sous les ruines d'un ancien temple. Une découverte surprenante.

– Elle est très brillante, dit Ben.

– Exceptionnelle. Mais ce n'est pas tout. Elle a écrit des articles et collaboré à un livre sur Papias, l'évêque grec du IIe siècle. Elle est même passée à la télévision plusieurs fois, sur une chaîne consacrée à l'archéologie.

– Vous semblez très fier d'elle.

Le professeur sourit. Puis une ombre assombrit de nouveau son visage. Son menton retomba sur sa poitrine. Il toucha sa pipe. Elle s'était éteinte.

– Sur le plan professionnel, universitaire, elle est fantastique. Mais sa vie privée et nos relations avec elles sont désastreuses.

Bradbury leva les mains et les laissa retomber sur ses genoux en un geste de désespoir.

– Que dire ? Elle est fantasque. Elle l'a toujours été, depuis l'âge de quinze ans. Nous étions incapables de la contrôler. Elle a eu quelques ennuis avec la justice pour de petits délits. Des larcins sans importance dans les magasins. On retrouvait les objets dans sa chambre. C'était un jeu pour elle. On espérait qu'elle allait s'assagir avec le temps, mais en vain. L'alcool. Les soirées. Toutes sortes de conduites erratiques. Cela n'a été que disputes et problèmes depuis le début. Elle est agressive, c'est une tête de mule qui veut toujours avoir le dernier mot. On ne peut rien dire sans que cela tourne au drame.

Les yeux rougis, il regarda Ben.

– Je sais que c'est notre faute. Nous l'avons trop gâtée, nous étions si heureux d'avoir une seconde chance !

Ben avait bu son vin tranquillement pendant que Bradbury parlait. Il remplit de nouveau son verre.

– Parlons franc, Tom. Vous m'avez dit que vous étiez inquiets de ne pas la voir. Elle a disparu ?

Bradbury hocha la tête.

– Depuis près d'une semaine à présent.

– Et vous pensez qu'elle a des ennuis ?

– Nous ne savons pas quoi penser.

– Une semaine, ce n'est pas si long, dans ces circonstances. Vous l'avez dit vous-même, elle est fantasque. Elle va revenir.

– J'aimerais y croire.

– Vous me racontez tout ça à cause de mon ancien métier ?

– Oui.

– Alors, vous vous rangerez à mon avis de professionnel ?

Bradbury haussa les épaules.

– Il arrive que les gens disparaissent de temps en temps, expliqua Ben. Bon, si quelqu'un a disparu et que certains éléments prouvent qu'il leur est arrivé quelque chose, on peut agir pour les retrouver. Il ne faut pas confondre les véritables disparitions et les personnes qui se sont absentées après une dispute avec leurs parents ou pour aller s'amuser quelque part, et n'apparaissent plus sur les écrans radars.

– Ça lui est déjà arrivé auparavant, comme tu dis, de disparaître des radars. Nous sommes réalistes. Nous pouvons accepter beaucoup de choses. Nous savons qu'elle est libre et qu'elle aime bien s'amuser. Sexuellement parlant, je veux dire.

Il rougit de honte.

– Mais cette fois, c'est différent. C'est très étrange et nous avons un mauvais pressentiment.

– Pourquoi est-ce différent, cette fois ?

– L'argent. D'où vient tout cet argent ?

– Quel argent ?

– Excuse-moi ! Laisse-moi t'expliquer. Zoé travaillait sur un chantier de fouilles en Turquie. Il devait durer jusqu'à la fin août. Mais soudain, elle est partie en avance à Corfou. Nous y avons des amis. Elle a passé un moment chez eux.

Bradbury marqua une pause.

– Et tout d'un coup, elle semblait avoir beaucoup d'argent. Zoé prépare son doctorat. Elle n'a pas d'argent, du moins, pas plus que nécessaire. D'après nos amis, elle s'est mise à mener la grande vie. Elle dépensait des fortunes, comme si elle était sûre de ne jamais en manquer. Elle a commencé à enchaîner fête sur fête, à rentrer ivre, avec un nouvel homme tous les soirs.

– Je sais que cela vous choque mais…

Bradbury hocha la tête.

– Ce n'est pas le problème. Elle s'est disputée avec nos amis et elle a déménagé. Elle s'est installée dans l'hôtel le plus luxueux de l'île. Jusqu'à ce qu'on la renvoie parce qu'elle causait trop de désordre. Ensuite, elle a loué une villa sur la côte. Une grande villa luxueuse. Elle donnait des fêtes nuit et jour d'après ce que nos amis ont entendu dire.

– Et ensuite ?

– Et ensuite, elle a simplement disparu. Elle nous a laissé un message à moitié ivre, sur notre répondeur, tard dans la nuit, la semaine dernière. Elle nous annonçait qu'elle rentrait en Angleterre et arriverait le lendemain matin. Nous l'attendons toujours. Personne ne semble savoir où elle est passée. Nous avons essayé tous les numéros auxquels nous avons pu penser. Elle n'est plus à la villa. Ni dans aucun hôtel. Le personnel de l'aéroport de Corfou nous a dit qu'elle n'avait pas pris son vol. Elle s'est volatilisée. Alors, que penses-tu de la situation ? demanda-t-il, en regardant Ben, inquiet.

Ben réfléchit un instant.

– Bon, analysons la situation. Vous dites que l'argent vous intrigue. Très bien. Mais vous me dites aussi qu'elle a beaucoup de petits amis. Comment êtes-vous sûr que l'un d'eux n'est pas très riche ? Le seul indice dont on dispose, c'est qu'elle n'a pas quitté Corfou. C'est une très belle fille. Il ne manque pas de jeunes gens aisés qui apprécient la belle vie. Elle est peut-être tout simplement sur le pont d'un yacht, à des lieues de tout danger.

– C'est vrai, reconnut Bradbury.

– Et puis, il ne faut pas oublier les cartes de crédit. On dépense quelques centaines de livres sur la Barclay, on reçoit une lettre vous proposant un prêt, et on vous augmente le montant de votre découvert autorisé. Cela expliquerait pourquoi elle avait tant d'argent.

– Oui, c'est une explication plausible, admit Bradbury.

– Alors, qu'est-ce qui vous fait penser au pire ?

– C'est difficile à expliquer. Un pressentiment. Ce n'est pas seulement par ce que nous sommes trop protecteurs. Cette fois, c'est différent.

Il se pencha en avant sur sa chaise et regarda Ben droit dans les yeux.

– Nous te serions très reconnaissants, Ben. Tout ce que nous te demandons, c'est d'aller là-bas et de la retrouver. De t'assurer qu'elle va bien. Qu'elle n'est pas mêlée à une affaire de drogue ou quelque chose d'horrible, comme la pornographie… lâcha-t-il, des accents de douleur dans la voix.

– Voyons, dit Ben, pourquoi serait-ce le cas ?

Bradbury le regarda. Il avait les mains crispées sur le bord de la table.

– Tu veux bien nous aider ? Nous avons confiance en toi.

Ben gardait le silence.

– Nous sommes désespérés, Ben. Ce n'est pas que nous voulions que tu la persuades de revenir. Non, retrouve-la simplement, assure-toi qu'elle est en bonne santé et en sécurité. Et surtout, surtout, demande-lui de nous contacter ! Dis-lui que nous sommes désolés pour toutes les disputes et tout ce que nous avons pu lui dire. Dis-lui que nous l'aimons.

Ben ne répondait toujours pas.

– Nous avons pensé aller la chercher nous-mêmes, mais même si nous la retrouvions, elle refuserait de nous parler. Elle piquerait simplement une crise, elle nous accuserait de nous mêler de ce qui ne nous regarde pas, et elle se sauverait encore plus loin. Je la connais, cela ne ferait qu'aggraver la situation. Nous avons besoin d'un tiers, d'un ami de la famille, plus objectif que nous. De quelqu'un qui pourrait l'approcher, qui saurait comment s'y prendre.

Ben termina son verre et le reposa sur la table.

– Je suis vraiment navré de ce qui arrive à votre famille, Tom. Sincèrement.

Bradbury se mordit les lèvres.

– Mais je ne peux pas vous aider.

– Bien entendu, nous te paierons, enchaîna Bradbury, très nerveux. J'aurais dû le préciser. Nous avons des économies. Je peux te donner dix mille livres. Cela devrait couvrir tous les frais, et laisser une bonne marge. Je peux faire un virement par Internet. Les fonds seront sur ton compte en un instant. Je suis désolé, je ne peux pas faire plus.

Ben sourit.

– Ce n'est pas une question d'argent. Je l'aurais fait gratuitement. Mais j'ai pris ma retraite. C'est pour cela que je suis venu ici. J'en ai terminé avec mon ancienne vie. Je m'efforce de la laisser derrière moi.

– Mais là c'est différent, insista Bradbury. Ce n'est rien, comparé à ce que tu as fait. Je t'en prie. Je t'en supplie.

– Je suis désolé, c'est impossible.

Ben marqua une pause.

– Mais je connais quelqu'un en qui j'ai toute confiance…

En quittant la maison des Bradbury, Ben retourna directement dans son appartement. Il décrocha le téléphone et composa un numéro. Charlie répondit.

– Tu te souviens de ce que tu m'as demandé ? dit Ben. Ça t'intéresserait toujours si je te disais qu'une opportunité s'est présentée ?

Charlie n'avait pas besoin de réfléchir.

– Ça m'intéresse.

– Bon, maintenant, écoute-moi.

Ben lui raconta en détail la proposition de Bradbury.

– Cela remboursera un an de mensualités ! s'exclama Charlie. Mais je sais déjà ce que Rhonda va dire.

– Tout ce que tu as à faire, c'est retrouver Zoé. Tu n'as pas besoin de la ramener. Elle ne devrait pas être difficile à tracer, d'après ce que je sais. Suis le son de la musique et la piste des cadavres de bouteilles. Ses parents veulent simplement s'assurer qu'elle va bien. La plus grande difficulté sera de la convaincre d'entrer en contact avec eux.

– Ça paraît facile.

– Parce que c'est facile, dit Ben. C'est encore la saison creuse, là-bas, en ce moment, tu n'entameras pas beaucoup les dix mille livres. Tu pourras dire à Rhonda que tu vas simplement délivrer un message. Cela ne devrait pas lui poser trop de problèmes. Il s'agit des îles grecques, pas de l'Afghanistan. Tu seras de retour dans cinq jours, maximum.

– Ça m'intéresse, répéta Charlie.

Il faut que j'appelle les Bradbury et que je donne une réponse.

– Compte sur moi, dit Charlie.

13

À cet instant, à mille kilomètres de là, sur la petite île grecque de Paxos, Zoé Bradbury, sévèrement malmenée, était conduite sur la plage, vers la jetée par laquelle elle avait tenté de s'échapper quatre jours plus tôt.

Zoé n'était pas sortie depuis quatre jours, elle était restée attachée au lit dont on ne la libérait que lorsqu'elle criait pour demander d'aller aux toilettes. Tout ce temps, on l'avait interrogée vingt-quatre heures sur vingt-quatre. Elle s'était torturé l'esprit pour se souvenir. Qui était-elle ?

Parfois, c'était le vide complet, pourtant, de temps à autre, il lui semblait entrevoir des bribes, comme si les fragments dispersés de sa mémoire cherchaient à se rassembler. Des visages, des voix, des lieux.

Ils flottaient dans son esprit, mais, véritable supplice de tantale, ils s'enfuyaient dès qu'elle essayait de s'en approcher et se dissolvaient à nouveau dans le brouillard.

Pendant des heures, elle avait observé la minuscule cicatrice sur son doigt. Une blessure d'enfance, peut-être. Comment se l'était-elle faite ? Elle n'en avait aucune idée. Des milliers d'autres questions se bousculaient dans son esprit. D'où venait-elle ? Qui était sa famille et ses amis ? À quoi ressemblait sa vie ?

Surtout, une horrible question la hantait : que lui voulaient ces gens ?

Tandis que la crise de panique initiale se transformait en une terreur glaciale, elle observait et écoutait ses ravisseurs.

Deux des hommes ne lui adressaient jamais la parole et elle ne les voyait que rarement. C'était surtout la femme et le blond qui entraient en contact avec elle. La femme avait un regard dur, cependant, parfois, elle semblait s'adoucir et lui parlait plus gentiment.

Le blond était un véritable psychopathe. Zoé le détestait profondément, et la seule chose qui lui donnait de la force, c'était l'espoir chimérique de pouvoir se libérer, lui prendre son pistolet ou son couteau et de s'en servir contre lui.

Néanmoins, quelle que soit la manière employée pour lui extorquer des informations, que les menaces soient implicites ou d'une violence obscène, rien ne fonctionnait. Zoé comprenait pourtant qu'ils étaient de plus en plus désespérés.

Puis, une nouvelle pensée l'avait torturée. Et si elle retrouvait la mémoire ? Que feraient-ils une fois qu'ils lui auraient extorqué les informations qu'ils voulaient ?

Elle avait une idée assez précise de ce dont le blond serait capable, si la femme le laissait faire. Finalement, son amnésie lui sauvait peut-être la vie.

À présent, on l'emmenait quelque part, mais où ? Avaient-ils enfin renoncé ? Son cœur s'accéléra à cette idée. On la libérait peut-être, on la raccompagnait chez elle.

À moins qu'ils aient décidé qu'elle ne leur servait à rien et qu'il était temps d'en finir ! De mettre un terme à sa vie. Ici, aujourd'hui. Ses mains se mirent à trembler.

Elle sentait la dureté du pistolet du blond dans son dos tandis qu'il la poussait sur la plage.

– Avance ! murmura-t-il.

Elle essaya de presser le pas, pourtant, elle avait du mal à marcher pieds nus dans le sable mou et ses jambes flageolaient comme de la vulgaire gelée. Elle trébucha. Une main vigoureuse la rattrapa par le bras et la remit sur ses pieds. Le pistolet s'enfonça douloureusement dans son dos.

Elle prit le risque de jeter un coup d'œil par-dessus son épaule. L'homme la regardait, les yeux étincelants. Derrière, une expression pensive sur le visage, la femme suivait en regardant sa montre et en observant le ciel. Un peu en arrière, les deux autres avaient l'air impavide. L'un d'eux tenait une arme à bout de bras.

Zoé tremblait de tout son corps. Ils allaient la tuer. Elle le savait.

– Je sais à quoi tu penses, dit le blond, à voix basse. Tu as envie de te sauver.

Il ricana.

– Alors, sauve-toi, je n'attends que ça pour avoir le plaisir de te tuer !

– La ferme ! aboya la femme.

Ils arrivèrent à la limite du sable. Ils hissèrent Zoé sur la jetée. Elle avança, sentant la brûlure du sable qui recouvrait les planches sur la plante de ses pieds. Les autres la suivirent. Allaient-ils la noyer ?

Elle entendit le bruit : le bourdonnement lointain d'un avion qui approchait. Elle se protégea les yeux et aperçut un point blanc dans le ciel. Elle l'observa en avançant lentement le long de la jetée.

Le point blanc grossissait, et elle devinait sa forme. C'était un petit hydravion.

Ils arrivèrent à l'extrémité de la jetée. Le grondement du bimoteur qui descendait de plus en plus bas l'assourdissait. Ses flotteurs effleurèrent les vagues et rebondirent avant l'amerrissage, envoyant une gerbe d'embruns.

L'appareil dessina un grand arc de cercle, laissant un sillon blanc. Il s'aligna le long de la jetée et flotta dans la houle. Les hélices s'arrêtèrent de tourner. Le bruit des moteurs était si violent que Zoé mit les mains sur ses oreilles. Le pistolet était toujours appuyé contre son dos.

Une porte s'ouvrit dans le mince fuselage et un homme apparut. Il la regarda froidement et fit un signe de tête aux autres. Un autre homme amarra l'avion à la jetée et sortit une passerelle, qui formait un pont étroit au-dessus de l'eau. On poussa Zoé vers la passerelle. Chancelante, elle avança et entra dans l'avion. Il y régnait une chaleur étouffante. Un drôle de type l'assit de force sur un siège.

– Vous m'emmenez ? demanda-t-elle, terrorisée.

Le blond apparut dans l'encadrement de la porte. Pendant un instant, elle se raidit, pensant qu'il allait monter aussi. Puis, la femme mit la main sur son épaule et lui fit signe que non. Il sembla protester puis renonça. Il s'écarta et ce furent les deux autres, ceux qui avaient gardé le silence qui montèrent et s'installèrent à côté de Zoé, sans lui adresser le moindre regard.

La porte se referma, et elle sentit l'appareil vibrer tandis que les moteurs se mettaient en route pour le décollage.

Hudson et Kaplan observèrent l'avion qui creusait un sillon d'écume dans les vagues. Il s'éleva dans le ciel bleu et ne devint plus qu'un minuscule point blanc avant de disparaître.

– Ce n'est plus entre nos mains.

Hudson lui adressa un regard morose. Il avait espéré pouvoir monter dans l'avion et être aux premières loges lorsqu'ils auraient travaillé la fille. Après avoir passé tous ces jours sur ce caillou, il se sentait floué !

– Alors, on peut mettre les voiles !

– Pas encore, on a du travail à faire.

14

Oxford, le dixième jour

Le temps passait comme dans un nuage, tandis que Ben, courbé sur sa table, passait des heures et des heures à étudier, plongé dans les manuels, les dictionnaires, les piles de notes, ne s'arrêtant que pour manger et dormir. Pas de coup de téléphone, pas de visiteurs. Il était totalement concentré sur son travail et son esprit ne s'en portait que mieux. Cela lui permettait d'oublier.

L'après-midi du troisième jour, ses yeux commencèrent à picoter. Les papiers étalés sur son bureau formaient une petite montagne.

Près de son coude, le café était froid depuis des heures ; il l'avait oublié en essayant de déchiffrer page après page d'un hébreu écrit serré.

Cela le rendait fou, mais, au fur et à mesure que des cours vieux de vingt ans lui revenaient à l'esprit, le texte commençait à prendre sens.

Le téléphone sonna. Premier coup de fil depuis le début de la semaine. Il sentit les vibrations dans sa poche, sortit l'appareil et répondit. Cela lui paraissait étrange d'entendre à nouveau le son de sa propre voix.

C'était Charlie. Il avait l'air lointain, anxieux et agité.

– Ben, j'ai besoin de vous.

Ben s'adossa à sa chaise pivotante et se frotta les yeux, étourdi par tant de concentration. Il s'efforça de revenir dans l'instant présent.

– Où es-tu ?

– Je suis toujours à Corfou, dit Charlie rapidement. La situation est plus compliquée que prévu, j'ai de gros problèmes.

– Qu'est-ce que tu attends de moi ?

Charlie dit quelque chose que Ben ne comprit pas.

– Il faut que vous veniez au plus vite, répéta-t-il.

– Impossible, dis-moi ce qui cloche ?

– Je sais que cela paraît bizarre, mais je ne peux pas parler de cela au téléphone.

– C'est un travail facile, Charlie.

– C'est ce que vous m'aviez dit ! Croyez-moi, le vent a drôlement tourné !

Ben soupira et resta silencieux quelques secondes.

– Ben, je vous en prie. C'est grave.

– Grave à quel point ?

– Grave.

Ben ferma les yeux. *Merde !*

– Et tu es absolument certain de ne pas pouvoir t'en sortir seul ?

– Je suis désolé. J'ai besoin d'aide. Vous connaissez ce genre de situation mieux que moi.

De nouveau Ben soupira. Il hocha la tête. Dégagea son poignet gauche et regarda sa montre. Il effectua un rapide calcul. Il pourrait prendre le car pour Londres, il serait à Heathrow en quelques heures. Ensuite, un vol pour Athènes, puis destination Corfou.

– Bon, d'accord. Donne-moi un lieu de rendez-vous et je te rejoins demain à midi.

Il arriva pour le petit-déjeuner.

Il se trouvait sur une île qu'il ne connaissait pas encore. Il s'était attendu à un paysage aride, mais, de l'avion, il avait pu admirer une végétation verdoyante, un paradis de forêts et de fleurs sauvages, de prairies et de montagnes surplombant une mer d'un bleu profond.

Au loin, il devinait des ruines antiques et des petits villages assoupis, lovés dans les forêts de pins, tandis que l'avion entamait sa descente vers l'aéroport Kérkyra, de la ville de Corfou.

Il n'avait pas beaucoup de temps à consacrer à la beauté des lieux. Fatigué, il luttait pour dissimuler son exaspération. Il ne comprenait pas pourquoi il avait dû se déplacer, pourquoi Charlie n'arrivait pas à s'en sortir seul. L'avait-il surestimé ? L'homme avait été un bon soldat. Rigoureux, déterminé, plein de ressources. Ses talents s'étaient peut-être émoussés. Ben avait déjà connu le phénomène.

Il descendit de l'avion et avança sous la chaleur du soleil. Dans le petit aéroport, il loua une consigne et y rangea son passeport, son billet de retour et le gros livre de philosophie qu'il avait lu dans l'avion. Comme il ne devait pas rester longtemps, il préférait voyager léger. Il ne garda avec lui que son portefeuille, son téléphone et sa flasque de whisky.

Pour la Bible, il avait hésité un instant. Il l'avait beaucoup trimbalée ces derniers temps et s'y était habitué. Elle était compacte et assez légère. Il décida de la prendre. Il jeta le sac en tissu sur son épaule, le ferma à clé et mit la clé et le portefeuille dans sa poche de jean.

Il héla un taxi devant l'aéroport. Il s'adossa à l'arrière de la Fiat bruyante et admira le paysage. Le chauffeur ne cessait de babiller dans un anglais rapide et saccadé dont Ben ne comprenait pas un mot.

Il ne fit aucun commentaire et, bientôt, le chauffeur se tut. Il n'y avait que trois kilomètres à parcourir, mais la circulation était déjà dense et, lorsqu'ils entrèrent en ville, les rues étaient très encombrées. Ben paya le chauffeur avec des euros tout neufs, reprit son sac et décida de marcher.

Il avançait d'un bon pas, impatient d'entendre ce que Charlie avait à lui raconter. Il lui avait donné rendez-vous dans la petite auberge où il résidait. Ben connaissait l'adresse et se repéra dans la vieille ville grâce à un plan bon marché, acheté à l'aéroport.

Il longea les rues étroites où du linge pendait accroché à des fils tendus entre les maisons, comme des bannières. La vieille ville était bondée et très animée : arcades commerciales, petits bars et cafés. Il se fraya un chemin sur les places de marché, parmi les odeurs de langoustes et de poulpes. Étal après étal, les olives scintillaient dans les rayons du soleil. Place San Rocco, les clients prenaient leur café en terrasse. Les embouteillages encombraient les petites rues sinueuses.

Peu avant neuf heures, il arriva à l'auberge, un bâtiment de pierre délavé à l'angle d'une rue animée, au cœur de la vieille ville. Sur la petite terrasse, les tables étaient alignées le long du trottoir, abritées par de grands parasols et des dizaines d'arbres dans de grandes vasques de pierre. Charlie était installé à l'une d'elles, un journal et un café devant lui. Il aperçut Ben de l'autre côté de la rue et lui fit un signe. Paraissant plus soulagé qu'heureux, Charlie ne sourit pas.

Ben se faufila dans la foule et glissa entre les tables pour s'approcher de Charlie. L'endroit fourmillait déjà de familles qui prenaient leur petit-déjeuner : les premiers touristes de la saison, avec leurs appareils photos et leur guide, qui dévoraient leurs tartines en planifiant la journée. Un petit homme en veste de coton léger, seul à une table d'angle, travaillait sur son notebook.

Ben posa sa veste sur le dos de la chaise vide en face de Charlie, laissa tomber son sac de toile sur le sol et s'assit. Il s'adossa à la chaise, tendit les jambes devant lui et croisa les bras.

– Merci d'être venu si vite, dit Charlie.

– J'aimerais que cela ne soit pas pour rien. Je suis fatigué, et je ne devrais pas être ici.

– Vous voulez un café ?

– Non, je t'écoute.

Charlie fronçait les sourcils. Il semblait encore plus agité qu'au téléphone. Il replia son journal, le posa entre eux sur la table et but une gorgée de café. Il leva les yeux vers Ben.

– J'ai un mauvais pressentiment. À propos de Zoé Bradbury.

15

– Je suis venu en messager, et je finis en détective, commença Charlie. Vous m'aviez dit qu'elle ne serait pas à la villa, mais j'ai vérifié quand même. Aucune trace. Les propriétaires n'ont aucune idée de l'endroit où elle est allée. Elle n'a pas pris son vol non plus. Ensuite, je suis allé voir les amis de la famille chez qui elle s'était installée. Le couple d'expatriés. Un peu guindés, des crétins de bourgeois. J'ai vite compris pourquoi elle ne s'était pas entendue avec eux. Ils m'ont raconté un peu la même histoire qu'à ses parents : elle s'était disputée avec eux, elle était partie, elle s'était fait chasser de l'hôtel et avait loué la villa. Rien de nouveau.

Charlie but une autre gorgée de son café et poursuivit.

– Alors, j'ai commencé à écumer l'île. J'ai fait tous les bars et les cafés, j'ai montré sa photo partout pour demander si quelqu'un l'avait vue en prétendant être un ami de la famille qui cherchait à la retrouver d'urgence, pour une affaire juridique dans son pays. J'ai parlé à tout le monde. À la police, au personnel des ferries et de l'aéroport, aux chauffeurs de taxi ; j'ai écumé les hôtels, les hôpitaux… Absolument tout. J'ai distribué des cartes de visite avec mon numéro de téléphone au cas où quelqu'un aurait des nouvelles. Une bonne cinquantaine. Rien. Elle n'est pas là.

– Qu'est-ce qui te fait croire qu'il lui est arrivé quelque chose ? demanda Ben. Ce ne sont pas les moyens de quitter une île sans laisser de traces qui manquent. Elle aurait pu partir sur le yacht d'un ami. Elle pourrait se trouver en ce moment même, quelque part au large, à prendre un bain de soleil sur le pont, un cocktail à la main.

Charlie écouta. Il hocha la tête.

– On peut toujours suivre une piste, fit Ben, d'un ton irrité. Ce n'était pas la peine d'appuyer sur le bouton d'alarme aussi vite.

– Je n'ai pas fini. Quand tu auras entendu la fin, tu sauras pourquoi je t'ai appelé.

Charlie s'exprimait d'un ton rapide, nerveux.

– Je t'écoute.

– J'ai reçu le coup de téléphone d'un type. Il m'a dit s'appeler Nikos Karapiperis. Il venait d'apprendre que je cherchais Zoé. Il avait l'air inquiet. Il m'a dit qu'il la connaissait et avait des choses à raconter. Mais il ne voulait pas parler au téléphone, il préférait me rencontrer quelque part.

– Donc, il est marié, dit Ben. Un notable du coin. Sa femme est en vacances et il flirte avec notre Zoé.

– Exactement. Une quarantaine d'années, un homme d'affaires. Un gros bonnet du club de golf. Un pilier de la communauté. Il possède une superbe villa à Corfou. Et aussi une petite garçonnière à la campagne, un endroit pour se reposer et amener des filles. Il ne voulait pas me parler chez lui parce que sa femme et ses enfants venaient juste de rentrer de vacances. Il m'a invité dans sa garçonnière. J'y suis allé. Il semblait vraiment nerveux. Il m'en a raconté de belles.

Ils furent distraits par un enfant qui courait entre les tables. Âgé de sept à huit ans, c'était un enfant grec typique, avec des cheveux noirs, des yeux sombres et le teint mat. Il portait un t-shirt rayé et un short rouge. Comme un basketteur, il jouait avec un ballon qu'il faisait rebondir habilement ; on entendait le bruit rythmé du caoutchouc qui heurtait régulièrement le sol. Il contournait les tables en s'encourageant et en dribblant en chemin. Les deux femmes assises à la table d'à côté rirent en le voyant faire.

Tandis que Charlie tendait le bras vers la cafetière pour se servir, Ben se retourna sur son siège, admirant l'agilité de l'enfant. Il était trop occupé à garder le rythme pour s'apercevoir qu'on l'observait. Néanmoins, il manqua un rebond, la balle dévia et heurta le pied de la table où l'homme à l'ordinateur s'était installé. Il insulta l'enfant dans une langue que Ben ne reconnut pas dans le brouhaha de la circulation. Le visage maigre et anguleux, il lançait des regards furieux.

– J'aimerais bien que ce mioche aille jouer ailleurs ! fit Charlie.

– Dis-moi plutôt ce que Nikos t'a raconté.

Charlie reprit son récit.

– Ils se sont vus discrètement, au début. Cela avait commencé comme une aventure d'une nuit. Apparemment, elle en avait beaucoup. Ensuite, c'est devenu plus sérieux. Ils se sont vus et revus. Il avait déjà eu des aventures auparavant, mais là, c'était différent. Il commençait à tenir beaucoup à elle. Il aimait lui faire des cadeaux. Et tout d'un coup, elle n'a plus eu besoin de son argent. Elle était pleine aux as.

– Tu sais d'où il provenait ?

Charlie acquiesça.

– Des États-Unis. Quelqu'un lui avait envoyé un mandat international de vingt mille dollars. Elle n'a pas voulu dire à Nikos qui était l'expéditeur, mais lui a certifié qu'il y en aurait beaucoup d'autres bientôt.

– D'autres ?

– Assez pour ne plus avoir de souci à se faire pour le reste de sa vie, disait-elle. Elle parlait de revenir et d'acheter une grande maison, pour s'installer définitivement. Elle prétendait qu'elle n'aurait plus jamais besoin de travailler. Alors, si c'est la vérité, nous devons parler de millions.

Charlie marqua une pause.

– Mais c'est là que tout devient vraiment étrange.

Ben cligna des yeux.

– Quoi ?

– Elle ne lui a jamais dit qui avait envoyé l'argent. Elle racontait simplement que c'était à cause d'une prophétie.

– Quelle prophétie ?

– Nikos n'en savait pas plus. Elle était toujours restée vague. La prophétie avait un rapport avec l'argent. Il n'avait pas la moindre idée de ce que cela signifiait. Quelqu'un avait peut-être prédit qu'elle allait gagner au loto ?

– Quand l'a-t-il vue pour la dernière fois ? demanda Ben.

– À la fête qu'elle a donnée la dernière nuit, la veille de son prétendu départ pour l'Angleterre. Il n'avait pas vraiment envie de se montrer en public avec elle, mais il y est passé, en essayant de rester aussi discret que possible. Il est resté jusqu'à onze heures et demie. Ils devaient se retrouver chez lui, ensuite. Elle avait prévu de le rejoindre en scooter, pour passer la dernière nuit ensemble. Il l'a attendue chez lui.

Charlie se servit un autre café.

– Elle n'est pas venue…

Charlie hocha la tête.

– C'est là que nous perdons sa trace. Entre le moment où Nikos a quitté la fête, vers onze heures et demie, et celui où elle aurait dû le rejoindre.

– Tu ne m'as pas dit qu'elle était partie en scooter ?

– Si, un de ces gros machins de luxe. Elle l'avait loué. Elle ne l'a jamais rendu. Il a disparu aussi.

– Elle était un peu ivre, elle a pu avoir un accident. Elle est peut-être étendue dans un ravin, quelque part.

– Peut-être, admit Charlie. Ce n'est pas tout. Nikos dit qu'il s'est passé quelque chose d'étrange à la soirée. Il savait qu'elle aimait les hommes et il ne manquait pas de beaux garçons, plus jeunes et plus en forme que lui à cette soirée. Alors, il gardait un œil sur elle, par jalousie.

– Oui, et alors ?

– Apparemment, il y avait un type qui tournait autour d'elle. Une petite trentaine, selon Nikos, beau garçon, les cheveux blonds. Il était arrivé avec une femme mais, tout de suite, il s'est mis à flirter avec Zoé. Il a dit s'appeler Rick. Nikos pense qu'il avait un accent américain.

– Et la femme ?

– Elle pouvait passer pour grecque, d'après Nikos. Il ne l'a pas entendu parler et il ne lui a guère prêté attention. Il s’intéressait plus à ce Rick, car il lui semblait que Zoé était sensible à ses charmes. Ensuite, Rick serait allé près du bar pour lui préparer un cocktail. D’après Nikos, il y avait un truc louche dans la manière dont il s’y était pris. Il tournait le dos à la salle et Nikos le soupçonna d’avoir versé quelque chose dans le verre.

Merde, pensa Ben. Il connaissait le truc. Au mieux, c’était un type qui pipait les dés en faisant boire un aphrodisiaque. Un peu plus grave, cela pourrait être la drogue du violeur. Pire encore, une tentative d’enlèvement. Et c’était cette troisième solution qui semblait coller aux circonstances.

– Cela ne me dit rien de bon, fit-il.

– Nikos n’est pas totalement sûr de ce qu’il a vu, dit Charlie. Mais il s’est approché et a mis les pieds dans le plat. Il a invité Zoé à danser et en a profité pour renverser le verre, comme par hasard… Juste au cas où. Ils ont dansé, il lui a fait part de ses réticences. Lui a dit de mettre fin à la soirée et de venir le rejoindre aussi vite que possible. Comme elle a protesté, il avait peur qu’elle fasse un scandale et attire l’attention sur lui. Il lui a répété de ne pas s’approcher de ce Rick et de ne pas toucher aux verres qu’on lui préparerait. Ensuite, il est parti et l’a attendue.

– Comment sait-il qu’elle avait vraiment l’intention de le rejoindre ? Elle aurait pu lui mentir dès le début ?

– Je ne crois pas, dit Charlie. Elle ne l’aurait pas laissé emporter ses affaires dans la Mercedes et les mettre chez lui plus tôt dans la journée, sinon. Un sac de voyage avec tous ses vêtements, son passeport, son argent, son billet d’avion, enfin tout. Elle avait vraiment l’intention de le rejoindre.

– Alors ce Rick n'est peut-être pas un garçon qui renonce facilement, dit Ben. Que s'est-il passé ensuite ?

– Comme Zoé n'arrivait pas, Nikos a essayé d'appeler la ligne fixe à la villa. Pas de réponse. Alors il y est allé. Tout était fermé, la maison était vide. Le scooter avait disparu. Elle s'était évaporée. C'est là qu'il a commencé à s'inquiéter.

– Et il ne pouvait pas appeler la police, dit Ben, il aurait été obligé de dévoiler leur relation, et si elle était revenue quelques jours plus tard, il se serait compromis pour rien.

Charlie acquiesça.

– Il était dans une impasse. Quand il a appris que je posais des questions et que j'étais employé par la famille, il a été ravi de pouvoir se débarrasser du sac de Zoé.

– Où est-il à présent ?

Charlie indiqua une fenêtre du haut.

– Dans ma chambre, à l'étage. J'ai sa pochette.

Il tendit le bras et prit un sac de plastique à côté de lui. Ben sortit la pochette de voyage et feuilleta les documents : les objets habituels, passeport, téléphone mobile, un porte-monnaie de toile avec des euros, en billets de cinq cents. Il les compta rapidement et s'arrêta à six mille.

– Il y a encore de l'argent dans le sac, en dessous des vêtements. Elle a bien entamé les vingt mille, mais il en reste encore une bonne part.

– Je crois que tu as raison, dit Ben. Elle devait vraiment avoir l'intention de rejoindre Nikos. Personne ne s'assied sur une telle somme.

Il fouilla encore dans les papiers. Le billet d'avion était plié dans la pochette de papier glacé d'une agence de voyages. Il l'ouvrit. Daté du jour de sa disparition, il était à destination d'Heathrow. En dessous, il trouva un petit carnet d'adresses en cuir de bonne qualité. À voir les bords bien nets, il en déduisit qu'il avait été acheté récemment. Il le prit et le feuilleta, cherchant les coordonnées d'un certain Rick. Rick, c'était ce qui l'ennuyait le plus. Comme il s'y attendait, il ne trouva rien. Il consulta les pages et nota les noms. Il n'y avait que peu d'entrées. Quelques numéros commençant par 01 865, le code d'Oxford, dont celui de ses parents. Quelques numéros outre-mer. Une certaine Augusta Vale et un Monsieur Cleaver. Pas d'adresses, simplement des numéros de téléphone. D'après le préfixe, Vale et Cleaver résidaient aux États-Unis.

– Qui est-ce, ce Cleaver ? demanda Ben.

Charlie haussa les épaules. Ben continua à feuilleter et une carte de visite tomba. « Monsieur Steve McClusky, avocat », avec une adresse à Savannah, aux États-Unis. Il la glissa dans sa poche.

– À part l'argent et les vêtements, il y a quelque chose d'autre dans le sac ?

– Non. J'ai tout passé en revue. C'est tout ce qu'on a.

Ben songea à l'argent venu d'Amérique, à Rick, l'Américain de la soirée.

– Il y a beaucoup de liens avec les États-Unis, Nikos en a parlé ?

– À part que l'argent venait de là, non.

– Je crois que j'aimerais le rencontrer pour lui en toucher deux mots, au cas où il saurait quelque chose. Tu peux nous arranger ça ?

– C'est impossible, Ben.

– Je comprends, c'est délicat pour lui. Dis-lui

que je resterai très discret. Nous avons simplement besoin de lui poser quelques questions supplémentaires.

– Ce n'est pas ce que je voulais dire. On ne peut pas lui parler.

– Pourquoi donc ?

– Vous croyez que je vous aurais appelé pour rien, dit Charlie en prenant le journal plié.

Il l'ouvrit et le tendit à Ben.

– En première page, sur le numéro d'hier. Vous n'avez pas besoin de comprendre le grec pour vous faire une idée.

Ben parcourut la page des yeux et s'arrêta sur une petite photo en noir et blanc au grain grossier. Elle montrait deux voitures de police et des hommes en uniforme devant une petite villa au milieu d'un bosquet d'arbres. Juste à côté, on voyait le portrait d'un homme d'une bonne quarantaine, le teint bronzé, les traits bien dessinés, grisonnant sur les tempes.

– Ne me dis pas…

Charlie hocha la tête.

– Je vous ai dit que c'était grave. Je vous ai appelé dès que j'ai appris la nouvelle de sa mort. La photo, c'est celle de sa petite garçonnière, sur la colline. C'est là qu'on l'a retrouvé. L'île ne parle plus que de cela !

– Qui l'a trouvé ?

– Quelqu'un a filé un tuyau aux flics. Il était mort depuis longtemps lorsqu'ils sont arrivés. Une overdose massive d'héroïne. Ils ont trouvé de la drogue partout dans la maison. Apparemment, il était mêlé à un trafic de grande envergure. Accident, suicide ou meurtre, personne ne sait. La police a investi les lieux. C'est le plus gros scandale depuis des années. Il n'était jamais rien arrivé de pareil à Corfou.

Ben réfléchissait vite. Cela n'avait aucun sens. La drogue et l'apparition soudaine de l'argent, ça allait bien ensemble. Héroïne, gros billets et mort. Combinaison classique. Mais si Nikos était impliqué dans un trafic avec Zoé, l'histoire qu'il avait racontée à Charlie ne tenait plus debout. Il ne se serait même pas approché de Charlie, dans ce cas. Il n'aurait pas voulu attirer l'attention sur lui. Il y avait un chaînon manquant.

Et que signifiait cette histoire de prophétie ? Il n'avait pas la moindre idée de ce que cela pouvait être.

– Il y a encore un truc. On me suit.

– Depuis quand ?

– Depuis le début, ou presque, depuis que j'ai commencé à poser des questions sur Zoé Bradbury.

– Tu en es certain ?

– Hum hum. Ils sont doués, mais pas assez pour que je ne puisse pas les repérer. Ils travaillent en équipe.

– Combien ?

– Trois, à coup sûr, peut-être un quatrième. Une femme.

Si un ancien membre des SAS disait qu'on le suivait, il ne rêvait pas !

– Et en ce moment ?

Charlie hocha la tête.

– Je suis presque sûr de les avoir semés. Alors, qu'est-ce qu'on fait ? On raconte notre histoire à la police ? On leur refile le bébé ?

– Je n'aime pas traiter avec la police, à moins que cela ne soit absolument nécessaire.

– Alors, je ne vois aucune solution, dit Charlie, du moins, pas pour moi. C'était censé marcher comme sur des roulettes ! C'est ce que j'ai dit à Rhonda !

Le môme au ballon faisait de nouveau le tour des tables en dribblant. Il repassa devant la table où se trouvait le type à l'ordinateur. Elle était vide, l'homme était parti. Soudain, le garçon trébucha et son ballon s'éloigna de lui. Il courut pour le rattraper sur le bord du trottoir. Le ballon fila sur la route.

Du coin de l'œil, Ben comprit aussitôt ce qui se passait. Une camionnette arrivait. Une camionnette verte, délabrée, un véhicule de livraison apparemment fort pressé. Et le garçon poursuivait son ballon en plein dans sa trajectoire.

Charlie parlait toujours, mais Ben ne l'entendait plus.

Il se tourna et regarda la camionnette. Le chauffeur parlait à son passager, sans regarder la route. Il n'avait pas vu l'enfant. Le ballon s'immobilisa. Le garçonnet s'accroupit pour le ramasser. Vit la camionnette et se figea, les yeux écarquillés. La camionnette ne ralentit pas et Ben comprit dans un frisson de terreur qu'elle ne s'arrêterait pas à temps. Lorsque l'esprit travaille à toute vitesse, les événements semblent se dérouler au ralenti. Ben bondit de sa chaise et se précipita vers la rue. Combla les six mètres qui le séparaient de l'enfant. Il se pencha, passa le bras autour de la taille du môme et le souleva du sol. Il entendit l'air s'échapper violemment des poumons de l'enfant, sous le choc.

La camionnette était pratiquement sur eux. Ben plongea et glissa sur le sol, se servant de son corps comme d'un bouclier pour protéger l'enfant de la surface du macadam. L'enfant hurlait.

Les freins de la camionnette crissèrent et les roues se bloquèrent, traçant des serpents de caoutchouc noir sur le sol. Elle dérapa et s'arrêta en biais entre Ben et la terrasse de café, en oscillant sur les amortisseurs.

Le temps reprit son cours. Ben entendait les gens qui hurlaient et criaient sur la terrasse en se rendant compte de ce qui venait de se passer. Il ressentait une douleur à l'épaule, là où il avait frotté sur le macadam.

Par-dessus le capot de la camionnette, il apercevait Charlie qui s'était levé et regardait, les yeux écarquillés, une main posée sur le dos de sa chaise.

Puis, le monde explosa.

16

L'instant d'avant, il se trouvait sur une terrasse de café, où les familles et les amis prenaient le petit-déjeuner. L'instant suivant, une boule de feu avait tout englouti, avait tout fait voler en éclats. L'onde de choc qui se propageait sur le trottoir et sur la rue ravageait tout sur son passage.

Des débris de tables, de chaises, de parasol volaient dans les airs, avant de retomber dans toutes les directions, en flammes. Des éclats de verre explosaient dans toute la rue, tel un gigantesque tir de carabine. Sous le choc, la camionnette s'était renversée sur le flanc ; les vitres étaient brisées.

Ben s'était déjà redressé sur ses pieds, l'enfant toujours dans les bras, lorsque la force de l'explosion l'avait à nouveau projeté à terre. Une pluie de débris se déversait sur lui.

Soudain, dans un moment presque surnaturel, un silence de mort régna. Puis, les cris retentirent.

Ben avait les oreilles qui bourdonnaient douloureusement et la tête qui tournait. Il pensa immédiatement à l'enfant. Il se leva lentement et s'agenouilla au milieu du verre brisé. Le garçon leva vers lui des yeux terrifiés. Ben regarda s'il était blessé. Pas de sang. Choqué, l'enfant était néanmoins indemne. Ben pensa à Charlie. Chancelant, il se redressa sur ses pieds, prenant soudain conscience de l'horrible douleur dans sa nuque et son épaule. Sa chemise déchirée était trempée de sang. Il porta la main à son cou et ses doigts sentirent un étrange objet qui n'aurait pas dû se trouver là. Il n'y prêta pas attention. Il contourna la camionnette en flammes et contempla la scène de désolation.

C'était un véritable carnage. Des cadavres déchiquetés et ensanglantés, des corps carbonisés jonchaient ce qui avait formé la terrasse. Les gens criaient, horrifiés, appelaient à l'aide, tandis que d'autres agonisaient. Quelques blessés, qui avaient déjà pu se relever, chancelaient parmi les débris. Une fumée noire et l'odeur âcre des chairs brûlées emplissaient l'air. Des petits feux brûlaient sur toute la rue.

Ben cria le nom de Charlie. Puis, il le vit…

La main de Charlie était toujours agrippée au dos de la chaise. Mais elle se terminait au poignet. Le reste du corps gisait sur le trottoir. Ben se retourna et ferma les yeux.

Il ne fallut pas longtemps avant que le bruit des sirènes ne couvre les cris des survivants et les discours incohérents des témoins qui accouraient pour leur venir en aide. Soudain, les lieux étaient pris d'une activité frénétique. Des infirmiers s'affairaient rapidement, comme des soldats dans un champ de bataille. En quelques minutes, l'avenue fut pleine de véhicules de secours et d'équipement. Des policiers accouraient de partout, hurlant dans leur radio, s'agitant pour sécuriser la scène et maintenir à l'écart la foule qui arrivait des quartiers limitrophes. Les gens pleuraient, se serraient dans les bras les uns des autres, le visage déformé par l'angoisse.

Pendant ce temps, les ambulances et la police scientifique accomplissaient leur sinistre tâche. On avait recouvert les morts d'un drap blanc, avant de les mettre dans un sac et de les emmener. Les médecins faisaient de leur mieux pour soigner les blessés avant que les ambulances ne les conduisent à l'hôpital. Un par un, les véhicules s'éloignaient dans un crissement de pneus tandis que d'autres déferlaient constamment.

De l'autre côté de la rue, Ben observait la scène. À côté de lui, assis sur le bord du trottoir, son ballon entre les jambes, le garçonnet regardait, lui aussi. Il leva vers Ben des yeux interrogateurs. Une égratignure saignait sur son front. Ben lui posa la main sur l'épaule.

Soudain, l'enfant sembla voir quelque chose. Il se leva d'un bond et partit en courant avant que Ben eût le temps de le retenir. Il disparut dans la foule et se perdit dans l'immense capharnaüm. Une minute plus tard, un infirmier montra Ben à son équipe. Lorsqu'ils s'approchèrent de lui, Ben se souvint que sa chemise était trempée de sang. Il ne ressentait plus la douleur. Tout engourdi, il n'entendait presque plus rien. Il ne comprenait pas ce qu'on lui disait mais les infirmiers semblaient croire que sa blessure était grave. Il n'eut pas la force de résister quand on l'entraîna vers l'ambulance.

Il regarda vers la terrasse. Ce qui restait du corps de Charlie gisait sous un drap ensanglanté. On avait ôté la main du dos de la chaise. Dans son brouillard, Ben se demandait où ils l'avaient mise et s'ils avaient retrouvé l'intégralité du corps. Les infirmiers le firent entrer dans l'ambulance et l'obligèrent à s'allonger. Les portes claquèrent, le moteur démarra, et la sirène retentit. Il sentait l'accélération de l'ambulance le long des rues. Il regarda tout autour de lui. L'équipement médical, les tubes et les portiques tremblaient sous le mouvement du véhicule. La poche de la perfusion se balançait au-dessus de lui. Il n'était pas seul. Des mains s'affairaient sur son corps, des visages l'observaient, il percevait un brouhaha de voix qui résonnait constamment dans ses oreilles. Les impressions lointaines commencèrent à se brouiller.

Pris de vertiges, il avait l'impression de flotter dans le vide et l'obscurité. Il rêva de feu et d'explosions, il revit le visage de Charlie qui lui souriait avant de se confondre avec le visage de l'enfant qu'il lui adressait un dernier regard avant de s'enfuir dans la foule. Ensuite, le néant.

17

Le douzième jour

Ben se réveilla en sursaut et se redressa d'un bond. Désorienté, il cligna des yeux et regarda tout autour de lui. Il se trouvait dans une chambre.

Tout était blanc, très médical. L'odeur le frappa : un mélange écœurant de désinfectant et de nourriture d'hôpital. Une garde-malade en blouse bleue poussa un chariot par la porte ouverte.

En changeant de position sur le lit dur, Ben grimaça tant son épaule et son cou le faisait souffrir. Il leva la main et sentit le gros pansement. Il se souvenait à présent. L'explosion. Les éclats de verre qui dépassaient de son cou. Les infirmiers qui l'emmenaient.

Il se rappela autre chose.

Charlie était mort.

Sa montre de plongée et l'alliance accrochée à la lanière de cuir étaient posées sur la table de nuit. Maladroit, sentant la raideur des points de suture, il tendit le bras. Il regarda la date et l'heure. Il s'était écoulé près de vingt-deux heures depuis l'attentat. Il avait dormi toute la journée et toute la nuit.

Lentement, il descendit du lit, fit quelques pas dans la chambre d'hôpital tout en prenant sa montre et en enfilant le collier de cuir. Il entra dans la petite salle de bains et regarda le pansement dans le miroir. Il souleva les bords et observa la blessure.

Il avait connu pire. Il ne pouvait pas se laisser arrêter par quelques échardes de verre. Il se débarrassa de sa chemise d'hôpital, se lava rapidement au lavabo et retourna s'habiller dans sa chambre. Ce qui restait de ses vêtements avait été plié et déposé sur une chaise près du lit. La chemise déchirée et ensanglantée avait disparu. Il enfila son jean et ses chaussures.

Une infirmière entra dans la pièce, le regarda et commença à lui parler dans un grec rapide.

– Je suis désolé, je ne comprends pas.

D'un grand geste, elle indiqua le lit pour le forcer à y retourner.

Il hocha la tête.

– Je m'en vais. Mais il me faut une chemise.

– Vous pas partir, dit-elle, en lui indiquant son cou. Vous blessé.

– Je vais bien. Je vais partir maintenant.

– J'appelle le docteur.

Elle tourna les talons et sortit en hochant la tête et en grommelant. Elle claqua la porte derrière elle.

Il s'assit lourdement sur le bord du lit, s'ébouriffa les cheveux et attendit. Quelques minutes plus tard, on cogna bruyamment à la porte. Pendant un instant, Ben pensa que le médecin, estimant qu'il voulait sortir trop tôt, allait venir lui réciter son couplet sur les complications et infections.

Ce n'était pas le médecin. La porte s'ouvrit et un homme à la silhouette d'ours entra. Il mesurait dix centimètres de plus que Ben et devait se baisser pour passer sous la porte. Regardant Ben avec des yeux brillants et un grand sourire, il s'approcha du lit et lui empoigna la main. Une petite femme à la peau brune arriva dans son sillage, tout sourire, elle aussi.

Le grand type serra vigoureusement la main de Ben, qu'il ne semblait plus vouloir lâcher. Il avait les larmes aux yeux.

– Vous êtes un héros, marmonna-t-il, en anglais, avec un fort accent.

Pendant une seconde, Ben resta abasourdi. Mais il vit bientôt l'enfant dans l'encadrement de la porte. Il avait un pansement au-dessus du sourcil gauche et quelques égratignures sur les joues. Ben le reconnut immédiatement.

– Vous êtes un héros, répéta l'homme, tenant toujours la main de Ben. Vous avez sauvé notre fils.

– Je n'ai pas fait grand-chose, répondit Ben. Il m'a sauvé autant que je l'ai sauvé. S'il ne s'était pas mis à courir sur la rue, j'aurais été réduit en morceaux.

– Mais sans vous, Aris aurait été tué.

Une larme coula sur la joue de l'homme qui renifla et l'essuya.

– Je m'appelle Spiro Thanatos. Voici ma femme, Christina. Nous sommes les propriétaires de l'auberge où la bombe a explosé.

Il posa les yeux vers le cou et l'épaule nue de Ben.

– Vous êtes blessé ?

– Ce n'est rien. Quelques éclats de verre. Je vais sortir bientôt. J'ai juste besoin de vêtements.

Spiro sourit. Il commença aussitôt à déboutonner sa chemise, révélant un t-shirt avec le logo de l'hôtel Thanatos.

– Prenez la mienne. Non, non, j'insiste.

Ben le remercia et l'enfila en grimaçant sous la douleur. C'était une chemise de coton bleu, un peu grande pour lui, mais elle était fraîche et propre.

Spiro parlait incessamment. Il était en cuisine avec Christina au moment de l'explosion. Ils croyaient que leur fils était perdu. C'était affreux. Des morts, des blessés, des bâtiments en ruine. Des assassins et des dealers de drogues sur leur île si tranquille ! Le monde n'est plus ce qu'il était. Leur affaire était dévastée ; peu leur importait, tant qu'Aris était indemne ! Ils feraient n'importe quoi, n'importe quoi pour rembourser leur dette. Ils n'oublieraient jamais.

Ben écoutait et protestait.

– Tout le monde aurait fait la même chose.

– Dans quel hôtel êtes-vous ? demanda Spiro.

– Aucun, je venais d'arriver. Je n'avais pas l'intention de m'attarder.

– Mais vous devez rester un moment maintenant. Vous êtes notre invité.

– Je n'ai pas encore de projets.

– Je vous en prie, dit Spiro. Si vous restez, n'allez pas à l'hôtel.

Il fouilla dans sa poche et fit danser une clé au bout de ses doigts.

– Nous avons une maison, sur la plage, en dehors de la ville. Elle est toute simple, vous pouvez y habiter, tant que vous serez à Corfou.

– Je n'y songerais même pas.

Spiro lui attrapa le bras dans sa main puissante et glissa la petite clé dans sa paume. Une petite étiquette de plastique avec l'adresse y était attachée.

– J'insiste. C'est le moins qu'on puisse faire.

Spiro et Christina partirent à contrecœur, toujours en souriant, très reconnaissants.

Ben glissait la chemise empruntée dans son jean lorsque la porte s'ouvrit de nouveau.

Il se tourna, s'attendant à voir le médecin en colère, mais ce n'était toujours pas lui.

Livide, Rhonda Palmer entra dans la pièce, le visage gonflé et maculé de larmes. Un homme plus âgé et une femme la suivaient, l'observant tristement. Il avait vu l'homme le jour du mariage. Ses parents.

– Je voulais vous voir, dit Rhonda.

Ben ne répondit pas. Il ne savait quoi lui dire.

– Je voulais voir l'homme qui a tué mon mari, et lui dire mon sentiment, cria-t-elle, d'une voix tremblante.

Elle leva le bras et essuya une larme.

Ben sentait soudain ses jambes flageoler. Il voulait lui répondre qu'il n'avait pas tué Charlie. Qu'il ne l'aurait jamais impliqué dans une telle histoire, s'il avait su.

Mais cela semblait si maladroit, si inutile… Il garda le silence.

Rhonda avait le visage déformé par le chagrin et la fureur.

– Quand vous êtes venu au mariage, je savais que vous alliez nous attirer des ennuis. Le Major Hope, qui entraîne mon mari dans la mort.

– Je ne suis plus le major Hope, dit Ben, d'une voix douce.

– Je me moque de la façon dont vous vous appelez ! lui lança-t-elle. Vous avez gâché ma vie et celle de ma famille. Vous m'avez pris le père de mon enfant.

Ben la regarda.

– Je ne le sais que depuis deux jours, sanglota-t-elle. J'allais le dire à Charlie à son retour. À présent, il est mort. Mon enfant ne connaîtra jamais son père. À cause de vous !

Elle s'arrêta et sanglota, chancelant sur ses jambes. Son père la soutint. Elle se dégagea. Elle adressa à Ben un regard de haine et dégoût.

– Assassin ! cria-t-elle.

Elle lui cracha au visage. Lui balança une grande gifle en pleine figure. Il se détourna. Sa joue le brûlait. Il regarda ses pieds. Il était conscient des regards accusateurs posés sur lui. Alertées par les cris, deux infirmières arrivèrent en courant. Elles restèrent immobiles, terrifiées.

Pliée en deux, Rhonda pleurait à grands sanglots. Sa mère lui passa le bras autour des épaules.

– Viens ma chérie, on s'en va.

Ils se retournèrent. Le père de Ben lui envoya un dernier regard venimeux avant de sortir.

La mère franchit la porte, en tenant sa fille dans ses bras. Elle se retourna et regarda Ben dans les yeux.

– Que Dieu vous maudisse ! À présent, vous devrez vivre avec ça sur la conscience !

18

Paxos
Le même jour, 8 heures du matin

À une cinquantaine de kilomètres plus loin, le blond dénommé Hudson était installé à la table, dans la maison vide de la plage. Kaplan, la femme, se tenait derrière lui et regardait l'écran de l'ordinateur portable ouvert devant eux.

L'image numérique était aussi nette qu'elle lui était apparue dans l'objectif lorsqu'ils avaient filmé la scène de la fenêtre de l'appartement d'en face, la veille. Le zoom était braqué sur les deux hommes assis à une table, au bord de la terrasse. Pour l'instant, ils les appelaient Numéro Un et Numéro Deux. Numéro Un, c'était celui qu'ils surveillaient depuis qu'il avait commencé à poser des questions à propos de Zoé Bradbury. Numéro Deux, c'était celui qui venait de le rejoindre de manière inattendue. Ils ne savaient pas grand-chose sur lui, et cela les embêtait.

Ce qui les inquiétait encore plus, c'était que, malgré l'explosion, il était toujours en vie. C'était pour ça qu'ils restaient cloués sur l'île alors qu'ils auraient dû plier bagages et rentrer à la maison.

Sur l'écran, la conversation semblait animée. Ensuite, l'enfant au ballon apparut. Un instant plus tard, l'un des deux hommes bondit de sa chaise et courut vers la rue. Quelques secondes après, la terrasse de café était engloutie dans les flammes.

– Mets sur pause ! ordonna Kaplan.

Hudson appuya sur une touche. Sur l'écran, la boule de feu géante et les débris volants restèrent immobiles ; l'expression de terreur était figée sur les visages des victimes prises dans les flammes.

– Va plus à gauche, dit-elle.

Il appuya sur une autre touche et l'image défila. La camionnette de livraison verte était en travers de la route. De l'autre côté, l'homme qui avait bondi de sa chaise était allongé sur le sol, protégeant l'enfant.

Elle l'observa, songeuse, mettant le doigt sur ses lèvres pour mieux se concentrer.

– Il l'a vu venir ? Il savait quelque chose ?

– Non, je ne le vois pas comme ça, répondit Hudson. Il a volé au secours de l'enfant. Une seconde plus tard, il aurait été pris avec les autres.

– Et s'il avait repéré Herzog ? S'il se souvenait de lui ? C'est un témoin !

– Impossible. C'est une pure coïncidence. Il n'avait aucune idée de ce qui allait se produire.

Elle fronça les sourcils.

– Peut-être. Retour en arrière. Ici, arrête ! Repasse.

– On a regardé cette bande une centaine de fois, rouspéta Hudson.

– Je veux savoir qui est ce type. J'ai un mauvais pressentiment.

De nouveau, ils observèrent et écoutèrent. Le son était confus, et encombré de bruits parasites :

des bribes de conversation des autres tables et des passants, la circulation, le bruit blanc général.

– Le son est merdique.

– Oui, je sais. On n'a pas vraiment eu le temps de se préparer, se justifia Hudson. Si je n'avais pas pensé à apporter le matériel, juste au cas où, on n'aurait rien à écouter.

– Tais-toi, et repasse-moi tout !

Il se tut. Kaplan était la chef, et il savait qu'elle pouvait se montrer mauvaise s'il poussait le bouchon trop loin.

– Mets sur pause. Tu as entendu ? Il a mentionné son nom. Retourne en arrière.

Il recula de quelques images.

– C'est difficile d'en être certain.

– J'en suis sûre. Augmente le volume. Tu peux nettoyer la bande ?

– J'ai fait tout ce que j'ai pu, répondit Hudson, irrité.

Il avait presque passé la nuit à travailler sur le son, filtrant péniblement toutes les fréquences inutiles qu'il parvenait à isoler.

– J'ai encore besoin de quelques heures, pour que ce soit parfait.

– Si on pouvait éliminer ce mioche ! Je m'en contenterai.

Le tap tap du ballon qui rebondissait entrait en permanence dans le champ du micro et masquait une grande part des paroles la rendait folle.

Hudson repassa la vidéo et ils écoutèrent attentivement.

—- C'est là. Bradbury. Je l'entends clairement, maintenant.

– Ouais, c'est bien Bradbury.

– Merde ! Bon, on continue.

La vidéo se prolongeait encore quelques secondes. Elle ferma les yeux pour ne se concentrer que sur le son. Soudain, elle les rouvrit et sa mâchoire se crispa.

– Arrête ! Cleaver… Il a parlé de Cleaver !

– Cela signifie qu'il a parlé à Bradbury. Qu'il…

– Ou simplement qu'il a trouvé le carnet d'adresses.

– Peu importe, ce n'est pas un truc qu'il doit savoir.

Ils regardèrent la suite. Sur l'écran, Numéro Un dépliait le journal et le montrait à Numéro Deux.

Kaplan prit un exemplaire du même quotidien sur le bureau et suivit le regard de Numéro Deux sur la première page. Elle hocha la tête. Il consultait l'article sur la mort de Nikos Karapiperis.

Puis, l'enfant entra dans le cadre, son ballon s'échappa sur la route et, de nouveau, ils virent Numéro Deux bondir de sa chaise pour voler à son secours.

– Tu peux arrêter maintenant. J'en ai vu assez, dit Kaplan.

– Saleté de héros, murmura Hudson.

Kaplan commença à faire les cent pas.

– Si on recolle les bribes, ils savaient tout. Bradbury, l'argent, Cleaver, Nikos Karapiperis. Et Numéro Un s'est aperçu qu'on le suivait.

Hudson pivota sur sa chaise pour lui faire face.

– Comment a-t-il pu savoir ?

L'écran devint noir et l'ordinateur s'arrêta.

Kaplan hocha la tête.

– Ce n'est pas un simple ami de la famille. C'est un professionnel en mission. Personne d'autre n'aurait pu nous repérer.

– Alors, qui sont ces gens ? Pour qui travaillent-ils ?

– Je ne sais pas.

– Tu crois qu'ils savent ce que Bradbury a fait ?

– Il va encore falloir que j'avertisse… Ils ne me plaisent pas ces types. Et je n'aime pas savoir que Numéro Deux rôde toujours dans les parages.

Elle alla dans une autre pièce, où elle pouvait parler discrètement et composa un numéro. À l'étranger. La même voix d'homme répondit.

– On a peut-être un autre problème, lui dit-elle. Elle expliqua brièvement la situation.

– Qu'est-ce qu'il sait, exactement ?

– Trop. L'argent. Cleaver, et nous. Peut-être plus.

Il y eut un long silence.

– Ça commence à devenir le merdier.

– On va arranger ça.

– Vous avez intérêt ! Trouvez-moi des noms. Débrouillez-vous pour savoir ce qu'il sait. Et chargez-vous de lui ! Faites ça proprement et en silence ! Je n'ai pas envie d'être obligé de rappeler Herzog. Il est bien trop cher !

À la fin de la communication, Kaplan retourna dans l'autre pièce.

– On y va !

19

Encore épuisé et étourdi, Ben quitta l'hôpital. Chancelant, il franchit les portes de verre et sortit dans la chaleur du soleil matinal, qu'il sentait à peine sur ses joues.

L'esprit vide, il resta un instant immobile sur le trottoir, sans savoir que faire. Un bruit de pas derrière lui le fit sursauter : deux hommes, l'un armé d'une caméra, l'autre d'un carnet de notes. Des journalistes. Ils venaient droit vers lui.

– Vous êtes celui qui a sauvé l'enfant ? dit l'homme au carnet. Pouvons-nous vous poser quelques questions ?

– Pas maintenant, répondit Ben.

– Plus tard ? Voici ma carte.

Le journaliste serra la main de Ben qui se contenta de hocher la tête. Il était trop fatigué pour en dire plus. Le photographe leva son objectif et prit quelques clichés. Ben n'essaya pas de l'en empêcher.

Tandis que les journalistes s'éloignaient, un 4X4 de la police de Corfou s'arrêta au bord du trottoir dans un crissement de pneus. Les portes s'ouvrirent et deux hommes descendirent du véhicule, l'un en civil, l'autre en uniforme. L'officier en civil était un affreux petit bonhomme chauve, à la barbe soignée.

Ils s'approchèrent de lui.

– Monsieur Hope ? demanda l'homme en civil, en anglais.

Il fouilla dans sa poche et sortit sa carte.

– Je suis le capitaine Stephanides, de la police de Corfou. Je vais vous demander de nous accompagner, s'il vous plaît.

Ben ne répondit pas. Il se laissa conduire à l'intérieur du véhicule. Stephanides s'installa à côté de lui, dit quelques mots en grec au chauffeur, et la voiture démarra. Il se tourna vers Ben.

– Vous quittez l'hôpital bien vite. Je m'attendais à vous trouver au lit.

– Je vais bien.

– La dernière fois que je vous ai vu, vous étiez allongé sur un brancard, couvert de sang.

– Quelques égratignures. D'autres ont eu moins de chance.

Stephanides hocha gravement la tête.

Moins de dix minutes plus tard, ils avaient franchi la barrière de sécurité et s'arrêtaient à l'arrière d'un grand bâtiment. Stephanides descendit et demanda à Ben de le suivre. Ils entrèrent dans un bureau confortable à l'air climatisé.

– Je vous en prie, asseyez-vous.

– Que puis-je pour vous, capitaine ?

– Je voudrais simplement vous poser quelques questions.

Stephanides s'assit sur le bord du bureau, laissant se balancer une de ses grosses jambes. Il sourit.

– Les gens disent que vous êtes un héros.

– Ce n'était rien, dit Ben.

– Avant de sauver le jeune Aris Thanatos, vous vous trouviez avec l'une des victimes sur la terrasse du café.

Ben hocha la tête.

– Je dois vous demander si vous avez remarqué quelque chose d'anormal ou de suspect.

– Non, rien.

Stephanides hocha la tête et prit un carnet à côté de lui.

– La victime en question… Charles Palmer. C'était un de vos amis ?

– Nous étions dans l'armée ensemble. J'ai pris ma retraite à présent.

– Et quelle était la nature de votre séjour à Corfou ?

Ben connaissait bien les Stephanides ! L'homme souriait et s'efforçait de paraître aussi amical et aussi peu menaçant que possible, mais il ne plaisantait pas. Cet interrogatoire était dangereux, et Ben devait se concentrer pour éviter d'en dire trop.

– J'étais venu voir Charlie. Il avait besoin de mes conseils pour une affaire. Je n'ai pas eu le temps d'apprendre de quoi il s'agissait. L'attentat a eu lieu trop vite.

De nouveau, Stephanides hocha la tête et prit des notes dans son carnet.

– Et ces conseils, vous ne sauriez pas pourquoi il était impossible de les donner par téléphone ou courrier électronique ?

– Je préfère discuter en face à face.

Le policier grommela.

– Donc, vous avez fait tout ce chemin pour avoir une simple conversation, sans savoir sur quel sujet.

– C'est exact.

– Ça me semble plutôt extravagant.

– J'aime beaucoup voyager, dit Ben.

– Quelle est votre profession à présent, M. Hope.

– Je suis étudiant en théologie, à Oxford. Christ Church. Vous pouvez le vérifier.

Stephanides leva les sourcils et nota.

– Cela explique sans doute pourquoi vous aviez une Bible sur vous. Il y a deux ou trois petites choses qui m'intriguent à propos de votre ami. Il posait des questions à propos d'une jeune Anglaise.

– Je ne suis pas au courant.

Stephanides leva les sourcils. Le regard foudroyant qu'il adressa à Ben montrait qu'il avait trouvé la faille.

– Ce n'est pas ce que nous a dit son épouse, Mme Palmer. Elle m'a révélé hier soir qu'il travaillait pour vous et essayait de retrouver cette demoiselle Bradbury.

Ben ferma les yeux et se frotta les tempes. Il était tombé dans le panneau.

– J'ai sept corps à la morgue, dit Stephanides, et onze blessés graves. L'un a perdu la vue, un autre ne marchera plus jamais. Quelqu'un a posé une bombe au beau milieu de la ville, je veux savoir qui et pourquoi.

Ben ne répondit pas.

Stephanides sourit, mais d'un sourire glacial.

– Je sais que vous avez subi un choc. Vous n'auriez peut-être pas dû quitter l'hôpital si vite. Vous avez sans doute besoin d'un jour ou deux pour vous rétablir et vous éclaircir l'esprit. Lorsque vous serez plus enclin à parler, j'aimerais vous reposer ces questions. En attendant, je vous demanderai de ne pas quitter l'île et de me remettre votre passeport, s'il vous plaît. Nous le garderons jusqu'à ce que nous n'ayons plus besoin de votre aide.

– Je ne l'ai pas sur moi.

– Où est-il ?

– Il se trouvait dans la poche de ma veste lorsque la bombe a explosé. Mon billet d'avion aussi. Elle était sur le dos de ma chaise. Tout a brûlé.

Stephanides lui adressa un long regard dur.

– J'ai remarqué que vous aviez votre portefeuille dans la poche arrière de votre pantalon. Pouvez-vous me le montrer, s'il vous plaît ?

Ben le lui tendit et le capitaine le fouilla brusquement. Il examina le permis de conduire, le rangea et feuilleta la liasse de billets de banque.

– Ça fait pas mal d'argent liquide, surtout pour un étudiant, remarqua-t-il.

– J'ai horreur des cartes de crédit, dit Ben. Et je n'y range jamais mon passeport.

– Vous êtes un homme bien étrange. Vous parcourez des milliers de kilomètres pour éviter de parler au téléphone, vous avez des milliers d'euros en liquide, vous détestez les cartes de crédit. Vous sortez de l'hôpital avant même d'avoir été soigné. C'est mon boulot de noter ces anomalies. Je suis bien obligé de me demander pourquoi vous étiez si pressé.

– Vous me croyez impliqué dans tout ça ?

– Je crois que vous me cachez beaucoup de choses. Et je crois que vous devriez réfléchir à ce que vous avez à me dire. Nous en reparlerons. Vous pouvez y aller maintenant.

Ben se dirigeait vers la porte lorsque Stephanides le rappela. Il lui remit un sac-poubelle en plastique noir.

– Vos affaires, dit-il, insistant. Ce qui n'a pas brûlé dans l'incendie.

Ben le prit et s'éloigna.

Sorti du commissariat dans une sorte de brouillard, en s'accrochant à son sac de plastique. Il avait à peine conscience de son environnement. Il se contentait de marcher en mettant un pied devant l'autre, les yeux baissés. Ses pensées hurlaient dans son esprit. Il ne pensait pas à sa conversation avec le policier, ni à la manière dont il s'était laissé piéger. Peu lui importait de s'enfoncer dans le pétrin ou de savoir que faire.

Mon enfant ne connaîtra jamais son père.

Assassin !

Que Dieu vous maudisse si vous pouvez vivre avec ça sur la conscience !

Les mots étaient autant de poignards qui s'enfonçaient dans son crâne. Il continuait à marcher, essayant de bloquer ses pensées. Il s'éloigna de la ville et se retrouva au bord du quai.

Des petits bateaux de pêcheurs se balançaient paresseusement sur l'eau. Il descendit une volée d'escaliers délabrés et marcha sur le sable mou. La crique déserte formait un arc de cercle, avec la côte rocheuse qui montait vers une dense forêt de pins, s'étendant à l'infini.

Il s'écroula contre un rocher et jeta le sac-poubelle à ses pieds. Il ferma les yeux. Il avait l'impression que toutes ses forces l'avaient abandonné.

Il se laissait aller au désespoir. Il voyait le visage de Charlie en face de lui. La voix de Rhonda résonnait toujours dans sa tête. Elle avait raison. Charlie était mort à cause de lui. C'était lui qui l'avait entraîné dans cette histoire, qui lui avait assuré que ce serait facile. Comment assumer une chose pareille ? Depuis quand les choses étaient-elles faciles ? Toi, entre tous, tu étais le mieux placé pour le savoir ! Et à présent, Charlie était mort.

La sueur collait à son visage. Il avait besoin de boire quelque chose, immédiatement. Il tendit le bras et défit le nœud du sac-poubelle. Parmi les restes carbonisés de son sac de toile, il trouva son téléphone, hors service. Il fouilla encore et ses doigts tombèrent sur un objet dur qu'il sortit.

Ce n'était pas sa flasque, mais sa vieille Bible, dont les bords de la reliure cuir s'étaient consumés. Il la contempla un instant, la jeta dans le sable et fouilla à nouveau. Trouvant enfin sa vieille flasque, il dévissa le bouchon et avala une longue gorgée de whisky. Le liquide, qui lui brûla la langue, fit immédiatement son effet. Cela estomperait une partie de la douleur. Mais pas assez… Loin de là. De nouveau, il ferma les yeux et soupira.

Lorsqu'il les ouvrit, la première chose qu'il vit fut cette vieille Bible, dans le sable, à côté de lui. Il la ramassa, la posa sur ses genoux et la contempla. Il se leva, sentant la douleur de sa blessure et de ses muscles courbatus. La Bible toujours à la main, il avança vers le bord de l'eau.

Les yeux fixés sur le livre, il réfléchit à la direction que sa vie venait de prendre. Aux chemins qui s'étendaient devant lui. Il avait accompli tant d'efforts pour échapper aux ennuis et trouver enfin la paix ! C'était la seule chose qu'il désirait : devenir une personne normale, mener une vie simple et heureuse. C'était cela que signifiait la Bible pour lui.

Les ennuis l'avaient poursuivi, comme d'habitude, tel un démon qui traquait, où qu'il aille.

Cela ne s'arrêterait donc jamais ? N'y avait-il aucune issue ? À cet instant, il comprit qu'il n'y en aurait pas pour lui. D'une certaine manière, c'était sa destinée.

Les vagues bruissaient sur le sable, caressaient le bout de ses chaussures et reculaient à nouveau.

Où était Dieu ? pensa-t-il.

Il leva les yeux vers le ciel bleu.

– Où es-tu ? cria-t-il.

Sa voix résonna en écho sur les rochers et dans toute la crique.

Pas de réponse. Bien sûr que non. Il ne répondait jamais. Ben était seul.

Une rage incandescente et la frustration l'envahirent soudain. Il tira son bras en arrière et jeta la Bible à la mer. Elle dessina un grand arc dans le bleu du ciel.

Pendant un instant, elle sembla suspendue dans les airs. Puis, elle dégringola dans une furie de pages et plongea dans les vagues avec un bruit sourd, à une vingtaine de mètres de lui.

Ben s'éloigna et but une autre gorgée de whisky. Il erra sans but le long de la côte, un trop-plein d'émotions brûlant dans sa poitrine. Au loin, il remarqua un petit hameau au bord de l'eau, avec des marches qui menaient à la plage. Il percevait le son des voix dans la brise. Un petit groupe de personnes descendait vers lui.

Elles se trouvaient encore à quelques centaines de mètres, mais s'il continuait dans cette direction, il ne tarderait pas à les croiser. Ne voulant voir personne, il fit demi-tour et retourna vers la crique, à l'ombre des pins. Les vagues bruissaient toujours doucement, comme dans un souffle. La marée submergea ses chaussures et il sentit l’eau froide sur ses pieds. Un objet vint heurter ses doigts de pied.

C’était sa Bible. Elle lui était revenue. Il la regarda un moment, se baissa et la ramassa. Il resta immobile avec le livre mouillé dans ses mains. De nouveau, il voulut la relancer à la mer, plus loin cette fois, afin qu’elle ne revienne pas sur la rive.

Cependant, quelque chose l’arrêta. Son bras retomba. Des algues s’étaient collées à la couverture. Il les enleva et s’éloigna, la Bible trempée toujours à la main.

20

Zoé voyait qu'il faisait nuit par les interstices des fenêtres condamnées. Elle s'allongea sur le lit et regarda le plafond.

Cela faisait cinq jours qu'on l'avait emmenée hors de l'île. Elle n'avait aucune idée de l'endroit où elle se trouvait, mais il y faisait beaucoup plus froid.

Ses ravisseurs lui avaient donné un gros pull-over, un pantalon de laine et de grosses chaussettes. Elle passait la plupart de son temps assise sur le lit, désemparée, résignée, essayant vainement de se souvenir.

Des images lui revenaient lentement. Au fil des jours, des fragments lui parvenaient, tel un rêve oublié qui refaisait peu à peu surface. Des choses qui se trouvaient totalement hors de portée se rapprochaient de nouveau, tels des petits îlots de mémoire qui s'assemblaient et se reconstruisaient. Les visages souriants d'un homme et d'une femme ne cessaient de revenir. Ses parents, croyait-elle. En essayant de scruter son brouillard intérieur, elle voyait un petit chien blanc. C'était le sien. Comment s'appelait-il ?

Faire resurgir les souvenirs oubliés, c'était un peu comme essayer d'attraper un rayon de soleil. Parfois, une impression vague se précisait, mais, si Zoé essayait de se concentrer, elle s'évanouissait aussitôt. D'autres souvenirs étaient nets et clairs. La villa, par exemple. Elle aurait pu la dessiner. Quant au nom de l'île, elle l'avait oublié. Et que faisait-elle, là-bas ?

Dans des flashs aléatoires, elle se revoyait sur une moto. Se souvenait du vent dans ses cheveux. Des phares dans son rétroviseur, du sentiment de peur. Elle essayait de reconstituer le puzzle. On la poursuivait.

Ensuite, elle se rappelait vaguement l'horrible chute. Elle avait dû être éjectée de la moto et se cogner la tête. Elle frotta sa bosse. Elle ne ressentait presque plus aucune douleur à présent.

Elle essayait de se remémorer la suite. Elle se souvenait de la maison dans laquelle on l'avait emprisonnée la première fois et se rappelait sa tentative d'évasion. Elle trembla en repensant à l'homme aux cheveux blonds. Elle se demandait où il était passé. La seule idée de le voir revenir la terrifiait.

Elle songeait au voyage qui l'avait amenée ici, où que ce soit. L'hydravion avait survolé des îles et la mer bleue avant d'amerrir de manière chaotique quelque part, au large des terres.

Elle n'avait cessé de demander où on l'emmenait, mais on refusait de lui répondre. Un hors-bord était venu la chercher et l'avait emmenée sur la rive avec deux des hommes. On l'avait traînée le long d'une plage rocailleuse, vers un petit chemin où une camionnette attendait.

Les hommes l'avaient fait monter de force à l'arrière. Elle avait crié et s'était débattue comme une diablesse, persuadée qu'on allait la violer et l'assassiner. Ils s'étaient contentés de la tenir, tandis qu'un troisième homme sortait une seringue de sa sacoche de cuir noir. Il s'était penché vers elle et lui avait enfoncé l'aiguille dans le bras. Elle avait poussé un cri.

Ensuite, elle s'était réveillée sur une couchette dure dans une pièce aveugle. Des murs de béton avec une ampoule nue au plafond. Elle y était restée pendant quatre jours… quatre jours de plus à devenir folle de terreur et de frustration.

Des visiteurs venaient dans sa cellule, cette fois. Un homme lui apportait de l'eau et de la nourriture. Elle buvait, mais touchait à peine aux plats. Deux fois par jour, on la laissait sortir et on l'accompagnait dans des toilettes aveugles, elles aussi, au bout d'un couloir de béton. L'homme ne parlait jamais, ne souriait jamais.

Et puis, il y avait le type en costume noir. Il était venu la voir trois fois déjà, et elle redoutait ses apparitions.

Grand et maigre, la cinquantaine, des cheveux bruns gominés, il avait le visage vérolé et un sourire glacial qui dévoilait des dents irrégulières et pointues comme des crocs. On aurait dit un loup.

Loup-garou ne posait qu'une seule question :

– Où tu l'as mis ?

Elle ne pouvait donner qu'une réponse : « Je ne sais pas. » Cela devenait une sorte de mantra. *Je ne sais pas, je ne sais pas...*

Loup-garou semblait encore plus exaspéré qu'elle. La première fois qu'elle avait vu cet éclair de rage dans ses yeux, elle avait cru qu'il allait se jeter sur elle et la secouer. Loup-garou maîtrisait mieux ses nerfs que le blond. Il souriait et répétait la même question. « Où l'avait-elle mis ? Qu'en avait-elle fait ? » Elle n'avait qu'à dire ce qu'elle savait, et tout irait bien. On la laisserait partir, on la ramènerait chez elle. On s'assurerait qu'elle soit en sécurité.

Malgré ses efforts insensés, elle ne parvenait pas à se souvenir, elle ne pouvait pas lui donner ce qu'il voulait.

Après des heures d'interrogatoire, elle fondait en larmes et sanglotait. Il la regardait un moment, impassible, et partait sans dire un mot, en verrouillant la porte derrière lui.

Le troisième visiteur régulier, c'était le médecin en blouse blanche. Chauve, barbu, il approchait la cinquantaine. Dès la première visite, il s'était montré gentil avec elle, même si son sourire dissimulait une certaine nervosité. Il prenait sa température et sa tension, l'auscultait, examinait les ecchymoses sur sa tête.

Compatissant, il semblait sincèrement avoir envie qu'elle retrouve la mémoire. Lui aussi passait beaucoup de temps à lui poser des questions, mais les siennes étaient amicales. Elle pouvait répondre à certaines, pas à d'autres. Il notait les réponses sur un carnet.

– Comment vous appelez-vous ?

– Zoé Bradbury.

– Quel âge avez-vous ?

– Vingt-six ans.

– Quel mois sommes-nous ?

– Juin, je crois.

– D'où venez-vous ?

– Je ne sais pas.

– Que vous est-il arrivé ?

– Je ne sais pas.

Il ne poussait jamais plus loin et ne parlait jamais

des choses auxquelles le loup-garou s'intéressait tant. Elle avait envie de se confier à lui.

– J'ai peur, j'ai peur, ne cessait-elle de lui dire. Où suis-je ? Que va-t-il m'arriver ?

Il ne répondait jamais à aucune de ces questions. Il se contentait de sourire et de lui dire que tout irait bien. Qu'elle finirait par retrouver la mémoire.

Au-delà de ce sourire, elle voyait dans son regard qu'il n'était pas vraiment sûr de lui.

Dès la seconde visite, il y avait deux jours à présent, elle s'était rendu compte qu'il existait une certaine tension entre lui et le loup-garou. Elle avait perçu des chuchotements énervés derrière sa porte et des bruits de disputes dans l'escalier qu'elle n'avait pu comprendre, malgré ses efforts.

La veille, le médecin était revenu. Cette fois, il était accompagné d'une femme. Pas la même qu'avant. Celle-ci avait les cheveux auburn, pas noirs.

Elle souriait, mais lorsqu'elle s'était appuyée contre le mur, Zoé avait aperçu la crosse du pistolet qui dépassait du holster, sous sa veste.

Le médecin s'était assis au bord du lit.

– J'ai de bonnes nouvelles pour vous, Zoé, avait-il dit d'une voix douce.

– Je rentre à la maison ?

Il sourit tristement et lui posa la main sur le bras.

– Pas tout de suite. On vous transfère dans une pièce plus agréable, où vous serez mieux. Je crois que vous vous y plairez.

– Je veux m'en aller.

Il était parti avec la femme. Elle avait attendu leur retour toute la journée, et elle s'était endormie, en pensant qu'on lui avait joué un mauvais tour, très cruel.

Ils avaient fini par revenir, avec deux autres hommes qu'elle ne reconnut pas. Ils ne prononçaient pas un mot et se conduisaient comme des gardes. Zoé était contente que loup-garou ne soit pas avec eux.

Le médecin ouvrit le chemin. La femme les accompagna et les gardes suivirent en silence. Au lieu de tourner à gauche vers les toilettes, ils prirent à droite et longèrent un couloir sinistre jusqu'à une porte. Derrière, un autre couloir menait à un ascenseur. La femme appuya sur le bouton de l'étage supérieur.

Ils pénétrèrent dans un autre monde. Les murs étaient blancs, le soleil inondait la pièce par de grands trous à lumière. Au bout d'un autre couloir, ils montrèrent à Zoé sa nouvelle chambre. Deux fois plus grande que l'ancienne, elle possédait une salle de bains attenante. Le lit était confortable et on lui avait préparé des vêtements propres.

Dans un coin, une pile de magazines était disposée sur la table, à côté d'un petit lecteur DVD et d'une série de films. Elle savait encore ce qu'était un film, même si elle ne se souvenait pas en avoir vu. C'était une impression étrange.

– Reposez-vous un moment, dit le médecin avant de partir. Demain, nous commencerons les séances de thérapie. Vous retrouverez vite la mémoire.

Il lui avait fait un clin d'œil et avait fermé la porte à clé.

En attendant que le soleil se lève à nouveau, elle pensait à ce qui l'attendait. Le médecin semblait gentil, et son instinct lui disait qu'elle pouvait lui faire confiance. Une petite voix intérieure lui murmurait que ce n'était pas lui qui commandait.

Elle n'arrivait pas à dormir. Son cœur ne se calmait pas. Elle s'assit dans son lit et se passa la main dans les cheveux et sur le front. Quelque part là-dessous, enfoncé loin dans son esprit, se cachait l'information que ces gens voulaient lui extorquer.

Et si ses souvenirs revenaient… Que se passerait-il ?

21

Corfou

Plongé dans ses pensées, Ben quitta la crique et reprit le chemin de Kérkyra, sans se presser. Il jeta le sac-poubelle contenant les vestiges de ses affaires et son téléphone dans une corbeille. Il s'arrêta au centre-ville pour acheter quelques chemises, un jean et un sac de toile à bandoulière de style militaire dans lequel il rangea ses vêtements neufs. Il passa le sac sur son épaule et se mêla à la foule.

Après l'attentat, une sorte de silence régnait sur la ville, un mélange d'appréhension, de choc et de rage. Les rues étaient beaucoup moins fréquentées et les gens semblaient tendus. Le carnage faisait la une de tous les journaux. On voyait des policiers partout.

Il acheta deux téléphones à carte prépayée sur un stand du marché. Il devait passer un appel. Il s'assit sur un muret de la place San Rocco et composa le numéro des Bradbury.

Il n'avait aucune envie de leur parler, pourtant, tôt ou tard, ils entendraient parler de l'attentat et de la mort de Charlie. Il ne pouvait pas les laisser se poser des questions sur lui.

Dès que Jane Bradbury décrocha, il comprit qu'il était déjà trop tard. Il entendit des pleurs étouffés et un bruissement lorsqu'elle passa le téléphone à son mari.

– Allô, dit Tom Bradbury, d'une voix tendue et lasse. Ben, où étais-tu passé ? On t'a cherché partout, à l'université, à la bibliothèque, je suis même passé chez toi, car tu ne répondais pas au téléphone.

– Je suis à Corfou. Vous savez ce qui s'est passé, je vois.

– Elle est blessée ? Elle était impliquée ? demanda Bradbury, une note d'urgence dans la voix.

– Elle n'était pas là.

Bradbury sembla soulagé.

– Merci mon Dieu. Mais ton ami. C'est terrible… Je suis désolé. Que se passe-t-il ?

– Je ne sais pas.

Bradbury garda le silence un instant.

– Excusez-moi de poser la question ! Je sais que c'est affreux… Avant de mourir, est-ce que ton ami…

– Avait retrouvé Zoé ? Non. Je ne sais pas où elle est.

– Mais tu vas la retrouver ?

– Elle vous a déjà parlé de relations aux États-Unis ? demanda Ben.

Bradbury sembla surpris.

– Oui, elle a des amis là-bas.

– Un avocat nommé McClusky ?

– Non, je n'ai jamais entendu ce nom. Son amie est une vieille dame qu'elle a rencontrée en donnant des cours à l'université d'été, il y a deux ans. Elle s'appelle Miss Vale. Augusta Vale. Nous sommes allés dîner avec elle un soir, et Zoé lui a rendu visite à plusieurs reprises.

– En Géorgie ?

– Oui. À Savannah. De quoi s'agit-il Ben ? demanda Bradbury, de plus en plus inquiet et confus. Est-ce qu'il est arrivé quelque chose de grave à notre fille ?

– Et un certain Cleaver ?

– Jamais entendu non plus.

– Et Rick ? Cela vous dit quelque chose ?

– Non.

– Encore une question. Zoé vous a-t-elle déjà parlé d'une prophétie ?

Ben garda le silence.

– Pardon ?

– Une prophétie qui pourrait la rendre riche ?

– De quoi parles-tu ? demanda Bradbury, d'une voix colérique. Ce que je veux savoir, c'est s'il est arrivé quelque chose à ma fille. Je vais appeler le consulat britannique à Athènes. Et la police ! Il pourrait s'agir d'un enlèvement. Et tout ce que tu fais, c'est poser des questions à propos de prophéties !

– Je sais que cela paraît insensé. J'ai pourtant de bonnes raisons de poser la question. S'il s'agit effectivement d'un enlèvement et que vous commencez à tirer des sonnettes d'alarme, cela ne fera qu'augmenter les risques et la mettre en danger.

La colère s'estompa aussitôt. Bradbury paraissait anéanti.

– Que dois-je faire ?

– Rien. Attendre. Laissez-moi faire à ma façon ! Je resterai en contact avec vous. Je vous donnerai de mes nouvelles dès que j'en saurai plus.

– Et s'il y a une demande de rançon ? Nous

n'avons plus d'argent. Que lui feront-ils, si nous ne pouvons pas payer ?

Ben savait déjà qu'il n'y aurait aucune demande de rançon. Il était bien trop tard pour cela.

– Prenons les choses les unes après les autres. Vous m'avez dit que vous me faisiez confiance.

– Oui, dit Bradbury, faiblement, nous te faisons confiance.

À la fin de l'appel, Ben referma le téléphone et soupira. Il s'était efforcé de paraître maître de la situation pour rassurer Bradbury. Il aurait aimé faire preuve d'une telle assurance dans la réalité.

Il regarda tout autour de lui et absorba la scène. Il avait la bouche sèche. Il se dirigea vers un bar tout proche et but deux doubles whiskys avec glace. L'atmosphère y était très sombre, mélange de morosité et de fureur, tandis que les clients regardaient des images de l'explosion à la télévision, dans un coin de la salle.

Une demi-heure plus tard, Ben s'en alla et se promena un moment, comme un simple touriste. Il acheta un kebab à un vendeur ambulant. Tout en mâchonnant, il se dirigea vers l'angle ouest de la place et longea une arcade, en faisant du lèche-vitrines.

Ensuite, il s'approcha d'un autre bar, s'installa en terrasse, but quelques bières bien fraîches en grignotant des olives.

Il passa quelques heures à errer vainement dans le centre-ville, en pensant à Charlie, à Zoé et à tous les événements importants de sa propre vie. Le soleil déclinait à l'horizon lorsqu'il repéra une grande file de taxi. Il montra l'adresse que Spiro lui avait donnée au chauffeur.

Quinze minutes plus tard, il entrait dans le cabanon de la plage des Thanatos, à quelques kilomètres au sud de la ville de Corfou. Petit et simple, il était accueillant, avec ses murs blanchis à la chaux et son sol carrelé. Le couple devait s'attendre à sa visite. Des fleurs étaient disposées dans un vase sur la table et une demi-douzaine de bouteilles de blanc du pays rafraîchissaient dans le réfrigérateur, avec un plat de viande froide et de feuilles de vigne, un bol d'olives vertes et des fruits. Il prit l'une des bouteilles, la déboucha et alla faire quelques pas sur la plage. Un bruit de musique porté par la brise lui parvenait, et il chercha à en détecter l'origine. À trois cents mètres, de l'autre côté du sable blanc, il y avait une petite taverne en plein air, abritée par un auvent de toile. Il traversa la plage.

Lorsqu'il arriva à la taverne, la bouteille était déjà vide. Il la montra au tavernier.

– J'en voudrais une autre, dit-il, et le serveur acquiesça d'un signe de tête.

Ben tira un tabouret du bar et s'y affala. Le serveur lui donna une bouteille de vin et un verre, et retourna à ses corvées. Ben se retourna sur son tabouret en sirotant son vin, et regarda la mer. À l'horizon, le soleil se couchait, en projetant ses lueurs rosées à la surface de l'eau.

Quelques clients buvaient, bavardaient et riaient aux tables, tout autour de lui. On aurait dit que tout le monde faisait des efforts pour oublier les horreurs de la veille.

Un ou deux visages semblaient très tendus. Sur une estrade, un petit quintette de guitares et de bouzoukis jouait une musique traditionnelle enlevée. Deux ou trois couples se mouvaient en rythme.

Deux jeunes et jolies filles étaient assises à une table. L'une d'elles ne cessait de regarder Ben. Elle se pencha en avant et murmura quelque chose à l'oreille de son amie, et toutes deux lui sourirent.

Sans leur répondre, il contemplait le magnifique coucher de soleil.

Quelques instants plus tard, une femme entra dans la taverne. Elle s'installa près de lui devant le comptoir désert et posa son sac à main sur un tabouret, entre eux deux. La petite trentaine, elle portait une robe décolletée en lin ivoire. Elle avait des cheveux noirs brillants bouclés qui lui tombaient sur les épaules. Elle passa commande en anglais mais avec un fort accent espagnol. Le serveur lui servit un verre d'eau minérale, qu'elle commença à boire, l'air préoccupé. Ben l'observa un instant et se tourna de nouveau vers le coucher de soleil.

Le téléphone de la femme sonna. Elle le sortit de son sac et répondit en espagnol. Ben comprenait bien cette langue et ne pouvait s'empêcher d'écouter. Elle racontait à une certaine Isabella, que non, elle ne s'amusait pas et que non, elle n'allait pas prolonger son séjour. Elle reprendrait un vol pour Madrid le lendemain.

La femme referma son téléphone et regarda Ben, d'un air d'excuse.

– C'est toujours pareil, dit-elle. Les gens téléphonent toujours quand on a envie d'être tranquille.

Elle sourit.

– Vous êtes anglais ?

– Si on veut.

– Touriste ?

– Pas vraiment.

Elle sourit de nouveau.

– Vous êtes espagnole ?

– Hum hum. Comme vous avez pu l'entendre. Je suis désolée. J'ai horreur des gens qui téléphonent en public. C'était ma sœur. Elle s'inquiète pour moi.

– Vous ne passez pas de bonnes vacances ?

Elle fronça les sourcils.

– Comment le savez-vous ? Vous comprenez l'espagnol ?

– *¿Que vas a tomar ?* dit-il.

Elle se mit à rire.

– Vous parlez bien, mais j'ai déjà bu un verre.

Il indiqua son eau minérale.

– Cela ne compte pas. Buvez quelque chose avec moi.

Elle accepta et il demanda un autre verre au barman. Elle s'approcha de lui, ôta le sac du tabouret et s'y installa. Elle posa son sac à ses pieds.

– Je m'appelle Esméralda, dit-elle en lui tendant la main.

Il la lui serra. Elle était douce et chaude.

– Moi, c'est Ben.

Il indiqua une table dans un coin, face à la mer.

– Allons-nous y installer !

Elle accepta.

– N'oubliez pas votre sac, dit-il en le lui tendant.

Ils apportèrent leurs consommations à la table. Ben se cogna contre une chaise et renversa un peu de vin par terre.

Face à face, ils bavardèrent jusqu'à ce que les étoiles et la lune se reflètent dans la mer.

– Pourquoi voulez-vous partir ? C'est magnifique !

– Je suis terrifiée par cet attentat. C'est affreux… tous ces innocents…

Il hocha la tête, sans répondre.

– Et puis, il y a d’autres raisons.
– Lesquelles ?
– Cela vous intéresse vraiment ? Mon fiancé m’a quittée pour ma meilleure amie. Ma sœur pensait que ce serait une bonne idée de m’éloigner un moment, mais cela ne sert à rien.
Elle sourit vaguement et baissa les yeux.
– Je n’arrive pas à imaginer qu’il vous ait quittée, dit Ben en lui caressant gentiment le bras.
Elle rougit.
– Vous êtes gentil. Alors, Ben, que faites-vous à Corfou ? Des vacances ? Les affaires ?
– Je me soûle…
Il se servit le reste du vin. L’orchestre, qu’une chanteuse avait rejoint, avait entamé des airs traditionnels grecs mélancoliques.
– Quel est votre métier ? demanda Esméralda.
– Je suis étudiant.
– Qu’est-il arrivé à votre cou ?
– Vous en posez, des questions !
Elle sourit.
– J’aimerais mieux vous connaître, c’est tout.
Il lui prit la main.
– Vous voulez danser ?
Elle hocha la tête. Il la conduisit sur la petite piste. Elle se tourna vers le sac à main qui était resté sur la table.
– Il ne risque rien, dit-il.
La danse était lente et sensuelle. Ses bras nus étaient chauds contre ses mains. La bretelle de sa robe ne cessait de retomber sur son épaule à la peau couleur de miel et les lumières se reflétaient dans ses yeux sombres. Ben la serra plus fort et sentit son

corps se coller au sien, puis le doux contact de ses lèvres tendres sur les siennes.

– J'ai un cabanon sur la plage, pas bien loin. On y serait plus tranquilles.

Elle leva les yeux vers lui. Elle avait les joues roses et sa respiration s'accélérait. Elle lui serra la main et fit un rapide signe de tête.

– Allons-y !

Ils quittèrent la taverne et marchèrent sur le sable baigné du clair de lune. Sur la plage déserte, on n'entendait que le murmure des vagues et le son de la musique, au loin. Elle ôta ses hauts talons et marcha pieds nus. Il passa le bras autour de sa taille mince et sentit la souplesse de ses muscles. De nouveau, il trébucha et elle l'aida à se relever en riant.

– Vous êtes pompette !

– Complètement paf, oui ! J'ai passé la journée à boire.

Ils arrivèrent au cabanon. Il manqua la serrure, fit tomber la clé et farfouilla maladroitement dans le sable en proférant des injures.

– Ah, la voilà !

Esméralda mit la main sur la poignée.

– C'est ouvert, de toute façon ! dit-elle en riant.

Elle entra et il la suivit en s'accrochant à son bras. Il alluma l'interrupteur et relâcha son étreinte lorsqu'ils entrèrent. Il la laissa s'éloigner de lui jusqu'à ce qu'elle soit à portée de bras.

Ensuite, du plat de la main, il lui donna un coup sur le côté de la nuque et elle s'écroula sur le sol, sans un bruit.

C'était un coup destiné à assommer et non à tuer. Il s'agenouilla rapidement près du corps inerte et fouilla dans le sac à main.

Ses doigts rencontrèrent le métal glacé. Il sortit aussitôt le pistolet. C'était plus ou moins l'arme qu'il s'attendait à trouver à en juger au poids, lorsqu'il avait soulevé le sac, à la taverne. Un Beretta 92F semi-automatique.

Le lourd 9 mm était armé, avec la sécurité enclenchée. Il débloqua le cran de sécurité. À l'autre bout de la pièce, la porte de la cuisine s'ouvrit. Ben s'y attendait également. Il tira une double rafale rapide et le Beretta recula dans sa main.

L'intrus fonça droit dans la ligne de mire. Les balles s'enfoncèrent dans sa poitrine avant de s'écraser dans la porte. Il lâcha son arme et tomba sur le sol en tourbillonnant. Il s'écroula et resta immobile, menton sur la poitrine, avec du sang qui lui coulait de la bouche.

Le bruit du tir résonnait encore aux oreilles de Ben. Il alla vérifier la porte d'entrée. La plage était toujours déserte. Les murs de la maison avaient étouffé le bruit des tirs, qui n'était pas parvenu jusqu'à la taverne. Ben retourna dans la pièce et ferma la porte.

Grommelant et se touchant le cou, la femme commençait à se réveiller. Il l'enjamba et ramassa l'arme de l'intrus. Le même modèle que celui de la femme, un Beretta 9 mm, muni d'un long silencieux. De la main gauche, Ben tira la culasse et exposa le cuivre brillant des cartouches à l'intérieur. Il regarda l'intrus. Un blond, assez jeune, une petite trentaine, beau garçon. Ben se souvint de ce que Nikos avait raconté à Charlie à propos du couple, à la dernière soirée de Zoé Bradbury. Un blond, et une femme, qui aurait pu passer pour une Grecque.

Il rangea le Beretta sans silencieux dans sa ceinture et pointa l'autre vers la tête de la femme. C'était beaucoup plus pratique, pour travailler à l'intérieur !

– Debout !

Elle toussa et se releva lentement sur ses genoux et ses coudes, écarta les cheveux de son visage et se tourna vers lui.

Ses yeux noirs avaient une expression totalement différente à présent.

– Je vous ai vue en ville, plus tôt, dit-il. Je vous ai vue place San Rocco, et de nouveau dans les vitrines. Je vous ai vue avant même que vous ayez commencé à me suivre. Je me suis assuré que vous puissiez me voir tout le temps, pour pouvoir vous observer.

Elle se releva, à demi accroupie, une main tendue sur le sol devant elle et le regarda, les lèvres pincées. Il voyait une veine battre, là où les épais cheveux noirs dégageaient le front.

– Vous ne me suiviez pas, dit-il, vous vous êtes laissé guider. J'ai choisi une file de taxi très fournie, pour que vous ne puissiez pas me perdre. Vous et votre ami, vous avez sauté dans le taxi juste derrière le mien, et je vous ai observés jusqu'ici. Je vous ai facilité la tâche. J'ai même fait semblant d'être saoul. Vous êtes tombée dans le panneau !

Elle avait les yeux vides. Il voyait bien qu'elle mesurait les distances et estimait les risques. Elle était assez entraînée.

– Vous n'êtes pas mauvaise. C'était une bonne couverture, l'histoire de votre sœur. Mais vous n'êtes pas assez bonne pour vous sortir de cette impasse. Parlez, Esméralda. Et ne me croyez pas incapable de vous tuer.

Elle ne répondit pas.

– Zoé Bradbury. Où est-elle ?

Elle garda le silence.

– Qui a posé la bombe ? Était-ce pour tuer Charlie ?

– Je ne sais pas de quoi vous parlez.

Il tira. Elle cria et souleva sa main du sol.

– Ne vous inquiétez pas, j'ai tiré entre vos doigts. La prochaine fois, j'en fais sauter un. Bon, on recommence. Zoé Bradbury. Où est-elle ?

– Partie, murmura-t-elle.

– Je vois qu'on coopère. Bien. Partie où ?

Elle hésita.

– Choisissez un doigt, dit-il. Un doigt dont vous ne vous servez pas beaucoup. Tendez la main, comme cela, je ne risquerai pas de toucher quelque chose par erreur.

– Elle n'est plus en Grèce.

– Alors, où est-elle ?

– Vous allez me tuer, de toute façon. Pourquoi vous le dirai-je ?

– Je ne suis pas comme vous, répondit-il. Je sais parfaitement quel genre de traitement vous aviez à l'esprit pour moi ce soir si je ne répondais pas à vos questions. Je ne suis pas un assassin sans cœur. Si vous me dites où elle est, je ne vous ferai pas de mal. Je vous mettrai dans un endroit où personne ne pourra vous trouver. Lorsque j'aurai retrouvé Zoé saine et sauve, je reviendrai et je vous rendrai peut-être votre liberté. C'est à vous de choisir. Mais comprenez bien que si vous ne dites rien, vous êtes morte. Ici, tout de suite. Plus de petits jeux avec les doigts.

Il braqua le pistolet sur son front.

– Qui êtes-vous donc ?

L'accent espagnol était beaucoup moins prononcé à présent. Elle était visiblement américaine.

– Personne. C'est votre dernière chance. Où est-elle ?

La femme soupira.

– On l'a emmenée aux États-Unis. Il y a cinq jours.

– Bon. On arrive quelque part. Où exactement aux États-Unis, pourquoi et qui ?

– Je ne sais pas tout. Je fais simplement ce qu'on me demande.

– Qui vous donne les ordres ? Je veux des noms.

– Je n'ai aucun nom à donner.

– Quel est le vôtre ?

– Kaplan. Marisa Kaplan.

Il la regarda dans les yeux, il la croyait. Il indiqua le blond, allongé sur le sol.

– Et lui ?

– Hudson.

– Pourquoi êtes-vous ici, Marisa. Qui a posé la bombe ?

Soudain, un vacarme retentit. Ben sentit l'onde de choc d'une balle qui sifflait près de son oreille. L'ampoule d'une applique explosa. Il se retourna et tomba en arrière au même instant, rendant le tir. À demi soulevé sur un coude, le blond tenait un petit revolver de secours. Il tira à nouveau. La seconde balle traversa le poignet de la chemise de Ben.

Ben tira encore. Vit la balle toucher sa cible. Il tira encore. Les yeux du blond disparurent et sa tête tomba sur le sol. Derrière lui, le mur était maculé de sang.

De nouveau, le silence régna. Ben se redressa sur ses pieds et vérifia qu'il n'était pas blessé. Il n'avait rien. Cette fois, le blond était bel et bien mort. D'un coup de pied, Ben envoya valdinguer le .357 magnum de secours.

Il entendit un petit bruit derrière lui. Il se retourna. La femme appelée Kaplan était assise et regardait son estomac. Le sang inondait sa robe ivoire. Elle mit la main sur le trou que la balle de son partenaire avait creusé et essaya de déchirer le tissu pour voir la blessure. Elle ouvrit la bouche et la referma. Puis, elle s'effondra en arrière, et mourut.

22

Il était bien plus rapide et bien plus facile de faire des cadavres que de s'en débarrasser. Ben trouva de grands sacs-poubelle dans la cuisine du cabanon. Enjambant les mares de sang sur le carrelage, il en étala deux sur le sol, devant la porte d'entrée.

Il attrapa Kaplan par les poignets et la tira. Les yeux encore ouverts, la tête arrière, ses cheveux traînant dans la tache de sang gluante. Il déposa le corps sur l'un des sacs, retourna à l'intérieur de la pièce et attrapa Hudson par les chevilles. Hudson était beaucoup plus lourd et plus ensanglanté. L'orbite de son œil droit et sa joue avaient été arrachées par l'impact du 9 mm de sa partenaire. Ben le tira sur le carrelage et le laissa à côté de Kaplan.

Il s'accroupit à côté d'eux et les fouilla soigneusement. Pas de papiers, par d'objets personnels. Hudson avait un téléphone dans sa poche arrière. Il trouva celui de Kaplan dans le sac à main.

Un téléphone dans chaque main, il recomposa le dernier numéro qu'elle avait appelé, et le téléphone d'Hudson vibra dans l'autre main. Il regarda le journal. Les deux téléphones ne servaient qu'à s'appeler mutuellement.

Ben laissa les cadavres et commença à nettoyer la maison. L'applique brisée avait envoyé des éclats de verre dans toute la pièce. Il les ramassa à la balayette et les jeta à la poubelle. Dans un placard, il trouva une serpillière, un seau et un flacon de détergent.

Il remplit le seau d'eau froide, l'emporta dans l'autre pièce et épongea la plus grande partie du sang. Sa tâche terminée, il prit un couteau de cuisine pour enlever la balle qui s'était enfoncée dans l'encadrement de la porte.

Il réfléchissait intensément, tout en travaillant. Kaplan et Hudson n'étaient pas les meilleurs tueurs à gages qu'il ait jamais rencontrés, cependant, ils étaient loin d'être les pires. Les deux Beretta étaient du même modèle. Le numéro de série avait été effacé, comme prévu. Ce genre de détails indiquait que l'on avait affaire à des professionnels. Ben était persuadé qu'ils avaient été missionnés pour tuer Nikos Karapiperis. Si Nikos avait été impliqué dans une affaire de drogue, il n'aurait jamais aidé Charlie à retrouver Zoé. Les tueurs avaient donc planqué la drogue chez lui. Bien joué. Ensuite, l'attentat avait été perpétré dans le seul but d'éliminer Charlie, parce qu'il avait parlé à Nikos. De là, il n'était pas difficile d'imaginer qu'ils s'en étaient pris à Ben pour les mêmes raisons.

Tous ces éléments s'imbriquaient parfaitement. Pourtant, lorsqu'on faisait entrer Zoé Bradbury dans l'équation, tout s'effondrait. Sans demande de rançon, son enlèvement n'avait aucune motivation apparente. On pouvait difficilement extorquer des millions à ses parents pour qu'ils récupèrent leur fille. Si Tom Bradbury avait été un homme politique ou s'il avait disposé d'informations précieuses, cela aurait pu être compréhensible. Ce n'était pas le cas.

C'était un théologien qui appartenait à l'une des institutions les plus poussiéreuses qui soit, aussi éloigné du monde réel qu'il était possible.

Alors, quelle qu'ait été la raison qui les avait poussés à ces extrémités, seule Zoé pouvait en être à l'origine. Mais de quoi s'agissait-il ? Il repensa à l'argent. Elle avait fait main basse sur vingt mille dollars assez facilement, et attendait de nouvelles rentrées. Cela ressemblait beaucoup à du chantage. Sa victime devait être riche, puissante et visiblement désespérée. Ce qui signifiait que les menaces qu'elle agitait étaient prises très au sérieux.

Pourquoi se donner la peine de l'emmener jusqu'aux États-Unis, alors qu'il aurait été si facile de lui tirer une balle dans le crâne, ici, à Corfou ? Ben ne voyait qu'une explication à cela : ils la gardaient en vie parce qu'elle possédait quelque chose qu'ils tenaient absolument à récupérer.

Cela soulevait un autre problème. Kaplan et Hudson n'étaient pas des tendres. Ils étaient prêts à tuer. Et Zoé n'était pas un soldat entraîné, capable de résister à un interrogatoire poussé.

Si leur avait suffi de la faire parler, il n'aurait pas eu besoin de plus de quelques secondes avant qu'elle craque. À la seule vue d'un couteau ou d'un pistolet, la grande majorité des gens ordinaires se mettent immédiatement à table.

Ensuite, ils l'auraient sans doute tuée. Douze jours après l'enlèvement, il y avait de grandes chances qu'elle soit déjà morte. À trois heures et demie du matin, la taverne de la plage commençait à fermer pour la nuit. Les derniers clients rentraient chez eux. La musique s'arrêta et les lumières s'éteignirent, plongeant la plage dans le noir. Ben attendit encore une demi-heure. La plage était déserte. Il fourra un Beretta dans chacune de ses poches de jean, ouvrit la porte et tira le cadavre d'Hudson sur le sable, en le faisant glisser sur le sac de plastique. Le chemin était long, et un cadavre sur le sable était lourd à tirer. La pression sur les points de suture sur le cou de Ben était affreusement douloureuse et, lorsqu'il arriva à l'endroit voulu, une centaine de mètres plus loin, ses avant-bras étaient pleins d'acide lactique. Il abandonna le cadavre dans un creux entre deux dunes et retourna dans le cabanon, à bout de souffle. Il prit Kaplan par les poignets, serra les dents et la tira sur la plage. Tandis que la tête roulait et rebondissait, il s'imaginait que les yeux grands ouverts le regardaient. Cela lui faisait horreur de regarder une femme dans cet état, et il se réjouissait de ne pas l'avoir tuée lui-même.

Les deux cadavres empilés sous le clair de lune, il s'agenouilla dans le sable et creusa un trou entre les deux dunes. Il les fit rouler l'un après l'autre avec son pied. Kaplan tomba la première et Hudson s'écrasa sur elle, dans un bruit sourd de têtes qui s'entrechoquent. Ben recouvrit le trou de sable. Ils allaient nourrir les crabes à présent.

En cherchant tout autour de lui, il aperçut la carcasse d'un vieux bateau à rames et la tira sur le sable. Il la retourna au-dessus de la tombe de fortune et alla au bord de l'eau. Il revint sur ses pas et effaça les traces dans le sable. Ensuite, il démonta les deux pistolets et jeta toutes les pièces dans l'eau.

Lorsqu'il eut achevé de nettoyer le cabanon, l'aube pointait à l'horizon. Il se doucha, se changea, brûla le jean et la chemise tachés de sang et dispersa les cendres dans le sable. Il laissa cinq cents euros sur la table, avec un petit mot pour s'excuser d'avoir cassé une applique et endommagé l'encadrement de la porte, disant qu'il avait trop bu de l'excellent vin que Spiro et Christina avaient laissé pour lui.

Tandis que le soleil émergeait de l'eau, il quitta la maison et marcha vers la ville. En s'assurant qu'il n'était pas suivi, il prit un taxi pour l'aéroport. Il n'avait vraiment pas envie que les hommes de Stephanides l'arrêtent au moment où il allait quitter la Grèce. Il serait en Amérique bien avant qu'on remarque son absence.

À l'aéroport, il retira son passeport de la consigne et utilisa son billet de retour pour se rendre à Athènes. À midi, heure locale, il buvait un whisky dans la classe affaire à moitié vide d'un 747 en partance pour Atlanta.

Il ne savait pas ce qui l'attendait aux États-Unis. Quoi qu'il advienne, il retrouverait Zoé Bradbury, morte ou vive !

Et ensuite, quelque part, quelqu'un allait payer.

23

Géorgie, États-Unis, le treizième jour

Il ne faisait guère plus chaud en Géorgie qu'à Corfou, mais l'atmosphère était deux fois plus humide. Le dos de la chemise de Ben collait déjà à sa peau quinze minutes après sa descente d'avion à l'aéroport Harsfield-Jackson, d'Atlanta.

Il régla sa montre à l'heure locale. Avec le décalage horaire, il arrivait presque à l'heure à laquelle il avait quitté la Grèce, et le soleil se trouvait au zénith. Il loua une grande Chrysler argentée et roula jusqu'à Savannah, toutes vitres ouvertes, avec le vent qui lui ébouriffait les cheveux.

Il arriva en fin d'après-midi dans la ville opulente et verdoyante, avec des maisons coloniales très photogéniques qui ne semblaient pas avoir changé depuis la guerre de Sécession. Immédiatement, il appela le numéro imprimé sur la carte de Steve McClusky et n'obtint qu'un message disant que la ligne avait été coupée. Il n'avait pas de numéro ligne fixe et ne trouva aucun Steve McClusky, avocat, dans les pages jaunes. Il lui restait une adresse. Il consulta le plan et fit demi-tour dans sa Chrysler.

L'immeuble de McClusky était situé en bordure de la ville, loin du luxe des vieilles maisons et des rues ombragées. Il s'attendait à voir un cabinet d'avocats, dans un immeuble moderne aux grandes portes vitrées ou une élégante demeure coloniale avec un porche à colonnes. Il se retrouva devant une antique échoppe de barbier, au milieu de bâtiments en ruine.

À l'extérieur, le petit parking était couvert d'herbes jaunies qui poussaient à travers les craquelures du macadam. Il vérifia deux fois l'adresse sur la carte. Il ne s'était pas trompé.

Une clochette tinta au-dessus de sa tête lorsqu'il ouvrit la porte. Il faisait frais à l'intérieur, la climatisation avait été poussée à fond. Il regarda rapidement autour de lui. L'ameublement sortait tout droit des années cinquante et les coiffeurs semblaient dater de la même époque. L'un d'eux coupait les cheveux du seul client de la boutique.

Perché sur un tabouret, l'autre buvait une canette de bière. Bossu, les cheveux blancs hirsutes, il ressemblait à un iguane. Un jeune garçon de dix-huit ans en tablier balayait les mèches de cheveux sur le carrelage. L'homme à la bière se tourna vers le nouveau venu.

– Que pouvons-nous pour vous, monsieur. Une coupe ou la barbe ?

– Ni l'un ni l'autre, dit Ben. Où puis-je trouver Steve McClusky ?

– Ah, c'est Skid que vous cherchez ?

– Sur sa carte, c'est indiqué McClusky. Pourquoi l'appelle-t-on comme ça ?

Le vieil homme hocha la tête et sourit. Il n'avait plus de dents de devant.

– C'est à cause de sa façon de conduire sa

Corvette. C'est le nom du cimetière où il finira à force, enfin, s'il y est pas déjà !

– D'après sa carte, son bureau est à cette adresse.

– Ouais, c'est juste là, dit le vieux en indiquant une porte dans un coin. Vous montez l'escalier et vous tournez à gauche. Y a pas grand-chose à voir !

– Merci.

Ben se dirigea vers la porte.

– Ne vous donnez pas cette peine, monsieur. Vous ne le trouverez pas, dit de barbier en souriant encore, montrant ses pâles mâchoires.

– Alors, où est-il ? Il faut que je lui parle.

Ils se mirent tous à rire.

– Prenez votre tour, monsieur. On n'est pas mal à vouloir parler à ce petit salaud. Il s'est tiré sans payer le loyer. Ça fait plus de deux semaines maintenant.

– Vous ne savez pas où il se trouve ?

– J'ai bien peur de ne rien pouvoir faire pour vous.

Ben était venu de loin, et ce n'était guère un bon début.

– Merci quand même.

Ben se retourna et franchit la porte. De nouveau, la clochette tinta. Il sortit sous le soleil brûlant et se dirigea vers sa voiture qu'il ouvrit à distance. Il était sur le point d'y monter lorsqu'il entendit des pas qui couraient derrière lui.

Il se retourna. C'était le jeune de la boutique. Le tablier avait disparu laissant voir un t-shirt passé à l'effigie de Jimi Hendrix.

– Monsieur, attendez !

Le jeune homme jetait un coup d'œil par-dessus son épaule à la boutique, comme s'il avait peur d'être observé. Il avait dû sortir par la porte de derrière, pensa Ben. Il paraissait inquiet et sincère. Quoi qu'il eût à dire, Ben le croirait.

– Skid a des ennuis, monsieur.

– Quel genre d'ennuis ?

– Je ne sais pas vraiment. Quelque chose de grave. C'est pour ça qu'il est parti.

Il marqua une pause.

– Skid a toujours été chouette avec moi. Il m'a prêté de l'argent quand j'en avais besoin.

– S'il a des ennuis, je pourrais peut-être l'aider. Savez-vous où je peux le trouver ?

Le jeune homme hocha la tête.

– Je connais quelqu'un qui le saura peut-être.

– Vous pouvez lui transmettre un message ?

Le garçon lança un de coup d'œil nerveux vers la boutique. Il se retourna vers Ben et hocha la tête.

– Dites-leur que je suis un ami de Zoé Bradbury, d'Angleterre. Que j'ai besoin de lui parler. Que c'est important et très urgent. Vous vous en souviendrez ?

– Zoé Bradbury, répéta le garçon.

– Quand Skid aura le message, il comprendra. Qu'il m'appelle à ce numéro.

Ben griffonna sur un morceau de papier qu'il tendit au jeune homme, avec un billet de vingt dollars. Ce dernier fit un signe de tête et se précipita vers la porte arrière de la boutique.

Une heure plus tard, tandis que Ben retournait vers le centre-ville à la recherche d'un hôtel, son téléphone vibra sur le tableau de bord. Il décrocha.

– À qui ai-je l'honneur ? demanda une voix mâle, très nerveuse, presque agressive.

Ben n'appréciait pas du tout cette approche belliqueuse, mais il serra les dents.

– Je m'appelle Ben Hope. Qui êtes-vous ?

– Peu importe, dit la voix rauque.

La personne faisait tout son possible pour couvrir sa peur. Visiblement, elle était sous pression. L'homme donna le nom d'un bar près d'un lieu nommé Hinesville, à quelques kilomètres au sud-ouest de Savannah, ainsi que des indications sommaires pour lui permettre de se retrouver.

– Soyez sur place à sept heures et demie.

Il raccrocha.

Ben n'aimait pas les rendez-vous anonymes, pourtant, dans son travail, il recevait souvent des appels étranges de personnes trop terrifiées pour révéler leur identité. L'expérience lui avait prouvé qu'en général cela valait la peine de les écouter, ne serait-ce que pour procéder par élimination.

Il regarda sa montre. Il disposait de quelques heures. Il prit la direction du sud-ouest et s'éloigna encore des jolies maisons blanches, des pelouses émeraude et de la fraîcheur des rues ombragées.

Il s'arrêta dans un bar du bord de route et but quatre des meilleures tasses de café et qu'il ait jamais bues en dehors de l'Italie. De nouveau, il vérifia l'horaire, monta dans sa voiture et se rendit au lieu de rendez-vous, sans dépasser les quatre-vingt-dix kilomètres à l'heure.

Une musique tonitruante faisait vibrer les murs lorsque Ben sortit de la Chrysler et s'approcha de la porte du bar. Il l'ouvrit, et soudain il fut écrasé par le bruit, la chaleur, l'odeur de fumée, de bière et de la sueur de la centaine de personnes. Du regard, il parcourut la salle. Un drapeau des Confédérés était planté au-dessus du bar, sous deux sabres croisés. Les serveuses en talons hauts, minishorts en toile de jean et t-shirts décolletés se faufilaient entre les tables. Sur une petite estrade, quelques guitares électriques, une basse, une gigantesque batterie et une montagne de haut-parleurs et d'amplis attendaient l'arrivée de l'orchestre.

Ben se fraya un chemin à travers la foule et avança dans la direction que lui avait indiqué la voix au téléphone. La porte située entre le flipper et une cabine téléphonique le conduisit vers un escalier de bois grinçant. Il avança le long d'un couloir délabré.

La musique faisait vibrer le plancher sous ses pieds. Le vacarme serait deux fois plus fort quand l'orchestre se mettrait à jouer ! Ben arriva devant une porte et frappa.

Une femme lui répondit de l'intérieur.

– Entrez.

Il se retrouva dans une sorte de petit bureau qui semblait déserté depuis fort longtemps. Il y avait encore un meuble bureau et une chaise de bois, une étagère vide et une grande plante fanée en pot, dans un coin.

La femme était seule. Petite et noueuse, ne dépassant guère le mètre cinquante-cinq, la trentaine, elle se tenait près de la table. Elle avait de longs cheveux blonds frisés, décolorés. Elle portait des bottes à talons hauts, un jean moulant, une veste de daim et un gros sac de cuir en bandoulière sur l'épaule.

– C'est à un homme que j'ai parlé au téléphone, lui dit Ben.

– C'était Skid.

– Où est-il ? demanda Ben en s'approchant d'un pas.

– Restez où vous êtes, c'est moi qui pose les questions.

Sa main plongea rapidement dans le sac et en

sortit un énorme revolver qu'elle pointa vers Ben. Il était si lourd que ses poignets tremblaient.

– Bon, bon, je vous écoute, dit Ben. Que voulez-vous savoir ?

– Pour qui travaillez-vous ?

– Qu'est-ce qui vous fait penser que je travaille pour quelqu'un ?

– Si vous êtes un des types de Cleaver, vous ne sortirez pas d'ici vivant.

Elle n'avait pas l'air de plaisanter.

– Je ne sais pas qui est Cleaver.

– C'est ça, dit-elle en fronçant les sourcils. D'où venez-vous ?

– Je ne suis pas d'ici. Écoutez-moi, il faut que je parle à Steve. Skid, comme vous voulez. C'est urgent.

Elle leva son arme.

– Du calme !

Il regarda l'arme. C'était un revolver gros calibre simple action en acier inoxydable. Le genre d'armes dont se servaient les chasseurs pour tirer les ours en Alaska. Il apercevait le nez des grosses balles à pointe creuse dans les chambres. Le diamètre du canon mesurait presque deux centimètres. Elle avait du mal à maintenir le long canon droit. Si elle tirait, le recul lui arracherait le poignet, comme une vulgaire branche de céleri.

– Ce n'est pas à vous, dit Ben. Je parie que c'est celui de Skid.

Elle fit la grimace.

– Peu importe à qui il appartient. Je peux toujours vous faire sauter la cervelle. Et je n'hésiterai pas. Alors, gardez vos distances et laissez vos mains bien en vue.

– Il aurait dû vous apprendre à tirer avant de vous envoyer jouer les chiens de garde. Il n'est pas armé, il ne marchera pas.

Elle jeta un coup d'œil vers le revolver, tout en surveillant Ben, méfiante.

– Essayez d'appuyer sur la détente, dit Ben, il ne se passera rien. Vous voyez le chien ? Il faut passer le pouce autour et tirer, jusqu'à ce que vous entendiez un déclic.

Elle fit ce qu'il dit. On entendit un petit clunc-clunc métallique dans le silence de la pièce. Le gros cylindre tourna et se verrouilla.

– Bon. À présent, vous pouvez être tranquille. Vous pourrez tirer quand vous voudrez. Mais avant, laissez-moi vous prouver que je ne suis pas un des hommes de Cleaver. Qui que soit Cleaver. Bon, je vais mettre la main dans ma poche et en sortir quelque chose. Ne vous inquiétez pas, je ne suis pas armé, je veux vous montrer mon passeport.

Il le sortit et le jeta sur le bureau.

– Il vient d'être tamponné à la frontière, aujourd'hui. Je m'appelle Ben Hope. Benedict, sur le passeport.

Elle tendit la main, prit le passeport et l'examina. Le revolver oscillait, et il aurait pu facilement le lui arracher. Il se contenta de sourire. Elle leva les yeux vers lui et observa à nouveau le passeport.

– À présent, vous me croyez ?

Elle laissa retomber son arme au bout de son bras. Son visage s'adoucit, et le soulagement se lut dans son regard.

– Bon, d'accord, je vous crois.

– Alors, vous pourriez peut-être désarmer ce revolver.

– OK.

Elle mit le pouce autour du chien, pressa la détente et laissa doucement retomber le chien.

– Vous ne m'avez pas dit votre nom.

– Je suis ravie de vous connaître, Molly.

– Alors, que faites-vous en Géorgie, monsieur Hope ?

– Vous pouvez m'appeler Ben. Je suis venu d'Europe pour retrouver Zoé Bradbury.

– Vous n'avez pas l'air d'un type à fréquenter ce genre de petite garce.

– Elle a des ennuis.

– C'est elle, les ennuis.

– Et Skid aussi, ajouta Ben. Sinon, je ne me serai pas retrouvé en face de ce gros calibre.

– Je suis désolée. On doit être prudent.

– Alors, où est-il ?

– Il essaie de fuir Cleaver.

– Vous voulez bien me conduire à lui ?

24

Molly conduisit toute la nuit le long de la côte, en direction de Jacksonville, au sud. Les petites gouttes de pluie sur le pare-brise se transformèrent en martèlements, et la route devint lisse et brillante. Pendant les premiers kilomètres, ils gardèrent le silence, que seul rompait le battement des essuie-glaces.

– Ma foi, je prendrai bien un verre, dit-elle soudain. J'ai encore les mains qui tremblent.

Pour la première fois, elle jeta un coup d'œil vers son passager.

– Je n'avais jamais braqué une arme sur personne avant.

– Vous vous en êtes bien tirée.

Il fouilla dans sa poche et lui offrit sa flasque.

– Ça vous calmera un peu.

Elle but une gorgée.

– C'est bon, qu'est-ce que c'est ?

– Du Laphroaig. Un single malt, dix ans d'âge.

– Pas mal !

Elle but une autre gorgée, claqua la langue et lui rendit sa flasque.

– Vous voyez le compartiment à gants ? J'ai envie de fumer.

Il l'ouvrit.

– Des havanes ? dit-il, surpris.

– Mon père en fumait. C'est lui qui m'a appris à aimer. Prenez-en un aussi !

Les cigares Punch Coronation étaient présentés dans des petits tubes d'aluminium. Ben en ouvrit deux, alluma les cigares avec son Zippo et lui en donna un.

Elle tira une grande bouffée et laissa échapper un nuage de fumée.

– Alors, monsieur Hope, je veux dire Ben, qui êtes-vous ?

– Quelqu'un qui veut vous aider.

– Vous avez l'air d'en connaître un rayon sur les armes, pour un Anglais. Je croyais que c'était interdit, là-bas.

– Je ne suis pas vraiment anglais, je suis à moitié irlandais.

– Quelle moitié ?

– La meilleure.

– Ça me va ! Tous les Anglais que j'ai connus étaient complètement guindés.

– Parlez-moi de Skid !

– On s'est rencontrés en fac de droit.

– Alors, vous êtes avocate.

Elle hocha la tête.

– J'ai raté l'examen du barreau. J'étais trop nerveuse. Alors, je suis juriste. J'ai travaillé pour Skid un moment, à présent, j'ai un poste dans un cabinet en ville.

– Pourquoi vous a-t-il envoyée ?

– Parce qu'il ne peut pas bouger. Vous verrez assez vite par vous-même.

– Que lui est-il arrivé ?

– Les hommes de Cleaver. Ils l'ont choppé. Ils ont failli le tuer. Ils l'auraient fait, si je n'étais pas intervenue et si je n'avais pas appelé les flics.

– Qui est Cleaver.

– Skid vous en parlera.

– Et qu'est-ce que Zoé Bradbury vient faire là-dedans ?

– Skid et moi, c'était sérieux, pendant deux ans. C'est à cause de Zoé que ça a cassé.

– Je sais qu'elle est venue ici deux ou trois fois. Elle allait chez une miss Vale.

Molly hocha la tête et tira une autre bouffée.

– Ça s'est passé la dernière fois qu'elle est venue, il y a six mois. Skid était dans un bar. Il traîne toujours dans un bar ou un autre… et il a rencontré cette jolie fille. Je suppose qu'il n'a pas pu résister. Et elle non plus, j'imagine. Skid n'a jamais eu un sou vaillant, mais c'est un séducteur, ça s'est sûr.

Elle sourit tristement.

– La première fois que je l'ai rencontrée, c'était dans son bureau. Il m'a raconté qu'ils traitaient une affaire ensemble. Ce qu'il ne m'a pas dit, c'est qu'ils baisaient tout le temps. Je n'ai compris que plusieurs semaines plus tard à quoi ressemblaient ces nuits de travail.

Elle entrouvrit la vitre et jeta le cigare.

– Il n'a jamais nié. Je l'ai quitté. Je lui ai dit que je ne voulais plus le revoir. Que c'était fini. Il n'a pas arrêté de m'appeler et de me harceler, pour me dire qu'il ne pouvait pas vivre sans moi. Il me laissait des messages sur mon répondeur, il menaçait de se suicider.

– Avec ce gros machin ?

– Il ne serait pas resté grand-chose, je suppose.

– Effectivement.

– Je suis passée à son bureau, un jour, tard dans la soirée, pour mettre les choses au point, en face à face. En montant l'escalier, j'ai entendu des cris et des hurlements. Il y avait trois hommes avec lui, qui le battaient comme plâtre. J'ai appelé les flics, par chance, il y avait une patrouille dans les parages. Ils sont arrivés, mais les types ont dû les entendre. Ils se sont tirés par la porte arrière en laissant Skid en piteux état.

– Quand était-ce ?

– Il y a un peu plus d'une dizaine de jours. À présent, Skid a une peur bleue des hommes de Cleaver. Il ne veut même pas aller à l'hôpital et Dieu sait qu'il en aurait besoin !

– Vous vous occupez de lui ?

– Je suis son chien de garde, comme vous dites. Et son infirmière, tout en un.

– Donc, il y avait une transaction qui liait Zoé et Skid, ou ce n'était qu'une couverture !

– Ils étaient en affaires, dit-elle gravement. C'est pour ça que Skid a des ennuis.

– De quoi s'agissait-il ?

– Skid vous expliquera. On va bientôt arriver.

Elle quitta l'autoroute et, quelques minutes plus tard, ils longèrent des petites routes sombres et étroites. Molly conduisait vite, le visage tendu, tant elle se concentrait.

Un chemin de terre apparut sur la gauche ; elle l'emprunta. La voiture passa devant une enseigne de motel déglinguée. La pluie avait transformé le chemin de terre en boue. Il donnait sur une cour. À la lueur des phares, on voyait des touffes de mauvaises herbes, des sacs-poubelle, des meubles brisés, des canettes écrasées. Un néon couvert de mouches projetait une lumière jaunâtre sur le porche et les parkings. Molly s'arrêta à côté d'un pick-up et coupa le moteur.

Ils descendirent de voiture. Après la pluie, l'air était chargé d'humidité. Dressés sur leurs pattes arrière, deux dobermans en cage aboyèrent furieusement en grattant le grillage.

– Bienvenue dans la nouvelle demeure de Skid, dit Molly.

Seules deux fenêtres étaient éclairées. Le son étouffé d'une télévision parvenait de l'intérieur. Les chiens aboyaient toujours. De loin, la voix d'un homme ivre leur ordonna de se taire.

Molly conduisit Ben vers la chambre numéro dix. Elle tapa trois coups, très forts, sur la porte lépreuse.

– C'est Molly.

Elle fouilla dans son sac, sortit la clé et entra.

La pièce sombre dégageait une odeur de moisissure et de désinfectant.

McClusky dormait ; il sursauta. Il cligna des yeux en voyant la lumière.

Comme Molly, il avait la trentaine. Il était peut-être beau garçon, mais c'était difficile à voir sous les ecchymoses jaunâtres et violacées et les coupures qui lacéraient son visage. Les cheveux noirs huileux étaient plaqués sur le front.

La chemise en toile de jean maculée de grandes taches de sueur sortait largement de son pantalon. Il se tenait assis dans un fauteuil, les jambes tendues devant lui, appuyées sur un tabouret. Plâtrées toutes les deux à partir du genou. Il tripotait nerveusement le fusil à pompe Mossberg posé sur ses genoux. Il leva les yeux. Les paupières bordées de rouge trahissaient sa souffrance. Il scruta la pièce et s'arrêta sur Ben.

– C'est bon, Skid. Ce n'est pas un type de Cleaver.

– Asseyez-vous, dit Skid à Ben. Et dites-moi ce que vous voulez.

– Je vais nous chercher des bières, dit Molly. Vous pourrez bavarder tranquille.

Ben et l'avocat gardèrent le silence pendant une minute.

– Je vais aller droit au but, dit Ben. Zoé Bradbury a disparu. On a perdu sa trace en Grèce, il y a douze jours. Mon job, c'est de la retrouver, et je crois que vous pouvez m'aider.

– J'imagine qu'ils s'en sont aussi pris à elle, marmonna Skid. Ils m'ont obligé à parler.

– Les hommes qui vous ont fait ça ? demanda Ben en montrant les jambes dans le plâtre.

Skid hocha la tête.

– Je suis dans un sacré pétrin, dit-il, désespéré. Regardez-moi, je suis fichu.

– Je peux peut-être vous aider, vous aussi.

– Et comment vous pensez y arriver ?

– Je ne sais pas encore. Mais je suis presque certain que les personnes qui vous ont fait ça sont aussi celles que je recherche.

Skid se passa les mains sur le visage. Il resta silencieux un instant.

– OK, qu'est-ce que vous attendez de moi ?

– Que vous me racontiez tout. Je veux tout savoir sur vous et Zoé. Sur Cleaver. Je n'arrête pas d'entendre ce nom. Qui est-ce ?

Skid poussa un long soupir.

– Passez-moi ça, vous voulez bien ? demanda-t-il

en indiquant une bouteille de Jack Daniels sur la table, hors de sa portée.

Ben la prit et la lui tendit. Skid avala une grande gorgée et s'essuya les lèvres d'un revers de manche.

– Je vais commencer par le commencement. Vous savez qui est Augusta Vale ?

– Hum hum.

– Alors, vous savez que Zoé logeait chez elle, à Savannah.

Skid bascula inconfortablement dans son fauteuil et grimaça de douleur.

– Zoé et miss Vale étaient très amies. Du moins, c'est ce que croyait miss Vale. Zoé s'intéressait surtout à son argent. Elle faisait des allusions par-ci par-là sur ce qu'elle voulait faire, en espérant que miss Vale sortirait son carnet de chèques. Ce n'est pas tous les jours qu'on rencontre une amie qui a une propriété d'une valeur de deux milliards de dollars et qui vous considère comme l'enfant qu'elle n'a jamais eu. Et si l'on peut dire une chose à propos de Zoé, c'est qu'elle aime l'argent.

– Je ne la connais pas vraiment, dit Ben. Je ne l'ai pas revue depuis qu'elle était enfant.

Skid avala une autre gorgée de bourbon.

– Elle croyait qu'avec un peu de chance, elle récupérerait une part du gâteau. Jusqu'à ce que Clayton Cleaver entre en scène.

En donnant son nom entier, il pensait croire que Ben saurait immédiatement de qui il parlait.

– Vous n'avez jamais entendu parler de Clayton Cleaver ?

– J'aurais dû ?

– Le télévangéliste. L'auteur du best-seller. Le

candidat gouverneur. Et à présent, le meilleur ami de miss Augusta Vale. Miss Vale est une bonne chrétienne, très religieuse, qui parraine des organisations charismatiques. Mais elle se fait avoir ! Ce crétin se fait passer pour un saint. Lorsque Zoé est venue habiter chez miss Vale, il y a six mois, Augusta lui a fait part de ses projets, de son intention de financer la fondation de Cleaver. Et je parle de beaucoup d'argent. Une véritable fortune.

– Combien ?

– Neuf chiffres.

– Cent millions, donc, dit Ben.

– De l'argent de poche, pour miss Vale. Elle a quelques investissements et des valeurs qui ne demandent qu'à être réalisés, avec toute une flopée d'avocats qui travaillent sur l'affaire à cinq cents dollars de l'heure pour débloquer l'argent. Clayton devrait recevoir la somme bientôt, ce mois-ci ou le mois suivant.

– J'imagine que Zoé n'était pas très contente d'apprendre la nouvelle.

– C'est le moins qu'on puisse dire ! Elle a rencontré Cleaver lors d'un dîner chez la vieille dame. Elle disait que c'était un enfoiré et un imposteur. Elle n'arrivait pas à comprendre pourquoi miss Augusta s'était entichée de ce type qui la menait par le bout du nez. Elle était convaincue qu'il retournait la vieille dame contre elle.

Ben s'adossa à sa chaise et alluma une cigarette.

– Vous suivez ? Bon, de toute façon, Zoé ne pouvait pas laisser passer ça. Elle est retournée en Angleterre. Nous n'étions pas restés en contact. J'avais mes propres problèmes. Molly vous en a sans doute parlé. Mais il y a quelques semaines, elle m'a appelé. Elle était très excitée. Elle revenait d'un chantier de fouilles en Turquie et avait trouvé un moyen d'extorquer beaucoup d'argent à Clayton Cleaver. Un montage parfait, disait-elle. Sans une faille. Cela ne pouvait que marcher.

Skid regarda ses jambes allongées et grogna.

– Elle le faisait chanter, dit Ben. Mais avec quoi ?

Skid jouait avec la bouteille de bourbon.

– En fait, je ne sais pas. Elle ne m'a jamais donné les détails. Une aventure cochonne, peut-être. Du sexe, qui sait ? En tout cas, ça a fonctionné. Elle a appelé de Grèce et lui a fait une proposition. Elle lui a demandé de l'argent. Elle savait qu'il n'avait pas encore les cent millions, elle ne voulait donc pas le presser. Elle se contentait d'une avance de vingt-cinq mille. Cinq pour moi. Tout ce que j'avais à faire, c'était livrer une boîte au bureau de Clayton.

– Une boîte ?

– Une boîte. Une vieille boîte en carton, grande comme ça.

Skid écarta les mains pour former un cube d'une quinzaine de centimètres de côté.

– C'était léger. Ne me demandez pas ce qu'il y avait à l'intérieur, je n'en ai aucune idée. Tout ce que je sais, c'est que lorsqu'on la secouait, cela faisait du bruit.

Ce n'était donc pas des photographies, pensa Ben. Tant pis pour le sexe !

– Cleaver a emporté la boîte dans la pièce d'à côté pendant que j'attendais. Je l'ai entendu déchirer le carton, il avait vraiment l'air pressé. Je ne sais pas ce qu'il a trouvé, mais ça l'a convaincu. Il est revenu avec vingt-cinq mille dollars en liquide. Il me les a donnés sans sourciller. J'ai pris ma part, je lui ai envoyé le reste.

Cela expliquait la soudaine opulence de Zoé, la villa, les fêtes.

– Elle en voulait toujours plus, n'est-ce pas ?

– Elle avait dit à Cleaver que dès qu'il aurait sa petite fortune, elle exigerait dix millions de dollars en échange de ce qu'elle avait. Ma part était de dix pour cent. Je n'avais rien à faire, sinon servir d'intermédiaire. Apparemment, Cleaver était d'accord. Je n'arrivais pas à y croire. Un véritable rêve d'avocats. J'avais tout prévu. J'allais quitter ce trou à rats et m'installer en ville, monter mon propre cabinet.

Skid soupira.

– De toute évidence, il a changé d'avis…

– Le soir où il vous a tabassé ?

Skid hocha la tête.

– J'étais presque sûr d'être suivi depuis quelques jours. Je n'ai jamais vu personne, c'était juste une impression. J'étais assez terrifié pour ne jamais me séparer de mon arme. Et puis, un soir, je travaillais tard au bureau… Je ne les ai même pas entendus monter ! Et tout d'un coup, ils m'ont tiré de ma chaise et m'ont pointé un pistolet sur la figure. Ils m'ont jeté par terre et m'ont demandé où je l'avais mis ! « Où tu l'as mis ? Où il est ? » Je ne savais même pas de quoi ils parlaient ! Et ensuite, ils m'ont demandé où était Zoé.

– Et vous leur avez dit…

– Pas tout de suite. On m'avait déjà tabassé avant. Je ne suis pas une poule mouillée. Ensuite, ils ont ouvert leur sac et ils ont sorti ces saloperies de marteaux ! Ils ont commencé à s'attaquer à mes jambes pendant que le troisième me braquait toujours l'arme sur la tempe. Il faut être salement costaud pour se taire lorsque deux malfrats vous bousillent les genoux. Bien sûr que je l'ai dit. Vous auriez fait la même chose.

– Zoé vous a-t-elle déjà parlé d'une sorte de prophétie ? demanda Ben.

Skid avait l'air ahuri.

– Comme lorsqu'on lit dans les étoiles ?

– C'est une spécialiste de la Bible, rappela Ben. Alors, comme dans la Bible, plutôt. Elle a vaguement dit à quelqu'un que l'argent était lié à la prophétie.

– Jamais entendu parler de ça. Comment une prophétie pourrait la rendre riche ? Je vous l'ai déjà dit, elle avait un moyen de coincer Cleaver.

– Laissez tomber, cela n'a pas d'importance.

La porte s'ouvrit, sans avertissement. Skid sursauta et saisit son arme. Le fusil à pompe était presque chargé lorsque Skid se détendit et le reposa. Il s'adossa à sa chaise. Molly verrouilla la porte derrière elle et entra avec un paquet de six bières. Elle le posa sur le lit.

– C'est l'heure de prendre tes médicaments, mon chéri, dit-elle.

L'avocat hocha tristement la tête.

– C'est tout ce que j'ai à vous raconter, dit-il à Ben. Sans Molly, nous n'aurions même pas cette conversation.

Molly s'approcha de lui et lui posa la main sur l'épaule. Skid lui caressa le bras. Il y avait une certaine tension entre eux deux, mais la tendresse subsistait.

– Je ne voulais pas qu'elle vous rencontre, dit Skid. C'était son idée. Elle est très courageuse.

– Qu'allez-vous faire à présent, demanda Ben ?

– Quel est l'avenir d'un infirme sans le sou ? Je suis coincé ici.

– Vous ne pourrez pas y rester éternellement.

– J'y resterai jusqu'à ce que Cleaver m'oublie. Ou jusqu'à ma mort, ça dépendra de ce qui arrivera en premier. Je ne peux aller nulle part. S'ils me trouvent, ils me tuent. Autant me bourrer à mort dans ce fauteuil !

Skid leva les yeux vers Molly qui souriait derrière ses larmes.

– Le jour où j'ai rencontré Zoé Bradbury, c'est comme si j'avais fait une boulette de papier avec ma vie et que je l'avais jetée au feu ! J'ai tout perdu. J'ai perdu la femme dont tout homme rêverait.

– Tu ne m'as pas perdue, murmura Molly, qui se baissa et embrassa le front moite.

Skid se retourna et regarda Ben.

– Et vous ? Qu'allez-vous faire ?

– J'aimerais aller rendre visite à Miss Augusta Vale.

– J'ai son numéro, dit Skid.

– Parfait. Et je voudrais rencontrer Clayton Cleaver.

Ben sortit son portefeuille.

– Avant, il y a une chose que vous pourriez faire pour moi.

– Oui, quoi ?

– Vous pourriez me vendre ce gros fusil à pompe ? J'ai comme l'impression que je risque d'en avoir besoin.

25

Il était tard dans la nuit lorsque Molly raccompagna Ben à Hinesville. Elle lui serra la main et lui souhaita bonne chance. Il lui sourit et la regarda tandis qu'elle s'éloignait sous la pluie, puis remonta dans sa Chrysler et prit la direction de Savanah. Il avait posé à l'arrière le sac de toile qui contenait le fusil de chasse .475 Linebaugh ainsi qu'une boîte de balles à pointe creuse. Arrivé à Savannah, Ben chercha un hôtel. Cette nuit-là, il resta longuement dans sa chambre à contempler le fleuve et à réfléchir. Il était éreinté, mais il ne parvenait pas à trouver le sommeil avec toutes ces pensées qui tourbillonnaient dans son esprit.

Si la situation avait semblé confuse en Grèce, le tableau s'assombrissait sérieusement. En essayant de faire coller les différents morceaux, il comprenait que les chances de retrouver Zoé Bradbury vivante s'amenuisaient.

À présent, il connaissait le nom du personnage puissant qu'elle avait suffisamment menacé pour qu'il prenne des mesures rédhibitoires. Cent millions de dollars, une candidature à un poste de gouverneur de Géorgie… Il n'était guère possible d'être plus riche et plus puissant sans aller jusqu'au sommet. Il savait également pourquoi le nom de Cleaver se trouvait dans son carnet d'adresses. Avec quels arguments Zoé le faisait chanter, cela restait un mystère. Une chose était claire pourtant : elle avait visé trop haut.

Dix millions, c'était largement suffisant pour qu'il songe à des moyens d'éviter de payer. Il ne pouvait pas savoir si elle était digne de confiance et si elle n'allait pas le harceler, encore et encore. S'il lui versait les dix millions et que les éléments en sa possession étaient dangereux à ce point, un an ou deux plus tard, elle risquait d'en demander dix autres. Et ainsi de suite, jusqu'à ce qu'elle l'ait saigné à blanc. Une fois qu'elle aurait goûté à l'argent, elle ne renoncerait peut-être jamais.

Il n'existait qu'un seul moyen d'éliminer la menace, une bonne fois pour toutes. Le raisonnement était terrifiant, mais c'était la seule solution au dilemme de Cleaver. La vie de Zoé était loin de valoir dix millions de dollars !

Il restait Skid McClusky. Du point de vue de Cleaver, l'avocat ne représentait qu'une autre contingence à maîtriser. La première tentative avait échoué, pourtant, tôt ou tard, Cleaver réussirait, Skid en était conscient. Cleaver ne s'arrêterait jamais avant d'avoir réduit tous les protagonistes au silence. D'abord Nikos Karapiperis, ensuite Charlie.

Et maintenant, lui. Soudain, tout paraissait limpide. Si Ben n'allait pas voir Cleaver pour mettre un terme à la situation, Cleaver risquait de mettre un terme à sa vie. Cent millions, cela permettait de payer pas mal de tueurs à gages, et il serait impossible de savoir quand l'un d'eux frapperait.

En s'approchant du minibar et de son paquet de cigarettes, il pensa à Tom et Jane Bradbury. Comment allaient-ils leur annoncer que leur fille était sans doute déjà morte ?

Il écarta aussitôt cette pensée. Il s'en inquiéterait plus tard. Pour l'instant, il n'avait qu'un seul but : trouver Clayton Cleaver.

La journée du lendemain commença dans une inondation de soleil. Ben attendit neuf heures avant d'appeler le numéro que Skid lui avait donné. Une voix grave lui répondit : « Résidence Vale, j'écoute… » Ben expliqua qu'il était un ami de la famille Bradbury qui passait dans la ville et qu'il espérait pouvoir rendre visite à miss Vale. D'une voix encore plus grave, l'homme lui demanda de patienter.

Lorsque miss Vale vint répondre, elle plut immédiatement à Ben. Sa voix donnait l'impression d'une vieille dame, sûre d'elle, confiante. On sentait une véritable chaleur derrière son extrême politesse. Elle lui dit qu'elle serait ravie d'accueillir un ami des Bradbury, pourquoi ne passerait-il pas prendre un café ? Elle avait des affaires à régler, mais serait disponible dès onze heures.

Ben profita de son temps libre pour explorer la ville et s'acheter quelques vêtements. Il opta pour des tenues élégantes et décontractées : une veste et un jean noirs, une chemise blanche. Il retourna prendre sa voiture à l'hôtel pour aller chez miss Vale. Ce n'était pas une vulgaire maison. La demeure imposante de style colonial, à l'écart de la rue, était entourée de jardins verdoyants, fleuris et ombragés. À la porte, il fut accueilli par l'homme à la voix grave qui lui avait répondu au téléphone. Le majordome le fit entrer dans un vaste vestibule au sol de marbre noir et blanc, avec des peintures dans des cadres dorés sur les murs.

– Désirez-vous que je vous débarrasse de votre sac ?

– Je préfère le garder, si cela ne vous ennuie pas.

Une grande horloge sonna onze heures lorsque le majordome l'introduisit au salon. Il frappa, ouvrit une double porte de noyer et annonça :

– Monsieur Hope, pour vous, madame.

Miss Augusta se leva et s'approcha de Ben en souriant. Grande, très droite et très élégante malgré ses soixante-quinze ans, elle était d'une beauté rayonnante. Une dentition parfaite et une chevelure plus platine que grise. Elle portait un rang de perles sur un chemisier de soie et une jupe droite noire. Lorsqu'elle lui tendit la main, un diamant scintilla dans les rayons du soleil qui inondaient la pièce.

– Je suis ravie de faire votre connaissance, monsieur Hope.

– Je vous en prie, appelez-moi Ben.

– Ben. C'est le diminutif de Benjamin ?

– Benedict. Tout le monde m'appelle Ben.

– Dommage, Benedict est un si joli nom, répliqua-t-elle fermement, comme si elle décidait qu'elle l'appellerait ainsi.

Elle l'invita à s'asseoir et demanda au majordome d'apporter du café et des biscuits. Elle s'installa délicatement sur un sofa Louis XIV. Le petit pékinois tapis sous le siège ouvrit un œil soupçonneux et grogna doucement.

– Vous avez une très belle maison, la complimenta Ben.

– Merci. Elle appartient à la famille depuis la Déclaration d'Indépendance. Donc, vous connaissez bien les Bradbury, dit-elle, en l'observant attentivement.

Il hocha la tête.

– Tom et Jane vous transmettent leur amitié.

– Ils sont vraiment charmants. Et Oxford est une ville magnifique. J'ai l'intention d'y retourner en août, pour l'université d'été.

– Je crois savoir que vous êtes passionnée par l'archéologie.

– Effectivement. C'est comme cela que j'ai connu Zoé. Une jeune femme si pleine de talent. Très intelligente. Un peu forte tête, peut-être. Et plutôt fantasque.

– C'est ce qu'on dit.

– Vous l'avez vue, dernièrement ?

– La dernière fois, elle était haute comme trois pommes.

– Alors, vous n'êtes pas un de ses jeunes galants.

– Non, je ne suis pas un de ses jeunes galants.

Elle ne répondit pas, mais il lut le soulagement et l'approbation dans le regard de la vieille dame.

– Alors, que faites-vous dans la vie ? Benedict, demanda-t-elle gentiment.

– Ben. Je suis étudiant. En fait, je suis l'élève de Tom Bradbury, à Oxford.

– Mon Dieu, c'est merveilleux ! Vous êtes théologien !

– Je voulais le devenir.

– Alors, vous devriez vraiment utiliser votre magnifique prénom. Vous savez ce qu'il signifie, bien sûr.

Il ne répondit pas.

– Cela signifie « béni ».

– Je crois que je suis plus maudit que béni.

Elle soutint son regard pendant un instant et se mit à rire.

– Vous ne devriez pas dire des choses pareilles ! Dites-moi, Benedict, où logez-vous ?

Il lui donna le nom de son hôtel, et elle hocha la tête.

– Non, non, ce n'est pas possible. Vous devez venir ici, soyez mon invité.

– Je ne voudrais pas vous ennuyer.

– Ne vous inquiétez pas, vous pouvez vous installer dans les anciens communs. Je les ai transformés en une maison pour les invités, elle est accolée au bâtiment principal. Vous ne me dérangerez pas et je ne vous dérangerai pas.

– C'est très gentil à vous.

– Pas du tout. J'enverrai quelqu'un chercher vos bagages.

Il indiqua son sac de toile.

– Tout est là.

Miss Vale se mit à rire.

– Vous savez voyager léger, Benedict. Et bien sûr, vous nous ferez le plaisir de dîner avec nous.

– Avec vous ?

– Moi et Clayton. C'est un habitué de la maison.

– Parleriez-vous de Clayton Cleaver ?

– Ah, vous avez entendu parler de lui ?

– Comme tout le monde !

– Alors, vous connaissez sans doute son livre.

– J'ai peur de ne pas avoir eu le plaisir de le lire.

– Je vais vous en passer un exemplaire.

Elle fit tinter une clochette, et une belle femme

noire entra dans la pièce. Miss Vale lui sourit et la présenta à Ben.

– Benedict, je vous présente ma femme de chambre, Mae.

Elle se tourna vers elle.

– Est-ce que l'une des filles pourrait nous apporter un des exemplaires du livre de M. Cleaver ?

– Tout de suite, miss Vale.

Mae fit un signe de tête et sortit aussitôt.

Augusta avait le regard étincelant.

– Vous devez absolument le lire, Benedict. Il a totalement changé ma vie. Vous voyez, Clayton a reçu la visite de l'esprit éternel de l'apôtre saint Jean.

– Cela semble prometteur.

Quelques instants plus tard, une servante entra avec un livre à la main. De manière très solennelle, elle le tendit à miss Vale. La vieille dame la congédia avec un sourire amical.

Elle tourna amoureusement le livre dans ses mains avant de le donner à Ben. Il la remercia et le posa sur ses genoux. La grosse écriture dorée sur la couverture disait : « Ce que saint Jean m'a dit », par Clayton R. Cleaver.

– Clayton le distribue gratuitement à toutes les familles pauvres et défavorisées, dit miss Vale, radieuse. C'est un homme merveilleux.

Ben ouvrit le livre et jeta un rapide coup d'œil sur la préface.

Il y a dix ans, dans un moment d'illumination divine, j'ai terminé l'écriture de ce livre et j'ai envoyé le manuscrit à tous les éditeurs des États-Unis. Aucun n'a accepté de le publier. Je le savais d'avance car saint Jean me l'avait dit.

J'ai vendu ma voiture. J'ai vendu ma maison. J'ai vendu tous mes biens. J'ai vécu dans une caravane et j'ai investi jusqu'au dernier sous dans ma propre maison d'édition pour que, cher lecteur, vous puissiez avoir ce livre entre les mains.

L'apôtre Jean a eu raison dans chacune de ses paroles. Le livre a connu un tel succès, qu'un an plus tard, tous les éditeurs me suppliaient pour que je leur revende les droits. À ce jour, les paroles de l'apôtre Jean ont touché plus de douze millions d'Américains.

– Alors, qu'en pensez-vous Benedict ? demanda la vieille dame.

– Cela me paraît passionnant.

– Prenez-le, dit-elle aussitôt. J'en ai beaucoup d'autres.

– Je vous remercie infiniment, miss Vale. Je suis impatient de lire la suite. Et de rencontrer l'auteur.

Elle lui adressa un large sourire.

– Je crois que cette rencontre était prédestinée. Je suis certaine que vous vous entendrez à merveille, avec Clayton.

Mae accompagna Ben dans la maison des invités. Les quartiers des amis étaient situés à l'arrière de la maison, au rez-de-chaussée. C'était un véritable appartement, avec deux chambres, une cuisine, une salle de bains et un salon, le tout magnifiquement meublé.

Ben jeta son sac sur le lit à baldaquin et se rendit au salon. Les portes-fenêtres donnaient sur un magnifique jardin tropical, où les palmiers abritaient des fleurs aux couleurs fantastiques.

En admirant son environnement élégant et en pensant à son hôtesse si charmante et si généreuse, il se demandait ce qu'elle faisait avec un malfrat comme Clayton Cleaver.

Quel genre d'homme pouvait être ce zigoto ? Il regarda sa montre. Dans quelques heures, il connaîtrait la réponse.

26

Bien loin de là, assise dans son lit, les mains posées sur ses genoux, Zoé Bradbury regardait devant elle. À son chevet, installé sur une chaise de plastique, le médecin prenait des notes sur son carnet. Ils étaient seuls. Comme d'habitude, il s'exprimait d'une voix douce.

C'est un bien joli bracelet que vous portez, Zoé. Il est en or ?

Elle tendit son bras droit et regarda le bracelet brillant comme si elle ne l'avait jamais vu.

– Je suppose, murmura-t-elle, d'une voix soupçonneuse.

Elle savait que toute question, aussi anodine et subtile fût-elle, était un moyen de pénétrer dans son esprit.

Une partie d'elle avait envie de crier, de s'enfuir, de lutter jusqu'à la mort et de haïr cet homme. La douceur de son regard semblait sincère, et elle avait envie de lui faire confiance, de se confier à lui. Elle avait du mal à résoudre ce conflit intérieur. Elle était prisonnière, on l'avait enlevée, pourtant, il avait l'air de vouloir lui venir en aide.

– Il a l'air ancien. Comment l'avez-vous eu ?

– Je ne m'en souviens pas. Je ne sais pas depuis quand je l'ai.

– C'est peut-être un cadeau, suggéra le médecin. De quelqu'un qui vous aime. Un membre de votre famille. Parlez-moi de votre famille !

– Je vois des visages. Je crois qu'il s'agit de mes parents.

– C'est un bon début, dit-il en hochant la tête. Vos souvenirs commencent à se remettre en place, comme je vous l'avais promis.

– Je me souviendrai de tout ?

– Vous souffrez d'une amnésie rétrograde post-traumatique. La perte de mémoire est généralement transitoire, cela dépend de la gravité de la blessure. Vous avez reçu un choc à la tête, mais j'ai vu bien plus grave.

Il fouilla dans sa sacoche et en sortit un livre.

– J'ai quelque chose à vous montrer.

– Où suis-je ? demanda-t-elle, abruptement, sans regarder le livre.

Elle ne savait plus combien de fois elle avait posé la question.

Il lui fit la réponse habituelle.

– Un endroit où l'on va vous soigner.

Elle sentit son embarras.

– Que va-t-il m'arriver ?

Elle le regarda dans les yeux. Une larme roula sur sa joue.

– Vous allez retrouver la mémoire.

– Et ensuite ? Quand mes souvenirs seront revenus ?

Il ouvrit le livre sur le lit.

– Regardons ces images, vous voulez bien ?

C'était un livre sur les chiens, avec de nombreuses photos en couleurs.

– Pour quoi faire ?

– Vous m'avez dit avoir un chien à la maison. 'Essayons de trouver à quoi il ressemble.

– Pourquoi ?

– Parce que cela permettrait à d'autres souvenirs de refaire surface. C'est comme ça que travaille l'esprit, par des suites d'associations inconscientes. Un détail en appelle un autre. Alors, si on retrouve votre chien, vous vous souviendrez peut-être de son nom. Ou d'un événement dans lequel il a joué un rôle, une journée à la plage, par exemple. Avant que vous vous en aperceviez, nous aurons ouvert de nombreuses portes vers des domaines qui sont encore dans l'ombre. D'accord ?

– D'accord, murmura-t-elle.

Il commença à tourner les pages patiemment, une par une.

– Est-ce qu'il ressemble à ça ? demanda-t-il en montrant un labrador.

Elle fronça les sourcils.

– Non, je ne crois pas qu'il soit aussi gros.

– Bon, alors, regardons les petits chiens. En voilà un, un King Charles. Cela vous dit quelque chose ?

– Non.

– Et celui-là.

– Je ne crois pas.

Il tourna la page.

– Attendez ! Là !

– Celui-ci ? Un terrier blanc du West Highland ?

Elle le reconnaissait. C'était le petit chien blanc qui apparaissait dans la brume de ses souvenirs.

– C'est lui, c'est mon chien !

– Bien, Zoé, on progresse à grands pas.

– Je pourrais partir bientôt.

– Oui, bientôt.

– Dans combien de temps.

– Je ne peux pas encore le dire. Cela dépend de votre guérison.

– De quoi suis-je censée me souvenir ? dit-elle, d'une voix suraiguë. Qu'est-ce qu'il y a de si important, pour qu'on me retienne prisonnière ?

Le médecin n'avait pas de réponse.

Lorsque la séance fut terminée, il sortit de la chambre. Le garde referma la porte derrière lui, et le médecin ferma les yeux et soupira.

Tu es médecin, tu es là pour aider les gens. Qu'est-ce qui ne va pas ? Comment t'es-tu laissé embarquer dans une histoire pareille ?

– Jones veut vous voir dans son bureau, lui annonça le garde.

– Plus tard.

– Jones a dit tout de suite.

Le docteur soupira encore. Ses épaules tombèrent. Il se rendit dans le bureau trois minutes plus tard. Il frappa à la porte et entra dans une petite pièce carrée aux murs nus et au sol de béton. Le bureau de Jones était vide, en dehors du téléphone et de l'ordinateur portable. Jones s'adossa à sa chaise, un sourire méprisant aux lèvres.

Le médecin avait de plus en plus de mal à dissimuler sa haine. Il aurait aimé lui faire avaler son sourire méprisant, mais il savait de quoi Jones était capable.

– Vous vouliez me voir ?

– Vous avez de bonnes nouvelles pour moi ?

Le médecin hésita.

– Non, pas celles que vous aimeriez entendre.

Jones grogna.

– J'en étais sûr. On ne peut pas dire que votre prétendue thérapie nous avance beaucoup…

– En fait, si, mais ce n'est que le tout début.

– Vous ne vous rendez pas compte des enjeux, docteur Greenberg. Nous sommes pris par le temps.

– Il ne suffit pas de claquer des doigts pour résorber une sévère amnésie rétrograde ! D'ailleurs, ses résultats au GOAT s'améliorent de jour en jour.

– Qu'est-ce que c'est que ce GOAT, aboya Jones.

– Galveston Orientation and Amnesia Test, c'est un test classique pour… commença-t-il, essayant de garder son calme.

– Oh, n'essayez pas de m'impressionner avec votre jargon médical ! Elle ment !

– Vous avez bien vu les résultats du détecteur de mensonge.

– Vous savez aussi bien que moi que ce n'est pas fiable.

– Écoutez-moi, siffla le médecin. Nous sommes tout près du but, vraiment tout près. Encore quelques jours… une semaine, deux peut-être, et je suis certain qu'elle recouvrera complètement la mémoire.

Jones hocha la tête.

– Je me demande pourquoi j'ai l'impression que vous faites volontairement traîner les choses.

– Pas du tout !

– Bien sûr que si ! Vous vous apitoyez sur cette petite garce. Vous gagnez du temps. Laissez-moi vous dire une chose. Vous n'êtes pas là pour sympathiser. Vous êtes payé pour obtenir des résultats, et vous n'obtenez rien ! Je vous ai accordé tout ce que vous vouliez. On a même décoré tout le premier, pour que vous puissiez lui offrir une belle petite chambre, parce que vous prétendiez qu'une approche en douceur faciliterait la guérison ! Eh bien, j'en ai assez, de la gentillesse !

Le médecin regarda ses pieds et ferma les poings.

– Alors, qu'est-ce que vous suggérez ?

– Mettez-lui la pression ! Ce ne sont pas les moyens qui manquent.

– Quel genre de pression ?

Jones haussa les épaules.

– N'importe, pourvu que ça marche.

– Vous parlez de torture ?

De nouveau, Jones haussa les épaules.

– Pourvu que ça marche, je viens de vous dire.

– Si vous lui imposez un nouveau stress, tout ce que vous réussirez à faire, c'est d'enfoncer ses souvenirs un peu plus profonds. Elle va régresser dramatiquement. Et je n'ai pas à torturer qui que ce soit. Je n'ai pas été embauché pour ça.

– Vous ferez ce que je vous dis de faire ! hurla Jones. Et on va commencer tout de suite.

Il attrapa une feuille de papier et la tendit au médecin. Un seul mot était écrit. Le nom d'un produit chimique. Le médecin eut l'air affolé.

– Vous ne pouvez pas lui administrer ça ! Vous n'êtes pas autorisé à utiliser un tel produit ! C'est expérimental. Et illégal.

– Je peux lui administrer tout ce que je veux, rétorqua Jones calmement. Bon, dites-moi, c'est bien plus efficace que le Penthotal, non ?

– Ça ne me plaît pas du tout !

– Qu'est-ce que j'en ai à foutre ! Répondez à la question !

– C'est censé inhiber les fonctions corticales et

éliminer toutes les inhibitions, murmura le médecin. En théorie, c'est le sérum de vérité le plus puissant jamais élaboré, mais…

– C'est ce qu'on m'avait dit.

– Les seules personnes qui y ont recours, ce sont les terroristes et les auteurs de génocides. Nous sommes en Amérique, pas en Sierra Leone !

Jones sourit, découvrant ses dents jaunes.

– Vous avez entendu parler des effets secondaires ?

Jones ne répondit pas.

– Plus de quatre-vingt-dix pour cent de chances de provoquer une psychose irréversible. 'Des expériences sur les chimpanzés l'ont confirmé. C'est ce que vous voulez lui infliger ? Lui réduire le cerveau à la taille d'un petit pois pour qu'elle passe le restant de ses jours dans un hôpital psychiatrique ?

Jones hocha lentement la tête.

– Si je ne peux pas obtenir ce que je veux, oui.

– Rien que pour des informations, vous êtes prêt à aller jusque-là ?

– Absolument. C'est très important pour les gens pour lesquels je travaille.

– Alors, trouvez quelqu'un d'autre. Je ne veux pas me rendre complice…

– Parce que vous croyez avoir le choix, Greenberg ?

– Je ne veux même pas vous répondre, dit le médecin en se retournant.

Pourtant, le son métallique d'un pistolet qu'on armait dans son dos l'immobilisa. Il fit face à Jones. L'homme lui braquait son arme sur la tempe. De l'autre main, il tenait le téléphone.

– Vous allez passer un appel, dit Jones. Vous allez

m'obtenir ce sérum. Et vous l'administrerez à votre petite patiente adorée, et on verra qui a raison !

Désemparé, le médecin se prit la tête dans les mains. On le tenait !

– Bon, j'ai un contact, mais je ne peux pas rédiger une simple ordonnance pour avoir ce produit. Cela peut prendre plusieurs jours.

– C'est trop long, dit Jones. Mon employeur n'est pas très patient.

Il regarda sa montre.

– Je le veux ce soir.

– Ce soir !

– Si vous me décevez, vous me regarderez torturer cette fille avant que je vous plante une balle dans chaque œil. C'est à vous de choisir.

27

Savannah, Géorgie

Ben passa l'après-midi dans la luxueuse maison d'invités d'Augusta Vale à lire le livre de Cleaver, assis sur le lit à baldaquin.

Il était composé de deux parties : l'histoire de l'humble prêcheur de l'Alabama devenu porte-parole de l'apôtre saint Jean, après que ce dernier lui est apparu dans une vision miraculeuse. Une grande partie du texte, dans laquelle l'auteur s'exprimait avec talent, était destinée à convaincre le lecteur de la véracité des faits.

Ben remarqua aussi que la dernière page du livre consistait en un coupon détachable pour que les lecteurs puissent faire une donation à la Fondation Cleaver, dont la fonction essentielle consistait à lever des fonds pour satisfaire les ambitions politiques de l'auteur.

Ensuite, le livre était une vision de la fin du monde inspirée par l'Apocalypse du Nouveau Testament et les références bibliques clés de millions de chrétiens évangélistes, les plus nombreux aux États-Unis, qui croyaient à la proximité de la Fin des Temps.

Cleaver connaissait la Bible sur le bout des doigts. Son style martelant, insistant, était profondément sincère. Son livre décrivait avec force détails ce qui allait se produire, d'un moment à l'autre à présent, en s'appuyant sur les révélations du Testament : l'anéantissement du monde, la destruction de l'ordre social, l'avènement de l'Antéchrist, bientôt suivi par la bataille d'Armageddon, qui marquerait le retour du Christ venu terrasser les ennemis et conduire les fidèles à la vie éternelle.

Ben remarqua, que, comme la plupart des évangélistes, Cleaver tenait pour acquis que l'Apocalypse était l'œuvre d'un seul homme, l'apôtre Jean, le loyal serviteur du Christ, son disciple préféré, qui avait assisté à la Crucifixion et avait été le premier à croire à la Résurrection. L'opinion générale, que reflétait le livre de Cleaver, estimait que Jean avait ensuite parcouru le monde pour prêcher la bonne parole. Puis, prisonnier des Romains et jeté dans de l'huile bouillante, il aurait échappé à la mort sans la moindre cloque. Après ce miracle embarrassant, les Romains l'auraient banni et exilé dans l'île grecque lointaine de Patmos, au large de la Turquie. Il y rédigea ce texte sombre et étrange, le livre de l'Apocalypse, dans lequel il avait décrit sa vision de l'avenir. Un texte si dramatique et si formidable dans son imagerie que, des millénaires plus tard, il était plus imprimé dans la conscience populaire que jamais.

Le reste, avec un petit stratagème de la patte personnelle de Cleaver, expliquait comment saint Jean lui était personnellement apparu et lui avait confirmé, en des termes dépourvus d'ambiguïté, que la Fin des Temps était proche et que les fidèles devaient se rallier à lui. L'Apocalypse menaçait.

Pourtant, Ben se demandait si Cleaver s'était vraiment intéressé aux études théologiques traitant du livre des Révélations. Nombre de spécialistes contemporains estimaient que l'Évangile selon saint Jean et l'Apocalypse n'avaient pas été rédigés par le même homme.

Ils différenciaient au moins trois Jean différents dans la Bible : saint Jean l'Apôtre, Jean le Presbytérien, et Jean de Patmos. C'était à ce dernier qu'on devrait le texte de l'Apocalypse. Mais avait-il fait partie des douze apôtres ? La violence et le carnage de l'Apocalypse, en contradiction totale avec la sage philosophie de l'Évangile selon saint Jean, faisaient penser à deux auteurs distincts.

Les théories abondaient. Certains théologiens plus modérés estimaient que saint Jean aurait pu écrire l'Apocalypse sous l'influence d'hallucinogènes.

D'autres affirmaient au contraire que le Jean de Patmos pouvait être n'importe qui. Dans ce cas, l'Apocalypse n'aurait plus trouvé sa place au sein du Nouveau Testament et le texte n'aurait plus aucune valeur de prophétie. D'un côté comme de l'autre, l'absence totale de preuves empêchait de régler définitivement la question…

Néanmoins, à la lecture du livre de Cleaver, les fondements des enseignements de l'Évangile ne semblaient nullement perturbés par les débats houleux qui animaient les cercles de théologiens. En ce qui concernait le prêcheur de Géorgie, ses contacts directs avec saint Jean lui permettaient d'affirmer, sans l'ombre d'un doute, que ses contemporains connaîtraient la Fin des Temps.

D'une certaine manière, tout ceci avait un rapport avec Zoé Bradbury. Quels que soient les éléments dont elle disposait pour faire chanter Clayton Cleaver, ils étaient liés à la prophétie biblique.

De quoi s'agissait-il ?

Ben y réfléchit pendant des heures. Alors que sept heures approchaient et qu'il serait bientôt temps de rejoindre miss Vale et le prédicateur en personne, il n'avait toujours pas encore trouvé le lien.

28

Ben sortit et se dirigea vers la maison principale. Mae l'accueillit avec un sourire chaleureux et bavarda avec lui en le guidant dans le vestibule. Il entendait les voix de miss Vale et d'un homme qui discutaient au salon. On le fit entrer. Le visiteur de miss Vale se leva et vint vers lui.

La belle cinquantaine, l'homme portait un costume gris clair de coupe italienne, fait sur mesure. Joueur de tennis ou de squash, il était en bonne condition physique, avec à peine un soupçon de double menton. Presque aussi grand que Ben, il mesurait un peu moins d'un mètre quatre-vingt. Ses cheveux, sombres et épais, tirés en arrière, étaient peut-être teints pour dissimuler des mèches blanches. Un large sourire aux lèvres, il s'approcha de Ben, la main tendue.

– Clayton, je vous présente le jeune homme dont je vous parlais, dit miss Vale.

Elle fit un geste ample vers Cleaver, le regard pétillant.

– Benedict, j'ai le grand plaisir de vous présenter mon ami, Clayton Cleaver. Ou devrais-je dire le gouverneur Cleaver ?

Le sourire de Cleaver découvrit des dents blanches.

– À la grâce de Dieu, Augusta. À la grâce de Dieu. Nous n'y sommes pas encore.

– Avec quatre-vingt-dix pour cent de la Géorgie derrière vous, cela ne tardera plus.

Cleaver saisit la main de Ben et la lui serra comme s'il retrouvait un frère perdu depuis longtemps.

– C'est une véritable joie de vous rencontrer, Benedict, dit-il, d'une sincérité désarmante. Puis-je vous appeler Benedict ?

– J'étais impatient de vous connaître, monsieur Cleaver.

– Je vous en prie, appelez-moi Clayton. Augusta m'a dit que vous étiez croyant. C'est merveilleux. Merveilleux.

La servante arriva avec un plateau de canapés et des cocktails au martini. Ils échangèrent quelques potins et remarques sur la différence de climat entre l'Angleterre et la Géorgie, sur ce que Ben devrait visiter pendant son séjour, sur la manière dont se déroulaient ses études de théologie à Oxford.

– En dernière année, je suppose que vous êtes spécialisé. Vous avez des centres d'intérêts particuliers, Benedict ?

– En fait, oui, répondit Ben, avant de boire une gorgée de martini. J'ai choisi la prophétie de la Bible comme sujet de doctorat.

Miss Vale et Cleaver échangèrent des regards complices et approbateurs.

– Je savais que vous étiez faits pour vous entendre, intervint la vieille dame. Vous ne pourriez pas être en meilleure compagnie, Benedict. Avez-vous eu le temps…

– De lire le livre de Clayton ? compléta Ben. '''Je l'ai dévoré sans pouvoir m'en détacher.

– Eh bien, je vous remercie, mon fils. Je peux vous dédicacer un exemplaire, si vous voulez.

– J'en serais très honoré.

Le majordome entra dans la pièce et annonça d'un ton solennel que le dîner était servi. Ben suivit miss Vale et Clayton dans une salle à manger grandiose. La table de plus de trois mètres de long était couverte d'argenterie qui scintillait à la lueur d'un lustre de cristal. Miss Vale s'assit en tête de table. Invité d'honneur, Ben se vit attribuer un siège à sa droite, et Cleaver s'assit en face de lui. La servante souleva le couvercle d'un plat argenté disposé au centre de la table.

– Le saumon fumé vient de l'élevage personnel de miss Vale, dit Cleaver. C'est le meilleur de tout le Sud.

Ils mangèrent en buvant du champagne. Cleaver avait l'air chez lui.

– Donc, Benedict, vous nous parliez de la prophétie de la Bible ?

– Posez-lui toutes les questions que vous voulez, le pressa miss Vale. Personne ne connaît mieux la Bible que Clayton.

– Pour un étudiant de la Bible, vous n'auriez pas pu vivre dans une période plus enthousiasmante. Les temps ne sont plus obscurs. C'est maintenant.

– J'ai remarqué que, dans votre livre, vous disiez que l'Apocalypse et les prophéties de la Bible sont sur le point de se réaliser.

– Puisque vous l'avez lu, Benedict, répondit Cleaver, vous savez que cela va bientôt arriver.

– Je connais aussi les diverses interprétations des

théologiens, dit Ben. Par exemple, certains spécialistes estiment que le livre des Révélations n'a pas sa place dans le Nouveau Testament.

Cleaver rougit.

– Des interprétations, je t'en ficherais ! Excusez ma grossièreté, Augusta, mais j'en ai plus qu'assez de ces théologiens à la noix. Pour moi, ces pauvres bougres se voilent la face.

Il tapa du poing contre la table.

– Regardez les signes tout autour de vous, Benedict. Les gouvernements, les lois, l'économie, la culture, notre monde entier est sur le point de s'effondrer. Le chaos et la destruction nous guettent. Comme l'Évangile l'avait prédit.

Il brandit le doigt pour souligner son propos.

– Tous les signes sont là. Il est temps de se préparer et de faire entrer notre seigneur Jésus-Christ dans nos cœurs car nous serons bientôt à la Fin des Temps. Tous ces théologiens ne font que courir après leur propre queue en parlant d'interprétations. Comment interpréter la véritable parole de Dieu ? Pourquoi ne se contentent-ils pas d'ouvrir leurs oreilles pour écouter sa parole ?

Cleaver 's'arrêta pour tremper ses lèvres dans une coupe de champagne. Sa performance était magnifiquement au point. C'était un homme de spectacle qui adoptait la pause d'un véritable télévangéliste, et cela suffisait à fasciner miss Vale. Ben voyait à son regard qu'elle était totalement captivée par cet homme. Pour elle, il valait jusqu'au dernier cent de ses cent millions de dollars. Ben se demandait si Cleaver avait déjà reçu son chèque. C'était bien possible, à en juger par son attitude et sa parfaite confiance en lui.

– Vous savez, Benedict, poursuivi Cleaver, en 2002, un sondage a montré que soixante pour cent des Américains croyaient en la véracité des prophéties de l'Apocalypse. Vingt pour cent, cela signifie cinquante millions d'Américains, estiment que cela se produira de leur vivant. C'est-à-dire d'un instant à l'autre. On pourrait allumer la télévision à cet instant même et s'apercevoir que les événements commencent à se dérouler devant nous, dit Cleaver en lançant un regard austère en direction de Ben et en tapotant la table du doigt.

Il sourit.

– Vous avez remarqué les événements étranges qui ont marqué le printemps dernier, Benedict ?

– Toutes les fleurs ont fleuri trop tôt.

– C'est cela même. Pas seulement en Angleterre. Ici aussi. Il n'y a plus de saison ! On voit des tremblements de terre et des inondations dans des endroits où cela ne se produisait jamais. On parle de réchauffement global. Moi je parle d'avertissement global ! Et tout est là, dans l'Apocalypse selon saint Jean. Les catastrophes qui détruisent les villes. Les rayons du soleil si brûlants qu'ils embrasent tout sur leur passage…

– N'oubliez pas les averses de grêle, dit Ben. « *Et des grêlons énormes – près de quatre-vingts livres ! – s'abattirent du ciel sur les hommes...* »

– Vous connaissez bien la Bible. Ça fait près de trente-cinq kilos. Sans oublier la peste ! Vous voyez, Benedict, je n'ai guère besoin de vous dresser la liste des fléaux qui nous menacent, l'avènement de nouvelles maladies, comme la grippe aviaire ou porcine, ou la flambée de tuberculose.

Il fit un geste ample dans les airs.

– Vous ouvrez n'importe quel magazine scientifique et qu'est-ce que vous voyez ? Une nuée de sauterelles africaines dans le sud de la France, comme l'avait prédit la Bible. Et qui sait encore ce qui nous attend ?

Cleaver tapa à nouveau sur la table, d'un geste théâtral.

– Je vais vous le dire… C'est saint Jean. Et il m'a transmis sa parole.

– Rien qu'à entendre Clayton le raconter, dit miss Vale dans un souffle, cela vous donne la chair de poule.

– J'aimerais bien qu'il n'y ait que cela, dit Cleaver. Mais au milieu de ce chaos, Jean a prédit l'avènement d'un nouveau règne, celui de Satan. « *Par ses manœuvres, tous, petits et grands, riches ou pauvres, libres et esclaves, se feront marquer sur la main droite ou sur le front, et nul ne pourra rien acheter ni vendre s'il n'est marqué au nom de la Bête ou au chiffre de son nom* », récita Cleaver en souriant. Cela vous rappelle quelque chose, Benedict ?

– « *C'est ici qu'il faut de la finesse ! Que l'homme doué d'esprit calcule le chiffre de la Bête, c'est un chiffre d'homme : son chiffre, c'est six cent soixante-six.* » L'Apocalypse, chapitre 13, versets 16-18.

– Vous êtes un homme cultivé, dit Ben. Comprenez-vous bien le message que ce texte nous transmet ? Cela se produit aujourd'hui. Les forces du mal s'emparent de nous. Un gouvernement et une monnaie unique. C'est déjà en marche. Regardez l'euro. Les cartes de crédit. Vous avez des cartes de crédit, Benedict ?

– Non, aucune.

– C'est bien. Mais il y a aussi les codes-barres. Le

nombre du diable est partout, tout autour de nous. Et des technologies plus insidieuses encore entrent dans nos têtes, on en développe de nouvelles, sous nos yeux, pendant que nous bavardons ici, dit Cleaver en se servant à nouveau. Et puis, vous avez toute cette instabilité au Moyen-Orient. Les signes abondent. La Bible avait prévu que le peuple élu recevrait la Terre promise. La création de l'État d'Israël en 1948 est le signe véritable qui marque le début des Derniers Jours. Nous assistons au déroulement des projets divins. À présent, nous sommes prêts pour la phase suivante.

– En quoi consiste-t-elle ?

– C'est là que les théologiens se trompent. Il faut creuser plus profond pour le comprendre. Tout commencera en Israël. C'est la pierre angulaire de la prophétie biblique, c'est le point central d'où tout partira. Ce qui va arriver et, d'après moi, cela se produira avant que de nombreuses années soient écoulées, c'est une grave attaque militaire contre la nation sacrée d'Israël. Je ne parle pas de bombardements sporadiques, fils, d'attentats suicides ni de bataille diplomatique. Je parle d'une gigantesque conflagration nucléaire.

– Comment voyez-vous cela ?

– « *Tu monteras contre Israël mon peuple, tu seras comme une nuée qui recouvre la terre. Ce sera à la fin des jours que je t'amènerai contre mon pays,* dit Cleaver en souriant, *pour que les nations me connaissent, quand je manifesterai ma sainteté à leurs yeux par ton intermédiaire* », Gog. L'ancien royaume de Magog, en Perse. Ce qu'on appelle l'Iran, aujourd'hui. Ce sont eux qui lanceront leurs missiles contre Israël. C'est ce qui déclenchera tout.

– Vous prenez vraiment les paroles de la Bible au pied de la lettre ? demanda Ben. Vous croyez que les nations arabes vont dıclarer la guerre ΰ Israλl ?

– Il n'y a pas le moindre doute là-dessus. Et les résultats seront dramatiques. Les attaques des islamistes contre Israël précipiteront le monde dans le chaos décrit dans l'Apocalypse.

– Vous pensez que la destruction d'Israël fait partie du plan divin ?

– Dieu ne laissera pas détruire Israël, répondit Cleaver.

– Ils auront beau envoyer autant de missiles qu'ils le voudront, ils ne toucheront pas le moindre brin d'herbe. « *En ce jour-là, au jour où Gog s'avancera contre le territoire d'Israël – oracle du Seigneur Yahvé – mon courroux montera.* » Vous voyez, Dieu protégera Israël et ses ennemis seront anéantis.

Ben sourit, sans répondre.

– À présent, les choses commencent à se mettre en place, dit Cleaver, imperturbable. À la suite de cette terrible guerre, le monde signera un accord de paix, sans doute soutenu par un dirigeant européen. Un homme plein de charme et de charisme qui prétendra être l'ami du peuple…

– Vous parlez de l'Antéchrist ?

– « *Le cavalier sur son cheval blanc.* » Apocalypse, chapitre 6. Celui qui viendra conquérir, semer le feu et la destruction sur la terre et faire de nous des esclaves. Le fils de Satan. Et je regrette d'avoir à le dire, je pense qu'il s'agira d'un Anglais. Ne le prenez pas pour vous.

– Ne vous inquiétez pas. Je crois savoir de qui il s'agit.

Cleaver eut un petit rire.

Miss Vale fronça les sourcils.

– Ce n'est pas un sujet de plaisanterie, les garçons.

– Vous avez raison, ma chère Augusta. Car c'est un tableau bien sombre. L'Antéchrist exercera son pouvoir sur le monde. Il n'y aura plus moyen de faire semblant. Ils piétineront tout. Tous ceux qui protesteront seront exterminés. Ce sera le début de la Grande Tribulation. Saint Jean nous explique tout dans l'Apocalypse. La grêle et le feu détruiront toute la végétation. La mer se transformera en sang. On verra des sauterelles géantes et venimeuses. Des milliards de personnes souffriront une mort abominable. Les fidèles seront affreusement persécutés et torturés par l'Antéchrist qui voudra exercer une domination totale. Sept ans de souffrances les plus horribles qui soient. À côté, l'holocauste nazi ressemblera à une promenade de santé.

– « *Car il y aura alors une Grande Tribulation, telle qu'il n'y en a pas eu depuis le commencement du monde jusqu'à ce jour, et qu'il n'y en aura jamais plus* », ajouta Ben.

Cleaver hocha gravement la tête et se tourna vers miss Vale, qui regardait son assiette, une lueur de détresse dans le regard.

– Mais pas pour tout le monde, la rassura-t-il, doucement. Nous pouvons nous consoler en sachant que pendant ces temps de tribulation, la Bible nous dit que les croyants seront délivrés de la douleur et de la torture.

– L'Enlèvement. « *Car lui-même, le Seigneur, au signal donné par la voix de l'archange et la trompette de Dieu, descendra du ciel, et les morts qui sont dans le Christ ressusciteront en premier lieu ; après quoi nous, les vivants, nous qui serons encore là, nous serons réunis à eux et emportés sur des nuées pour rencontrer le Seigneur dans les airs. Ainsi nous serons avec le Seigneur toujours.* »

– Amen, murmura miss Vale.

Cleaver sourit à Ben.

– Je suis heureux de voir que vous portez notre Seigneur Jésus-Christ dans votre cœur, Benedict. Cela me ferait de la peine de penser que vous restez en arrière. Personne ne sortira vivant de cette tribulation.

– Et lorsque les sept années seront terminées, le Christ viendra confronter son ennemi lors de la bataille d'Armageddon.

– C'est exact, répondit Cleaver. C'est ainsi que commencera la période dorée pour tous les chrétiens qui ont préservé leur foi dans le monde des Ténèbres. Ils seront riches et récompensés.

Après-dîner, ils se retirèrent au salon où une carafe de brandy et des verres de cristal les attendaient. Miss Vale s'excusa un instant et quitta la pièce.

– Cette discussion a été très enrichissante, Clayton, dit Ben, en s'installant dans un fauteuil, un verre de brandy à la main. Mais il y a autre chose dont j'aimerais vous parler.

– Allez-y, mon fils, dit Clayton en écartant les bras.

– En fait, il s'agit de quelqu'un.

– Ah bon ? Et de qui peut-il bien s'agir ?

– Il pourrait s'agir d'une certaine Zoé Bradbury.

Ben observa le visage de Clayton et laissa les mots le pénétrer. Clayton avait du mal à ne pas se trahir.

Il toussota légèrement.

– Vous savez de qui je parle ? demanda Ben.

– J'en ai entendu parler, répondit Cleaver froidement, en regardant ses ongles. C'est une amie d'Augusta, je crois.

– Pas la vôtre, apparemment.

Cleaver lui adressa un regard dur.

– Que voulez-vous dire par là ?

– Je veux parler des vingt-cinq mille dollars qu'elle vous a extorqués et des dix millions qu'elle demande.

Cleaver garda le silence un instant.

– Ah, vous êtes au courant ?

– Et pour Skid McClusky aussi. Je pensais que vous aimeriez me préciser les quelques détails qui me manquent.

– Enfin, qui êtes-vous, monsieur ?

– Quelqu'un qui cherche des réponses, quelqu'un qui va les obtenir.

Cleaver jouait avec son verre. Son visage avait blêmi.

– Euh, il me semble… Benedict, que c'est le genre de sujet dont nous devrions parler ailleurs… En privé.

– Je n'y vois aucune objection. J'étais sûr que vous n'aimeriez pas que miss Vale en sache trop. C'est un bel investissement que vous avez là.

Cleaver ne répondit pas.

– Vous ne pourrez pas m'échapper. Vous allez me donner mes réponses.

La vieille dame revint dans la pièce, suivie par une servante qui portait un plateau d'argent avec une cafetière et trois tasses de porcelaines délicates sur une petite soucoupe.

– Je me demandais… dit-elle en souriant. Je me

demandais si notre ami n'aurait pas envie d'assister au tournoi demain.

Cleaver eut un rire nerveux.

– Augusta ! Ce n'est sûrement pas dans ses goûts. N'oubliez pas qu'il est anglais…

Miss Vale cligna des yeux.

– On ne tire pas au fusil, en Angleterre ?

Elle fronça les sourcils.

– Clayton, vous allez bien ? Vous êtes tout pâle. On dirait que vous avez vu un fantôme.

– Je vais bien, merci. J'ai sans doute un peu trop mangé.

– Quel genre de tournoi ? demanda Ben.

Cleaver s'efforçait de garder son naturel en face de miss Vale.

– Ce n'est qu'une petite animation que j'organise ici une fois par an, dit-il d'une voix étrange.

Miss Vale eut un petit rire.

– Une petite animation ! Clayton, ne soyez pas si modeste. Les meilleurs tireurs de Géorgie, d'Alabama et du Mississippi y participent. Vingt dollars l'entrée, et nous attendons plus de deux mille personnes !

– Au bénéfice d'associations caritatives, bien entendu, précisa Cleaver, en essayant de sourire.

– Bien entendu, répondit Ben en le regardant dans les yeux.

– Et cette année, tous les fonds iront à l'hôpital Vale Trust Charity, expliqua miss Vale en voyant le regard interrogateur de Ben. Nous aidons les familles pauvres et défavorisées de Géorgie et d'Alabama qui n'ont pas les moyens de payer une mutuelle.

Elle sourit tristement.

– L'été dernier, nous avons ouvert une nouvelle

aile, pour assurer des soins gratuits pour les enfants cancéreux. Ils font du si beau travail que je voudrais l'agrandir. Alors, pour le tournoi de cette année, j'ai organisé une opération de parrainage et j'espère récolter assez d'argent pour qu'on puisse venir en aide aux nécessiteux.

– Ça semble fantastique, miss Vale, lança Ben sans détacher le regard de Cleaver.

– Vous devez absolument venir, répondit-elle, ce sera un grand jour.

Cleaver rougit et s'éclaircit la gorge.

– Mais comme je vous l'ai dit, Augusta, ce n'est peut-être pas quelque chose…

– J'en serais ravi, s'empressa d'ajouter Ben.

29

Le quinzième jour

La demeure du bon révérend Cleaver se trouvait à quinze kilomètres à l'ouest de Savannah. Loin de la côte, au fil de la matinée, l'atmosphère se faisait plus humide et plus étouffante.

Le paysage plat était magnifique, avec les bois qui s'étendaient à l'infini de chaque côté de l'autoroute.

Les pancartes marquant l'itinéraire conduisirent Ben sur un chemin privé d'une longueur de trois kilomètres à l'écart de la grande route. D'autres voitures empruntaient la même voie. Au détour d'un virage, il vit un grand champ où des centaines de véhicules étaient garés. Il trouva une place et sortit sous le soleil brûlant, en jetant son sac en bandoulière sur l'épaule.

Arrivée de bonne heure, dans sa limousine avec chauffeur, miss Vale rayonnait de joie, impatiente d'organiser son tournoi de charité. Elle avait été si occupée par les appels et les détails de dernière minute que Ben n'avait pas eu l'occasion de l'interroger sur l'opération de parrainage dont elle avait parlé. Il regarda tout autour de lui et repéra l'impressionnante Lincoln Continental blanche dans un coin.

Le domaine de Cleaver s'étendait sur des kilomètres. Rien que ce champ mesurait déjà plus d'un hectare et demi. La foule de spectateurs occupait un champ adjacent, beaucoup plus grand encore, où des dizaines de stands et de tentes avaient été dressés. Près d'un millier de personnes s'y promenaient, mangeaient et buvaient tout en bavardant gaiement au soleil. C'était visiblement une fête familiale, à en juger aux nombres de femmes et d'enfants.

Les médias étaient également très présents, des camions de télévision étaient garés près de l'entrée du champ principal. Armés de caméras, les journalistes fouinaient partout. Le centre du champ était dominé par une gigantesque tente, portant le logo de la fondation Augusta Vale. Juste à côté, des vendeurs ambulants distribuaient des assiettes en carton garnies de poulet frit, d'épis de maïs grillés, de burgers et de frites. Au stand de la Fédération nationale de tir, les bénévoles distribuaient des dépliants sur les consignes de sécurité à observer.

D'autres personnes vendaient des armes, des munitions, des livres et des magazines, des protections d'oreilles, du matériel de chasse et la plus grande panoplie d'accessoires que Ben ait jamais vue dans un même endroit.

Il s'approcha d'une barricade et se protégea les yeux avec sa main pour observer le pas de tir. L'installation était spectaculaire : une vaste clairière dégagée s'étendait entre les arbres avec des cibles à cent, cinq cents et mille mètres. Au loin, un énorme monticule de terre construit au bulldozer formait une butte de sécurité, afin d'empêcher les éventuelles balles perdues de s'égarer dans le domaine voisin. Un cordon de sécurité maintenait le public à l'écart. La zone des tireurs était équipée de râteliers. Tout autour du grand pas de tir, des animations secondaires étaient organisées. Il y avait même un stand pour enfant, avec des moniteurs de la Fédération qui leur enseignaient les rudiments de tir et les notions de sécurité, avec des petits calibres spéciaux.

Sur le programme cloué à un poteau près de la cahute des juges, Ben vit que le concours petit calibre avait eu lieu plus tôt dans la matinée. Les noms des vainqueurs étaient inscrits sur un tableau noir un peu plus loin. La grande épreuve de la journée, néanmoins, celle que la foule attendait, était le concours de tir longue portée au gros calibre. Déjà les tireurs s'assemblaient, ouvraient les boîtes de matériel et préparaient leur équipement.

Mais cette compétition ne présentait que peu d'intérêt pour Ben. Il était là pour mettre la main sur Clayton Cleaver, l'entraîner dans un endroit à l'écart et le forcer à dire la vérité.

Il avait bien planifié sa stratégie. Il aimait les plans simples et celui-ci allait se révéler très carré. Si Cleaver n'avouait pas immédiatement, il userait de la force pour lui faire dire ce qui était arrivé à Zoé et où on la retenait prisonnière. Qu'elle soit morte ou vivante, le sort de Cleaver était scellé. Il paierait pour Charlie. Lorsqu'il n'aurait plus besoin de lui, il l'entraînerait dans un endroit isolé et lui ferait sauter la cervelle. L'abandonnerait sur place. Puis, de retour chez lui, il essaierait de reprendre là où il s'était arrêté.

Il se demandait où était Cleaver. Il apercevait la maison au loin, une grande demeure coloniale toute blanche, avec un porche à colonnes, qui scintillait au soleil. Il serra les poings et, pendant un instant, lutta contre l'envie d'aller l'y chercher. Il ne tarda pas à le voir. Il aurait dû se douter que l'homme ne serait pas loin de la foule et des caméras. Près d'Augusta Vale, entouré de photographes de presse, il serrait autant de mains que possible, sans se départir de son grand sourire.

Élégante et gracieuse, elle s'occupait de son entourage et déléguait des tâches à ses assistants. Elle fit un petit signe de reconnaissance en apercevant Ben. Il lui sourit et lui rendit son signe.

Cleaver lui lançait des regards obliques. Soudain, le révérend sembla avoir une affaire pressante qui l'appelait ailleurs. Il se noya dans la foule.

– Tu ne perds rien pour attendre, murmura Ben dans un souffle.

Miss Vale lui prit le bras.

– N'est-ce pas magnifique ? Regardez tous ces gens ! dit-elle, rayonnante. J'aimerais vous présenter quelqu'un. Elle se tourna vers une de ses deux assistantes qui se trouvaient à proximité, une forte femme aux cheveux cuivrés qui parlait à une jolie petite Japonaise, d'une vingtaine d'années.

– Harriet ? Où est le jeune Carl ? demanda miss Vale, impatiente. Il est midi moins le quart ! Le concours commence dans quinze minutes.

– Je crois qu'il vient d'arriver, répondit la femme aux cheveux roux.

– Il en prend à ses aises, je vais le gronder !

La jeune japonaise croisa le regard de Ben et lui sourit.

– Allons le voir, décida miss Vale.

Ils se dirigèrent vers le parking.

Harriet et la vieille dame étaient en grande conversation, pendant que Ben suivait, avec la jeune Japonaise.

– Je m'appelle Maggie.

– Enchanté, dit Ben. Vous travaillez pour la fondation ?

– Oui. Miss Vale nous a beaucoup parlé de vous.

– Vraiment ? Alors, qui est ce Carl que nous devons rencontrer ?

– L'un des protégés de miss Vale. La Fondation aide de nombreux enfants défavorisés à faire leurs études. Le but, c'est de les soutenir dans tous les domaines. Carl Rivers n'a que dix-neuf ans, mais c'est déjà un grand champion de tir. C'est la fondation qui paye son entraînement, et nous espérons qu'un jour il représentera les États-Unis aux Jeux olympiques.

– Très impressionnant.

– Miss Vale a organisé une opération de parrainage pour le concours de cette année. Elle a mis cent mille dollars de ses propres fonds dedans et elle a persuadé de riches personnalités de le sponsoriser. Il est opposé à des tireurs professionnels de cinq États, mais nous gardons espoir. S'il gagne la compétition gros calibre, nous aurons un demi-million pour l'hôpital. C'est énorme.

– Miss Vale m'a parlé de la nouvelle aile.

– Oui, c'est triste.

Ils arrivèrent au parking. À l'écart des autres véhicules, il y avait un carré isolé, réservé aux compétiteurs.

– C'est lui, dit Maggie.

Ben le regarda. C'était un jeune noir, à côté d'une vieille Pontiac en piteux état. Il était accompagné d'un ami, un adolescent blanc dégingandé, qui portait un jean déchiré au genou et des lunettes aux verres épais qui lui grossissaient tellement les yeux qu'ils semblaient occuper toute la lentille. Il déchargeait une longue mallette à fusil de l'arrière de la voiture.

– Je ne pense pas que ce soit lui le tireur, plaisanta Ben.

– Non, dit Maggie en riant. C'est Andy, il n'est pas très bon fusil !

Engagé dans une discussion animée avec son ami maigrichon, Carl ne les avait pas vus arriver. Il s'appuyait sur la voiture de la main droite pendant qu'Andy déposait la mallette sur le sol. Quel que fût leur sujet de plaisanterie, Carl jeta soudain sa tête en arrière et éclata de rire. Andy riait, lui aussi, ses grands yeux pétillant de joie derrière les lunettes. Puis, il se redressa et referma le coffre de la voiture… Sur les doigts de Carl.

Le rire se transforma soudain en cri. Il tira sa main blessée et sautilla sur place.

Miss Vale se rua vers lui.

– Mon petit Carl, laisse-moi regarder.

Ben examina les dégâts. Les trois doigts de la main droite écrasés saignaient.

– Tu peux les plier ? demanda Ben.

Carl essaya et gémit.

– Ça risque d'être cassé.

– Il y a une infirmerie, tout près, dit miss Vale, en regardant Andy qui se mordait les lèvres, désespéré. Ils peuvent jeter un coup d'œil, mais il me semble que tu devrais aller consulter.

– Elle a raison.

– Oui, mais je suis censé tirer aujourd'hui, protesta Carl.

Au même moment, l'annonce des haut-parleurs demanda aux compétiteurs de l'épreuve gros calibre d'avancer vers le pas de tir.

Ils l'accompagnèrent rapidement à la tente des premiers soins où une infirmière examina les doigts, lui fit un bandage provisoire et confirma qu'il devait aller passer une radio à l'hôpital.

– C'est impossible, je dois tirer !

– Non, pas avec ces doigts, 'décréta l'infirmière, les lèvres serrées. À moins que vous ne puissiez tirer de la main gauche, vous devez y renoncer.

Presque en larmes, frustré, Carl quitta la tente et retourna vers la voiture. Andy suivait dans son sillage, repentant, proposant solution inutile sur solution inutile. Miss Vale conservait son calme, mais sa déception était perceptible.

– Le plus important, c'est de te faire soigner au plus vite.

– Mais l'argent… dit Carl. L'argent pour la nouvelle aile.

– Tu ne peux plus rien y faire, mon cher, dit-elle, résignée. On verra si on peut organiser un nouveau tournoi l'année prochaine.

– Il n'y aurait personne qui saurait tirer ? demanda Harriet. Et l'ami de Carl ?

– Andy raterait un éléphant dans un couloir ! s'énerva Carl, en donnant un coup de pied dans un caillou, dégoûté.

Le bruit des détonations commençait à retentir sur le pas de tir, car les tireurs s'échauffaient et procédaient aux derniers réglages.

– Ça commence ! dit Carl.

– Je peux peut-être vous rendre service, proposa Ben.

Carl se tourna vers lui.

– Vous, Benedict ! s’exclama miss Vale, surprise.

– J’en ai fait un peu, répondit-il.

Ils se trouvaient de nouveau à proximité de la Pontiac. Le fusil était toujours par terre, derrière la voiture. Ben s’en approcha.

– Les distances vont jusqu’à mille yards, dit Carl en touchant sa main, les sourcils froncés. Vous savez à quoi ressemble une cible de si loin ?

– Euh, j’en ai une petite idée.

– Si vous voulez essayer, cela ne me dérange pas. Je peux vous prêter ma carabine sans problème. Mais vous allez vous retrouver face à des garçons comme Raymond Higgins. Et Billy Johnson, d’Alabama. C’est un ancien instructeur des tireurs d’élite des marines. Ce sont des athlètes de classe internationale. Ils vont vous écraser.

Ben fit glisser la bandoulière de son sac et le laissa tomber à terre. Il s’accroupit près de l’arme et ouvrit les fermetures de la mallette.

– Voyons ce qu’on a là-dedans.

30

Ben ouvrit la mallette et regarda le fusil.

– Vous permettez ?

– Il est à vous, dit Carl.

Ben enleva l'arme de sa protection de mousse et l'examina. C'était une Winchester Model 70, chambrée en .300 H&H, un très gros calibre qui projetait ses minces balles pointues à plus de six cents mètres par secondes. Le genre d'armes, qui, entre les mains d'un bon tireur, pouvait atteindre des distances faramineuses.

Un outil de grande classe, qui avait demandé des centaines d'heures de préparation pour parvenir à une telle perfection, tant sur le plan mécanique que sur le plan humain. Il était muni d'un lourd canon de compétition. La culasse était parfaitement lisse et la lunette de visée devait coûter aussi cher que la Chrysler.

Ben sortit une cigarette, ouvrit son Zippo et fit tourner la molette. Il était à court d'essence. Il jura entre ses dents et tapota sa poche pour retrouver les allumettes qu'il avait prises à l'hôtel. Il en frotta une et alluma sa cigarette.

– Il y a des détails que je devrais connaître ?

– La queue de détente est affreusement sensible. Faites attention à ne pas tirer dans le vide.

– Quel est le réglage ?

– Hausse à trois cents mètres, dit Carl.

Ben hocha la tête, retourna l'arme dans ses mains et regarda à travers la lunette. Il la reposa dans la mallette, ouvrit la boîte de munitions et inspecta l'une des longues cartouches minces.

– Tu prépares tes propres munitions ?

Carl hocha la tête. Sa passion pour ce sport transparaissait dans son regard, malgré la douleur. Les tireurs sportifs comme Carl consacrent beaucoup de temps et d'énergie à préparer leurs propres munitions, à choisir la meilleure combinaison d'étui, d'alliage et de charge qu'ils assemblent avec méticulosité, en veillant aux moindres détails sur les presses les plus sophistiquées qu'ils puissent s'offrir, à la recherche de la perfection ultime, en termes de performance et de précision. Et tout cela pour percer un petit trou rond dans une cible en carton ! Plus ces trous seraient proches du centre de la cible, plus ils ramèneraient de trophées à la maison.

Là se trouvait le gouffre qui séparait les tireurs sportifs comme Carl et ceux qui étaient entraînés à user de leur arme contre des cibles vivantes, des êtres humains. Ben avaient fait partie de la seconde catégorie, autrefois. Il se demandait si le jeune tireur avait la moindre idée des dégâts diaboliques qu'une de ces petites balles pouvait infliger à un homme…

À mille yards, la parabole descendante de la balle, qui perd son énergie cinétique, signifie qu'il faut frapper sa cible du haut. Si l'on vise le front à cette distance, le tir frappe au sommet du crâne et transperce le corps de haut en bas.

Ben était encore une jeune recrue des SAS lorsqu'il avait vu le corps d'un homme ainsi frappé. Le soldat irakien avait été touché à la tête par la balle de calibre .50 d'un tireur embusqué à plus de mille mètres de là. L'homme avait été littéralement dépecé, avait explosé sous la force de l'impact et du choc hydrostatique provoqué par l'onde de choc. On avait retrouvé un des bras à une centaine de mètres plus loin.

Cette vue du cadavre morcelé avait hanté Ben pendant longtemps. Ce qui l'avait hanté encore plus longtemps encore, c'était que ce tireur embusqué, qui avait tiré de si loin, tapi dans la poussière au sommet d'une colline, après des heures et des heures d'attente, dans une immobilité totale, c'était lui.

Aujourd'hui, les seules victimes seraient des bouts de carton. Du coup, cette arme terrifiante devenait presque banale.

– Vous pensez pouvoir y arriver, Benedict ? demanda miss Vale, une expression inquiète sur le visage.

– Je peux toujours essayer. Cela fait un moment que je n'ai pas tiré.

– Nous allons prier pour vous. Carl, il faut aller à l'hôpital. Est-ce qu'Andy peut t'y conduire ? Sinon, j'appelle quelqu'un.

– Je ne pars pas avant la fin, dit Carl. Je veux le voir.

Dans le haut-parleur, le juge annonça que la compétition allait bientôt commencer.

– On ferait mieux de se dépêcher, dit miss Vale.

Ben jeta sa cigarette, ramassa la mallette et son sac et se dirigea vers la rangée de compétiteurs. Carl suivit, les yeux rouges de douleur, les poings serrés.

Miss Vale alla dire quelques mots au juge et, en moins d'une minute, le persuada d'autoriser le tireur de substitution à participer au concours.

Trente concurrents étaient alignés sur le pas de tir. Ben enjamba le cordon et prit place dans la ligne. Il posa son sac d'un côté du tapis de tir et la mallette de l'autre.

Il l'ouvrit et sortit la Winchester. Il n'avait plus le temps de procéder à des tirs d'essais ni de préchauffer le canon. À une centaine de mètres, des officiels enlevaient les cibles d'entraînement et en installaient de nouvelles.

Ben mit les protections d'oreilles de Carl et prit la position que son entraînement de tireur d'élite lui avait inculquée, il y avait si longtemps. Ben espérait ne pas avoir surestimé ses forces. Son cœur tambourinait. Cela faisait longtemps qu'il n'avait pas tiré ainsi. Trop longtemps.

Il regarda le tireur qui se trouvait sur le poste suivant. À la mode militaire, l'homme avait gravé son nom sur la boîte de munitions de métal verte qui se trouvait à côté de lui. B. L. Johnson, l'ancien tireur d'élite des marines dont Carl avait parlé.

Pendant une seconde, Leurs regards se croisèrent. On y décelait quelque chose qu'on ne trouvait pas chez Carl, c'était le regard d'un homme qui n'avait pas seulement tiré dans des cibles de carton. Il sourit, d'un sourire ni amical, ni hostile. Le sourire de celui qui savait. Puis, il s'intéressa à son arme.

Ben sentit son cœur s'accélérer tandis qu'il regardait la cible à travers la lunette. À cent yards, elle ne semblait pas plus grosse qu'une vulgaire assiette. Le centre, le cercle noir, communément appelé le dix central, avait la taille d'une pièce de monnaie, le cercle juste à côté valait neuf, le suivant huit, et ainsi de suite.

Les règles du tournoi étaient d'une simplicité extrême. Les tireurs devaient tirer à cent, cinq cents et mille yards. Dix balles par cible ; tous les scores en dessous de quatre-vingt-dix étaient éliminatoires. C'était très sévère. Ben retint son souffle en installant le chargeur et en verrouillant la culasse de la Winchester.

C'était parti !

La foule était silencieuse.

En regardant par-dessus son épaule, il vit Carl, miss Vale et ses assistantes derrière le cordon de sécurité, à une vingtaine de mètres. À la droite de la vieille dame, Cleaver observait d'un regard glacial.

Le juge lança l'épreuve.

Ben ôta le cran de sécurité. Il fit un rapide calcul balistique et plaça la croix sur un point à quelques centimètres en dessous du centre de la cible, pour compenser le réglage à trois cents yards.

À sa gauche, la carabine de Billy Lee Johnson explosa, faisant voler la poussière du sol jusqu'au museau de son arme.

Ben contrôla sa respiration. Le réticule de visée tremblait sur la cible. En haut, en bas, à droite, à gauche… De la sueur coulait sur son front et lui piquait les yeux. Il cligna des paupières pour la chasser.

Il revit le visage de Charlie. Il repensa aux victimes de Corfou, aux morts et aux blessés. Il pensa à Nikos Karapiperis et Zoé Bradbury, et aux tourments que traversait sa famille, à Rhonda et à l'enfant qui ne connaîtrait jamais son père. Tout cela, à cause de l'homme qui se tenait derrière lui. Il sentait la présence de Cleaver, comme s'il le touchait physiquement.

Les gens ne réagissent pas tous de la même façon à la colère. Pour certains, c'est une forme de stress qui affecte la concentration, qui trouble leur pensée et ralentit leurs réactions. Il avait souvent vu le phénomène. Pour lui, c'était différent. Il avait toujours été capable, de maîtriser sa colère, de la canaliser, de la faire travailler à son profit et non à son détriment. Cela favorisait sa concentration. Il sentait les moindres détails de la texture de la carabine dans sa main. À présent, l'image était parfaitement stable. La cible était nette et précise. Dans son esprit, il visait la tête de Cleaver.

Il sentait à peine la détente lisse contre son doigt. Il la pressa et la carabine recula fortement dans son épaule. Pendant un instant, il perdit l'image de la cible, mais, lorsqu'il se remit en position, il vit le petit trou noir. Sa première balle effleurait le bord du dix central. Finalement, il n'avait peut-être pas perdu la main !

Une heure plus tard, il en était certain.

Après la première épreuve, sept concurrents furent éliminés. Une pause de vingt minutes était prévue, pour que les officiels puissent enlever les cibles et installer les nouvelles, quatre cents yards plus loin. Un peu plus grandes que les précédentes, mais dans la lunette, elles étaient minuscules.

La deuxième épreuve commença. Ben pensait que le tir à cinq cents yards aurait des effets dévastateurs, et ce fut le cas. À la fin, il ne restait plus que neuf concurrents. Il en faisait partie. Billy Lee Johnson, l'ancien tireur d'élite, aussi. À présent, lorsqu'il regardait Ben, il ne souriait plus.

Ben ne s'intéressait pas à Johnson. Il s'amusait de voir Clayton Cleaver qui était toujours là à l'observer. Il lui transmettait un message aussi sûrement que s'il lui avait parlé en face à face. Il voulait que Cleaver ait peur de lui, c'était réussi.

Ensuite, on enleva les cibles de cinq cents yards et les survivants s'installèrent pour l'épreuve reine. À mille yards, les objets paraissent minuscules même à travers les lentilles grossissantes d'une puissante lunette. Il ne suffit plus de tenir fermement son arme et d'appuyer sur la détente.

À une telle distance, de nombreux autres facteurs entrent en jeu. Le vent peut dévier la trajectoire d'une balle. Il faut l'anticiper. Tout comme il faut tenir compte de la parabole que dessine la balle en obéissant à la force de gravité. De mille yards, la balle descend de plusieurs pieds. Il faut compenser en visant plus haut, et c'est là que tout le talent du tireur d'élite entre en jeu.

Le juge lança l'ordre de tir. Ben verrouilla la culasse, regarda par la lunette. Il voyait à peine la cible. C'était un objet minuscule, presque en dehors du royaume des sens, mais si tangible dans son esprit qu'elle devenait le centre de tout.

Au diable !

Tire ! La balle suivante dans la chambre. Culasse en arrière, étui éjecté, culasse en avant, balle suivante chargée.

Tire ! La carabine recula dans ses bras, comme un être vivant. De nouveau, il ouvrit la culasse. Il était perdu dans un autre monde. Rien n'existait en dehors de lui, de la cible et des forces qui l'empêchaient de la toucher.

Même l'arme n'existait plus. Ce n'était qu'une extension de son esprit et de son corps.

Même Cleaver n'existait plus. Ben se laissait prendre au jeu. Il continua de tirer jusqu'à ce que ses dix balles fussent épuisées. C'est ensuite seulement qu'il regarda le résultat.

Il expira profondément. Il n'y avait qu'un seul trou dans la cible. Le dix central était tout déchiqueté. Le score parfait. Son cœur tambourinait. Il avait gagné !

Pas tout à fait. Les officiels ne cessaient d'aller et venir dans leur voiturette de golf, et on annonça enfin les résultats dans un tonnerre d'applaudissements.

Deux tireurs avaient réussi l'épreuve finale. Lui et Johnson, égalité parfaite.

Le tireur d'élite des marines vint féliciter Ben.

– Sacré tireur, l'ami, tu as appris ça où ?

– À la Boy's Brigade[1].

– Épreuve de barrage, annonça le juge-arbitre. Comment voulez-vous procéder ?

Johnson grimaça.

– Je te laisse le choix, dit-il à Ben.

– Je peux faire ce que je veux ?

– Exactement.

– Bon, retournons un peu en arrière. Cent yards. Une seule balle. Le meilleur gagne.

– Comme tu voudras, dit Johnson.

En roulant les yeux, il regarda le juge qui haussa les épaules.

Ils s'éloignèrent pendant qu'on installait les cibles à cent mètres.

1. La Boys' Brigade est un mouvement chrétien de jeunes garçons britanniques, fondé sur une discipline semi-militaire, créé par Sir William Alexander Smith en 1883, en Écosse. (NdT)

– Un instant, dit Ben en s'agenouillant dans l'herbe pour renouer son lacet.

Johnson et le juge retournèrent vers le pas de tir. Ben se releva et courut pour les rattraper. En approchant du cordon, il vit les visages des spectateurs qui le regardaient de près. Miss Vale était toujours là, tout comme Cleaver, qui le fixait d'un regard glacial. Ben lui rendit ses amabilités. Le visage de Cleaver passa du blanc au rouge. Puis il brisa le contact et baissa les yeux.

Les tireurs se mirent en position.

Ben prit tout son temps pour viser. Le soleil était brûlant sur sa nuque. Tout autour de lui, le chant des cigales se mêlait aux murmures de la foule enthousiaste.

La queue de détente recula sous la faible poussée. Dans sa lunette, l'image de la cible se brouilla.

Le murmure de la foule s'amplifia, car tout le monde cherchait à voir l'impact sur la cible. À cette distance, les marques sur le papier se voient distinctement sans lunette de visée, ni jumelles.

Manqué ! Johnson jubilait. Manqué, et de loin !

– Même pas dans la cible ! s'exclama un spectateur.

Il y eut un murmure de déception. Ben regarda dans sa lunette et sourit.

– Attendez, s'écria quelqu'un. Y visait pas la cible !

Carl avait compris. Il se faufila sous le cordon et s'approcha de Ben, les yeux écarquillés.

– Bordel de merde !

Johnson avait également compris. Il blêmit.

Dans l'herbe rase, au pied de la cible, deux allumettes étaient plantées dans le sol, à quelques centimètres l'une de l'autre. L'une d'elles était allumée, la pâle lueur de la flamme scintillait dans la brise.

– Il a tiré sur l'allumette ! cria quelqu'un.

Bouche bée, Carl restait béa d'admiration.

Le murmure de la foule se transforma en brouhaha. Les spectateurs n'en croyaient pas leurs yeux.

– Je n'ai jamais vu de si beau tir, lui dit le juge-arbitre en lui donnant une tape sur l'épaule. Un sur un million ! Dix millions, plutôt !

– C'est pas possible, s'exclama Johnson, il l'a allumée avant !

– Elle se serait entièrement consumée, maintenant. C'est pour cela qu'il a attendu tout ce temps pour tirer !

– À toi, dit Ben à Johnson, il reste une allumette.

– Où est-ce que tu as appris ça ? demanda Johnson.

– Un vieux truc de l'armée.

– On n'apprend pas ça dans mon régiment.

– Dans le mien, si.

Le tireur d'élite des marines avait reposé son arme.

– Je ne peux pas lutter contre ça. Je ne vais même pas essayer.

Il tendit la main et Ben la serra.

C'était terminé. En silence, Ben rangea la carabine de Carl dans sa mallette et la lui rendit. Le jeune la prit avec sa bonne main, sourire aux lèvres, malgré sa douleur.

Près du cordon, miss Vale embrassa chaleureusement Ben.

– J'ai cru que j'allais m'évanouir, tant j'étais tendue ! lui murmura-t-elle à l'oreille.

– Il vaudrait mieux emmener Carl à l'hôpital à présent, dit Ben.

Il sentit une présence près de lui et baissa la tête, pour voir la petite silhouette de Maggie qui levait les yeux vers lui, pleine d'admiration.

– Je vais l'emmener. Je crois qu'Andy est parti. Il se sentait coupable de ce qui est arrivé.

– Merci, dit Ben. Enchanté de vous avoir connue, Maggie. Prends bien soin de toi, dit-il à Carl.

– Vingt dieux, j'arrive toujours pas à croire ce que j'ai vu, lança-t-il tandis que Maggie le prenait par le bras.

En guidant le jeune homme vers le parking, elle se retourna et sourit à Ben.

Pendue à son bras, miss Vale ne tarissait pas d'éloges. Ben souriait gracieusement. Le juge-arbitre s'approcha.

– Vous devez venir chercher votre prix, annonça-t-il, la presse vous attend.

– Plus tard, répondit Ben en scrutant la foule.

L'espace où se tenait Cleaver était vide.

– Où est Clayton ? demanda-t-il à miss Vale.

– Il devait passer un appel urgent. Il avait oublié. Il est rentré chez lui.

– Je vous reverrai plus tard, dit Ben.

– Où allez-vous ?

– Clayton et moi avons une affaire à régler.

31

De près, la demeure de Cleaver, à la façade néoclassique et aux grandes colonnes de pierre blanche, était grandiose. Ben monta les marches, entra et se retrouva dans un grand vestibule. Il aurait pu être aussi opulent que celui d'Augusta Vale, mais il avait visiblement connu des jours meilleurs. Une femme 'apparut, un membre du personnel, une gouvernante, ou une assistante. Lorsqu'elle le vit, elle écarquilla les yeux.

– Où est Cleaver ? demanda Ben.

– Qui êtes-vous ?

– Où est-il ?

– Je ne sais pas.

Pourtant, le regard nerveux vers l'escalier en colimaçon lui donna la réponse qu'il attendait. Il la bouscula un peu et grimpa les marches deux à deux, sans tenir compte de ses protestations. Il se retrouva dans une longue galerie, et commença à ouvrir les portes, une par une. La quatrième porte révéla Cleaver au fond d'un salon, installé à son bureau. Ben entra et claqua la porte derrière lui. L'endroit était peu meublé, et l'on voyait des espaces blancs là où autrefois des tableaux étaient accrochés. De toute évidence, Cleaver n'avait pas encore collecté sa part de la fortune d'Augusta Vale.

Cleaver se leva, un peu tremblant. Il avait une bouteille de bourbon derrière lui.

– Il est temps d'avoir notre petite discussion, dit Ben. Vous n'avez pas oublié, j'espère !

Cleaver s'effondra dans son fauteuil de cuir. Ben s'assit sur le bord du bureau, à cinquante centimètres de lui.

La porte s'ouvrit et deux grands types en costume se précipitèrent dans la pièce. En voyant Ben, ils se raidirent, s'attendant à des ennuis.

– Tout va bien, monsieur ?

– Fichez-les dehors, dit Ben. Ou assumez les conséquences, ils risquent gros.

Cleaver leur fit un signe de la main.

– Ça ira ! Tout est sous contrôle.

Les hommes lancèrent des regards mauvais à Ben avant de sortir et de fermer la porte derrière eux.

– Vous n'êtes pas étudiant en théologie, dit Cleaver.

– Si. Je ne l'ai pas toujours été, c'est vrai. Nous avons tous nos petits secrets, Cleaver. Et maintenant, si vous me parliez des vôtres ?

– Sinon ?

Ben fouilla dans son sac de toile, en sortit le .475 Linenbaugh et le pointa sur la poitrine de Cleaver.

– Vous savez que je dégomme une cible à mille yards. Je ne vais pas vous manquer de si près.

– Bon, très bien. Discutons.

– Où est Zoé Bradbury ?

– Je ne peux pas vous répondre.

– Réfléchissez bien. Vous serez toujours capable de parler sans jambes.

– Je ne plaisante pas, je ne sais pas où elle est.

– N'essayez pas de me provoquer, dit Ben. Ce ne serait pas malin.

– De quoi vous me soupçonner ?

– Elle vous faisait chanter. Vous avez décidé de ne plus payer.

– J'ai payé ! protesta Cleaver. J'ai payé sans hésiter. Et je lui paierai le reste quand j'aurai l'argent. Comme je le lui ai dit. Je suis un homme de parole.

Ben leva le pistolet et l'arma. Le clic métallique brisa le silence de la pièce.

Des gouttes de sueur perlaient sur le front de Cleaver, tandis qu'il regardait la bouche du revolver.

– Elle a des ennuis, c'est ça ? Il lui est arrivé quelque chose ?

– C'est vous qui posez la question !

– Je n'ai jamais levé le petit doigt sur elle, insista Cleaver.

On percevait des accents de panique dans sa voix.

– Tout ce que j'ai fait, c'est de la faire suivre par un de mes hommes.

– Jusqu'en Grèce. Je connais la suite.

Cleaver fronça les sourcils.

– De quoi parlez-vous?

– Je suis fatigué de vos petits jeux.

– Vous avez dit en Grèce ! Qu'est-ce que la Grèce vient faire là-dedans ?

– C'est là que vous avez posé une bombe pour tuer Charlie Palmer. Que vous avez envoyé vos agents tuer Nikos Karapiperis et kidnapper Zoé. Laissez-moi vous annoncer une nouvelle, Kaplan et Hudson sont morts.

On lisait la confusion sur son visage.

– Je sais ce que vos gens ont fait aux jambes de Skid McClusky, ajouta Ben.

– Un instant, là, vous commettez une grave erreur ! Je n'ai jamais entendu parler de Kaplan, d'Hudson, de Charlie Palmer ni de votre Nikos je ne sais quoi. Je ne sais pas ce qui est arrivé aux jambes de Skid McClusky. Le seul endroit où j'ai envoyé mes hommes, c'est chez Augusta, pour qu'ils espionnent cette petite garce quand elle s'envoyait en l'air.

Ben hésita. Lorsqu'on pointait une arme devant quelqu'un qui n'en avait pas l'habitude et qui savait que ce n'était pas une plaisanterie, on obtenait généralement la vérité. Cleaver avait l'air véritablement effrayé et semblait parler sincèrement pour sauver sa vie. Pourtant, ce qu'il racontait était impossible.

– De quoi parlez-vous, Cleaver ?

– Écoutez, pourquoi ne reposeriez-vous pas cette arme ?

Ben désarma le revolver et le baissa un peu.

Cleaver s'éclaircit la gorge et avala une longue gorgée de bourbon. Il essuya la sueur de son front.

– Dites-moi exactement ce qui s'est passé.

Cleaver soupira.

– Vous êtes au courant pour l'argent qu'Augusta doit me donner. Je ne sais pas comment vous l'avez appris, et je ne poserai pas la question.

Ben hocha la tête.

– Continuez.

– Augusta a beaucoup d'argent. Elle est milliardaire. Mais c'est une bonne chrétienne et elle m'a proposé ces cents millions par pure bonté d'âme. Cependant, elle ne peut pas me les donner comme ça. La majorité de sa fortune consiste en parts de holdings, de fondations et d'immobilier. Il n'y a pas de puits à dollars dans lequel elle peut plonger quand elle veut.

– Donc, lorsque Zoé Bradbury est arrivé, vous avez eu peur qu'Augusta change d'avis.

– Et comment que j'ai eu peur ! dit-il furieux. Cette petite garce est la fille la plus manipulatrice que j'aie jamais rencontrée. Je devais avoir tout cet argent et, tout d'un coup, cette gamine trop gâtée arrive d'Angleterre et parle de ses projets de fouilles, et de ses voyages de recherche. Et Augusta, qui n'a pas d'enfants, commence à parler d'elle comme de la fille qu'elle n'a jamais eue… Qui raconte partout qu'elle est merveilleuse et toutes ces conneries. Faites le calcul ! J'ai cru que j'allais tout perdre !

Cleaver avala une autre rasade de bourbon.

– Quand je l'ai enfin rencontrée, j'ai vu qu'elle n'en avait qu'après l'argent d'Augusta. Tout ce qu'elle racontait, ce n'était que des mensonges. Elle voulait simplement boire et s'amuser. Ce n'est qu'une coureuse de fortune.

– Qui se ressemble s'assemble…

La colère enflamma son regard.

– Qu'est-ce que vous croyez ? Que j'aurais dû refuser la générosité d'Augusta ? Cela fait des années que mon livre est sorti. Je n'ai plus un sou, j'ai tout sacrifié. Je suis couvert de dettes. Vous n'avez aucune idée de ce que cela coûte de mener une opération comme la mienne ! Bon, c'est vrai, on a peut-être un peu forcé.

– On dirait que vous avez vendu vos tableaux et vos meubles.

– Effectivement. La situation est très difficile. Augusta m'offrait une bouée de secours. Je devais la saisir. J'aurais été fou de ne pas le faire.

– Arrêtez votre cinéma et dites-moi ce que vous avez fait.

– Bon, d'accord. Quand elle était chez Augusta, la petite miss Bradbury se conduisait comme une sainte-nitouche. Des jupes longues, des chemisiers à col montant… Une vraie bigote… mais je savais qu'elle s'envoyait en l'air dans toute la ville. Je savais ce qu'elle manigançait derrière le dos d'Augusta, et ce qu'elle faisait sous son toit, avec des zigotos comme Skid McClusky. Pour ne citer que l'une de ses nombreuses conquêtes à Savannah.

– Ce sont vos hommes qui vous l'ont dit ?

Cleaver hocha la tête et épongea sa sueur.

– Je l'ai fait suivre, et je savais que je finirais par la couvrir de boue. Cela n'était pas bien difficile. Elle faisait venir ses potes dans la maison d'invités. Plusieurs à la fois, même, de temps en temps.

Ben commençait à voir où il voulait en venir.

– Donc, vous avez demandé à vos hommes de faire une vidéo, et vous l'avez montrée à miss Vale.

– Augusta n'a jamais su d'où venait la cassette, dit Cleaver. D'un ami qui lui voulait du bien… Elle n'a jamais cité de nom. Mais j'ai bien vu que cela l'avait chagrinée. Quand je l'ai revue avec Zoé, il régnait une drôle d'atmosphère, c'est là que j'ai su que mon plan avait fonctionné. L'argent était de nouveau à moi !

– Mais Zoé s'est retournée contre vous.

– Elle a compris que j'avais joué un rôle dans le changement d'humeur d'Augusta. Un peu plus tard, quand elle a quitté les États-Unis et que je pensais ne plus jamais entendre son nom, j'ai reçu un coup de téléphone.

– Je sais. Vingt-cinq mille pour commencer, et dix millions ensuite.

– J'ai payé. Je paierai la suite. Sans problème.

– Comme ça ? Pourquoi ?

– Pourquoi voulez-vous le savoir ? J'ai dit la vérité. Je suis prêt à lui donner l'argent. S'il lui est arrivé quelque chose, je n'y suis pour rien. Bon, maintenant, monsieur, je crois que notre conversation est terminée. J'ai des affaires à régler…

Cleaver se redressa.

– Un instant. Vous n'irez nulle part, dit Ben en levant de nouveau son arme.

– Vous ne me croyez pas ?

– Je veux la suite. Je veux tout savoir sur la prophétie.

Cleaver retomba dans son fauteuil.

– Alors, c'est pour cela que vous teniez tant à parler de prophétie hier soir ?

– Qu'y avait-il dans la boîte que Skid McClusky vous a livrée ?

– Un simple fragment de poterie. Rien de plus.

Ben se souvint de ce que Tom Bradbury lui avait raconté à Summertown, à propos des poteries découvertes par Zoé.

– Je ne comprends pas. Pourquoi payer dix millions de dollars pour un morceau de poterie ?

– Je ne peux pas vous le dire.

– Vous ne partirez pas d'ici avant d'avoir tout raconté, intima Ben, armant de nouveau son revolver. Et vous pouvez me croire. Alors, parlez !

– Je l'ai fait dater au carbone, répondit Cleaver, d'une voix lasse. Il date de la bonne époque.

– Quelle bonne époque ?

Cleaver leva brusquement les yeux vers lui.

– L'époque de l'écriture de l'Apocalypse.

Ben écarquilla les yeux.

– Je ne comprends pas.

– Elle m'a laissé voir un petit morceau, dit Cleaver. Elle a encore le reste.

– Le reste de quoi ?

– Le reste des preuves. Elle a dit avoir trouvé une collection de tablettes en terre, gravées en grec ancien, qui remontait aux temps bibliques. Elle a dit que cela prouvait, sans l'ombre d'un doute, que saint Jean n'était pas l'auteur du livre de l'Apocalypse.

– Et ?

– Et c'est tout. C'est tout ce que je sais. Elle ne m'a pas donné de détails. Mais crois qu'elle ne plaisante pas et qu'elle dit la vérité. Je ne peux pas me permettre d'en douter.

– Et vous n'avez pas l'air très sûr de votre propre terrain, dit Ben.

– Bon, bon, je vais être franc avec vous. Vous avez lu mon livre, vous savez de quoi il parle.

– Des révélations que vous a faites saint Jean.

Cleaver hocha la tête et fit une grimace.

Ben sourit.

– Vous essayez de me dire que saint Jean ne vous est pas apparu ?

– Bien sûr que non ! murmura Cleaver. Comment aurait-il pu ? Il est mort depuis deux mille ans !

– Je n'y avais jamais cru, Cleaver.

– J'ai simplement raconté ça pour souligner mon point de vue, dit Cleaver, désespéré. Pour avoir le dessus sur tous les autres prédicateurs de la Fin des Temps.

– Vous voulez parler des prédicateurs honnêtes ?

dit Ben. Ceux qui ne prennent pas les gens pour des banquiers.

– Comme vous voulez. Mais tout ce que j'ai construit s'appuie sur ce Livre. Tout, insista Cleaver en montrant la propriété d'un geste ample. Des millions d'Américains sont persuadés que je suis en contact direct avec saint Jean. Qu'il se porte garant de la vérité transmise dans le livre de l'Apocalypse. Et maintenant, cette petite garce prétend avoir trouvé quelque chose qui pourrait tout flanquer par terre ! La preuve que les théologiens cherchent depuis des siècles pour mettre fin aux controverses sur l'auteur des Révélations ?

– En revanche, elle acceptait d'enterrer ces preuves pour dix millions de dollars ?

Cleaver fit un geste désespéré.

– C'est ce qu'elle a dit. Et il a bien fallu que je la prenne au sérieux, non ? Enfin, si cela avait été une simple étudiante, je pourrais toujours arguer qu'elle bluffe. Mais ce n'est pas le cas. C'est une spécialiste respectée. Sacrebleu, elle pourrait en parler à la télé ! Avec une centaine de vos érudits dans la salle pour discuter du problème ? J'aurais été fini ! Plus un seul livre vendu ! Cela aurait signé la mort de ma carrière politique.

– Et adieu aux cent millions de dollars !

Cleaver hocha tristement la tête.

– Cette petite salope a menacé de tout raconter à Augusta. Elle a dit qu'elle me ferait passer pour le pire imposteur qui soit.

– C'est ce que vous êtes, dit Ben, vous venez de le reconnaître.

Cleaver regarda par la fenêtre avant de se retourner et de regarder Ben d'un œil mauvais.

– C'est vrai, je suis un imposteur. Un tricheur. Mais c'est tout. Je n'ai jamais fait de mal à personne. Je n'ai jamais envoyé personne en Grèce. Je n'ai rien à voir avec les bombes ou les jambes de Skid McClusky. Je ne l'ai rencontré qu'une fois, le jour où il m'a donné la boîte. C'est là que je lui ai remis l'argent et il est parti.

Le visage de Cleaver s'empourprait. Il se redressa derrière le bureau.

– Je m'en vais maintenant. Vous pouvez tirer, si vous voulez, mais vous tuerez un innocent.

– Si j'apprends que vous avez menti, prévint Ben, je reviendrai. Et je vous tuerai. De près ou à mille mètres, vous ne verrez rien venir. Vous le savez.

Mais en voyant Cleaver sortir de la pièce, quelque chose lui disait que, pour l'instant, il avait tout compris de travers.

32

Lorsque le sénateur Bud Richmond s'était lancé dans la politique, ce n'était qu'un gosse de riche qui aspirait à de hautes fonctions. Fils d'un bûcheron du Montana qui avait réussi à devenir un industriel multimillionnaire, il n'avait jamais accompli la moindre journée de véritable travail et se souciait plus de son swing de golf, de ses amis, de ses sorties de pêche au gros et de sa chère Porsche 959 que de choses sérieuses.

Deux ans auparavant, Irving Slater, son chef de cabinet et assistant personnel, commençait à désespérer et songeait à présenter sa démission. Il n'avait que trente-sept ans et gâchait une carrière prometteuse pour un fainéant qui prenait la politique pour un jeu !

Soudain, quelque chose se produisit : deux incidents séparés firent basculer la situation et offrirent enfin à Irving Slater la chance de sa vie.

Un jour, peu avant son cinquantième anniversaire, sur le point d'embarquer sur un vol commercial pour Washington, Richmond eut une prémonition. Une petite voix lointaine dans sa tête, comme il l'expliqua plus tard, lui dit qu'il ne devait en aucun cas monter dans cet avion. À la grande exaspération d'Irving Slater, il attendit le vol suivant. Lorsque l'avion initialement prévu s'écrasa au décollage, ne laissant que peu de survivants, Richmond commença à parler de miracle.

Le second incident se produisit alors que Richmond conduisait sa Porsche sur une route de montagne, près de chez lui. En plein virage, il fut pris par l'envie irrépressible de s'arrêter pour admirer le magnifique coucher de soleil, ce qu'il ne faisait jamais.

Après avoir contemplé le ciel pendant dix minutes, il reprit le volant et poursuivit sa route. Un kilomètre plus loin, il se trouva nez à nez avec la carcasse d'un car accidenté. Il venait d'être enseveli par un glissement de terrain. Des trente-neuf passagers, seuls deux survécurent, et, selon leur témoignage, le rocher avait heurté le car au moment exact où Richmond aurait dû passer s'il ne s'était pas arrêté en chemin.

Pour Richmond, il n'y avait qu'une seule explication possible. Dieu l'avait épargné parce qu'il le destinait à un destin plus noble. Sa conversion fut instantanée. Dix-huit mois après le second miracle, Richmond changea totalement d'axe politique. Et en fait, cela fonctionnait très bien pour lui. Il grandissait enfin, se prenait au sérieux, et ses adeptes l'adoraient. Une véritable renaissance !

Soudain, son acharnement au travail devenait insatiable. Désormais, il avait le soutien de tout un nouveau pan de la communauté qui ne lui avait jamais accordé la moindre attention et sur lequel Slater n'avait jamais compté : le massif mouvement évangéliste. Plus de cinquante millions d'individus !

Slater en comprit vite l'intérêt. Plus de cinquante millions de voix, c'était un pas de géant vers la Maison Blanche…

Irving Slater n'arrivait pas à y croire. Que ce crétin fini se soit transformé en homme pieux et mystique était encore plus étrange que les miracles censés lui avoir sauvé la vie ! Cependant, la vague montait vite, et le chef de cabinet était prêt à surfer sur la crête.

Slater se plongea dans la Bible. Que son patron ait foi en la Fin des Temps et l'Apocalypse l'avait incité à étudier ce texte dans les moindres détails et à lire tous les écrits possibles sur les prophéties bibliques. Il avait été effaré par le pouvoir de ces croyances partagées par tant de chrétiens américains : d'un moment à l'autre, le monde pouvait basculer dans la Tribulation et l'Enlèvement, tels que les prédisait la Bible.

Ce texte le frappait à double titre : si, de son point de vue, ce n'était qu'un tissu d'âneries, cela représentait néanmoins la plus grande mine d'or politique qu'il ait jamais connue !

Au fur et à mesure qu'il voyait la machine publicitaire de Richmond gagner de nouveaux soutiens, les premiers germes d'une idée folle mais ingénieuse commencèrent à pousser dans son esprit. Dans tous les États-Unis, chaque fois que le sénateur tenait une convention ou un meeting, il faisait salle comble. Ses taux d'audience à la télévision montaient en flèche. Les donations affluaient.

Pour Slater, ce n'était qu'un début. Des millions de personnes croyaient que ces prophéties se réaliseraient à la lettre, avaient envie de les voir se réaliser. Telle était la volonté de Dieu ! Si la prophétie prédisait la guerre, qu'il en soit ainsi ! Les fidèles voulaient voir le monde plongé dans les ténèbres et le chaos afin que Dieu puisse les sauver et leur confirmer, s'il existait encore l'ombre d'un doute dans leur esprit, que tout n'était que pure vérité et que leur âme misérable valait la peine d'être rachetée.

Avant que Dieu puisse entrer en scène, la Bible parlait d'une période de grandes souffrances, infligées même aux plus fidèles. Ces millions de personnes auraient besoin d'un maître à penser pendant ces temps difficiles… d'une figure de proue, comme Moïse, qui avait mené le peuple élu à la gloire.

Slater observait Richmond et se posait des questions. Richmond, Moïse. Il en souriait encore. Pourtant, lorsqu'il regardait les visages de la foule, il commençait à y croire. Si Richmond parvenait jusqu'à la Maison Blanche, ce serait lui, Irving Slater, l'éminence grise qui ferait fonctionner la machine.

Pour parvenir à ce but, il faudrait accomplir des actes incroyables, indicibles. Il fallait que les événements décrits dans la Bible aient véritablement lieu. Et pour cela, Slater avait besoin d'aide. De beaucoup d'aide.

Il la trouva opportunément en la personne d'un fanatique de la Fin des Temps, rencontré lors d'un des meetings de Richmond. Il en croisait souvent, mais celui-ci était différent parce que c'était un agent des services secrets américains, et non l'un des moindres. Slater resta stupéfait lorsque cet homme lui affirma que les croyances en la Fin des Temps étaient largement répandues dans l'infrastructure des Agences américaines.

Soudain, l'idée folle de Slater faisait un bond gigantesque vers la réalité. Grâce aux contacts de ce nouvel associé, il forma un petit noyau d'agents. La plupart croyaient à la Fin des Temps, d'autres comme Jones, l'agent spécial de la CIA, s'intéressaient plus aux promesses de pouvoir et à l'argent que Slater prélevait sur les fonds politiques de Richmond pour financer son opération.

Autour de ce noyau dur, un autre cercle d'agents faisait ce que leurs supérieurs leur demandaient, sans avoir plus d'idée précise sur ce qui se tramait réellement dans le dos de l'infortuné Bud Richmond, à l'épicentre de tout l'organigramme.

Slater était sidéré par la vitesse à laquelle il avait pu construire sa propre troupe d'agents secrets. Le stratagème de la Fin des Temps était né.

Il n'y avait plus qu'à le planifier.

Grandiose en termes d'échelle, le plan restait simple dans son concept. C'était un vulgaire plan de guerre. Une guerre qui, si l'influence de la prophétie sur les comportements humains était réelle, ne devrait pas être impossible à déclencher.

Selon la prophétie, le conflit éclaterait au Moyen-Orient. Cela ne devrait pas être difficile à organiser. Après tout, c'était la volonté de Dieu ! Tout ce qu'il fallait, c'était un coup de pouce pour démarrer la machine, une étincelle pour allumer le feu. Une énorme étincelle, quelque chose qui scandaliserait le monde islamique comme jamais auparavant. Slater et ses associés avaient imaginé depuis longtemps à quoi ressemblerait cette étincelle. Il ne restait qu'à donner le feu vert.

Pour que le stratagème puisse fonctionner, la responsabilité des atrocités devrait être rejetée sur l'ennemi ancestral de l'islam : le peuple juif. C'était écrit dans la Bible ! La guerre qui déclencherait le début de la Fin des Temps commencerait par la formidable vengeance des musulmans contre Israël. L'Apocalypse prendrait la forme d'une tête nucléaire. Tandis que le monde serait à la veille d'une guerre dévastatrice, des millions d'électeurs américains reconnaîtraient ces événements précurseurs et seraient convaincus que la Fin des Temps était proche. Les votes pleuvraient. L'ascension de Richmond serait irrésistible.

C'était abominable, diabolique. Des millions de personnes mourraient, des juifs et des musulmans, des Américains aussi, peut-être. Slater n'en avait cure. Sa logique était parfaite, pure et élégante, comme souvent pour les raisonnements les plus simples. Il ne croyait pas un instant que la guerre marquerait le co

mpte à rebours pour la bataille d'Armageddon, mais simplement le compte à rebours avant l'accession au pouvoir. Tout ce qu'il avait à faire, c'était de préparer lentement Bud Richmond à son nouveau rôle de guide spirituel.

Hélas, Richmond avait des concurrents ! Il n'était pas le seul personnage d'importance à battre le tambour de la Fin des Temps. Slater avait des équipes destinées à surveiller les autres prédicateurs de l'Apocalypse, Clayton Cleaver, en particulier. Slater se trouvait dans la limousine de Richmond lorsqu'il avait reçu le rapport de ses sources qui avait tout bousculé. Cela avait marqué le début de l'affaire Bradbury.

Tout en repensant aux événements des derniers mois, Irving Slater faisait les cent pas dans le grand bureau du domicile de Richmond, dans le Montana, une gigantesque demeure lovée sur le flanc de la montagne. La porte-fenêtre offrait une vue panoramique sur le parc de cinq cents hectares.

Il s'arrêta et but une gorgée de lait de la bouteille posée sur son bureau, s'affala dans un fauteuil de cuir confortable, face à un écran géant de télévision accroché au mur, et attrapa la télécommande.

Le DVD était celui d'un débat auquel Richmond avait participé trois mois plus tôt. Slater ne cessait de le regarder.

Cette émission était une véritable aubaine pour Richmond. Slater avait payé des intervenants dans le public, pour qu'ils posent des questions taillées sur mesure au sénateur, et avait lui-même rédigé toutes les réponses. Tout avait bien commencé. Richmond était en forme et Slater se félicitait de son travail. La foi sincère des abrutis de service et le discours bien léché de Richmond offraient un excellent spectacle.

Hélas, deux minutes avant la fin, un étudiant farfelu à cheveux longs, au fond de la salle, avait posé à brûle-pourpoint une question qui n'était pas prévue dans le scénario.

Devant l'écran, Slater prit la télécommande et appuya sur avance rapide pour regarder ce terrible moment.

L'étudiant leva la main. La caméra le suivit en panoramique et le prit en gros plan.

– Sénateur, de nombreux théologiens expriment des doutes sur l'authenticité du texte de l'Apocalypse. Qu'en pensez-vous ?

Retour sur la caméra numéro deux, et Richmond remplit l'écran.

– J'ai lu tous leurs arguments, répondit-il calmement, mais ma foi reste intacte.

L'étudiant n'en avait pas terminé.

– Si quelqu'un pouvait trouver que saint Jean n'était pas l'auteur du texte, que l'Apocalypse ne traduisait pas la véritable parole de Dieu, est-ce que cela n'ébranlerait pas votre foi ?

Lorsqu'il avait regardé l'émission en direct, Slater s'était accroché au bras de son fauteuil.

Richmond avait hésité un instant avant de hocher la tête gravement.

– Si un théologien amenait des éléments concrets, prouvant que saint Jean n'avait pas écrit l'Apocalypse, et que les prophéties du Livre des Révélations n'étaient pas fondées sur la parole de Dieu…

Il marqua une pause pour accentuer l'effet dramatique.

– Alors, effectivement, je devrais reconsidérer mes croyances. Mais je prendrai cela comme un signe de Dieu, me disant que je dois suivre une toute nouvelle direction.

Puis, Richmond avait eu un large sourire.

– Je dois avouer, ajouta-t-il, que je ne serais pas fâché de savoir que nous n'aurons pas à subir la Tribulation !

Le public avait éclaté de rire.

Le léger malaise que la réponse avait provoqué chez Slater n'avait été que temporaire. Il l'avait vite oublié.

Il n'avait mesuré l'étendue des dégâts que plus tard. Lorsque ses espions lui dirent que Clayton Cleaver était sous la menace d'un chantage il avait compris, à la lumière des derniers propos de Richmond, que ses plans, si bien élaborés, étaient sérieusement compromis.

Il n'avait jamais entendu parler de Zoé Bradbury. Lorsqu'il tapa son nom dans Google, son inquiétude augmenta encore. C'était une spécialiste de la Bible jouissant d'une renommée suffisante pour tout faire exploser ! Si elle disait vrai et que le livre de l'Apocalypse n'avait pas été écrit par l'apôtre saint Jean, la légitimité de ce texte au sein du Nouveau Testament était en cause, il se serait agi d'un faux, nom de Dieu ! Leur stratagème de la Fin des Temps tomberait à l'eau ! Le Livre des Révélations était le pilier central de la théorie de la Fin des Temps. Contester son authenticité aurait ébranlé tout l'édifice, d'autant plus que Richmond venait d'affirmer qu'il ne serait que trop content de s'écarter de cette voie dans ce cas ! Son influence auprès des électeurs évangélistes se dégonflerait comme un ballon percé, et c'en serait fini des ambitions présidentielles de Slater !

En véritable homme d'affaires, Slater avait un esprit pratique. Il ne lui fallut pas longtemps pour examiner les diverses solutions.

Un : l'acheter. Elle voulait obtenir dix millions de Cleaver, mais peu lui importait sans doute d'où venait l'argent, tant qu'elle était riche. Il pourrait doubler le montant, pour qu'elle change de camp. Et si elle en voulait toujours plus ? Si elle finissait par cracher le morceau ? À quel point pouvait-on lui faire confiance ?

Il préférait de loin l'option numéro deux. L'enlever et la forcer à lui remettre les preuves. Il les détruirait une bonne fois pour toutes et les enterrerait, elle et ses revendications !

Slater avait fait appel à ses contacts. Son associé au sein de la CIA avait confié la tâche à un de ses hommes qui, à son tour, avait envoyé une équipe à Corfou pour l'enlever. À présent, Zoé Bradbury était entre leurs mains, et personne ne la retrouverait jamais. Mais les problèmes se multipliaient. Il ne pouvait plus se permettre d'attendre. Il était grand temps d'agir.

Il coupa la vidéo et s'enfonça dans son fauteuil, en se massant les tempes. Un petit bol de bois, rempli de chocolats, était disposé sur la table en face de lui. Il en attrapa trois, déchira les emballages et les avala goulûment.

La dernière bouchée engloutie, il attrapa le téléphone et composa un numéro.

Son associé décrocha dès la seconde sonnerie.

– Il faut qu'on parle. (Une pause.) Non, il faut que tu viennes. Je suis seul. J'ai envoyé cette andouille en vacances quelques jours.

– Accorde-moi trois heures !

– Je t'en donne deux !

33

Montana, la veille

Le docteur Joshua Greenberg gara la Honda de location à l'écart de la nationale, dans le parking du restaurant. Il attrapa son attaché-case sur le siège du passager et descendit de voiture en grommelant. Il avait roulé longtemps. Il s'étira et se frotta les yeux.

Un camion de marchandises passa près de lui, soulevant un nuage de poussière. Le médecin se tourna vers le restaurant et, d'une démarche raide, monta lentement les marches de l'entrée. L'endroit était calme ; quelques routiers et deux familles dînaient encore. Il choisit une table d'angle, s'installa sur le siège de vinyle rouge et commanda un café. Il n'avait pas faim. Le liquide marron que la serveuse lui posa sous le nez ne ressemblait guère à du café. Il le but néanmoins.

Il resta près de trente minutes à contempler ses mains sur la table. Il devait y aller. On l'attendait sur le site sécurisé, pour livrer le produit à Jones. Il se trouvait encore à deux heures de route.

Il eut un petit rire amer. Le site sécurisé ! Quel nom pour un hôtel à demi délabré au milieu de nulle part qui servait de centre de détention illégal pour une jeune fille kidnappée.

Il regarda l'attaché-case à côté de lui. Il le prit, ouvrit le fermoir, y plongea la main et sortit le petit flacon. Il le posa devant lui. C'était un petit flacon de verre ambré qui contenait un peu moins de cent millilitres d'un liquide transparent, légèrement visqueux. Il n'y avait pas d'étiquette. Il paraissait totalement inoffensif.

Cela aurait pu être n'importe quoi, un innocent remède de phytothérapie. Pourtant, s'il en versait le contenu dans la cafetière qui chauffait derrière le comptoir, chacune des tasses servies enverrait celui qui y tremperait les lèvres dans un asile de fous, en moins d'une journée.

Au début, débarrassées de toutes leurs inhibitions, les victimes se montreraient excessivement loquaces et confieraient leurs secrets les plus intimes. Ensuite, la drogue pénétrerait dans leur inconscient et libérerait toutes les zones d'ombre : les peurs réprimées, les colères, les rancœurs, la violence et toutes les pensées dérangeantes. Tout sortirait d'un coup, submergeant l'esprit conscient sous une vague de rage, de paranoïa, de douleur et de terreur – tout le spectre des émotions les plus extrêmes qu'un individu pouvait éprouver simultanément, pendant des heures et des heures.

Il n'y avait aucun moyen d'inverser le phénomène. La folie était une conséquence inévitable. Il n'existait aucun antidote.

Il haussa les épaules. Il allait remettre ce produit à Jones pour qu'il l'administre à une jeune femme innocente. Qui serait perdue à jamais.

Il plongea la tête dans ses mains.

Comment diable avait-il plus se laisser entraîner dans une horreur pareille ?

Il connaissait parfaitement la réponse. Une toute petite erreur, qui s'était greffée sur celles d'un passé qu'il croyait enterré. Une petite erreur qui avait tout gâché.

D'origine très modeste, Joshua Greenberg avait passé toute sa vie à compenser. Son père travaillait dans une usine à Détroit et sa mère faisait des ménages dans les bureaux. Ils s'étaient saignés à blanc pour envoyer leur fils unique à l'université. Ils avaient été très fiers de le voir obtenir son diplôme de médecine et de se spécialiser en neuropsychiatrie.

À quarante-huit ans, c'était un homme accompli, avec un cabinet privé à New York et une chaire à l'université de Columbia, où il était chef de département. Il possédait une grande maison, sur une propriété d'un hectare, avec piscine, paddock ; sa femme Emily n'en demandait pas plus. Ses deux filles adolescentes montaient le pur-sang arabe qu'elles avaient toujours désiré et il avait fait construire une luxueuse petite maison annexe pour que ses vieux parents puissent vivre près de lui.

Il n'aurait jamais imaginé que les fantômes de son passé viendraient le pourchasser un jour. Cela s'était produit lors de sa première année d'université, la première année passée loin de chez lui pour un jeune homme anxieux de dix-huit ans. Il partageait sa chambre avec Dickie Engels.

Il n'oublierait jamais Dickie. Fils d'avocat, il avait passé les deux années de plus qu'il avait par rapport à son camarade, à voyager en France et en Italie, pays aussi inaccessibles que la Lune, pour Joshua. Comparé à Joshua, Dickie était un véritable homme du monde. Il fumait de luxueuses Sobranie Black Russians, connaissait les vins, avait lu Tolstoï et Joyce. Pendant six mois, Joshua l'admira de loin, espérant que ses sentiments ne transparaîtraient pas. Un jour, un peu étourdi après avoir bu la première coupe de champagne de sa vie, il avait failli embrasser Dickie. Il ne s'était rien passé, mais, peu après, Dickie avait demandé à changer de chambre. Un mois plus tard, Joshua avait rencontré Emily, et cet incident honteux avait été oublié. Il continua à avancer dans la vie.

Jusqu'à ce que James apparaisse, quatorze mois plus tôt. Il se souvenait parfaitement de la première fois où il avait posé les yeux sur son splendide étudiant. Une épaisse chevelure noire, une peau satinée, de grands yeux bruns. Soudain, les vieux sentiments s'étaient ranimés. Ce n'était pas un simple béguin. Le beau jeune homme semblait partager son attirance et manifestait plus qu'un simple intérêt pour ce conférencier d'âge mûr, bien enrobé. Au début, Joshua avait essayé de l'éviter et avait refusé toutes les invitations à aller boire un café.

Puis, un jour, à la grande horreur de Joshua, Emily avait annoncé son intention d'organiser une fête chez eux, pour les étudiants de première année. Il n'y avait aucun moyen d'y échapper, Emily savait se montrer persuasive. Elle aurait trouvé bizarre qu'il proteste.

Le soir de la fête, le temps était orageux. Joshua se préparait un verre dans la cuisine lorsqu'il avait senti qu'on lui touchait le bras. James s'était approché de lui. Ils s'embrassèrent à la lueur d'un éclair.

Joshua était fou amoureux. Après cette première nuit, ils se rencontrèrent dans sa voiture dans le parking de l'université. C'était idiot, en y repensant. James n'était jamais allé jusqu'au bout avec lui. Il trouvait toujours une bonne raison de s'éclipser quand le flirt était un peu trop poussé. Joshua avait pris l'habitude de traîner sous les fenêtres des étudiants la nuit, en espérant l'apercevoir, disant à Emily qu'il devait travailler tard.

Un beau jour, James disparut. Joshua apprit qu'il avait été transféré à l'université de Californie. Il n'entendit plus jamais parler de lui.

Pourtant, il avait d'autres soucis qu'une simple peine de cœur. Le lendemain du départ de James, il avait reçu l'horrible paquet par la poste. Les photographies étaient nettes et les visages parfaitement reconnaissables. Le petit mot était court et sans détour. Le médecin serait bientôt contacté et sa coopération serait fort appréciée.

Au début, Joshua eut envie de tout avouer à Emily. Elle comprendrait. Finalement, non, Emily ne comprendrait pas ! Emily le quitterait, emmènerait ses magnifiques filles loin de lui. Il perdrait sa maison. Ses parents se sentiraient humiliés au-delà des mots.

Et, sans aucun doute, les photographies finiraient par tomber sous le nez de ses employeurs à l'université. Sa carrière d'enseignant serait brisée, et le scandale entacherait très certainement sa pratique privée.

Il se passa plusieurs semaines avant qu'on le contacte à nouveau. Le coup de téléphone avait duré vingt minutes et les instructions étaient très claires. Il devait dire à Emily qu'il partait pour un séminaire. Quelqu'un s'était désisté à la dernière minute et on avait besoin de lui. Ce fut le début d'une grande série de séminaires imprévus qui entraînaient Joshua loin de son domicile, pendant des semaines d'affilée. Il ne savait pas très bien qui étaient ses employeurs. L'argent coulait à flots, et il essayait de ne pas trop penser à ce qu'on lui faisait faire.

Les séances avaient lieu dans un bâtiment gris anonyme, de l'autre côté du pays. C'était toujours plus ou moins le même scénario. Une voiture venait le chercher à l'aéroport. Des hommes en costume l'accompagnaient, sans un mot, et on le faisait entrer dans une salle silencieuse et vide, où se trouvaient les sujets. Certaines des expériences sur les programmes de modifications comportementales faisaient appel à d'étranges produits pharmaceutiques et à des techniques de lavage de cerveau. Joshua devait évaluer l'état d'esprit des patients, organiser des tests et administrer des traitements dont il n'avait encore jamais entendu parler. Il ne savait jamais qui étaient les sujets. Il essayait de se persuader qu'il travaillait dans l'intérêt du pays. Néanmoins, il se réveillait parfois en sueur, en rêvant des expériences auxquelles il avait participé.

Une fois ou deux, il avait tenté de s'échapper. Les photos étaient revenues, accompagnées de menaces.

Cette fois, c'était différent. C'était pire ! On l'avait contacté par un autre biais. L'endroit où on l'avait conduit, dans les terres sauvages du Montana, était sombre et délabré. Le cadre ne collait pas. Le sujet n'était pas un sinistre prisonnier qu'on pouvait facilement prendre pour une menace à la sécurité du pays. Ce n'était qu'une gamine, et on l'obligeait à la détruire. Jones le terrifiait. Ils le terrifiaient tous, même Fiorante, la belle femme aux cheveux auburn, la seule de l'équipe. Elle était peut-être belle, mais il était certain qu'elle était dangereuse.

De nouveau, Joshua regarda le flacon et comprit qu'il n'y arriverait pas. Il l'aiderait à s'évader. Ensuite, il rentrerait à New York et avouerait tout à Emily. Les dés étaient jetés. Plus rien n'avait plus d'importance.

Il quitta le restaurant et poursuivit son voyage, en réfléchissant à la manière dont il allait s'y prendre. En chemin, il s'arrêta dans une petite ville et se rendit dans un magasin où il acheta les objets nécessaires qu'il rangea dans le coffre de la voiture. Puis, il suivit la route de montagne sinueuse.

Tandis qu'il garait la Honda, l'hôtel miteux se dressait devant lui. Il sortit, prit les affaires qu'il avait rangées dans la voiture, boutonna le long manteau qu'il portait et avança vers la porte de fer d'un pas décidé. Il composa le code de sécurité, attendit le déclic et poussa la porte.

L'odeur familière et honnie de ces lieux le submergea tandis qu'il parcourait les couloirs défraîchis. Il ne semblait y avoir personne. Le front dégoulinant de sueur, il regarda sa montre. Son cœur tambourinait. Rapidement, il monta au dernier étage, celui de Zoé. Comme d'habitude, l'homme en costume sombre qui surveillait la porte lui lança un regard mauvais.

– Qu'est-ce que vous faites avec ce gros manteau, doc ?

– J'ai pris froid, dit Joshua en reniflant, pour accentuer son effet.

– Vous transpirez.

– C'est normal, avec la grippe. Vous pouvez me laisser entrer ?

– Vous n'avez pas de séance prévue avec elle, dit le vigile.

– Je viens juste de m'apercevoir que j'avais oublié mon Blackberry dans la chambre.

– De toute façon, il n'y a pas de signal ici.

– Je sais, mais j'en ai besoin. J'y ai noté des choses importantes.

– C'est pas prudent !

– Je sais, je sais. Je suis désolé.

– Une minute, pas plus.

– Merci.

Joshua sourit faiblement et poussa la porte. Elle se referma derrière lui et il entendit le clic du verrou.

Zoé était endormie. Elle se redressa dans son lit, les yeux écarquillés en le voyant ainsi, les cheveux en bataille, sans sa blouse habituelle.

– Je ne suis pas censé être ici, murmura-t-il. Faites ce que je dis et ne posez pas de questions. Je vous fais sortir de là !

L'agent songeait à prendre sa pause-café lorsqu'il entendit le bruit sourd à l'intérieur de la chambre. Il pencha la tête et écouta un instant, puis ouvrit la porte et se rua à l'intérieur.

La fille était allongée sur le sol, à côté du lit. Les genoux contre la poitrine, elle tremblait violemment. Inquiet, le vigile la regarda.

– Elle est malade, très malade.

– Qu'est-ce qui s'est passé ? demanda le vigile, horrifié.

– Une sorte de crise, répondit le médecin. Elle s'est réveillée quand je suis entré et, tout d'un coup, elle a été prise de convulsions. Attendez-moi ici, j'ai des médicaments dans la voiture !

Il se leva d'un bond et se dirigea vers la porte.

– Qu'est-ce que je fais ?

– Rien. Ne la touchez pas ! Restez avec elle.

Le vigile restait immobile. La fille, toute raide, tremblait de tout son corps. Les cheveux mouillés, elle bavait. Soudain, le vigile se demandait ce qu'on allait lui faire pour l'avoir laissée tomber malade pendant sa garde. Heureusement que le docteur était là !

Ce fut sa dernière pensée.

Joshua était sorti de la pièce. Il déboutonna rapidement son manteau et sortit la batte de base-ball qu'il avait glissée dans sa ceinture et coincée sous son bras. Il retourna dans la chambre, tenant la batte à deux mains. Il avait la bouche sèche. Il n'était pas mauvais joueur à l'université ! L'idée de donner un coup de batte dans la tête d'un homme le faisait frémir, pourtant, il n'avait pas le choix. Il tapa d'un coup sec et sentit les vibrations se propager dans tout le manche. Le vigile s'écroula, face contre terre.

Zoé se redressa sur ses pieds et cracha les cachets d'Alka-Seltzer qui ne s'étaient pas encore dissous. Horrifiée, elle regardait le corps du vigile étendu, les bras en croix.

– Vite ! murmura Joshua.

Il laissa tomber sa batte. Il enleva son manteau et le posa autour des épaules minces. Il lui prit le bras, la fit sortir de la chambre et referma la porte derrière eux.

Affolée, Zoé regardait tout autour d'elle, tandis qu'ils longeaient le corridor menant à l'arrière de la maison que personne ne semblait jamais emprunter. Affaiblie par la captivité et le manque d'exercice, elle respirait difficilement en descendant l'escalier. Le cœur tambourinant, le médecin la tenait fermement.

À l'étage du dessous, il jeta un coup d'œil furtif par la porte et vit que le couloir était désert. Il la tira par le bras, et ils se mirent à courir.

– Pas si vite ! gémit-elle.

– Impossible ! Il faut sortir d'ici. Ce n'est plus très loin.

Une porte s'ouvrit et Joshua se retrouva nez à nez avec la femme, Fiorante. Ils s'arrêtèrent tous les deux, yeux dans les yeux. Mais la femme ne bougea pas. Ne prononça pas un mot. Quelque chose le poussa à continuer à courir. Il pressa le pas, tirant Zoé derrière lui.

– Elle nous a vus, dit une voix, prise de panique.

Il ne répondit pas. L'entrée du vestibule était juste devant eux. Plus que dix mètres avant la porte d'entrée. Cinq mètres.

Il avait la main sur la poignée de la porte.

Soudain une voix résonna dans le bâtiment vide.

– Et où allez-vous comme ça, docteur ?

Joshua se retourna. Jones était à quelques pas de lui, à côté de Fiorante. Deux autres vigiles s'approchaient, pistolet en main.

Joshua sortit les clés de voiture de sa poche et les mit dans la main de Zoé.

– La Honda bleue, dit-il, pantelant. Allez-y ! Partez ! Vite !

Il savait qu'il ne la tuerait pas. Il ne pensait pas à lui. Plus maintenant.

Jones avança, tenant négligemment son arme à bout de bras.

Zoé hésita.

– Partez ! hurla Joshua.

– Il n'y a aucun endroit où aller, Zoé, dit Jones d'une voix calme en s'approchant encore.

Il souriait.

– C'est le désert dehors. Tu es plus en sécurité avec nous.

Immobile dans l'encadrement de la porte, Zoé regardait Joshua et les vigiles, désespérée. La femme refusait de croiser son regard.

Jones fit trois pas de plus, et elle cria lorsque les doigts puissants l'attrapèrent par le poignet et l'entraînèrent à l'intérieur. Il la jeta dans les bras des vigiles. Zoé se débattait, mais elle était trop faible. Les vigiles l'emmenèrent pendant que Jones se tournait vers Greenberg.

– Ne lui faites pas de mal… Ne…

Tandis que les deux agents la ramenaient dans sa chambre, Zoé entendit le coup de feu. En se retournant, elle vit le sang éclabousser la porte de verre et le corps du médecin s'effondrer au pied de Jones.

Elle poussa un cri qui n'en finissait plus.

34

Géorgie

Il était un peu plus de treize heures trente lorsque Ben sortit de chez Cleaver et se faufila dans la foule. Quelques épreuves mineures se déroulaient encore, mais, avec la fin du grand événement de la journée, le public s'amenuisait. Il remarqua miss Vale qui discutait avec les journalistes, près de la grande tente.

Elle ne vit pas Ben qui retournait tranquillement vers le parking. Il avait honte de filer à l'anglaise, néanmoins il avait besoin d'être seul pour réfléchir.

Il monta dans la Chrysler et roula au petit bonheur la chance, prenant vaguement la direction du sud-ouest. Il traversa l'Atlamaha, passa devant des terres cultivées, des granges délabrées, des champs à la riche terre rouge qui scintillaient au soleil. Il vit des camps où des Blancs en haillons, à l'air mauvais, gesticulaient au bord de la route en voyant sa voiture. Une heure plus tard, il ne savait plus où il se trouvait.

Il se sentait abasourdi et défait. Il avait déjà commis des erreurs, pourtant, cette fois, il s'était trompé du tout au tout ; cela n'aurait pas pu être pire.

Il était si sûr d'être sur la bonne voie en poursuivant Clayton Cleaver ! À présent, il savait simplement que ce type était un enfoiré, un imposteur et un opportuniste, mais en aucun cas un ravisseur ou un meurtrier.

Il essayait de sauver ce qu'il pouvait de l'orage qui perturbait ses pensées et de trouver une issue avec les éléments encore solides. Hélas, il n'en tirait que des questions, beaucoup trop de questions qui tourbillonnaient dans son esprit, sans le moindre début de réponse. Zoé était-elle toujours vivante ? Était-elle encore à Corfou ? Était-il venu aux États-Unis pour rien ? Il avait cru Kaplan sur parole, était-ce une autre erreur ?

Il repensa à la poterie que Zoé avait découverte et avec laquelle elle faisait chanter Cleaver. Elle avait dit à Skid McClusky que la prophétie la rendrait riche. Qu'avait-elle découvert ? Si elle était capable de prouver ce qu'elle affirmait, l'impact sur la théologie chrétienne serait considérable. Cleaver avait raison : les théologiens révisionnistes attendaient dans l'ombre depuis des années les munitions dont ils avaient besoin pour décréter que l'Apocalypse n'avait aucune légitimité biblique.

Les implications dépassaient la simple carrière d'un obscur prédicateur du Sud. Cela pourrait être un événement majeur, aussi important que la découverte des manuscrits de la mer Morte ou du linceul de Turin. Plus important encore, cela exigerait une révision totale du texte de la Bible.

Il en revenait toujours à la même question. Qui d'autre se sentait menacé par la découverte de Zoé, menacé au point de vouloir la supprimer ? À moins qu'il ne se trompe d'enjeu. Les tablettes avaient peut-être une grande valeur intrinsèque, une telle valeur pécuniaire que quelqu'un était prêt à tuer pour s'en emparer.

En fait, tout cela n'était que vaines spéculations. Il dérivait dans une mer de possibilités infinies. Il devait agir, et vite. Pourtant, il ne savait que faire, ni où aller. Retourner en Grèce, dans l'espoir de reconstituer le puzzle, sans se faire prendre par Stephanides ? Rentrer à Oxford, admettre sa défaite et faire face aux Bradbury en leur annonçant qu'il avait perdu la trace de leur fille ? C'était un véritable désastre !

Le bruit strident d'une sirène le ramena soudain à la réalité. Une voiture de police grossissait dans son rétroviseur, la rampe projetait des lumières bleues et rouges à travers la poussière de la vitre arrière.

La sirène retentit à nouveau et, en jurant, Ben mit son clignotant à droite pour s'arrêter. Sa voiture s'immobilisa dans un crissement de pneus, et le véhicule de police fit de même. Un nuage de poussière flottait autour des deux véhicules. Ben observait la scène dans son rétroviseur tandis que les deux policiers descendaient du véhicule et s'approchaient de lui, un de chaque côté de la Chrysler.

Il ne s'agissait pas d'un contrôle de routine pour excès de vitesse. Les policiers accourraient, arme au poing. Celui de gauche avait sorti son revolver de son étui, celui de droite tenait un fusil à pompe à canon court. L'affaire était grave. Les policiers agissaient sur ordre précis et, quoiqu'on leur ait raconté, cela les rendait excessivement nerveux. Ben attendait, les deux mains sur le volant et les observait en réfléchissant très vite. Pourquoi l'arrêtait-on ? Que savaient-ils ?

Le policier au revolver s'approcha de la vitre et le montra du doigt. Ben descendit la vitre et le regarda. Il était jeune, vingt-cinq ans environ. On lisait l'inquiétude dans ses yeux ronds.

– Coupez le moteur ! cria-t-il.

Ben tendit lentement la main et coupa le contact. En dehors du chant des cigales, on n'entendait pas un bruit.

– Permis de conduire. Gentiment…

Ben glissa la main dans sa poche et en sortit son permis. Le flic le lui arracha, l'observa pendant un instant et fit un signe à son collègue au fusil, comme pour lui signifier qu'ils étaient tombés sur la bonne personne. À présent, il avait l'air encore plus terrifié.

– Descendez de la voiture, mains en évidence ! hurla-t-il.

Ben ouvrit la porte et descendit calmement. Il tenait les mains en l'air et soutenait le regard du policier, pour le jauger. Pris d'une montée d'adrénaline, le jeune agent avait le visage tendu et plein de tics. La bouche du revolver qu'il pointait vers Ben tremblait légèrement.

Le fusil était braqué sur lui, à une cinquantaine de centimètres. C'était un Smith & Wesson Model 19. Il y a deux manières de s'en servir : lorsqu'il est armé, il suffit d'un petit basculement du doigt pour faire tomber le chien. On peut également le faire fonctionner à double action, en appuyant simplement sur la queue de détente pour faire tourner le barillet et mettre le chien de nouveau en position de tir. Mais cela demande une forte pression et Ben savait qu'à moins que l'arme du policier ait été spécialement préparée par un spécialiste, le Model 19 était très raide. Ce qui signifiait qu'il fallait plus de temps pour tirer.

Le fusil n'était pas armé, ce qui pour Ben signifiait qu'il disposait d'une seconde pour réagir, neutraliser le policier et prendre son arme. Puis, une seconde de plus pour se débarrasser de son collègue. Il ne les blesserait pas gravement, il les mettrait simplement hors circuit pour un moment.

Mais cela lui attirerait beaucoup d'ennuis, dont il pouvait se passer !

– Que se passe-t-il ? demanda-t-il, d'un ton calme.

Le policier braqua son arme vers la voiture.

– Contre le véhicule ! Mains sur le capot !

Exaspéré, Ben soupira et posa les mains sur le capot chaud de la Chrysler. Le flic au fusil le surveillait, son arme se trouvait à moins d'un mètre de Ben. L'autre retourna au véhicule de police et commença à parler à la radio, nerveux et agité.

Ben entendit le son des pneus dans la poussière et le ronronnement du moteur V8. Les mains toujours sur le capot, il tendit le cou pour regarder ce qui se passait. Deux gros 4X4 Chevrolet s'arrêtèrent derrière la berline des policiers, dans de grandes volutes de poussière. Le soleil se reflétait dans les vitres teintées des véhicules.

Les portes s'ouvrirent. Ben compta cinq personnes, deux hommes et une femme qui sortaient d'une des voitures, et deux autres hommes de l'autre. Tous portaient d'élégants costumes sombres. Visage buriné, cheveux gominés tirés en arrière, lunettes de soleil, le plus âgé avança vers lui. Grand et efflanqué, il avait la cinquantaine. Son sourire découvrait une dentition irrégulière. La femme était la plus jeune. Âgée de trente-cinq ans environ, elle avait le visage dur et le front plissé. Ses cheveux auburn tirés en arrière se soulevaient doucement dans la brise légère.

Le plus âgé montra un badge aux deux policiers.

– Agent spécial Jones. Nous reprenons l'affaire à présent.

Les flics regardèrent le badge comme s'il n'en avait jamais vu auparavant. Ils baissèrent leurs armes.

Jones fit un signe à l'un des agents qui se dirigea vers la porte passager de la voiture de Ben, l'ouvrit, et attrapa le sac de toile sur le siège. Jones sortit une paire de gants chirurgicaux de sa poche avant de prendre le sac des mains de l'autre agent et de le fouiller.

– Bon, voyons ce que nous avons trouvé, dit Jones en ricanant devant le .475 Linebaugh.

Il laissa tomber le sac à ses pieds et retourna le revolver dans sa main gantée, admirateur. Il ouvrit la fenêtre de chargement, fit tourner le barillet. Ensuite, il fit tourner l'arme entre ses doigts, à la mode cowboy, et l'un des agents se mit à rire. Jones lança un regard mauvais à Ben.

– En voilà un beau revolver !

Ben ne répondit pas. Il réfléchissait le plus vite possible. Les agents s'approchèrent. La femme avait gardé les yeux fixés sur Ben et, pendant un instant, il crut lire une certaine hésitation sur son visage. Elle ne fronçait plus les sourcils.

Jones sortit son téléphone et composa un numéro.

– C'est moi. Bonne nouvelle. On tient votre M. Hope. D'accord.

Ben fronça les sourcils. Cette procédure était vraiment bizarre.

Jones referma brutalement son téléphone et se tourna vers les deux flics.

– Je ne pense pas qu'on ait besoin de vous, officiers, dit-il en les congédiant d'un geste de la main.

Les deux policiers se regardèrent et regagnèrent leur voiture. Ils avaient la main sur la porte et étaient sur le point de monter à l'intérieur lorsque Jones, semblant avoir changé d'avis, les rappela.

– Un instant !

Le plus jeune plissa les yeux.

– Oui ?

Jones sourit à nouveau, une sorte de sourire entendu qui faisait plisser tout son visage et transformait ses yeux en simple fente. Il jeta un coup d'œil sur le .475 qu'il tenait en main. Il remit le chien en place, brandit l'arme à bout de bras et visa le plus jeune en plein visage, à moins de trois mètres.

35

Demeure Richmond, Montana

Dans un ronronnement de poulies et de solides câbles d'acier, le téléphérique glissait au-dessus du vide. Le vent froid de la montagne soufflait tout autour de la cabine, frappant le métal de la paroi et faisant bouger le sol sous les pieds des deux hommes.

Irving Slater aimait beaucoup se trouver ainsi suspendu au-dessus de la vallée rocailleuse, avec une vue sur le paysage qui lui donnait un sentiment d'invulnérabilité. Il se sentait libre comme un aigle perché sur son aire.

C'est ce que font les prédateurs ; ils choisissent un point de vue privilégié, le plus haut possible, afin de contrôler tout leur territoire. Personne ne pouvait l'atteindre là-haut ; personne ne pouvait écouter les conversations confidentielles. Le hurlement du vent anéantirait toutes les capacités des systèmes d'écoutes les plus sophistiqués. Slater se montrait totalement paranoïaque, bien qu'il ait fait examiner la demeure de Richmond une bonne centaine de fois, sans jamais avoir rien trouvé. Ce n'était que dans les airs qu'il se sentait suffisamment rassuré pour aborder les choses sérieuses.

Le câble du téléphérique, d'une longueur de cinq cents mètres s'étendait de la plate-forme du parc de Richmond jusqu'à une baie de débarquement, de l'autre côté de la vallée. Slater disposait d'une télécommande qui lui permettait de manœuvrer la cabine de l'intérieur, de la faire avancer jusqu'où il le voulait et de la laisser suspendue dans le vide, telle la dernière pomme sur la branche d'un arbre.

Plus personne ne s'en servait. Dirk Richmond, le père de Bud, avait installé ce téléphérique ruineux, peu après avoir acheté la propriété de cinq cents hectares, en lisière des Rocheuses, afin que la famille puisse profiter des pistes de ski de la vallée. Mais ni la mère de Bud, ni ce crétin fainéant n'avaient vraiment apprécié les balades de santé dans la neige, et le vieux Dick avait rejoint sa tombe depuis des années, immensément riche, mais amer et désenchanté, en grande partie grâce à son bon à rien de fils.

Slater dirigea la télécommande vers la cabine de contrôle et appuya sur le bouton rouge. On entendit un grincement métallique de poulies au-dessus des têtes, et le téléphérique s'immobilisa. Slater remit la télécommande dans sa poche et contempla la vallée pendant quelques instants, mains sur la barre intérieure, se laissant bercer par le mouvement de la cabine qui se balançait dans le vent. Il se tourna vers son associé et sourit en voyant son visage anxieux et couvert de sueur.

– Vous devriez avoir l'habitude, à présent ! dit-il.

– Cet endroit me donne la chair de poule.

Soudain, le sourire de Slater s'évanouit.

– Bon, au rapport.

L'associé haussa nerveusement les épaules.

– Bradbury ne dit pas grand-chose, pour l'instant. On n'y travaille toujours.

– C'est ce que vous avez déjà prétendu la dernière fois. Je me demande bien pourquoi on s'obstine à la garder en vie ! Et j'imagine que vous n'avez toujours pas retrouvé l'avocat non plus !

– McClusky ?

– Ne me dites pas que vous avez laissé filer entre vos doigts un avocat bidon qui pourrait savoir où Bradbury a dissimulé les preuves qui risqueraient de me faire plonger !

– Nous le cherchons toujours.

Du regard, Slater dépeça son associé.

– Trouvez-le ! Ce ne doit pas être bien difficile, quand même ! Et Kaplan et Hudson ? Allez, surprenez-moi ! J'ai comme l'impression qu'on ne les reverra jamais.

Slater fit un geste méprisant et fronça les sourcils en se tournant vers la vallée.

– Donc, vous n'avez rien à m'apprendre ?

Il sortit un chocolat de sa poche et le déballa.

– Il y a du nouveau.

L'homme fouilla dans l'attaché-case qui se trouvait à ses pieds et tendit une mince chemise de carton à Slater.

Slater fit la moue et ouvrit le dossier. Il tomba aussitôt sur l'agrandissement d'une photo d'identité d'un jeune homme blond d'une trentaine d'années.

– Qui est-ce ?

– Il s'appelle Hope. Benedict Hope. C'est un Anglais. Il y a quelques jours, nos agents nous ont signalé sa présence à Corfou. Il était venu rejoindre Palmer. Comme vous le savez, Palmer s'y trouvait…

– Je n'ai pas besoin d'un cours d'histoire ! aboya Slater. Palmer cherchait Bradbury et il a parlé avec un crétin de Grec. Je sais. Mais je croyais cette histoire réglée !

– Nous aussi. L'élimination de Karapiperis et l'attentat à la bombe devaient ressembler à un règlement de comptes entre dealers. Mais ce Hope a réussi à en réchapper. On le savait déjà par Kaplan et Hudson, mais nous venons juste de découvrir qui il était vraiment.

Slater écarta la photo et feuilleta les pages imprimées. Les dossiers militaires de Palmer et Hope. Il feuilleta d'abord celui de Palmer et fronça les sourcils à la lecture du texte. Le dossier de Hope était encore plus complet, et il consacra plus de temps à son examen. Lorsqu'il eut terminé, une sonnette d'alarme s'était déclenchée dans son esprit. Il leva les yeux.

– Vous l'avez lu ?

– Oui.

– Remarquable ! Le plus jeune major de toute l'histoire des SAS ! Une pluie de décorations ! Ou c'est un héros, ou c'est un putain de tueur de sang-froid. L'un comme l'autre, c'est un type que j'aurais aimé avoir dans mon équipe !

– Nous avons cherché à savoir ce qu'il était devenu après l'armée, poursuivit l'associé. On n'a pas trouvé grand-chose. Il est consultant en gestion de crise, il voyage beaucoup et n'est pas facile à repérer. Il fait attention à bien effacer ses traces, nous n'avons même pas d'adresse fixe.

– Consultant en gestion de crise, murmura Slater entre ses dents. C'est plutôt vague. Cela peut vouloir dire tout et n'importe quoi.

– On croit qu'il a liquidé Kaplan et Hudson.

– Ça paraît logique, dit Slater en fermant le dossier. Qu'est-ce que c'est que cette histoire ? Comment se fait-il qu'une malheureuse archéologue ait deux agents des SAS à ses trousses ? Qu'est-ce qu'un type comme Hope vient faire là-dedans ?

– Nous l'ignorons. Il connaissait peut-être Bradbury.

Slater lui lança un regard mauvais.

– Alors, il risque de tout savoir. Il pourrait travailler avec Bradbury. Son partenaire ?

– Possible.

– Donc, vous me dites que la situation merdique est encore plus merdique ? On a un ancien agent des forces spéciales dans la nature, qui dézingue nos agents et en sait peut-être autant que Bradbury et McClusky ! On se retrouve avec un avocat minable et une gamine effarouchée qui traitent avec une machine à tuer au moins aussi efficace que les meilleurs soldats de l'armée américaine ! Vous comprenez bien la situation, j'imagine ?

– Oui, oui, répondit l'associé, d'un ton morne.

– Et nous avons une petite idée sur l'endroit où se trouve ce bâtard ?

– J'y arrivais… Il est ici.

– Comment ça ?

– Il est passé par les services de l'immigration à Atlanta, il y a deux jours.

Slater se tint la tête.

– Et vous allez me dire que la CIA est incapable de lui mettre la main dessus ?

– Nos hommes sont arrivés trop tard à l'aéroport. Il a disparu depuis.

Slater regarda son associé et hocha la tête, écœuré.

– On doit être prudents. Ce n'est pas exactement dans les attributions de l'agence, Irving. Et ce type n'est pas n'importe qui.

– Je vous paie assez cher, rétorqua Slater. Il s'agit d'un seul homme. Un seul. Vous avez des dizaines d'agents sous vos ordres et vous pouvez en mobiliser une centaine d'autres. C'est lui qui est trop intelligent, ou vous qui êtes incompétent ?

L'associé commençait à s'énerver.

– Nous avons fait tout ce que vous nous avez demandé. On s'est chargé de Bradbury. On s'est occupé de Karapiperis. On a pris Herzog pour la bombe. Ce n'est pas si facile que ça ! Cela n'a rien à voir avec l'organisation d'une conférence de presse ! Une bavure, et on plonge tous !

Slater eut une moue méprisante.

– Si j'avais su que vous étiez tous des nazes, j'aurais demandé à Herzog de se charger de tout !

– C'est un mercenaire, protesta l'associé. Il ne croit en rien !

– Qu'est-ce que ça peut foutre ! Il pourrait faire partie d'un ordre satanique, en ce qui me concerne.

– Ce n'est pas le problème !

Slater le regarda droit dans les yeux.

– Ah, parce que vous pensez qu'on accomplit la volonté divine ? Laissez-moi vous dire une chose, une bonne fois pour toutes. Herzog fait le boulot, et il ne laisse pas de traces qu'un aveugle pourrait suivre !

L'associé était sur le point de répliquer lorsque le téléphone sonna. Il se retourna et parla à voix basse. Il leva le sourcil.

– Vous en êtes sûr ? Bon, vous savez ce que vous avez à faire.

Il referma le téléphone et regarda Slater avec un air de triomphe.

– Alors ?

– C'était Jones. Il a Hope.

Pour la première fois au cours de cette conversation, Slater sourit.

– J'aime mieux ça. Bon, amenez-moi ce salopard que j'échange deux mots avec lui.

– Je suis désolé, je ne peux pas vous accompagner, je ne peux pas me montrer avec vous.

– Je sais. Mais moi, je suis sûr de vouloir le rencontrer.

– Je ne pense pas que ce soit une bonne chose.

– Oh, que si ! insista Slater. Et je veux en finir avec lui !

36

Géorgie

Le bruit sec de l'explosion déchira l'air. Le visage du policier se désintégra dans une furie d'éclaboussures rouges, et l'homme tomba à la renverse sous la force de l'impact. Il s'écroula dans la poussière, les jambes en l'air.

Ensuite, Jones arma le revolver une seconde fois et tua le deuxième flic avant qu'il ait le temps de réagir. La balle le frappa à la poitrine et arracha le cœur et les poumons. Le sang éclaboussa les vitres du véhicule. Le policier s'effondra sans un bruit. Pendant un instant, personne ne bougea.

L'écho du coup de fusil se propageait dans la campagne. Les deux corps gisaient, immobiles. Jones se retourna.

Ben regarda Jones, puis les autres agents. L'un d'eux souriait. Deux autres restaient impassibles. Une expression horrifiée se lisait sur le visage de la femme. Elle ne s'attendait pas à cette réaction.

– Ça a un sacré recul, ce machin, dit Jones, amusé, en soupesant le revolver.

Il ôta ses lunettes de soleil et fixa Ben d'un regard tors.

– On dirait que vous êtes salement dans le pétrin, monsieur Ben Hope !

Ben s'écarta de la Chrysler.

– Pourquoi vous avez fait ça ?

– Moi ? Je n'ai rien fait du tout, c'est vous… Nous vous avons tous vu… C'est votre arme. Il y a vos empreintes partout !

– Qu'est-ce que vous me voulez ?

Jones sourit.

– Des réponses, mon cher. Mais pas ici.

Il arma de nouveau son arme et la pointa vers le visage de Ben.

– Vous êtes en état d'arrestation, pour le meurtre de deux policiers.

Ben regarda les autres agents. Cinq sur le terrain, au moins deux autres derrière les vitres teintées. Il évalua les distances, observa les positions, interpréta le langage corporel. C'était la deuxième fois en quelques minutes qu'on pointait une arme sur lui. Il avait laissé faire le jeune flic, mais il était hors de question qu'il tolère la même chose de ce type !

D'ailleurs, Jones venait de commettre une grave erreur tactique. Il était peut-être trop habitué à pointer un Glock ou un Sig à canon court à la face des gens. À moins que ce ne soit qu'un fanfaron qui frimait devant les autres, comme une simple vedette de cinéma. Mais avec son long canon, la bouche de l'arme de chasse ne se trouvait qu'à dix centimètres de la tête de Ben.

L'une des premières choses qu'il avait apprises, bien des années auparavant, c'était de ne jamais tenir une arme trop près de l'adversaire. C'était chercher les ennuis. Un militaire expérimenté aurait reculé et laissé une certaine distance entre lui et son ennemi, afin de ne pas se faire bêtement désarmer. Désarmer les adversaires, c'est ce que Ben avait appris pendant les interminables années d'entraînement. Cela lui avait sauvé la vie plus souvent qu'il ne s'en souvenait.

Il réfléchit un instant. Pouvait-il le faire ? *Ce sont des agents du gouvernement américain et ils sont cinq. Tu n'y arriveras pas.* Il hésita.

Et pis merde ! Vas-y !

Le geste lui prit moins d'une seconde. Il attrapa l'extrémité du canon et le retourna vivement vers Jones. La partie incurvée de la crosse d'ébène frappa l'agent en plein dans les dents. La bouche en sang, Jones hurla. Ben retourna l'arme et l'arracha des mains de l'homme. Jones s'effondra par terre, et se tortilla en se tenant la bouche et en recrachant des morceaux de dents dans ses doigts.

Avant que les autres puissent réagir, Ben roulait dans la poussière, attrapait son sac et posait la main sur la poignée de la Chrysler. Il ouvrit la portière, s'accroupit derrière et s'en servit comme d'un bouclier lorsque les agents sortirent leur arme. Une volée de tirs retentit. Les balles s'enfoncèrent dans la portière.

Sur le point de riposter, Ben arma son revolver, mais il hésita. Voulait-il vraiment en arriver là ? Échanger des tirs avec des agents du gouvernement, c'était s'attirer beaucoup plus d'ennuis qu'il ne l'imaginait. Et puis, il ne voulait tuer personne sans nécessité absolue.

Une petite voix lui disait pourtant que c'était nécessaire. Un des agents était dans sa ligne de mire.

Inutile de vouloir se contenter de blesser avec une arme comme la sienne.

S'il visait l'épaule, la balle arracherait le bras et le type mourrait instantanément d'une hémorragie massive. Il tira en plein cœur. Le coup explosa, avec un formidable recul, et sa cible tomba comme un arbre. C'était un revolver à cinq coups. Trois balles avaient été tirées.

De nouveaux tirs percèrent la carrosserie de la Chrysler.

Ben se tenait toujours accroupi derrière la portière. La femme avait son pistolet pointé vers lui et le visait. Elle n'avait qu'à appuyer sur la détente.

Quelque chose lui disait qu'elle n'en ferait rien. Il visa donc l'agent qui se tenait juste à côté d'elle. La balle le fit tournoyer sur lui-même et le projeta contre la carrosserie du SUV noir.

Deux autres hommes sortirent de la Chevrolet noire, armes au poing. Il était temps de leur fausser compagnie !

Ben sauta dans la Chrysler, se tapit au sol. Il tourna la clé de contact, passa une vitesse, une main sur le volant, l'autre pressant de toutes ses forces sur l'accélérateur. La grosse berline se rua en avant, portes grandes ouvertes. Il roula à l'aveugle sur une vingtaine de mètres, restant le plus bas possible tandis que les balles transperçaient la carrosserie et brisaient les vitres en milliers de petits éclats qui pleuvaient sur lui. Il se releva lorsque la Chrysler fit une embardée.

Les agents couraient vers leurs voitures. La femme aidait Jones à se redresser. Les SUV noirs démarrèrent, en faisant déraper les roues, et se lancèrent à sa poursuite.

La route sinueuse était déserte, et Ben l'exploitait au maximum, prenant les virages à la corde, tandis que la berline basculait sur les suspensions souples. Le pare-brise n'était plus qu'un écran opaque de craquelures. D'un coup de canon de revolver, il fit tomber le verre. Le vent s'engouffra dans la voiture. Une ligne droite s'ouvrait devant lui. L'aiguille du compteur montait… Cent vingt, cent quarante.

On le suivait toujours. Il ne restait qu'une balle dans le barillet. Ce n'était pas le genre d'armes qu'on pouvait recharger en conduisant, contrairement à la plupart des armes automatiques modernes. C'était une arme de chasse. Une arme qui demandait de la patience. Il fallait enlever toutes les douilles à la main et recharger les balles une par une. Pas terrible !

Un coup de feu retentit, et Ben baissa la tête au moment où le rétroviseur latéral et presque toute la vitre explosèrent en un millier de fragments de verre, de métal et de plastique. Il jeta un coup d'œil par-dessus son épaule et vit un des agents penché par la fenêtre d'un des SUV, cheveux et chemise au vent, qui mettait de nouveau un pistolet court en position de tir. Un autre coup, et une rafale de petits plombs déchirèrent la Chrysler et allèrent se planter dans le siège passager.

En dérapant sur la route, Ben tendit le bras derrière lui et tira. Sa dernière balle. Il tira au hasard. Le recul faillit lui arracher la main tandis que la balle de gros calibre faisait exploser ce qui restait de la vitre arrière. Dans son rétroviseur, il vit le véhicule déraper, se pencher sur le côté et se retourner. Le tireur fut éjecté de la voiture qui fit plusieurs tonneaux et s'arrêta en travers de la route. Le second véhicule contourna le premier et continua la poursuite.

D'autres balles fusèrent. Devant Ben, la route étroite tournait entre des rangées d'arbres et des buissons de chaque côté. Il fonça dans le virage.

Un vieil homme faisait traverser une mule, un peu devant lui.

Instinctivement, Ben tourna le volant pour l'éviter, et la voiture quitta la route. Elle s'écrasa dans le feuillage. Les branches entrèrent dans le véhicule par les vitres brisées. Il fut presque éjecté de son siège sous la force de l'impact lorsque la Chrysler glissa le long d'une pente.

Pendant une seconde, il crut entrevoir une échappatoire. Trop tard, hélas, il vit le tronc d'arbre couché. Il ne pouvait plus rien faire !

La Chrysler roulait toujours à soixante-quinze kilomètres heure lorsqu'elle heurta le tronc. Ben fut violemment projeté dans l'airbag. L'arrière de la voiture se leva, moteur toujours allumé, avec les roues qui tournaient dans le vide.

Abasourdi par le choc, Ben avait les oreilles qui bourdonnaient et sentait le goût du sang dans sa bouche. Il se retrouvait la tête en bas, coincé contre le volant, avec le toit qui appuyait sur ses épaules.

Des bruits de pas… un craquement de brindilles… des voix.

– Par là !

Il donna un coup de pied dans le tableau de bord pour s'extraire du véhicule par la vitre. En se tortillant, il rampa hors de l'épave. Il tendit la main par la fenêtre et attrapa son sac ainsi que le Linebaugh déchargé. Une arme vide, c'était toujours mieux que les mains nues.

Le cœur battant, il se retrouva dans un buisson épineux très dense, dont les branchages s'enroulaient autour de lui, comme du fil barbelé, lui déchirant les mains et le visage alors qu'il se débattait pour s'éloigner. Pantelant, il se libéra des épines, se redressa sur ses pieds, s'efforçant de s'éclaircir les idées après le choc de l'accident.

Les arbres et les buissons lui bouchaient la vue dans toutes les directions. Il percevait des voix derrière l'écran de végétation. Il passa la bandoulière sur son épaule et se mit à courir à travers les épines, en essayant de se faufiler entre les arbres.

Il écarta une branche basse et vit soudain un agent qui se tenait en position de tir. Ben ne ralentit pas. Il se tapit sur le sol et glissa dans la terre, la jambe droite en avant.

Avec son pied, il fouetta le genou de l'agent qui tomba. Le pistolet tira, mais la balle se perdit. Ben se coucha sur lui et lui donna un coup sur la tête avec la crosse de son revolver. L'agent s'évanouit, toujours accroché à son pistolet. Ben jeta son arme de chasse et arracha le 9 mm des mains de l'homme. Le chargeur était plein. Le vilain morceau d'acier noir était très rassurant, dans sa main.

Hélas, le bruit du tir avait attiré les autres. Il entendait les voix qui convergeaient vers lui et le bruissement des branches dans les buissons. Ils étaient proches.

Il continua à courir. La terre rouge se transforma en boue au bord d'un ruisseau. Ben sauta de roche en roche et grimpa sur l'autre rive, en enfonçant ses doigts dans la terre.

Le bois était plus dense de l'autre côté. Il enjamba des troncs et des branches et s'enfonça dans les buissons épineux. Soudain, le feuillage s'éclaircit et il vit une grande prairie devant lui. Il prit cette direction, en s'éloignant des voix. Il avait encore une vague chance de pouvoir s'échapper.

Le bruit sourd de ses battements de cœur fut soudain étouffé par le vacarme assourdissant des rotors d'un hélicoptère. L'appareil sortit de la butte et plongea à moins d'une dizaine de mètres du sol. Il fondait sur lui comme un oiseau de proie, museau en avant, queue en l'air. Le vent des rotors lui ébouriffait les cheveux, plaquait ses vêtements et écrasait un grand cercle d'herbe.

Armés de pistolets automatiques braqués vers lui, des tireurs étaient postés aux portes. Une rafale de tir arracha une motte de terre à ses pieds. Ben se retourna et courut en sens inverse, se jeta sous l'abri d'un arbre tombé et envoya trois doubles tirs contre l'hélicoptère qui remontait au-dessus de sa tête, creusant une ligne de petits trous dans le fuselage. Les rotors soulevaient de la poussière et des débris de végétation qui lui faisaient pleurer les yeux. L'hélico vira soudain pour éviter la ligne des arbres et commença à préparer un autre passage.

Un 9 mm n'était pas une arme digne de ce nom contre un appareil et un armement militaires. Mais c'est tout ce dont Ben disposait. Il pointa son arme sur l'hélicoptère et lâcha cinq balles. Sans le moindre effet. L'hélicoptère avançait toujours. Les tireurs replaçaient leur arme en position de tir. Ben vit le point rouge d'un rayon laser sur sa jambe et se dégagea, juste à temps.

Un nuage d'éclat de bois vola de l'arbre avant même qu'il entende le coup partir. Il se hissa sur ses pieds et alla se dissimuler dans les buissons, suivi par des rafales de balles. L'hélicoptère le survola. Ben courait le plus vite possible, à l'aveugle, à travers les buissons, en sautant par-dessus les roches et les racines. Par deux fois, il trébucha et faillit tomber. Les épines lui lacéraient les mains tandis qu'il écartait les branches. Soudain, il se retrouva dans une clairière herbeuse.

Mais il n'était pas seul. Deux agents l'avaient devancé. À cinq mètres de lui, ils lui criaient de ne plus bouger, pistolet et fusil à pompe braqués sur lui.

Pendant un instant, la scène resta figée. Ben braquait son arme vers eux, passant de l'un à l'autre. Son esprit travaillait vite. Le type au pistolet tirerait sans doute, mais avec une seule balle, il avait plus de chances de rater son coup qu'avec les plombs dévastateurs d'un fusil à canon court.

Pourtant, une seconde plus tard, la situation avait basculé car d'autres agents sortaient des buissons. La femme était à sa droite, à trois heures. Puis un autre type arriva, derrière les deux premiers. Cinq contre un. Avec un cercle de tireurs entraînés face à lui, il n'y avait plus aucune échappatoire.

Il jeta son arme et leva les bras. La femme le visait en fronçant les sourcils. Son regard semblait lui dire qu'il avait fait le plus mauvais choix possible en essayant de s'enfuir.

Cela semblait l'inquiéter. Il ne savait pas pourquoi, mais il comprenait qu'elle n'avait pas envie d'être ici et qu'elle aurait préféré que les choses se déroulent autrement.

Jones avait le regard en feu, dans la monstruosité ensanglantée qu'était son visage. Il bredouilla un ordre, et deux agents attrapèrent Ben par le bras et le jetèrent à terre. Il sentit la morsure de menottes en plastique autour de ses poignets, un genou posé sur son dos et le métal froid d'une arme contre sa tête.

Puis la piqûre aiguë de l'aiguille qu'on lui enfonçait dans le bras.

– Bon, tu vas faire un petit somme, espèce d'empaffé ! dit Jones entre ses lèvres mâchées.

Ben plongea dans une brume obscure et les voix ne furent plus que de vagues échos, de plus en plus lointains.

37

Au bout de ce qui lui parut être une éternité à dériver dans un brouillard de rêves incohérents et de cauchemars, Ben fut réveillé par des éclats de voix. Il se redressa d'un coup et se rendit compte qu'on l'avait jeté sur un matelas nu, dans le coin d'une pièce miteuse.

Il avait les poignets attachés au mur. Il regarda les menottes d'acier qui mordaient la chair et suivit la ligne de la longue chaîne qui partait de ses poignets pour aller se loger dans un anneau sur le mur lépreux, faire le tour d'une conduite métallique et revenir vers ses poignets. Il tira. La conduite était solide.

Sa montre indiquait vingt heures trente-six. Il s'était écoulé cinq heures depuis sa capture. Où était-il ? Il commençait plus ou moins à se repérer. Sa prison ressemblait à une ancienne chambre froide de boucher. L'unique porte de la pièce borgne était constituée d'un panneau d'aluminium riveté. Cela faisait longtemps qu'elle n'était plus utilisée à des fins de stockage. Le sol était couvert de poussière et des toiles d'araignée pendaient au plafond. Il y régnait l'odeur d'humidité et de moisi typique des bâtiments restés vides pendant des années. À l'extérieur, les voix devenaient plus fortes. Des bruits de pas. Des ombres dans le rai de lumière sous la porte métallique. Puis, le cliquetis d'une serrure ; la porte s'ouvrit et deux hommes entrèrent dans la pièce. L'un, aux cheveux grisonnants coupés en brosse, était mince et noueux. Les veines ressortaient sur ses mains. L'autre avait l'air d'un haltérophile raté qui avait passé autant de temps à s'empiffrer de hamburger qu'à pousser de la fonte : cent cinquante kilos de muscles sous une tête chauve avec un petit bouc noir au menton.

Tous deux portaient des costumes sombres, des chemises blanches et des cravates noires. Ils ne prenaient aucun risque. Le maigre se tenait quelque pas en arrière et braquait un pistolet vers Ben, pendant que le grand musclé s'approchait de lui, se baissait lentement et lui ôtait la menotte gauche.

– Le service d'étage est lamentable, dit Ben.

Le costaud esquissa un sourire dédaigneux. Sans un mot, il arracha la menotte du poignet de Ben et la fit glisser au bout de la chaîne entre le mur et la conduite.

Ben les observait. Ils avaient des mouvements secs, précis, professionnels. Une fois sa main libre, il fut tenté de s'attaquer à eux. Le goinfre, assez proche de Ben pour qu'il puisse sentir son odeur de graisse, ne lui poserait aucun problème. Pourtant, à la manière dont le maigre braquait son pistolet vers lui, l'œil sur la ligne de mire, le doigt sur la queue de détente, il savait que son premier geste serait aussi le dernier.

Le gros attrapa son poignet libre, lui remit la menotte, douloureusement serrée.

– Avance ! ordonna-t-il, d'une voix profonde.

Ben leva les yeux vers lui. Il avait le regard vide.

– Avance ! répéta-t-il, en le poussant avec sa grosse main.

Le pistolet était toujours braqué sur lui lorsqu'il sortit de la chambre froide et se retrouva au milieu d'une sorte de cuisine industrielle. Comme la chambre froide, la cuisine semblait abandonnée. Entassés dans un coin, les sacs-poubelle avaient été éventrés par les rats depuis longtemps ; les ordures maculaient le carrelage poussiéreux. Des déchets étaient empilés sur les plans de travail et les éviers qui n'avaient pas vu une goutte d'eau depuis des années. Il y avait encore des instruments de cuisine et des verres sur les étagères. Un couteau était planté dans un vieux bloc moisi.

Il se trouvait dans un restaurant ou un hôtel. De toute façon, l'endroit était fermé depuis longtemps. La froidure de l'air ne venait pas seulement de l'humidité des murs. Où était-il ?

Les deux hommes le firent traverser la cuisine et franchir une double porte battante qui donnait sur un couloir sinistre. Dans l'obscurité, on devinait la porte d'acier d'un vieil ascenseur de service. Le grand musclé appuya sur un bouton, les battants s'écartèrent. Ben sentait le canon contre son dos lorsqu'il entra.

L'ascenseur dégageait la même odeur de pourriture que la cuisine. Ben avança de trois pas, se retourna et s'appuya contre la paroi. Le pistolet était toujours pointé vers son visage. Le grand musclé suivit ; son poids fit trembler le sol. Il appuya sur un bouton. L'ascenseur s'ébranla à grand bruit. Personne ne parlait. La porte s'ouvrit à l'étage et on poussa

Ben dans un autre couloir. Les murs étaient maculés de taches noires de moisi, et la puanteur des souris et des rats étaient encore plus forte qu'au sous-sol.

– Avance ! grogna le musclé qui ouvrait le chemin.

Le canon toujours dans le dos, Ben marchait lentement, observant les lieux. On l'emmena jusqu'à un second ascenseur et on lui fit monter un étage et emprunter un nouveau couloir. Ils passèrent devant plusieurs portes. Des vieilles chambres d'hôtel, avec leur numéro gravé sur des plaques de cuivre terni. Le gros s'arrêta devant la chambre trente-six et frappa à la porte. Une voix répondit de l'intérieur. On entendit des bruits de pas, et la porte s'ouvrit.

Un grand maigre aux cheveux gominés se tenait dans l'encadrement de la porte.

– Je vous reconnais, dit Ben. Comment vont vos dents ?

Jones grimaça, montrant l'espace entre ses dents.

– Mettez-le là ! ordonna-t-il aux autres.

Il avait la voix pâteuse et déformée par ses lèvres tuméfiées. On fit entrer Ben et on lui indiqua une chaise. Ben s'assit calmement et posa ses mains enchaînées sur ses genoux.

Il se trouvait dans un bureau de fortune. En dehors de quelques chaises, d'un bureau bon marché et d'une table avec un lecteur de DVD et un écran, la pièce était vide. On ne l'avait sûrement pas amené ici pour lui montrer un film.

Jones referma la porte et avança au milieu de la pièce en se frottant les lèvres et le menton, les yeux pleins de haine. Ben ne reconnaissait pas l'autre homme. Assis sur le bureau, il souriait en découvrant des dents blanches de manière presque joviale. Proche de la quarantaine, mince, pas très grand, les cheveux d'un roux flamboyant, des vêtements de prix, très élégants. Il portait une montre en or massif, une bague incrustée de diamants. Il avait l'air d'un homme intelligent qui n'avait pas besoin de se montrer brutal pour se faire obéir, mais habitué à donner des ordres. D'une personne qui avait toujours un temps d'avance. Un individu très dangereux.

– C'est gentil chez vous.

Le sourire de l'homme s'élargit.

– Vraiment ? Ça vous plaît ?

Parlant d'une voix nasillarde, il s'exprimait beaucoup avec les mains.

– Oh, je suppose que puisque vous êtes anglais… Moi, je trouve que c'est un trou à rats. Et pourtant, cela me coûte les yeux de la tête ! Quand j'en aurai fini, je demanderai à mes hommes de me ramener à la civilisation, à cent kilomètres de là.

– Vous êtes sacrément bavard.

– Vous allez l'être aussi, dit-il mais son sourire diminua d'un cran.

– Je ne crois pas avoir eu l'honneur de…

– Je m'appelle Slater. Je crois que vous connaissez déjà l'agent Jones.

Slater prit un chocolat dans sa poche et commença à le déballer.

– Vous aimez le chocolat, monsieur Hope ?

Ben hocha la tête.

– Et je ne crois pas que vous devriez en offrir à Jones. Son dentiste ne serait pas content.

Slater sourit.

– Très bien. J'apprécie votre humour, mais je ne suis pas ici pour m'amuser. Ne me rendez pas la tâche difficile. Croyez-moi, ce sera beaucoup plus agréable si vous ne plaisantez pas avec nous.

– Vous ne tirerez pas grand-chose de moi.

– Je pense le contraire, major, répliqua Slater.

– Je ne suis pas major. Je suis étudiant en théologie.

– Exact, dit Slater en ricanant. Ce doit être un autre Benedict Hope qu'on trouve sur les fichiers de la CIA, avec le même visage que le vôtre !

– Je dis la vérité. Je suis un simple étudiant en théologie, à présent.

– Un homme de Dieu…

– J'essayais, dit Ben. Mais vos hommes se sont mis en travers de mon chemin.

– Vous discutiez théologie avec Clayton Cleaver ?

– On peut dire ça.

Slater devint soudain plus grave.

– Que faites-vous pour le compte de Zoé Bradbury ?

– Vous êtes à côté de la plaque. Je ne travaille pas pour elle. Je la cherche, mais je la connais à peine. Jusqu'à il y a quinze jours, je ne l'aurais pas reconnue dans la rue.

– Donc, deux anciens SAS s'exilent dans une petite île grecque pour aller chercher une fille qu'ils connaissent à peine, juste comme ça !

Ben haussa les épaules. Il n'avait aucune raison de mentir.

– Comme je vous l'ai dit, je suis étudiant. Son père est l'un de mes professeurs. Lorsqu'elle a disparu, il m'a demandé d'aller à Corfou pour la retrouver. J'ai refusé et j'ai envoyé un de mes vieux associés faire le travail. Il a rencontré certaines difficultés, donc, je suis allé l'aider.

– Et c'est tout ?

– C'est tout.

Ben adressa un regard dur à Slater.

– Ensuite, quelqu'un a posé une bombe. J'ai cru que c'était Clayton Cleaver. C'est pour ça que je suis allé lui parler. Mais je m'étais trompé. Aujourd'hui, j'ai une théorie toute différente. Je crois que vous avez tué Charlie, comme vous avez tué Nikos Karapiperis et tous ces innocents parce que vous vouliez savoir où Zoé avait mis le reste des ostraca avec lesquels elle faisait chanter Cleaver. Alors, puisque j'ai répondu à vos questions, vous allez répondre aux miennes. Pourquoi avez-vous besoin des ostraca ? Pourquoi vous donner tant de mal ? L'Agence est devenue bigote, tout d'un coup ?

– Cela ne vous regarde pas ! répliqua Slater.

– Si vous aviez besoin de ce qu'elle possédait, vous auriez peut-être pu le lui demander, avant de la tuer.

Slater fit la moue.

– Qu'est-ce qui vous fait croire que nous l'avons tuée ?

– Si elle était encore vivante, vous n'auriez pas besoin de m'interroger.

– Elle est vivante, répondit Slater. Non seulement elle est vivante, mais elle est ici. Vous allez bientôt la rencontrer.

Ben réfléchissait comme un fou. Elle était vivante. Il restait une chance ! Les différentes possibilités défilaient dans son esprit. Il ne laissa pas Slater se rendre compte de sa réflexion.

– Vous l'avez depuis deux semaines et vous n'arrivez pas à la faire parler ? Je vous prenais pour des durs.

Jones brandit le doigt.

– Tu vas nous dire la vérité, espèce de fumier !

– Vous devriez garder la bouche fermée, Jones. Ce n'était pas la huitième merveille du monde avant que je vous bousille les dents, mais c'est une horreur à présent.

Il se tourna vers Slater.

– Je crois avoir compris. Elle ne le sait pas, c'est ça ?

Impavide, Slater le regardait en mâchonnant son chocolat.

– Le scooter qu'elle avait loué à Corfou a disparu en même temps qu'elle, poursuivit Ben. Je crois qu'elle devait aller retrouver Nikos lorsque vos hommes ont essayé de l'enlever. Des spécialistes, comme Jones… Je crois qu'ils lui ont fait peur, qu'elle a été prise de panique, qu'elle a eu un accident, et que c'est pour ça qu'elle ne parle pas. Elle ne s'en souvient plus. Elle a reçu un coup sur la tête, elle est amnésique et vous avez peur qu'elle ne retrouve pas la mémoire. En fait, vous êtes marron !

Slater croisa les bras.

– Vous êtes un homme très intelligent, cela ne fait aucun doute. Dommage que nous ne puissions pas vous embaucher dans notre équipe !

– Plus intelligent que vous. Une bande de singes s'en serait mieux tirée ! C'est ce qui arrive quand on s'appuie sur un décérébré comme Jones pour faire le sale boulot.

– Dans votre position, j'essaierais plutôt de me faire plaisir ! dit Slater. Et vous ne me faites pas plaisir !

– Ce n'est qu'un début, répondit Ben. Vous perdez votre temps avec moi. Même si je savais ce que vous voulez savoir, je ne vous le dirais pas.

– Même les gens intelligents se mettent dans le

pétrin, et vous êtes dans la merde jusqu'au cou. On pourrait vous enterrer sans problème. D'abord, vous avez tué deux flics, pour commencer…

– C'était Jones. C'est lui, la brute.

– Nous avons des témoins qui vous ont vu tirer de sang-froid. Et deux agents ont disparu en Grèce. C'est à vous qu'on le doit.

Ben ne répondit pas.

Slater eut un sourire narquois.

– Vous avez oublié ? Vous aussi, vous avez reçu un coup sur la tête ? Voyons si on peut vous rafraîchir la mémoire !

Il fit un signe à Jones qui tendit la télécommande vers l'écran plat posé sur la table. Ben reconnut aussitôt la scène. C'était lui et Charlie à la terrasse de café, à Corfou. Le son était coupé.

Ben se retournait sur sa chaise, tandis que Charlie lui faisait son récit. Ensuite, l'enfant au ballon entra dans le champ et, quelques instants plus tard, il se vit bondir et courir vers la rue pour sauver l'enfant de la camionnette. Charlie s'était levé. C'était juste avant l'explosion.

– Ok, j'ai compris.

Ben ne voulait pas revoir ce moment. Il n'avait cessé de le revivre dans son esprit, ces derniers jours.

Jones ramena ses lèvres tuméfiées sur ses dents arrachées. Il prit la télécommande, appuya sur pause au moment exact où la bombe avait explosé, déchirant le corps de Charlie dans une gerbe de sang. L'image se figea. Jones la regardait d'un air satisfait.

Ben fixait toujours l'écran. Il voyait la scène sous un jour nouveau. Lorsque la bombe avait explosé, il était de l'autre côté de la rue, abrité par la camionnette, le visage proche du sol. Il n'avait presque rien vu.

L'image était prise d'un angle différent. Elle montrait la direction de l'explosion et Ben compris exactement où se trouvait la bombe. Les souvenirs submergèrent son esprit. Il revoyait l'enfant au ballon ; l'homme à la table d'à côté avec son ordinateur. Il se rappelait la manière dont ce dernier avait houspillé l'enfant. Il se rappelait surtout la colère dans les yeux de cet homme.

Il n'oublierait jamais ce visage, surtout plus maintenant. Sur place, il n'avait pas remarqué que l'homme avait disparu pendant qu'il était en grande conversation avec Charlie. C'était normal dans un café, les gens finissent leurs boissons et s'en vont, chaque table constitue son propre monde. Rien que de très ordinaire. Il regrettait de ne pas avoir fait plus attention. Sur l'écran, au moment exact où il se fragmentait et semait la mort sur la terrasse, l'ordinateur formait encore une masse floue sous la table vide.

Ben détourna son regard de l'écran.

– J'avais raison, c'est vous qui avez posé la bombe !

Slater leva la main.

– Je suis un homme d'affaires. Je ne pose pas de bombes. Je paie simplement des gens pour le faire.

– Cet enregistrement est la dernière chose que mes agents m'ont envoyée avant de disparaître des radars, dit Jones. Qu'est-ce que vous leur avez fait ?

– Leurs cadavres sont sur une plage. Si vous êtes assez rapides, vous les retrouverez peut-être avant que les crabes aient fini de les dévorer.

– Donc, vous avez décidé de jouer franc-jeu avec nous, dit Slater en souriant.

– J'ai encore quelque chose à vous dire. Je vous tuerai, bientôt.

— C'est un fait ?

– Oui. C'est un fait. Jones aussi. J'ai déjà creusé les tombes.

Il y eut un instant de silence. Slater masqua sa pâleur avec un rire nerveux.

– J'espérais que vous vous montreriez raisonnable. Vous ne vous facilitez pas les choses.

– Vous m'avez laissé voir vos visages, dit Ben. Vous n'avez aucune intention de me laisser sortir de là vivant. Alors, même si je savais où se trouvent les ostraca, ce qui n'est pas le cas, je ne vous ferais pas ce plaisir.

Slater jeta l'emballage de chocolat dans la corbeille.

– Bien. Mais il y a des manières rapides et indolores de mourir, et il y en a d'autres qui sont beaucoup plus lentes et beaucoup plus insupportables.

– C'est à moi de décider laquelle je mérite, dit Ben.

Slater soupira.

– Mon Dieu, qu'est-ce que vous pouvez être têtu ! Bon, je vais vous montrer quelque chose.

De nouveau, il fit signe à Jones. L'agent appuya sur un autre bouton et on entendit le bruit du disque qui changeait à l'intérieur du DVD. L'écran resta vide un instant et une nouvelle image apparut en gros plan. Un homme maigre, exténué, en tenue de combat sale. Il se trouvait dans une cellule crasseuse ou une cage, et s'accrochait aux barreaux. Une lampe violente braquée sur son visage montrait les blessures fraîches qui brillaient, les bleus sur son menton et son œil droit tuméfié et enflé.

– Ce sont des images des archives secrètes de la CIA, dit Slater. Vous n'avez pas besoin de savoir de quoi il s'agit. Toujours la même histoire. Disons que ce type disposait de certaines informations qui nous intéressaient. Il a résisté à toutes sortes de tortures. Quand la caméra fera un zoom arrière, vous pourrez voir le sang qui coule de ses pieds, là où on lui a arraché les ongles, voilà, maintenant !

Ben regardait les images, tandis que Slater se levait et faisait les cent pas.

– Je suis un bureaucrate. Je l'admets. J'aime connaître la vérité, mais je n'aime pas la vue du sang, ni la violence, du moins, pas de près.

– C'est plus facile quand il suffit de passer un coup de téléphone, pas vrai ?

Slater ne répondit pas.

– J'aurais pu vous faire tabasser, vous faire couper les doigts et les oreilles, vous faire arracher les bijoux de famille, vous envoyez de l'électricité dans une baignoire, vous pendre par les pouces, ce genre de chose. Avec votre entraînement, je suis sûr que vous savez de quoi je parle. Mais ce sont les méthodes de Jones. Personnellement, je préfère me passer de tout ce cirque. J'aime bien les choses propres et nettes. Si j'ai besoin de… Tenez, regardez plutôt ça !

Sur l'écran, le prisonnier était maintenu sur une chaise par des gardes en uniforme anonyme. Un troisième homme entra et enfonça l'aiguille d'une seringue dans le cou du prisonnier, injecta le liquide et retira l'aiguille sans une goutte de sang.

Slater fouilla dans sa poche, en ressortit un petit flacon ambré et le posa sur le bureau, dans un bruit sec. Puis, il fouilla dans l'autre poche et en tira une petite pochette de cuir. Il l'ouvrit et la déplia près du flacon. Elle contenait une seringue.

– Vous savez ce que c'est ?

– Oui. Mais je croyais que Jones nous avait demandé de ne pas parler de sa situation personnelle.

– Ah, ah, très drôle ! Vous savez ce que c'est ?

– J'en ai entendu parler.

– Je m'en doutais. Première qualité. Très difficile à obtenir. Malheureusement, le bon docteur qui nous a procuré ce produit ne pourra pas venir nous rejoindre. Vous voyez, ce type, il était comme vous. Il prétendait ne rien savoir. Il avait pourtant l'air bien sûr de lui. Mais il a parlé. Une piqûre, ça a suffi. Une heure plus tard, il nous avait tout raconté. Et je vous jure que ça en valait la peine ! Vous savez, on a même pas eu besoin de le tuer après. Je vais vous dire ce qui est arrivé.

Jones actionna la télécommande. L'image défila en accéléré et, soudain, la scène changea : nouveaux angles de prise de vues, nouvel éclairage. Le même homme, mais lui aussi avait changé.

Du tout au tout. Le prisonnier terrifié et tabassé s'était transformé en véritable louftingue, qui babillait et hurlait. Les yeux exorbités, les dents dénudées, de la bave lui sortant de la bouche, il sautillait en s'accrochant aux barreaux. Il vivait sur une autre planète.

– Complètement maboul ! Le même type, six heures plus tard. C'est ce que fait ce produit. Les effets sont irréversibles et permanents. Parfois, il faut moins d'une heure, d'autres résistent beaucoup plus longtemps. Mais ça finit toujours par arriver. Une psychose délirante jusqu'au jour de votre mort. Vous comprenez ?

Jones sourit. Il mit la vidéo sur arrêt image, posa la télécommande et croisa les bras, très satisfait.

– J'ai parfaitement compris.

– Bon, parce que je veux que vous y réfléchissiez.

– Vous envisagez de m'offrir un cocktail ?

– Sec, sans glace ! Mais pas encore. Voilà ce qu'on va faire.

Il regarda sa montre.

– Il est un peu plus de neuf heures. Vous avez jusqu'à dix heures pour réfléchir à ce que vous avez envie de me raconter. Ensuite, je vous emmènerai voir votre amie Bradbury, comme cela, vous pourrez regarder lorsque je lui injecterai le sérum. On verra bien ce qu'elle a à nous dire. Vous pourrez écouter, ce sera amusant. Et ensuite, le lendemain matin, je vous montrerai le résultat, puis ce sera votre tour.

Slater sourit.

– Je serai déjà loin à siroter mon champagne, pendant que vous serez dans votre cellule à profiter de vos dernières heures de raison. Ensuite, quand vous hurlerez dans votre cage comme un animal sauvage, je signerai un papier pour qu'on vous envoie dans un asile de fous où vous passerez le reste de votre misérable vie à vous cogner la tête contre les murs capitonnés.

– Pourquoi gaspiller l'argent du contribuable ? dit Jones. On devrait jeter son corps dans une impasse quelconque…

– Pour m'amuser ! dit Slater, songeur. Bon, assez bavardé. Jones, appelez vos types !

Jones ouvrit la porte. Les deux hommes qui avaient accompagné Ben dans l'ascenseur se tenaient dans le couloir.

– Emmenez-moi ce connard dans sa cellule et enfermez-le ! Boyter, dit-il au musclé, tu montes la garde devant la porte. McKenzie, tu rappliques aussi vite que possible.

Boyter attrapa Ben par le bras. Ben se leva, se dégagea de la grosse paluche et se dirigea vers la porte. Il s'arrêta, se retourna et regarda Slater droit dans les yeux.

– N'oubliez pas ce que je vous ai dit tout à l'heure ! dit-il doucement, avant de s'éloigner.

Jones l'observait avec un sourire méprisant, tandis que Boyter et McKenzie conduisaient le prisonnier vers l'ascenseur. Il se tourna vers Slater. L'homme paraissait un peu moins sûr de lui que quelques instants plus tôt.

– Ne vous inquiétez pas, dit Jones. Il fait déjà partie du passé !

38

Slater faisait les cent pas pendant que Jones fumait. Cinq minutes passèrent, puis dix.

– Détendez-vous, dit Jones.

– Je ne sais pas, fit Slater en regardant sa montre. Ces cigarettes, quelle puanteur ! Qu'est-ce qu'il fabrique, votre McKenzie ? Je croyais que vous lui aviez dit de remonter tout de suite.

– Il va revenir. Il est sans doute passé aux toilettes.

La mâchoire serrée, Slater hocha la tête. Il se passa la main dans les cheveux.

– J'ai un mauvais pressentiment.

– Vous êtes parano ! Hope est mieux ficelé qu'un saucisson.

– Dans ce cas, je vais voir moi-même ! Je le sens mal.

– Vous et vos pressentiments ! grommela Jones. OK, on y va.

– Pas tout seuls ! Combien avez-vous d'hommes dans le bâtiment ?

– Avec moi, ça fait une douzaine d'agents. Ne me dites pas que…

– C'est exactement ce que je vous dis ! Laissez-en

deux avec Bradbury ! Je veux que les autres nous accompagnent.

Jones protesta vigoureusement. Slater insista.

Jones prit sa radio.

– Fiorante, allez rejoindre Jorgensen devant la porte de la prisonnière. Tous les autres, dans mon bureau, immédiatement !

Deux minutes plus tard, les sept agents s'étaient rassemblés dans le couloir. Slater sortit précautionneusement. Jones ouvrait le chemin, visiblement exaspéré.

– Non, pas l'ascenseur ! s'écria Slater. On prend l'escalier.

– Je crois que ce type vous a fait perdre la boule, dit Jones, méprisant. Vous avez la trouille !

– Non, je suis prudent, rétorqua Slater. Et plus malin que vous !

Ils arrivèrent en bas de l'escalier, s'engagèrent dans le vestibule miteux, descendirent une autre volée de marches pour aller dans la cuisine du sous-sol.

– Sortez vos armes ! murmura Slater.

– Vous êtes parano, répéta Jones. Il n'y a pas…

Il traversa la double porte menant à la cuisine. Il s'arrêta, bouche bée…

– Merde !

– Je vous l'avais dit… murmura Slater.

– Qu'est-ce qui a bien pu se passer ?

Slater le regarda de travers.

– Ça me paraît évident !

Les corps de Boyter et McKenzie gisaient au milieu de la cuisine jonchée de débris. La grande mare de sang, qui s'écoulait lentement sur le sol, scintillait à la lueur des néons.

Slater baissa les yeux vers Boyter et se demanda un instant quel était l'étrange objet circulaire qui dépassait du côté de sa tête. Soudain, il comprit. C'était un cul de bouteille cassé, enfoncé dans sa tempe.

McKenzie gisait perpendiculairement à son collègue, le visage bleu, la langue pendante, un collier livide autour de sa gorge, serrée dans une chaîne d'acier.

Par terre, à côté d'une petite clé, les menottes étaient ouvertes. Les vestes des hommes étaient déboutonnées, et les holsters vides.

Slater et Jones se regardèrent.

– Hope est en liberté dans le bâtiment, murmura Jones.

– Non, sans blague ! Dépêchez-vous, bon sang !

– On le trouvera.

– Ça vaudrait mieux ! Vous l'avez perdu. Si vous ne le ramenez pas, c'est vous qui êtes perdu ! Pigé ?

– On le trouvera, répéta Jones. Retournez dans le bureau.

– Pas question. Je fiche le camp. L'endroit n'est pas sûr pour moi.

– Il n'est sûr pour personne.

– On peut se passer de vous. Pas de moi.

Slater montra les agents du doigt.

– Vous et vous, faites-moi sortir de là !

Il commença à s'éloigner, et s'arrêta.

– Jones ?

– Oui ?

– Je le veux vivant !

– Vous l'aurez !

Slater courut presque jusqu'au hall d'entrée. Il se rua hors de la pièce, avec trois agents armés derrière lui, et quitta l'immeuble en hâte pour se diriger vers l'hélicoptère Bell étincelant qui attendait au milieu du parking.

En le voyant arriver, le pilote reposa sa Thermos de café et alluma le moteur.

Le rotor commença à tourner lentement tandis que Slater ouvrait la porte et grimpait à l'intérieur. Quelques minutes plus tard, ce n'était plus qu'un petit point au-dessus de la ligne des arbres.

Slater ayant vidé les lieux, Jones rassembla ses hommes.

– Bon, il est seul. Avec McKenzie et Boyter hors circuit, nous sommes encore dix.

Il prit sa radio.

– Jorgensen, vous êtes là ?

– *Fidèle au poste*, dit la voix dans son oreille.

– Fiorante est avec vous ?

– *Oui, monsieur.*

Jones hocha la tête. Il brandit son pistolet vers ses hommes.

– Cash, Muntz, allez les rejoindre à l'étage. Hope va sûrement y aller. Il veut la fille !

Il jeta un rapide coup d'œil autour de lui pour élaborer sa tactique.

Hope ne pourrait jamais franchir une porte gardée par quatre personnes. Pendant ce temps, deux équipes de trois hommes pouvaient écumer les lieux et le précéder.

– Bender, Simmons, restez avec moi. Kimble, Davis, Austin, couvrez l'aile droite. Restez en contact. Si vous le voyez, abattez-le. Il est trop dangereux pour qu'on le laisse en vie.

– Slater le veut vivant.

– Je me fiche de Slater, hurla Jones.

En faisant claquer sa langue contre son palais, il sentit les dents cassées qui lui laissaient de si mauvais souvenirs.

– Je veux voir ce fumier dans un sac à viande dans dix minutes. Allez !

39

Ben avait presque pitié de ces deux cadavres. Quelles qu'aient été les affaires qu'ils traitaient d'habitude, ils s'étaient montrés bien trop lents.

Ils n'avaient rien vu venir.

Il les avait abandonnés là où ils étaient tombés, avait trouvé les clés dans la poche du gros et avait piqué leurs deux Beretta munis de silencieux, chargés, tous les deux. Il hocha la tête, glissa un des pistolets dans sa poche de hanche et l'autre dans sa poche arrière.

Il avait jeté un rapide coup d'œil dans la cuisine, s'était emparé du vieux couteau de boucher planté dans son bloc. La lame en acier inoxydable, bien aiguisée, était toujours très tranchante. Il l'enfila dans sa ceinture.

Il avait déjà trouvé une échappatoire. Il se dirigea vers une trappe carrée, encastrée dans le mur de la cuisine, fit coulisser la plaque de métal pour ouvrir le monte-plats cubique d'un mètre de large. Juste à côté se trouvaient trois boutons de plastique, en forme de flèche, l'un pointant vers le haut, l'autre vers le bas. Celui du milieu était marqué « arrêt » en lettres à demi effacées.

Il appuya sur le bouton du haut avec la paume, en espérant que l'appareil fonctionnait toujours. Il entendit un bruit métallique sourd et le monte-charge fit un soubresaut de quelques centimètres avant que Ben appuie sur le bouton stop.

« Pas mal », pensa-t-il. L'espace était tout juste assez grand pour qu'il se blottisse à l'intérieur. Il empestait la vieille graisse et les excréments de souris. Ben tendit le bras à l'extérieur, appuya sur le bouton « haut » à tâtons. Le monte-charge trembla sous ses pieds et donna l'impression de monter. Ben rentra rapidement sa main. Il aperçut quelques briques et se retrouva dans le noir. Le monte-charge qui vibrait beaucoup continua à monter, toujours en grinçant. Dans le noir, Ben prit l'un des pistolets et le vérifia. Il n'avait aucune idée de ce qui l'attendait en haut.

Quelque part, au-dessus de sa tête, un crissement retentit, comme si les câbles étaient sur le point de lâcher. Il se raidit, mais rien ne se produisit. Le monte-charge se bloqua dans une secousse. Ben tendit le bras et poussa doucement une porte double d'un mètre carré. Il ne s'était pas trompé. Il se trouvait dans le bar de l'hôtel, une petite zone de service derrière le comptoir. Il sortit de sa cachette, heureux de quitter cet espace à vous rendre claustrophobe, et s'accroupit dans la poussière, derrière le bar.

Il devait se trouver au rez-de-chaussée. Où était Zoé ? À l'étage dans une des chambres ? Ce n'était qu'une supposition assez vague pourtant, il devrait s'en contenter. De toute façon, il n'était plus très loin. Il n'y avait plus qu'une dizaine de types armés en travers de son chemin. Il s'en inquiéterait plus tard, lorsqu'il les croiserait.

Il débloqua le cran de sécurité de son pistolet, sortit silencieusement de la salle, et avança dans le couloir sinistre, balayant l'espace de droite à gauche avec le canon de son arme tout en analysant soigneusement son environnement. Collé contre le mur, tous les sens en alerte, il restait dans l'ombre, son pistolet braqué devant lui, se fiant à sa capacité à rester complètement silencieux et invisible, celle qui avait fait de lui une légende dans son propre régiment. Il entendait des voix frénétiques et des pas agités dans le hall. Les hommes s'étaient séparés en plusieurs groupes, pour le prendre en chasse. Deux ou trois par équipes, sans doute, et au moins deux équipes, en plus des hommes affectés à la surveillance de la chambre de Zoé.

Devant lui, le couloir qui formait un « L » ouvrait sur un vestibule plus large, avec des portes de chaque côté. L'une était entrouverte ; une lumière poussiéreuse sortait de ce qui avait dû être un salon de télévision. Il se figea.

Quelqu'un arrivait de l'autre côté. Trois hommes couraient. Ben se réfugia dans l'ombre, la lumière de la porte ouverte créant assez de contraste pour le dissimuler. Lorsqu'ils passèrent, il aurait pu tendre le bras et les toucher. Il resta immobile. En silence, il ôta le cran de sécurité.

Lorsque le troisième homme fut à deux mètres de lui, Ben avança dans le couloir, leva son arme et le visa en pleine tête. L'homme s'effondra, heurta le sol et glissa sur le linoléum sous la force de son propre poids. Avant que les deux autres n'aient compris ce qui se passait, Ben avait tiré deux autres balles si rapprochées que le petit son du silencieux ressemblait plus à un seul bruit continu qu'à deux coups séparés. Pris de spasmes, les corps des hommes s'enchevêtrèrent et tombèrent l'un sur l'autre.

Ben ramassa toutes les armes. D'autres Beretta, tous du même modèle. Il éjecta les chargeurs des trois pistolets et les fourra dans ses poches. Il enjamba les trois corps et les observa.

Il n'aimait guère tirer une balle dans la tête par mesure de précaution. C'était pourtant un réflexe qu'on lui avait inculqué bien des années auparavant. Il aurait voulu ne plus jamais avoir à accomplir ce geste. Mais, depuis la nuit des temps, tous les tacticiens militaires répétaient que c'était le seul moyen de s'assurer que votre copain n'allait pas se relever une fois à terre. C'était un geste d'une brutalité d'abattoir, qui pourtant prenait tout son sens.

Trois balles dans la tête à bout portant avec un pistolet à gros calibre, cela faisait beaucoup plus de ravages qu'au cinéma ! Se protégeant le visage contre les éclaboussures, il effectua le travail rapidement, passant d'un corps à l'autre.

Les balles semi-chemisées à pointe creuse, avec du 147 grains, fendirent les crânes en deux et répandirent la cervelle sur le mur. L'odeur du sang et de la mort envahit le corridor.

D'autres hommes allaient bientôt arriver. Ben continua sa progression.

40

Jones se rua le long du corridor, braquant son arme devant lui à chaque tournant et à chaque porte. Vacillantes ou carrément mortes, les ampoules projetaient de longues ombres fantomatiques un peu partout. Jones jura en trébuchant sur une pile de vieux cartons et de pots de peintures. Il attrapa sa radio.

– Kimble ? Où vous en êtes ?

Silence.

– Merde ! s'exclama Jones. Jorgensen, tu m'entends ?

– Cinq sur cinq. Toujours en poste. Nous n'avons vu personne pour l'instant. Et vous ?

– Rien. C'est l'homme invisible. Terminé.

Jones bifurqua dans un couloir. L'odeur cuivrée du sang frais se mêlait à l'humidité et à la pourriture. Il vit trois silhouettes étendues dans l'ombre. Il fit signe de s'arrêter à Bender et Simmons, derrière lui. Ils contemplèrent les trois agents morts.

– Ça fait cinq qu'il dégomme ! dit Bender. Il se fiche de nous !

– Je ne crois pas que cela ait été une bonne idée de se séparer, grommela Simmons entre ses dents.

Jones grinça des dents et faillit hurler de douleur. Il essuya la sueur qui lui coulait dans les yeux.

– Il nous faut des renforts !

– Nous n'avons pas de renforts, rétorqua Bender.

– Je peux faire venir cent bonhommes ici et coincer ce fils de pute ! cracha Jones. Je n'ai qu'un coup de fil à passer !

Il réfléchit un instant. Il lui faudrait des heures pour rassembler les renforts, d'autant plus que les forces humaines auxquelles il songeait avaient besoin de temps pour s'organiser. Il aurait bien d'autres faveurs à demander avant.

Il eut une nouvelle idée.

– Bon, écoutez-moi. On va monter à l'étage et rejoindre les autres. Nous serons sept.

Il sourit.

– Ensuite, on va planter cette seringue dans la peau de cette petite salope de Bradbury. J'en ai marre d'attendre. Elle va cracher le morceau.

– Slater ne va pas apprécier.

– Qu'il aille au diable, cette espèce de trouillard ! S'il voulait jouer les chefs, il n'avait qu'à rester sur place.

Ils enjambèrent les trois corps et coururent le long du couloir. Jones arriva le premier à l'ascenseur et appuya sur le bouton. Les yeux baissés, ils gardèrent le silence tandis que l'ascenseur remontait. Les portes s'ouvrirent et Jones se rua le bureau. La porte était entrouverte, de quelques centimètres. Il s'efforça de se souvenir. Non, il l'avait bien fermée. Verrouillée, même. Il leva son arme. Une terreur froide lui nouait les intestins et sa main tremblait. *Reprends-toi !* L'arme tendue devant lui, il poussa timidement la porte de la main gauche. Elle grinça.

Il l’ouvrit un peu plus grand. Il avança dans la pièce, le cœur tambourinant. La pièce était vide. Le bureau aussi ! Le sac de toile avait disparu !

– Hope, murmura-t-il. Hope est passé ici !

Derrière lui, Simmons écarquillait les yeux.

– Il l’a pris ! geignit Jones. Il a fauché le flacon !

41

On entendit un cri à l'extérieur du bureau. Simmons et Jones se regardèrent un instant, puis Jones se rua dans le couloir. Dehors, la nuit tombait, et, à l'intérieur du bâtiment, les ombres devenaient plus noires. Jones appuya sur un interrupteur. Rien ne se produisit. En jurant, il scruta l'obscurité.

– Bender ? appela-t-il doucement.

Pas de réponse.

Le blanc des yeux de Simmons scintillait dans la pénombre.

– Où est-il…

Il ne termina pas sa phrase. Jones sentit les éclaboussures de sang sur son visage presque avant d'entendre le ton étouffé du coup de feu.

Simmons tomba sur lui, avec un horrible gargouillis qui sortait de sa gorge, s'accrocha à son bras avant de s'effondrer sur le sol.

Il donna quelques coups de pied en l'air, puis le gargouillis se transforma en râle terrifiant, et Simmons cessa de bouger.

– J'aurais ta peau ! hurla Jones.

Jones tendit son arme à bout de bras et vida son chargeur. Il l'éjecta, le remplaça et tira encore une quinzaine de balles dans le couloir aussi vite qu'il pouvait appuyer sur la détente. Son deuxième chargeur vidé, il resta immobile, bouche ouverte, pantelant. Le couloir s'assombrissait de plus en plus vite. En dehors de la lueur gris sombre, qui filtrait à travers une des fenêtres couvertes de toiles d'araignées, il se trouvait dans le noir complet. Désespéré, il appuya de nouveau sur l'interrupteur. Rien. À cet instant, il sentit la froideur de la lame du couteau contre sa gorge. Il se figea, la main toujours sur l'interrupteur.

– Je savais que tu reviendrais ici, dit une voix derrière lui. C'est pour ça que j'ai cassé toutes les ampoules.

Jones avait tenté de déglutir, mais il sentait la pression de l'acier contre sa trachée.

– Hope… murmura-t-il.

– J'ai un tuyau pour toi, dit Ben. Si tu enferme un type dans une cuisine, n'y laisse pas traîner de couteau ! C'est dangereux.

– Qu'est-ce que tu vas faire ? demanda Jones tremblant.

– Te couper la tête en rondelles.

Terrorisé, Jones chancelait sur ses jambes.

– À moins que tu ne me conduises à Zoé.

– Elle est bien gardée, dit Jones d'une voix étranglée.

– Je peux peut-être te convaincre de demander à tes hommes de la relâcher. Je l'emmènerai hors d'ici, toi, tu nous accompagneras, pour nous expliquer ce qui se passe.

– Je me contente d'obéir aux ordres. C'est à Slater qu'il faut t'adresser.

– Je l'aurais en temps et en heure, dit Ben. Tu en

sais sûrement déjà assez long. Je pourrais peut-être essayer ce sérum de vérité sur toi, pour voir…

– Tu vas crever, Hope !

– Pas avant toi. Maintenant, avance ! ordonna Ben en le poussant.

Dans l'ascenseur, Jones appuya sur le bouton qui menait à l'étage. Ben glissa le couteau de cuisine dans le sac de toile et braqua l'un des Beretta sur la tête de l'agent.

Les portes s'ouvrirent en ronronnant. Ben attrapa Jones par le poignet et le lui tordit derrière le dos. Il le fit passer devant lui, en gardant son arme pointée dans son dos. Ils avancèrent dans le couloir blanc. Une odeur de peinture fraîche planait dans l'air. Tout le premier étage avait été rénové, visiblement à la hâte.

– Qu'est-ce qu'il y a ici ?

– Juste la fille. Et une vingtaine d'agents. Tu n'as pas la moindre chance.

– J'ai presque toujours su saisir ma chance au cours de ma vie. Alors, la ferme et avance !

Jones marchait lentement. Il haletait et transpirait tant son bras, que Ben était à deux doigts de briser, le faisait souffrir. Devant eux, le couloir s'incurvait sur la gauche. En silence, tous les muscles tendus, guettant le moindre détail, Ben débloqua le cran de sécurité de son pistolet. Il sentit que Jones se raidissait et sut qu'ils approchaient. Il relâcha Jones et sortit le deuxième Beretta. Ils passèrent de l'autre côté de la courbe.

Le couloir se terminait en impasse à une dizaine de mètres, sur une porte. Trois agents se trouvaient entre eux et la porte, deux hommes et une femme. Lorsqu'ils le virent arriver avec Jones, ils sortirent leur arme. Soudain, des cris retentirent dans tout le couloir.

Ben se souvenait d'eux, de la femme en particulier. Ses cheveux auburn étaient tirés en arrière sous sa casquette de base-ball. Le 9 mm qu'elle tenait semblait trop grand pour ses petites mains, néanmoins, elle savait s'en servir. De ses yeux bleus, elle fixait Ben. Il tentait de décrypter l'expression de son visage. Il avança vers eux, en se servant du corps de Jones comme d'un bouclier, son pistolet gauche appuyé contre la nuque de l'homme, son pistolet droit braqué vers les trois armes pointées sur lui.

– Je ne veux que Zoé, cria-t-il, ensuite, tout sera terminé !

Il s'approcha encore. Cinq mètres. Il sentait son cœur battre dans ses tempes. Le visage des agents était tendu, ils avaient les nerfs à fleur de peau. Les doigts sur la détente, les canons pointés en avant… Un léger mouvement, une balle, et personne n'échapperait à un échange de feu si près les uns des autres.

– Écartez-vous et baissez vos arme ! cria l'un des hommes.

Ben vit la lueur dans ses yeux à l'instant même où il sentit un mouvement derrière lui. Il réagit une fraction de seconde trop tard. Une main puissante lui saisit le bras gauche et le força à lâcher l'arme qu'il braquait sur Jones. Au même moment, un poing le frappa à l'oreille, et sa vision explosa en un flash de lumière blanche. Jones échappa à son étreinte. Des coups de feu étouffés volaient tout autour de lui. Il sentit une brûlure à l'épaule gauche, tandis qu'une balle de 9 mm s'enfonçait dans son deltoïde.

Il s'en occuperait plus tard. Il tira à bout portant sur l'agent qui l'avait attaqué par-derrière. L'homme s'écroula. Ben l'arrêta dans sa chute, le retourna et sentit d'autres impacts de balles dans le corps de l'homme dont il se servait comme bouclier. Cela suffit à le déséquilibrer, et le corps de l'agent s'effondra sur lui, faisant tomber l'arme qu'il tenait encore. Tandis que Ben se dégageait du cadavre, il vit Jones qui s'enfuyait de l'autre côté et rejoignait l'ascenseur.

Les trois agents s'approchaient, armes au poing, et le visaient. La femme avait un visage d'acier.

C'était fini ! Trois armes contre une. Ben n'avait aucun moyen de se débarrasser des trois avant d'être neutralisé. Allongé sur le dos, il sortit le Beretta à une main et tira, tuant l'homme sur la gauche. Il tourna son regard de l'autre côté.

Trop tard. L'autre homme pressait déjà le doigt sur la détente. Leurs tirs se croiseraient. Il était mort…

Soudain, tout bascula.

La femme recula d'un pas, se tourna d'un côté et tira une balle entre les épaules de l'agent qui se trouvait près d'elle. Il ouvrit une bouche béante. Son arme lui tomba des mains. Il s'écroula à plat ventre.

Le silence. Ils n'étaient plus que deux encore en vie, dans le couloir.

Ben se redressa sur ses pieds et la regarda d'un air méfiant. Le cœur battant, il avait l'épaule en feu. Il cligna des yeux pour chasser la sueur qui lui brouillait la vue et braqua son arme sur la femme à l'instant même où elle braquait la sienne sur lui.

Ils se firent face un moment, en silence, canon contre canon. Le sang qui coulait le long du bras de Ben dégoulinait de ses doigts, en petites gouttes qui s'écrasaient sur le sol, seul son perceptible dans ce couloir enfumé.

– Posez votre arme !

– Posez votre arme ! répondit-elle, d'une voix dure.

– Tout le monde est mort. Il ne reste plus que vous et Jones.

– Qui êtes-vous, Ben Hope ?

– Quelqu'un qui cherche Zoé Bradbury.

– Vous voulez la faire sortir de là ? Moi aussi.

– Prouvez-le !

Elle se baissa, très lentement, et posa son arme sur le sol. Ensuite, elle recula et l'observa.

– Vous voyez, je suis de votre côté. Faites-moi confiance !

Perplexe, le front plissé, il gardait son arme braquée sur elle.

– Qui êtes-vous ? Pourquoi faites-vous ça ?

– Je m'appelle Alex Fiorante. CIA. Je ne fais pas partie de la bande.

– C'était à s'y tromper, Alex.

– Ces types n'appartiennent pas vraiment à l'Agence. C'est une sorte d'unité dissidente.

Haletant, il resta silencieux un instant, l'arme toujours braquée vers elle.

– Où est Zoé ?

– Derrière cette porte. Faisons-la sortir. Nous n'avons pas beaucoup de temps.

– Je veux savoir ce qui se passe.

– Je vous dirai tout ce que je sais. Plus tard.

Il s'accroupit et ramassa le pistolet. Son bras gauche le faisait horriblement souffrir.

Elle le vit mettre l'arme dans sa ceinture.

– Vous pouvez me faire confiance. Je vous le jure…

– Peut-être. Mais nous n'en sommes pas encore là. Ouvrez la porte.

Alex s'agenouilla près d'un des agents morts, fit rouler le corps en poussant un grognement d'efforts. Elle fouilla dans une poche intérieure et en sortit une clé, les mains toutes rouges du sang de l'homme. Elle l'essuya sur ses vêtements, couvrit les deux pas qui la séparaient de la porte et déverrouilla.

– Passez la première, dit Ben.

Elle entra et Ben la suivit, son pistolet toujours braqué sur son dos, tandis qu'il examinait la prison de Zoé.

Elle était vide.

42

Lorsqu'il entendit un gémissement sous le lit, il poussa Alex contre le mur.

– Pas un geste !

Il s'accroupit et regarda sous le lit.

Pour la première fois depuis vingt ans, il se retrouvait face à Zoé Bradbury. Contrairement à la jeune femme souriante des photographies, elle avait le visage pâle et amaigri, après deux semaines d'incarcération. Elle se recroquevilla, terrifiée.

– Zoé, je suis un ami.

Avec la douleur de son épaule qui ne cessait de croître, il avait du mal à garder une voix calme et rassurante.

– Je m'appelle Ben Hope. Je suis venu vous sauver. Ce sont vos parents qui m'ont envoyé vous chercher.

Elle recula encore un peu plus loin contre le mur.

– Venez ! Je vous emmène à la maison. C'est terminé.

Elle ne voulait rien savoir. Il n'avait pourtant pas de temps à perdre. Jones se trouvait toujours à l'intérieur du bâtiment. Ben attrapa le lit en acier et l'écarta du mur. Il se pencha et attrapa Zoé par le bras. Elle cria de terreur.

– Écoutez, je sais ce que vous avez enduré. Je comprends, mais il faut m'aider.

Il la redressa sur ses pieds, pourtant, lorsqu'elle aperçut Alex Fiorante, elle se débattit pour se libérer.

– Elle est avec eux !

– Zoé, tout va bien, dit Alex gentiment. Ben et moi, on va vous faire sortir de là.

– Non, non, elle ment ! hurla Zoé, se débattant encore plus fort.

Ben la fit taire en lui donnant un grand coup au menton.

Elle s'écroula sans un bruit. Il la souleva et la porta sur son épaule droite. La douleur semblait intolérable.

– C'est une méthode comme une autre, dit Alex.

– On y va !

Ben ouvrit la porte et observa le couloir. Pas de Jones en vue. Ils avancèrent lentement, en enjambant les cadavres. Le sang qui s'écoulait du bras de Ben laissait une trace derrière lui. Sa chemise était trempée.

Ben appuya sur le bouton de l'ascenseur et entendit le moteur se mettre en route à l'étage du dessous.

– Reculez !

Il braqua son arme vers les portes.

L'ascenseur était vide. Ils l'empruntèrent pour descendre au rez-de-chaussée et sortirent dans le hall vide. Écrasé par le poids mort de Zoé, il essuya la sueur de son front et lutta pour ne pas s'évanouir.

Alex lui fit un signe.

– L'entrée est de ce côté.

Ils se précipitèrent dehors. Soudain, le froid le transperça jusqu'aux os, tandis que la fraîcheur nocturne séchait la sueur de son corps. Il regarda tout autour de lui, prenant conscience de son environnement, pour la première fois depuis qu'on l'avait amené ici.

L'hôtel délabré était perché sur un monticule rocheux au milieu des arbres, invisible de loin. Derrière lui, le coucher de soleil embrasait le panorama de lueurs rouge et or. De l'autre côté du ciel, la lune se levait. De vastes plaines et des forêts s'étendaient sur des kilomètres, tout autour d'eux.

– Où sommes-nous ? demanda Ben.

– À soixante-dix kilomètres au sud de Chinook, dans le Montana. Une seule route, dans un sens comme dans l'autre. Des millions d'hectares inhabités, tout autour de nous.

– Qu'est-ce qu'on fiche ici ?

– Dans le Montana ? On s'en va, si on a deux sous de bon sens.

Quelques véhicules étaient garés devant l'hôtel.

– On prend celui-là, dit Ben, en montrant un 4x4 GMC.

Alex courut vers le véhicule, ouvrit la porte du chauffeur et descendit le pare-soleil. La clé lui tomba dans la main.

– Je conduis.

Ben ouvrit l'arrière et allongea délicatement Zoé sur la banquette. Elle grommela. Il était désolé d'avoir dû la brusquer ainsi, mais il n'avait guère le temps de s'en préoccuper pour l'instant. Il monta à côté d'Alex, qui démarra.

– Il y a une trousse de premiers secours sous le siège, lui dit-elle.

Il ouvrit la boîte et fouilla à l'intérieur. Des bandages. Des sparadraps et une paire de ciseaux. Un tube de cachets de codéine. Il en avala deux et s'adossa sur son siège en pressant très fort sur la blessure pour limiter le saignement.

Alex accéléra à fond pour s'éloigner de l'hôtel. Bordée de forêts de chaque côté, la route était étroite et sinueuse.

– Nous ne pouvons pas rester sur cette route, dit-il faiblement. Je n'ai pas envie de rencontrer une quarantaine de vos amis de l'Agence, du FBI ou de je ne sais quoi. Si vous voyez une piste quelconque, prenez-la.

– Vous êtes fou ! Vous allez nous perdre dans ce désert !

– C'est exactement l'effet recherché.

Alex était bon pilote et le gros véhicule semblait solidement accroché à la route, tandis qu'elle maintenait l'accélérateur au plancher. Quelques kilomètres plus loin, on apercevait un espace entre les arbres, et Ben repéra un chemin de terre sur la droite.

– Prenez-le !

Elle bifurqua, dérapant dans le virage. Cahotant, la voiture s'engagea sur le chemin irrégulier. Les branches et les buissons balayaient les phares et le pare-brise. Ben écarta le tissu ensanglanté de sa chemise et examina la blessure. La balle n'avait sans doute pas touché l'os.

Sa flasque de whisky était toujours à moitié pleine, et il en versa une bonne lampée sur la blessure, grimaçant de douleur. Il ôta sa chemise, déroula une bande et se fit un bandage.

– C'est grave ? demanda-t-elle en jetant un coup d'œil vers lui.

– Ça va.

La douleur diminuait un peu au fur et à mesure que la codéine entrait dans son organisme.

– Non, cela ne va pas. Il faut extraire la balle, et vite.

– Continuez à rouler, dit-il.

Le chemin s'enfonçait très loin à l'intérieur de la campagne. Dix kilomètres plus loin, il était tellement envahi par la végétation, qu'Alex conduisait presque à l'aveugle, dans le sous-bois touffu. Sur la banquette arrière, encore groggy, Zoé se redressait en se frottant le visage là où Ben l'avait frappée, tandis que le véhicule vacillait d'un côté à l'autre. Accrochée au volant, Alex avait le regard concentré sur le pare-brise.

Quelques kilomètres plus loin, elle fut obligée de ralentir, car la piste s'arrêtait là. Le GMC se fraya un passage à travers les ronces, et soudain ils se retrouvèrent dans un paysage ouvert, face à un océan de sombres prairies qui s'étendaient devant eux. Les étoiles scintillaient au-dessus de leurs têtes et la montagne dessinait une silhouette déchiquetée dans le ciel.

– Les hauteurs du Montana, dit Alex. L'endroit où les grandes plaines rejoignent les Rocheuses. Pas âme qui vive à la ronde.

Au bout d'une dizaine de kilomètres, le terrain devenait encore plus chaotique et rocailleux, les racines apparentes les obligeaient à faire des détours. Épuisée, Alex secouait la tête pour rester concentrée. Soudain, le GMC pencha sur le côté, bascula à gauche, à deux doigts de se retourner. Ben se sentit glisser et se retint à la force des jambes. À l'arrière, Zoé poussa un cri strident. Le véhicule s'arrêta et l'on entendit un bruit métallique à l'avant. Alex jura, enfonça l'accélérateur, mais les roues patinaient dans le vide. Elle jura de nouveau.

Ben ouvrit sa porte et sortit, en se tenant l'épaule. Il ne saignait plus, néanmoins, son jean et sa chemise étaient rouges de sang. La tête vide, transpirant de douleur, il chancela dans l'obscurité. Le véhicule était embourbé dans une ornière, cachée par les buissons, impossible à déceler dans le noir.

– Il nous faudrait un tracteur pour nous dégager ! dit-il. Il faut partir à pied.

Zoé en resta bouche bée.

– Si c'est ça, votre conception d'un sauvetage ! Je n'irai nulle part.

– Très bien. Restez toute seule à vous battre contre les grizzlis et les serpents à sonnette.

Il se tourna vers Alex.

– Il faut cacher la voiture, elle est trop facile à repérer d'hélicoptère.

– Vous croyez qu'ils vont nous poursuivre en hélicoptère ?

– Qu'est-ce que vous feriez, à leur place ?

Ils sauvèrent ce qu'ils purent : deux couvertures trouvées dans le coffre, une bouteille d'eau, une lampe de poche, des allumettes et des jumelles. Ben fourra tous ces objets dans son sac avec la trousse de premiers secours.

Ensuite, avec Alex, ils explorèrent la vallée, ramassèrent des branches à la lueur de la lampe et en firent un abri pour dissimuler la voiture. Il aurait aimé lui poser des centaines de questions, cependant, il avait mieux à faire pour l'instant.

Quelques minutes plus tard, la voiture n'était plus qu'une masse de végétation sous le clair de lune. Ben passa le lourd sac sur son épaule. En file indienne, ils avancèrent sur le sol rocailleux à la lumière du clair de lune.

Ben restait auprès de Zoé et la prenait par le bras pour l'obliger à marcher lorsqu'elle traînait en arrière. Grognon, de mauvaise volonté, elle se plaignait chaque fois qu'elle trébuchait sur un caillou ou une racine.

Sans tenir compte de ses protestations, il continuait à avancer. De temps à autre, il regardait les étoiles, afin de se diriger vers le nord. D'après Alex, l'hôtel se trouvait à soixante-dix kilomètres de Chinook. Il était raisonnable de penser que plus ils s'approcheraient de la civilisation plus ils auraient de chances de trouver une route ou une ferme d'où ils pourraient planifier la suite. Ben savait aussi que, tôt ou tard, il devrait se faire soigner.

Sinon, la blessure s'infecterait. Il se réjouissait de s'être récemment fait vacciner contre le tétanos, néanmoins il avait vu la gangrène s'installer rapidement dans des blessures beaucoup moins graves que la sienne.

Son énergie s'amenuisait peu à peu, et la douleur de la blessure s'intensifiait. Il résista à l'envie de prendre un autre analgésique. Il ne pouvait pas se permettre de les gaspiller. Il leur restait encore beaucoup de chemin à parcourir et beaucoup de douleur à endurer.

43

Devant eux, le terrain montait en pente escarpée, le vent glacial sifflait à leurs oreilles. Épuisés, ils avançaient en silence, et Zoé finit même par ne plus avoir la force de se plaindre.

Au pied d'une montagne de grès, à une cinquantaine de mètres au-dessus de la vallée, ils trouvèrent une caverne abritée du vent par un surplomb rocheux. Ben braqua le faisceau de la lampe à l'intérieur, cherchant les signes d'une occupation animale. L'endroit aurait constitué le repaire idéal d'un ours ou d'un lion des montagnes, mais il n'y avait ni excréments ni reliefs de repas. Alex et une Zoé réticente rassemblèrent des feuilles et des branchages secs pour le couchage, tandis que Ben allumait un feu au fond de la cavité, en s'arrangeant pour que la fumée monte vers le plafond et s'échappe par l'entrée. Il alluma les brindilles avec une allumette et, quelques minutes plus tard, les flammes jaillirent. Exténué par la douleur, trempé de sueurs froides, il s'effondra sur le tapis de branchages. Inquiète, Alex le rejoignit. Elle posa une main sur son front et passa l'autre dans ses cheveux humides. Zoé s'installa de l'autre côté, sans leur adresser un regard. Elle attrapa une couverture dont elle se fit un oreiller et s'allongea. Elle ne tarda pas à s'endormir.

Ben attisa le feu avec un bâton.

– Il est temps d'avoir une petite conversation.

– Je vais vous dire ce que je sais, mais ce n'est pas grand-chose.

– Parlez-moi de Jones !

Elle soupira.

– Je suis affectée à cette unité depuis huit mois. Je n'ai jamais aimé ce type. C'est un crétin de première. J'allais demander une mutation, lorsque la situation a commencé à déraper. Notre équipe était censée surveiller un certain Cleaver. Écoutes téléphoniques, interception de mails, surveillance rapprochée, la routine…

– Personne ne vous a dit pourquoi ?

– L'Agence fonctionne souvent de façon mystérieuse. Les agents de terrain doivent accepter de ne pas tout savoir. Là, c'était différent. Il n'y avait que Jones qui avait le droit de consulter les transcriptions des appels. Les autres étaient maintenus dans l'ignorance. J'avais même commencé à écouter aux portes ! C'est comme ça que j'ai appris qu'on avait envoyé des agents en Grèce.

– Marisa Kaplan, par exemple. Vous la connaissez ?

– Non, mais j'ai trouvé son nom dans un dossier. Cela aurait pu m'attirer de gros ennuis, d'ailleurs. C'est une ancienne de la CIA. Elle a quitté le service actif.

« Elle est beaucoup moins active à présent », pensa Ben qui se garda de le dire.

– Il y a une dizaine de jours, il y a eu une frénésie d'activité. Jones était cloué au téléphone une centaine de fois par jour. Et ensuite, on a envoyé une équipe ici, dans le Montana.

– Au moment où on a transféré Zoé aux États-Unis ?

Elle hocha la tête.

– Ils l'ont fait venir en avion privé jusqu'à Helena, et l'ont amenée ici en hélico. On nous a dit qu'il s'agissait d'un témoin clé d'un attentat terroriste en Grèce. Je n'y ai pas cru. L'Agence ne procède jamais ainsi. Je n'avais jamais vu de sites sécurisés de cette façon ! Je crois qu'ils utilisent les ressources du gouvernement pour leur propre compte. J'allais envoyer un rapport à la direction. Mais je n'ai rien fait.

– Pourquoi ?

– À cause de ce qui est arrivé à Joshua Greenberg. Je ne le connaissais pas bien, mais il avait l'air d'un brave type. Jones lui a tiré une balle en plein visage.

– Jones a l'air d'aimer ça !

– Ensuite, j'ai eu trop peur pour penser correctement. Je me sentais isolée. J'aurais aimé faire quelque chose.

– Je connais bien ce sentiment.

– Je ne savais plus à qui me fier. Soudain, on nous a annoncé que nous allions tous reprendre un vol pour la Géorgie. Ils avaient découvert votre présence. Vous connaissez la suite…

– Je me souviens de vous, le jour où j'ai été capturé. Votre regard. J'ai compris que vous étiez différente.

Elle le regarda.

– Je n'aurais pas dû les laisser vous embarquer comme ça. J'aurais dû réagir.

– Il n'y avait pas grand-chose à faire. Vous auriez

fini comme les deux flics. Ces gens tuent tous ceux qui se mettent en travers de leur chemin.

À travers les flammes, elle regarda Zoé qui dormait.

– Je ne sais pas ce qu'ils lui veulent, mais ils le veulent sacrément !

– Peut-être plus encore que vous l'imaginez.

Ben passa le quart d'heure suivant à lui raconter ce qu'il savait. Le regard horrifié, elle écouta le récit de l'explosion. Il continua. Il lui livra les détails les uns après les autres. Mettant tout sur le tapis. Skid McClusky. Clayton Cleaver, Augusta Vale, les cent millions, la découverte de Zoé. Le chantage.

Elle écouta très attentivement. Lorsqu'il eut terminé, elle le regarda, les yeux écarquillés, perplexe, essayant de saisir l'énormité de la situation.

– C'est complètement dingue ! C'est totalement absurde. Pourquoi vouloir un morceau de poterie ? Pourquoi un obscur débat théologique a-t-il tant d'importance ?

– Depuis combien de temps votre équipe surveillait-elle Cleaver ?

– Des mois.

– C'est donc par ce biais qu'ils ont découvert l'existence de Zoé. Lorsqu'elle a essayé de le faire chanter, ils ont intercepté l'appel. Lorsque Skid McClusky est allé livrer la boîte à Cleaver, ils étaient déjà sur le coup. Ce sont eux qui s'en sont pris à lui. Et si son ex-petite amie n'avait pas débarqué à l'improviste, ils l'auraient torturé à mort.

Alex avait le front plissé, tant elle était concentrée.

– Vous dites que Zoé ne joue qu'un rôle secondaire ?

– C’est Cleaver, la clé, dit Ben. Tout tourne autour de lui. Mais je ne crois pas qu’ils soient au courant. La question, c’est de savoir pourquoi ils le surveillaient, pour commencer.

Le silence s’installa tandis qu’ils essayaient de résoudre l’énigme.

– Ils planifiaient quelque chose, dit-elle. Je le sais.

– Quoi ?

– J’aimerais pouvoir le dire.

– Qui est Slater ?

Elle avait le regard vide.

– Il était avec Jones, à l’hôtel. Des cheveux roux. Des costumes bien coupés. Il n’a pas l’air d’un flic, ni d’un agent. C’est lui qui donne les ordres. Jones lui obéit.

– Je n’ai jamais entendu parler d’un quelconque Slater.

Il avait une crampe à l’épaule et essaya de trouver une position plus confortable contre la paroi dure de la caverne. La douleur le transperçait comme une lame de poignard, et il tremblait. Soudain, il se sentait épuisé par l’effort intellectuel que lui demandait cette réflexion.

Elle le regarda d’un air inquiet.

– Vous souffrez beaucoup ? Il reste de la codéine.

– Je la garde pour demain.

– Laissez-moi regarder !

– Je vais bien, protesta-t-il.

– Je ne vais pas vous laisser mourir sous mes yeux, Ben. J’ai autant besoin de vous que vous de moi.

Elle tendit le bras et commença à déboutonner la chemise. Il résista puis renonça et se pencha en arrière tandis qu’elle enlevait le vêtement et déroulait le bandage.

– Vous avez déjà fait ça avant, dit-il, faiblement.

– Trois années de médecine, avant de laisser tomber pour l'aventure. J'avais envie de voyager. C'est la chose la plus stupide que j'aie jamais faite.

Elle braqua le faisceau de la Maglite sur l'épaule.

– Et vous avez reçu d'autres balles, dit-elle en voyant les cicatrices pâles sur son torse.

– Deux fois. Celle-là, c'est un éclat d'obus.

– Jolie collection. Je ne crois pas qu'il y ait d'hémorragie interne, mais il faut extraire cette balle. Vous devriez être hospitalisé.

– Hors de question !

Pourtant, il était trop faible pour protester vraiment.

Alex plia une couverture sous sa tête, il s'allongea et elle refit le bandage, d'une main ferme et précise. Elle l'aida à remettre sa chemise et lui couvrit les épaules de la couverture.

– On devrait essayer de dormir, murmura-t-elle.

Il regardait les flammes vacillantes pendant qu'elle fabriquait un lit de fortune avec les feuilles de fougères. Quelques minutes plus tard, la poitrine qui se soulevait régulièrement sous la couverture lui indiquait qu'elle s'était endormie. Il resta longuement éveillé, à écouter le jappement des coyotes, au loin. Au milieu de la nuit, il se réveilla et vit Alex qui l'observait, à la lueur mourante du feu. La tête dans les mains, elle avait les cheveux qui lui cachaient le visage. Les dernières lueurs du feu se reflétaient dans ses yeux.

– Vous rêviez, dit-elle. De quelqu'un que vous aimez.

Il ne répondit pas.

– Vous êtes marié ? Il y a quelqu'un qui vous attend chez vous ?

Il hésita.

– Non, personne. Et vous ?

– Plus maintenant. Quand j'habitais en Virginie. Il s'appelait Frank. Je crois que nous n'avons pas eu beaucoup de chances. C'est terminé depuis deux ans. On ne se revoit plus. Il avait son cabinet vétérinaire, j'étais toujours sur le terrain, en vadrouille quelque part. Les sentiments se sont éteints petit à petit.

Elle sourit tristement.

– Je suppose que j'ai donné mon cœur à l'Agence !

– J'ai fait la même chose, autrefois. J'ai donné tout ce que j'avais à un vulgaire badge. Ensuite, on se rend compte, qu'en fait, ce n'était pas cela qui comptait vraiment !

Il y eut un instant de silence.

– Jones a dit quelque chose, à propos de vous, dit-elle doucement.

– Quoi ?

– Que vous étiez l'homme le plus dangereux du monde !

Il hocha la tête.

– Ce sont les hommes comme Jones qui sont dangereux.

– J'ai vu votre dossier.

– C'est du passé, Alex. Ce n'est pas moi.

Elle leva la tête et écarta une mèche de cheveux.

– Alors, qui êtes-vous, Ben Hope ?

– J'essaie de le savoir, murmura-t-il.

Il se retourna et ferma les yeux.

44

Demeure Richmond, minuit

Lorsque Jones l'appela timidement de l'hôtel désaffecté, pour lui annoncer que Hope s'était enfui avec Bradbury et l'un des agents, Irving Slater avait tout d'abord gardé le silence. Puis, il avait vite explosé dans une rage folle, un délire de furie qui avait presque poussé Jones à fondre en larmes au téléphone.

À présent, quelques heures plus tard, il s'était calmé. Pas encore assez pour s'allonger sur le divan face à l'écran géant, mais suffisamment pour repenser clairement à la situation et envisager de nouvelles perspectives.

Il était parvenu à une décision, décision qu'il retardait depuis des mois, mais ne pouvait plus différer longtemps.

Il décrocha le téléphone. Composa un numéro. Une voix lui répondit.

– C'est moi.

– Il est tard !

– Peu importe. Écoutez-moi. Changement de

programme. La situation nous échappe ! J'ai décidé d'accélérer le projet.

Il y eut une forte inspiration à l'autre bout de la ligne.

– Pourquoi maintenant ? demanda l'associé.

– Il s'est passé quelque chose, dit Slater. Quelque chose de très intéressant, qui tombe à pic.

Il lui expliqua la situation.

– Ils seront tous là ? Le Président et les quatre membres du Conseil ?

Slater sourit.

– Tous, sous le même dôme ! Avec une flopée de personnalités très importantes. Ça leur ficherait une sale claque, hein ?

– Si on réussit…

– Appelez Herzog ! Ça aura lieu dans trois jours. Dites-lui que je double le prix s'il peut le faire à temps.

– Vous êtes vraiment sûr ? demanda l'associé, la voix empreinte de terreur. C'est un sacré pas à franchir…

– Un sacré pas, effectivement ! reconnut Slater. C'est le moment ou jamais. *Plus de délai !* L'Apocalypse. Vous voyez ? Moi aussi, je connais la Bible. Si on attend, on va se faire blouser !

– C'est un moment important, s'emporta l'associé, j'aimerais que vous ne blasphémiez pas comme ça.

– Ne soyez pas si grenouille de bénitier ! C'est exaspérant !

– Est-ce que Richmond est prêt ?

– Il le sera. Je m'en assurerai. Ne vous occupez que de votre partie. Allez-y !

Slater mit fin à l'appel. D'une démarche jubilatoire, il s'approcha du petit meuble-bar. Sortit la bouteille de Krug du seau à glace et se servit largement. Il leva sa coupe de champagne en un toast silencieux à son moment de gloire. Il la vida d'un trait.

Il avait le cœur battant. C'était parti ! Plus besoin d'attendre. Il remplit de nouveau sa coupe et s'allongea sur le divan, à peine capable de contenir son excitation.

Il braqua la télécommande vers l'écran géant et tapota sur quelques touches. Sa chaîne de porno favorite remplit l'écran. Il profita du spectacle tout en terminant sa bouteille de Krug.

Le téléphone sonna. Slater coupa les grognements et les hurlements d'extase et décrocha.

Son associé le rappelait.

– Tout est arrangé. Dans trois jours.

– Dites à Herzog que c'est un pro !

– Je crois qu'il le sait déjà.

L'associé raccrocha. Slater termina la dernière gorgée de champagne, s'essuya la bouche avec la manche de sa chemise de soie et composa un autre numéro.

Jones répondit à la troisième sonnerie.

– C'est moi.

– Toujours rien, répondit Jones, s'attendant à la question. Mais on cherche toujours. On les aura. On a la situation en main.

– Je connais la chanson. Et quand vous les trouverez, vous les liquidez, tous !

– Tous ? Bradbury aussi ?

– Bradbury aussi.

– Et les ostraca ?

– On n’en est plus là, l’interrompit Slater. Les plans ont changé. Jérusalem est en marche !

– Seigneur Dieu !

– Exactement ! Alléluia !

– Quand ? demanda Jones dans un souffle.

– Dans trois jours ! Alors, trouvez-les et enterrez-les !

– Avec joie !

45

Le seizième jour

Ben fut réveillé par la lueur du jour et l'odeur de viande grillée. Accroupie près du feu qu'elle avait allumé, Alex cuisait un lapin embroché sur un bâton et posé sur des chenets de fortune.

– Humm, ça sent bon !

Elle se retourna au son de sa voix. Une véritable chaleur se lisait dans son sourire. Elle avait les cheveux ébouriffés.

– Vous avez faim, c'est bon signe !

Il s'appuya contre le mur et regarda la manière dont elle maintenait le feu chaud, avec un minimum de fumée. La graisse du lapin coulait dans les flammes en crépitant. Ben laissa son regard s'attarder sur les courbes de son corps, remarquant pour la première fois qu'elle était très séduisante. Grande et mince, elle se mouvait avec une certaine grâce athlétique.

Il vit la crosse du Beretta qui dépassait de la poche arrière de son jean.

Elle sembla lire ses pensées.

– Vous pouvez le reprendre, si vous voulez. J'espère que cela ne vous ennuie pas si je l'ai emprunté pendant votre sommeil. Zoé a vraiment besoin de manger, et vous aussi. Vous êtes tout pâle.

Il se redressa lentement. Il avait l'impression qu'on lui découpait le bras au niveau de l'épaule avec une scie à métaux. Il prit le tube de codéine et avala deux cachets.

– Ça m'est égal, vous pouvez le garder.

Elle sourit.

– Vous me faites confiance à présent ?

– Ai-je vraiment le choix ?

– Pas vraiment.

Elle enfonça le couteau cranté dans le flanc du lapin, enleva la broche, posa la carcasse rôtie sur une pierre plate et commença à la découper.

Elle présenta un morceau à Zoé sur la pointe de son couteau.

Zoé fit une grimace de dégoût.

– Je ne mange pas de ça !

Alex fronça les sourcils.

– Vous avez besoin de forces. On a une longue marche à accomplir aujourd'hui.

– Je suis végétarienne.

– Parfait, dit Ben. Il y en aura plus pour nous. Mais si vous vous imaginez qu'on va vous porter, vous vous trompez.

Zoé montra Alex du doigt.

– Je ne vais nulle part avec elle. C'est à cause d'elle, que le Dr Greenberg a été tué !

– Je ne voulais pas que cela se passe comme ça, répliqua Alex. Je n'ai pas pu l'éviter.

Zoé grommela et se blottit dans son coin. Elle leur lançait des regards noirs pendant qu'ils mangeaient.

– Ne vous occupez pas d'elle, intervint Ben. Si

elle veut mourir de faim, c'est son problème. C'est excellent !

– Je n'avais encore jamais tué de lapin avec un 9 mm, dit Alex. J'avais peur qu'il n'en reste plus rien.

Elle s'essuya la bouche, se dirigea vers l'entrée de la caverne et sortit son téléphone.

– Rangez-moi ça ! s'écria Ben. S'il y a un signal ici, ils vont nous repérer tout de suite.

– D'accord. Mais dès que je trouverai une ligne fixe, je passerai un appel.

– C'est ça ! explosa Zoé. Elle va les appeler !

– Non, ma petite. Je vais vous mettre sous protection jusqu'à ce qu'on ait éclairci la situation.

– Pas question, dit Ben. Elle est sous ma responsabilité. Elle ne s'approchera pas des agents de la CIA. J'ai promis à ses parents de la ramener saine et sauve. Et c'est bien ce que j'ai l'intention de faire.

– Elle n'a pas de papiers. Comment allez-vous pouvoir la faire sortir des États-Unis ?

– En la confiant au premier consulat britannique venu. Ses parents viendront la chercher.

– Et ensuite ?

– Ensuite, je me chargerai de ceux qui lui ont fait ça.

– Tout seul ? Vous croyez que c'est la solution, tuer d'autres gens ?

– Non, ce n'est pas ce que je voulais. Je voulais vivre en paix. Je n'ai pas demandé à mener à nouveau cette vie.

– Mais à présent, vous y êtes.

– Et j'ai bien l'intention de finir le travail.

Elle hocha la tête.

– Cela ne marchera jamais, Ben. Vous êtes recherché pour le meurtre de deux policiers. Vous serez arrêté avant de pouvoir approcher les coupables. Vous devez agir à ma façon. Je suis votre seul alibi, n'oubliez pas !

– Vous êtes dans le même pétrin que moi, dit-il. Essayez d'expliquer à vos supérieurs que vous avez tué un de vos collègues et aidé un prisonnier à s'évader !

Alex ne répondit pas. Ben se tourna vers Zoé. L'air morose, affalée contre la paroi, elle regardait dans le vide.

– Zoé, vous avez des explications à nous donner, dit Ben.

– Moi ?

– Oui, vous ! Où sont les ostraca ?

Elle sursauta.

– Je ne sais pas de quoi vous parlez !

– Je croyais que Greenberg trouvait que vous faisiez des progrès. Vous ne vous souvenez toujours de rien ? demanda Alex.

– Je veux rentrer à la maison.

– Comment savez-vous que vous avez une maison, si vous ne vous souvenez de rien ?

Zoé leva la tête et leur lança un regard assassin.

– Fichez-moi la paix !

– Vous n'avez aucune idée de ce que j'ai dû traverser pour vous retrouver. Des gens sont morts à cause de vos petites manigances.

– Ne soyez pas trop dur avec elle, cela n'a pas été facile pour elle non plus.

Ben garda le silence un instant.

– Bon, d'accord. Je ne voulais pas vous blesser.

– Vous avez failli me briser la mâchoire, hier.

– Je suis désolé pour cela aussi.

Il tendit le bras et lui posa la main sur l'épaule. La douleur le transperça. Zoé s'écarta aussitôt.

– On ferait mieux d'y aller, dit Alex. La route risque d'être longue.

Ils éteignirent le feu, emballèrent les restes de lapin dans des feuilles fraîches et les rangèrent dans le sac de Ben.

Après avoir repris toutes leurs affaires, ils se lavèrent chacun leur tour dans le courant froid, au pied de la pente boisée.

Ensuite, ils quittèrent leur repaire et se mirent en route, sur le terrain rocailleux. Pour continuer droit vers le nord, ils auraient dû escalader la montagne, ils la contournèrent donc par la base dans la forêt de pins.

– Nous pourrions marcher pendant des semaines sans rien trouver, dit Alex, essoufflée. C'est l'un des plus grands États d'Amérique, avec la plus faible densité de population. Nous n'aurions pas dû quitter la route !

Quelques kilomètres plus loin, Ben commençait à penser qu'elle avait raison. En dehors de quelques busards, les seuls signes de vie qu'ils rencontrèrent pendant des heures furent un grand cerf, sorti des feuillages à leur passage, qui les observa un instant et disparut comme un fantôme. Ils s'arrêtèrent un moment pour se reposer et reprirent la marche.

– Vous êtes mal en point, dit Alex. Écoutez, je pourrais aller plus vite toute seule. Je devrais partir en éclaireur. Je trouverai peut-être une route ou une ferme. Je reviendrai vous chercher. Avec un peu de chance, je n'en aurai que pour quelques heures.

Il n'avait plus les moyens de discuter.

– Faites attention à vous !

– Je sais très bien m'occuper de moi. Je serai de retour avant que vous vous en aperceviez. D'accord ?

Elle vérifia son arme, but une grande gorgée d'eau et s'éloigna sans un mot de plus.

Soudain, il se rendit compte qu'il n'aimait pas la voir partir.

– Elle va revenir avec Jones, dit Zoé. Vous êtes drôlement naïf, de la croire !

Il ne répliqua pas.

– Elle ne sera pas de retour avant un moment. Il faut trouver un endroit pour se reposer.

Après quelques minutes de recherche, ils trouvèrent un épicéa brisé, dont le tronc ouvert formait un angle droit. Ben attrapa l'une des branches.

– Aidez-moi à la faire tomber !

– Qu'est-ce que vous faites ?

– Une cabane. On ne peut pas rester assis à découvert. On nous verrait du ciel.

Zoé fronça les sourcils.

– Ils vont me chercher, c'est ça ?

Il hocha la tête. Il attrapa une autre branche et tous deux tirèrent de toutes leurs forces. Le tronc céda dans un grand craquement. Le lourd feuillage tomba, formant un espace sous lequel ils pourraient s'abriter. Ben s'installa sous le repaire de feuilles en s'adossant à son sac.

Zoé le suivit et étala une couverture sur le sol. Elle s'allongea, et soupira.

– Je suis exténuée, gémit-elle. J'ai mal aux pieds, et cet endroit grouille d'insectes. Seigneur, je donnerai n'importe quoi pour un bon bain chaud !

Ben ne tint pas compte de ses remarques. Quelques instants plus tard, lorsqu'elle comprit qu'il resterait insensible à ses jérémiades, elle finit par se taire. La codéine limitait un peu la douleur de son épaule qui le faisait malgré tout terriblement souffrir. Il s'endormait et se réveillait, en alternance. Il regarda sa montre. Alex était partie depuis plus d'une demi-heure.

– Je meurs de faim ! se plaignit Zoé.

Ben dégagea le sac, ouvrit les fermetures et sortit la viande emballée dans les feuilles. Il déplia le paquet et le déposa devant elle.

– Servez-vous ! Alex s'est donné beaucoup de mal pour le préparer.

– Je ne mange pas d'animaux.

– Alors, vous n'avez pas faim.

– Je meurs de faim.

– Ça se voit.

Elle jeta un coup d'œil dégoûté aux restes de lapin, leva les yeux vers Ben, hésita, prit un petit morceau avec les doigts et mordit une minuscule bouchée. Puis une plus grande. Deux bouchées plus tard, elle mâchonnait joyeusement, mais feignait d'être dégoûtée dès qu'elle pensait être observée. Ben sourit intérieurement devant cette mise en scène. Elle termina en se léchant les doigts. Il prit sa flasque de whisky et la lui lança.

– Je sais à quel point ça a été difficile. Faites passer le goût avec ça !

Elle décapsula le bouchon et huma. Son regard s'éclaira. Elle but une longue gorgée et lui rendit la flasque. Il en but un peu et la lui redonna. Tandis qu'elle buvait encore, il sortit ses cigarettes. Il lui en offrit une, mais elle refusa.

– Fumer, cela vous tue à petit feu.

– Parfait, je ne suis pas pressé !

Elle rit.

– Cela fait des semaines que je n'ai pas bu. J'ai la tête qui tourne un peu.

– Finissez, dit-il en allumant une cigarette.

Elle termina le scotch, remit le capuchon, s'étira et s'étendit en regardant le ciel bleu à travers le feuillage.

– Ça fait du bien d'être dehors ! s'exclama-t-elle. J'avais l'impression d'être enfermée pour le restant de mes jours !

– Je vous ramènerai bientôt chez vous.

– Vous m'avez sauvée, je ne vous ai pas remercié.

– Vous me remercierez quand tout sera terminé.

De nouveau, il ferma les yeux, submergé par des vagues de chaleur et des sueurs froides.

Il fallait vraiment qu'il retire cette balle au plus vite !

– Je ne comprends pas bien… Comment vous connaissez mes parents ?

– Je suis un élève de votre père.

– Vous ? Étudiant en théologie ?

– Oui, tout le monde réagit comme ça. J'étais soldat, avant. À présent, je regarde dans une autre direction.

– L'Église ?

– Peut-être.

Elle sourit.

– Quel gâchis. Vous êtes bien trop craquant pour devenir pasteur !

– Merci. Je m'en souviendrai.

– Vous avez une petite amie ?

Il hocha la tête.

– Vous n'êtes pas homo, quand même !

– Pas que je sache.

– Bon.

Elle s'approcha un peu de lui, écarta une mèche de son front.

– Je me demande combien de temps elle va être partie.

– Alex ? Un bon moment, sans doute.

– Je suis contente que nous puissions bavarder ainsi.

– Moi aussi.

– Vous ne ressemblez vraiment pas aux autres étudiants de mon père. Ce sont tous des tapettes !

Le soleil qui filtrait était au zénith, à présent. Zoé plissait les yeux en regardant les taches de soleil à travers le feuillage.

– Il commence à faire chaud.

Elle enleva son gros pull-over et le posa sur le sol. En dessous, elle portait un chemisier vaporeux. Elle se pencha en avant et sourit à nouveau.

– Votre bracelet est tombé, dit Ben, en indiquant le bijou dans l'herbe.

– Merde ! Il est un peu grand.

– Vous devriez faire attention, il a l'air précieux.

– C'était celui de ma grand-mère.

Il hocha la tête, songeur, et garda le silence un instant.

– Dommage, pour Whisky.

– Oui, ça m'a un peu détendue. J'aurais aimé en avoir plus, dit-elle en riant.

– Je ne parlais pas du scotch ! Je parlais de Whisky. Il s'est fait renverser par une voiture.

Elle écarquilla les yeux, horrifiée. Elle s'écarta de lui et se raidit.

– Quoi ? C'est arrivé quand ?

– Pendant que vous faisiez la nouba, à Corfou.

– Ces salopards, ils ne m'ont rien dit !

Soudain elle mit la main devant sa bouche, se rendant compte qu'elle venait de se trahir.

– Ils ne vous ont rien dit parce qu'il n'est rien arrivé. Je crois que vous venez de vous trahir, Zoé Bradbury. Vous êtes tombée dans le panneau.

Elle rougit.

– Je ne sais pas pourquoi je me souviens de lui. Je ne me rappelle rien d'autre.

Il l'attrapa par le poignet et la serra très fort, oubliant sa douleur à l'épaule.

– Bien sûr que non, à part que votre père est théologien, et que ses étudiants sont des tapettes ! Que vous êtes végétarienne et que vous portez le bracelet de votre grand-mère. Qu'il y a quelques semaines, vous faisiez la fête sur une île grecque. Je crois que vous en savez beaucoup plus que vous ne le prétendez.

Elle se débattit pour lui échapper.

– Lâchez-moi !

– Sûrement pas ! Zoé. Pour une fois dans votre vie, vous allez dire la vérité !

46

Zoé se libéra de son étreinte et sortit de la cachette. Ben la suivit et la rattrapa par la cheville. Elle donna un coup de pied qui le toucha à l'épaule blessée. Il poussa un cri et s'effondra dans la poussière, tandis qu'elle s'enfuyait.

– Où pensez-vous aller comme ça ? cria-t-il derrière elle.

Zoé courut à travers les arbres, en écartant les branches de son chemin. Soudain elle s'arrêta et hurla. Une silhouette sortait des buissons.

C'était Alex, rouge de chaleur après sa longue marche. Ses cheveux emmêlés étaient couverts de feuilles, et le bas de son jean était mouillé car elle avait dû traverser une petite rivière.

– Zoé ? Où allez-vous ?

Haletant, une main sur son épaule, Ben les rattrapa.

– Bon, ma belle, on va avoir une petite conversation !

Alex semblait perplexe.

– Qu'est-ce qui se passe ? Je venais vous annoncer de bonnes nouvelles. Il y a une ferme, un peu plus loin, à trois kilomètres environ.

– Ce qui se passe, c’est que cette petite garce a retrouvé la mémoire. Et qu’elle nous cache des choses !

Zoé fondit en larmes et tomba à genoux dans la poussière. Alex la regardait, sidérée.

– C’est vrai ?

– Allez, où sont les ostraca ? Qu’est-ce que c’est que toute cette histoire ? Qu’est-ce que Jones et Slater viennent faire là-dedans ?

– Je ne sais pas, dit Zoé, en sanglotant.

– On ne partira pas d’ici tant qu’on ne saura pas la vérité !

– Je dis la vérité ! hurla-t-elle. Je ne sais pas pourquoi ils les veulent. Je m’en servais simplement pour faire chanter Cleaver.

– Alors, dites-nous où ils se trouvent ! dit Ben, en essayant de contenir la fureur de sa voix. On trouvera peut-être une solution. On pourra les utiliser contre eux.

Zoé secouait la tête violemment. Son visage était maculé de poussière et de larmes.

– Je ne peux pas vous le dire, murmura-t-elle entre les sanglots.

– Et pourquoi ?

– Parce que… parce que… je ne peux pas.

De nouveau, elle éclata en sanglots et cacha son visage dans ses mains tremblantes.

Alex s’approcha d’elle et la prit par le bras.

—- N’ayez pas peur ! Nous essayons de vous aider. Dites-nous la vérité. Ensuite, nous irons à la ferme. Ce sera bientôt terminé.

Zoé essuya ses yeux et regarda Ben, effrayée. Elle renifla et se tint la tête.

– Je ne peux pas vous le dire… parce qu’ils

n'existent pas. Voilà ! Vous êtes contents ? s'exclama-t-elle.

Ben se tut, abasourdi.

– Comment ça ?

Zoé se redressa, les jambes écartées dans la poussière.

– C'était du bluff, chuchota-t-elle. Des mensonges. Il n'y a aucune preuve. J'ai tout inventé.

Ben essayait de comprendre ce qu'elle racontait.

– Et le fragment que vous avez envoyé à Cleaver, celui que Skid McClusky lui a livré dans la boîte, il était authentique ! Cleaver a vérifié.

Zoé hocha la tête, toujours en larmes.

– Il l'a fait dater au carbone, c'est tout. Le fragment date de la bonne époque. À votre avis, pourquoi je l'avais choisi ? L'inscription qu'il portait ne voulait rien dire mais personne ne pouvait le vérifier. Je n'ai trouvé que des fragments épars. D'après ce que je sais, il pourrait s'agir d'un livre de recettes ou d'un registre de comptes en hébreu ancien. Il n'y avait pas assez de matière pour le savoir vraiment.

Ben la regardait, de plus en plus furieux. Soudain, il avait oublié sa douleur.

– Un livre de recettes ! répéta-t-il.

– Je n'étais même pas certaine que Cleaver mordrait à l'hameçon. C'est une idée folle qui m'a traversé l'esprit, un jour, sur le chantier, en Turquie. Je n'avais pas à me tracasser pour les détails parce que je savais que je pouvais raconter n'importe quoi. Je trouvais que c'était un bon moyen de me venger de ce salaud, de l'ébranler un peu. Avec son livre idiot ! Qui essaie-t-il de berner ?

Elle devint écarlate.

– De quel droit il ferait main basse sur l'argent d'Augusta ? C'était mon amie, avant ! C'est à moi qu'il devrait revenir !

– Et c'est la vérité, cette fois ? Il n'y a jamais eu aucun élément nouveau sur saint Jean et l'Apocalypse ?

– S'il y en a, ils sont toujours enterrés quelque part.

Ben commença à trembler en comprenant peu à peu. Il repensait à Charlie. Il revoyait la scène de l'explosion.

– Je suppose que cela ne changera rien si je vous parle des vies qui ont été détruites avec votre petite arnaque ? Peu importe que votre famille soit morte d'inquiétude ! Nikos est mort, vous le saviez ? Vous vous en moquez peut-être !

La douleur revenait à présent, comme une pièce d'acier en fusion, enfoncée dans sa chair.

Zoé le regarda, inquiète, puis elle plissa les yeux et se tut.

– Sans parler des victimes de l'attentat à Corfou. Vous n'êtes même pas au courant, mais c'est votre faute ! Et le médecin qui a risqué sa vie pour vous aider. Et votre ami, Skid McClusky, qui se planque dans un hôtel miteux, avec les jambes en bouillie. Et tout cela, à cause de vous, espèce de petite écervelée !

Il lutta pour ne pas la prendre par les cheveux et lui mettre son poing dans la figure.

– J'ai toujours considéré les femmes de la même manière que les hommes, mais si vous étiez un homme, Zoé, je vous jure que ce serait votre dernier jour ! Vous n'avez aucune idée de ce que vous avez fait !

Il y eut un long silence, on n'entendait plus que les pleurs étouffés de Zoé, le bruissement des feuilles et l'appel d'un busard, au-dessus des têtes.

Ce fut Alex qui brisa le silence la première.

– Où est-ce que cela nous mène ?

Personne ne répondit.

Soudain, la nausée le submergea, comme une vague.

Il sentit quelque chose sur son pied et baissa les yeux. Sa main droite dégoulinait de sang, et des petites flaques se formaient sur le sol de la forêt. Alex s'en aperçut également, et son regard trahit son inquiétude.

Puis, on entendit le ronronnement régulier d'un rotor. Ben leva les yeux. L'hélicoptère n'était encore qu'un point dans le ciel, mais il grossissait rapidement.

– De la compagnie ! murmura Alex.

– Tous aux abris, dit Ben. Tout de suite !

Il attrapa Zoé par le bras, la hissa sur ses pieds et l'envoya dans les buissons sans ménagements.

Alex plongea derrière elle et s'accroupit. Il sentait l'odeur des cheveux d'Alex, de sa peau. Malgré la douleur, cette proximité lui procurait des sensations bizarres.

L'hélicoptère approchait. Son bourdonnement remplissait l'air. Il plongea dans la vallée, survola la ligne des arbres, qui se balancèrent dans les remous, et disparut.

Alex poussa un long soupir.

– Vous croyez qu'ils ont trouvé la voiture ?

Ben hocha la tête.

– Ils écument toute la région. C'est ce que je

ferais à leur place. Jones a dû faire appel à toutes les ressources dont il dispose.

Il se redressa, et écouta le ronronnement de l'hélicoptère qui s'éloignait.

– Il est temps de filer.

47

Pendant les trois longs kilomètres, Ben eut l'impression de rendre son dernier soupir. Il sentait ses forces diminuer à chaque pas. Alex, qui portait le sac, ouvrait le chemin et s'arrêtait souvent pour l'aider, lorsque le terrain devenait difficile. Livide, Zoé suivait en silence, à une trentaine de mètres en arrière, évitant de croiser le regard de Ben, tandis qu'ils se frayaient un chemin à travers les pins et le long de la pente rocailleuse qui menait à la rivière.

– Il va falloir traverser, dit Alex. Le courant est assez fort, mais ce n'est pas profond.

Elle le prit par la main et ils pataugèrent. Il trébucha et tomba, et le contact de l'eau glacée secoua son corps de frissons. Alex l'aida à se relever.

– Ce n'est plus très loin, dit-elle, avec un sourire rassurant.

Grinçant des dents, il luttait pour ne pas s'évanouir. Pas à pas, il traversa la rivière et s'écroula sur l'autre rive. Zoé les rattrapa quelques instants plus tard, et il trouva enfin la force de repartir. De nouveau, le terrain montait en pente raide. Arrivée au sommet, Alex prit les jumelles dans le sac et scruta la vallée, en contrebas.

– C’est là, annonça-t-elle, joyeusement.

Malgré la douleur et l’épuisement, Ben remarqua la beauté du paysage. De grandes prairies s’étendaient devant eux et le soleil du début d’après-midi faisait étinceler la neige sur les sommets montagneux, au loin. Alex lui tendit les jumelles, et il observa les bâtiments agricoles biscornus à environ un kilomètre au-delà de la prairie. C’était une ferme typique des montagnes, avec plusieurs granges et des chevaux qui paissaient derrière des palissades blanches.

– Je ne vois personne, dit-il. Pourtant, de la fumée sort d’une des cheminées.

– Allons voir de plus près, répondit Alex.

Il leur fallut encore quarante-cinq minutes de lente progression pour arriver à destination. Ils franchirent le portail et suivirent un chemin poussiéreux, entre des granges de bois délabrées, qui menait au bâtiment principal. L’une des fenêtres était condamnée, et les marches du perron, rongées par les vers, étaient étayées avec des briques.

Alex frappa à la porte.

– Bonjour. Il y a quelqu’un ?

Pas de réponse. Elle recula un peu, leva les yeux vers les fenêtres et se tourna vers Ben en haussant les épaules.

Le soleil était chaud à présent et Ben s’abrita les yeux pour scruter les environs.

C’est là qu’il vit un corps allongé.

Le vieil homme gisait dans l’herbe, à une centaine de mètres, dans l’un des paddocks. Ben et Alex se précipitèrent vers lui. Elle s’agenouilla à côté de la silhouette molle en jean râpé et chemise à carreaux et essaya de lui prendre le pouls.

– Il est vivant ! dit-elle.

Ben alla chercher un seau d'eau près du paddock et aspergea le visage de l'homme. Ce dernier grogna, cligna des yeux et essaya de s'asseoir. Le visage tanné comme du cuir, il avait de longs cheveux et une longue barbe blanche. Il grimaça de douleur et porta les mains à sa cheville. Elle était très enflée.

– Fichu poulain, il m'a fait tomber ! dit le vieil homme, en montrant le coupable.

Dans son paddock, un jeune alezan leva le museau de son herbe et s'approcha d'eux, en tirant sa longe derrière lui.

– N'essayez pas de parler, dit Alex. On va vous mettre à l'ombre.

Ils aidèrent le vieil homme à grimper les marches du perron et à entrer dans la ferme. L'intérieur sentait légèrement l'humidité. Ils traversèrent un vestibule fermé et un salon au papier peint, qui se décollait du mur, avec un divan bas, qui semblait être ici depuis les années cinquante. Ils allongèrent le vieux monsieur, Ben essuya gentiment la sueur qui lui coulait dans les yeux et roula la jambe de pantalon.

– Ce n'est qu'une vilaine entorse, dit Alex en examinant la cheville.

– Sacrée chance que vous soyez passés par là, les gars !

Il vit la chemise ensanglantée de Ben, mais ne dit rien. Il leur tendit la main.

– Moi, c'est Riley Tarson.

– Ben Hope. Voici Alex.

Zoé était entrée dans la maison et observait de loin.

– Et cette jolie dame, elle a un nom ? demanda Riley.

– Oui, dit Ben. Emmerdes !

Il ôta la botte du vieil homme et se tourna vers Alex.

– Je crois avoir vu de la consoude dans la cour. Vous savez faire une décoction ? Cela réduira l'enflure.

– Pas la peine, dit Riley. Ira a toujours une potion indigène en réserve, dans une jarre à la cuisine.

– Ira ?

– Il m'aide à la ferme. L'est pas là, pour l'instant. L'est parti chercher un bœuf en vadrouille, il y a deux jours. Il est pas encore revenu.

– Je vais voir si je la trouve, dit Alex.

Zoé la suivit.

Riley regarda Ben attentivement.

– Vous vous êtes un peu écarté de votre route, monsieur. Je parie que vous n'êtes pas de simples voyageurs.

– Vous pariez juste.

– Et je parie que cet hélicoptère, tout à l'heure, c'est après vous qu'il en avait. C'est bien ça ?

Ben ne répondit pas.

Le visage ridé de Riley se fendit d'un sourire.

– Moi, je les connais, ces hélicos. Je les aime pas, ces types.

– Ils sont de la CIA, répondit Ben tranquillement. Ils nous recherchent.

– C'est pas ça qui me dérange. Si vous aviez voulu me faire du mal ou me voler, ce serait fait depuis longtemps. Je sais pas ce que vous fabriquez, et moins j'en sais, moins je risque d'en dire. Ce qui compte, ce sont les actes, grommela Riley. Bon, ce fumier dans son hélico, il est descendu pendant que j'étais allongé dans la poussière. Il m'a vu, il s'est contenté de sourire et il s'est barré. Si vous ne vous étiez pas pointés, j'aurais pas passé la nuit ! Alors, moi, si vous me demandez de choisir, c'est pas de son côté que je vais être, pour sûr !

Alex revint dans la pièce avec une grande jarre remplie d'une potion verdâtre. Ben l'examina.

– C'est bien de la consoude. Ça soulagera un peu.

Il en versa sur la cheville enflée, immobilisa le pied avec un coussin qu'il roula autour de la cheville et fixa avec de l'adhésif.

– Il va falloir vous reposer un moment, dit-il à Riley.

– Vous avez l'air bien mal en point, vous aussi. Des blessures comme ça, j'en ai déjà vu.

Soudain, Ben se sentit très faible. Les lèvres de l'homme bougeaient, mais il n'entendait plus qu'un bourdonnement dans ses oreilles. La pièce se mit à tournoyer tout autour de lui, et il eut vaguement conscience du cri d'Alex, en s'écroulant sur le sol.

48

Il reprenait et perdait connaissance. Comme sous l'effet d'un ralenti, il dérivait dans des périodes de noir absolu, qui lui semblait durer une éternité, émaillées de bribes de sons, de lumière et d'activité ambiante. Il eut vaguement conscience de monter un escalier, le bras autour de l'épaule d'Alex qui le soutenait. Il vit une chambre. Un lit. Sentit les draps propres sur sa peau, le sang sur du coton blanc. L'énorme visage d'Alex penché sur lui, le regard inquiet. Puis, de nouveau, le néant.

Lorsqu'il ouvrit les yeux, les lueurs de l'aube rampaient sur le sol d'une chambre inconnue. Il cligna des paupières et essaya de soulever la tête de l'oreiller. Son épaule avait été fraîchement bandée. Il souffrait, mais la douleur était différente.

Il chercha l'anneau autour de son cou. Il avait disparu.

Il regarda tout autour de lui. Il se trouvait dans une vaste chambre, simple et traditionnelle. Contrairement au rez-de-chaussée, elle était propre et bien rangée, comme si on ne s'en servait jamais. Il se trouvait dans un grand lit de cuivre, couvert d'un dessus-de-lit de patchwork. Il y avait un lavabo dans un coin et des vêtements propres soigneusement disposés près de son lit : un jean et une chemise de la même toile, bien pliés. Au-dessus, on avait placé l'alliance d'or sur sa lanière de cuir.

Alex se trouvait à côté de lui. Elle était allongée en travers du lit, les cheveux ébouriffés, un bras sur les jambes de Ben.

Il se demandait combien de temps elle l'avait veillé avant de sombrer dans le sommeil.

Elle bougea et ouvrit les yeux, le regardant immédiatement. Elle semblait avoir la capacité, unique aux animaux sauvages et aux soldats entraînés, de passer du sommeil profond à un état de veille totale, sans transiter par la phase de somnolence et de bâillements habituels. Elle sourit et s'assit dans le lit. Elle avait troqué son pull de laine contre une chemise de fermier à carreaux, trop grande pour elle, qu'elle avait nouée à la taille.

– Bienvenue dans le monde des vivants !

– Vous l'avez enlevée ?

– Il a fallu que je cherche assez profond, mais elle est bien ressortie. L'os n'est pas touché. Elle s'était un peu écrasée, sans se fragmenter.

Alex tendit le bras vers une tasse de thé, sur la table de chevet et la remua. Ben regarda à l'intérieur la balle écrasée qui roulait au fond. Elle avait l'air inoffensive, à présent.

– Vous m'avez sauvé la vie, dit-il. Cela fait deux fois maintenant. Il va falloir que je me rattrape !

Elle reprit la tasse et lui passa doucement les doigts frais sur le front.

– Vous êtes encore brûlant. Reposez-vous !

Il s'allongea sur l'oreiller.

– Il faut partir.

– Pas avant quelques jours. Riley dit que nous pouvons rester aussi longtemps que nous le voulons.

– Comment va-t-il ?

– Il dort. Ça va aller. Il pense que nous sommes en couple, vous et moi.

– Où est Zoé ?

– Dans une chambre, au bout du couloir. Elle est fatiguée, Ben, vous devriez être plus gentil avec elle.

– J'ai envie de la tuer.

– Elle a des remords.

– Encore heureux !

Elle lui caressa le front, écarta une mèche de cheveux. Dehors, l'aube s'éclaircissait. Les chevaux hennissaient, au loin, un chien aboyait.

– Je dois aller m'occuper des chevaux, Riley ne pourra pas se lever tout de suite.

– Encore un instant !

Elle sourit.

– OK.

Ils gardèrent le silence.

– Vous avez rêvé. La nuit dernière. Vous avez déliré pendant un instant.

– Ah bon ?

– Vous avez parlé pendant votre sommeil.

Il ne répondit pas.

– Vous parliez à Dieu.

– Je n'ai pas grand-chose à lui dire.

– Vous imploriez son pardon, Ben. Cela avait l'air de compter énormément. Que s'est-il passé ? Qu'avez-vous donc fait de si irréparable ?

Il se tourna de l'autre côté.

– Je veux vraiment vous aider.

Il la regarda de nouveau.

– Pourquoi ?

– Je ne sais pas. J'en ai envie.

Elle sourit.

– J'ai l'impression de vous connaître maintenant. Je vous ai déshabillé, j'ai plongé dans votre épaule jusqu'au coude pour retirer la balle. Vous avez saigné sur moi. J'ai bandé votre blessure. Je vous ai lavé et j'ai passé la moitié de la nuit à éponger la sueur de votre front. Alors, pourquoi refuser mon aide pour le reste ? Cela fait du bien de parler.

– Il s'est passé des choses dramatiques dont je n'ai pas envie de parler.

– Il y a toujours des drames.

– Je sais.

– Ce n'est pas votre faute si Charlie est mort. Je sais que vous vous le reprochez, mais ce n'est pas juste. Vous n'aviez aucune idée de ce qui allait arriver. Vous essayiez seulement d'aider un ami.

Il était sur le point de répondre, pourtant, il se retint.

– Quoi ?

– Rien. Vous devriez peut-être aller voir les chevaux, à présent. Ne vous attardez pas trop longtemps dehors. L'hélicoptère risquerait de revenir.

Elle sourit.

– Vous ne vous débarrasserez pas de moi aussi facilement !

– Vous avez peut-être raison… à propos de Charlie. Ce n'était peut-être pas ma faute.

– Il y a autre chose alors, c'est ça ?

Il ferma les yeux.

– Parlez-m'en !

Après un long silence, il murmura simplement : « Je ne peux pas. »

49

Au fil de la matinée, Ben sentit ses forces lui revenir lentement et son impatience monter. Allongé sur les draps froissés, il lisait la Bible, en repassant tous les événements en revue. Il ne pouvait s'empêcher de repenser à Slater. Qui était-ce ? Pas un agent. Pas un flic. Pas un guerrier comme Jones. Un dirigeant, un manager, un cerveau. Un homme qui disposait d'un pouvoir considérable. Un homme d'influence. Un politicien, peut-être, mais pas une figure proéminente, Alex n'en avait jamais entendu parler. Un homme qui préférait rester dans l'ombre et travailler en coulisses. Un homme, qui, pour certaines raisons totalement mystérieuses, s'intéressait à Clayton Cleaver, et, par conséquent, se sentait menacé par les ostraca de Zoé.

La religion et la politique. Cleaver briguait un poste de gouverneur, mais il n'était que du menu fretin, dans un vaste jeu.

Et si quelqu'un, quelqu'un de bien plus haut placé, qui avait encore plus à perdre ou à gagner, était impliqué ? Le nombre d'électeurs était une motivation suffisante pour tuer !

Une voix intérieure lui disait qu'il fallait chercher plus loin. Les ambitions politiques suffisaient-elles à expliquer pourquoi Slater, ou les forces qu'il représentait, était capable de mobiliser les ressources de la CIA à ses propres fins ? Cela cachait un complot plus vaste.

Tout en feuilletant la Bible, cette pensée ne cessait de le hanter et de lui glacer le sang.

Il finit par ne plus supporter son inactivité. Peu après midi, il se leva, encore un peu étourdi, mais bien plus solide. Il ne portait qu'un caleçon. Le bandage d'Alex était bien serré autour de son épaule.

Il prit le collier de cuir avec son alliance et le passa autour de son cou. Il s'approcha de la fenêtre et contempla les grandes prairies et les montagnes, derrière les granges et les paddocks. Un détail retint son attention. Dans l'une des granges, au milieu de matériel agricole obsolète et d'objets divers, un vieux camion Ford rouillait. Il l'observa un instant et hocha la tête.

Il alla vers le lavabo, s'aspergea le visage d'eau froide, retourna vers le lit et enfila le jean qu'on avait laissé pour lui. Il lui allait à merveille et il se demanda à qui il appartenait.

Pas à Riley, pas avec un tour de taille de quatre-vingts centimètres. Il se souvint du nom de l'aide, Ira. Il enfila également la chemise.

En bas, l'arôme du café flottait dans l'air et quelqu'un s'activait.

Ben se passa la main dans les cheveux devant le miroir et avança vers l'escalier de bois.

Dans la grande cuisine, devant un vieux four à gaz cylindrique, Alex faisait griller des tranches de bacon dans une poêle cabossée. Surprise, elle se retourna.

– J'allais vous apporter de quoi manger.

– Quelle figure politique appuie sa campagne sur la Bible ? demanda Ben.

Alex le regarda, interloquée.

– Vous voulez dire à part le Président qui prétendait avoir Dieu à ses côtés pour attaquer l'Irak ?

– Plus bas dans l'échelle. Quelqu'un qui essaie d'arriver au sommet.

– Il y a des milliers de prêcheurs évangélistes aspirants président, dit-elle. Certains sont plus importants que d'autres. Mais je peux difficilement citer un nom particulier. Pourquoi cette question, tout d'un coup ?

– Pour rien. Je réfléchissais. Je suis probablement à côté de la plaque.

– Vous ne devriez pas vous lever.

– Je me sens beaucoup mieux.

– On dirait. Vous ne devriez quand même pas vous agiter comme un diable dans sa boîte. Il faut vous reposer plus longtemps.

– Je ne me recoucherai pas. Il y a un camion… Il a l'air vieux, mais il nous permettra peut-être de partir d'ici. Je donnerai le double de sa valeur à Riley, pour qu'il puisse en racheter un autre.

– C'est gentil, mais nous n'allons nulle part. Du moins, pas pour l'instant. J'ai déjà essayé. La batterie est chargée, pourtant, le démarreur semble fichu.

– Médecin et mécanicienne ! s'exclama Ben.

– Je fais du bon café, aussi. Vous en voulez ?

– Volontiers.

Il accepta la tasse et but une gorgée.

– J'ai fait des vraies tartines aussi. Et des haricots au bacon.

Elle rit en voyant son expression.

– Vous ne mangez pas de tartines, là d'où vous venez ?

– Je ne connais que les toasts irlandais. Ce sont des toasts normaux, trempés dans la Guinness.

– Essayez, c'est du pain grillé avec du miel.

Il s'installa à la table.

– Où est sa Majesté, ce matin ?

Alex fit un signe vers le haut.

– Elle ne veut pas descendre.

– Riley ?

– Il est aussi têtu que vous ! Il s'occupe des animaux, en sautillant et en boitant. C'est un dur à cuire ! Il a été marine, autrefois.

– Au Viêtnam ?

– En Corée, dit une voix rocailleuse.

Ils se retournèrent. La porte venait de s'ouvrir et Riley entrait dans la cuisine à cloche-pied, en s'aidant d'un bâton.

– Humm, ça sent drôlement bon !

Un peu raide, il s'assit sur une chaise, en tête de table. Alex lui tendit une assiette et il grommela une vague action de grâce avant de manger. Ils gardèrent le silence un moment, puis Ben parla du vieux camion, dans la grange.

– Si vous arrivez à le faire partir, il est à vous ! Je vais vous dire, si vous fouillez vraiment au fond de la grange, vous en trouverez un autre, sous une bâche. Le moteur a lâché il y a des années, mais le démarreur est toujours en bon état, je crois.

– On vérifiera.

Riley tendit le bras et prit une bouteille dans un

placard proche. Elle était remplie d'un liquide transparent.

– J'en bois toujours une goutte après le repas. Ça vous dit de m'accompagner ?

Il défit le bouchon et versa un peu de liquide dans trois tasses. Il en prit une et glissa les autres vers eux.

– C'est du costaud ! Je la fabrique moi-même, cette gnôle !

Ben en but une gorgée. C'était deux fois plus fort que le whisky.

– Ça me rappelle le *poteen*, dit Ben. Un alcool de contrebande irlandais !

– Je connaissais un gars qui faisait rouler une Dodge Charger 69 avec ça, murmura Riley.

Ben l'appréciait. C'était un dur à cuire, mais il avait un grand cœur.

– Je voulais vous remercier pour nous avoir permis de rester. Vous n'aviez pas besoin de me donner une chambre. Je me serais contenté de la grange.

Riley gratta ses moustaches blanches et sourit tristement.

– C'est l'ancienne chambre de Maddie. Je n'y vais pas souvent. Elle aurait voulu que vous y dormiez, vous et votre dame.

Ben et Alex échangèrent des regards, sans répondre. La porte s'ouvrit et ils se tournèrent vers Zoé, qui se tenait dans l'encadrement, hésitante.

– Prenez donc une chaise, mam'zelle.

Alex se leva et alla chercher la casserole sur le feu et une nouvelle assiette.

– Asseyez-vous et mangez quelque chose, Zoé.

L'air docile, Zoé s'assit à table et mangea ce qu'Alex lui avait préparé. Ben ne prêta pas attention à sa présence. Riley termina son repas, lécha l'assiette avec délectation, et finit sa gnôle.

– C'était sacrément bon !

Il s'adossa à sa chaise et sortit un vieux paquet de Lucky Strikes. Ben en accepta une.

Zoé regarda le téléphone en plastique, accroché au mur, dans le coin de la cuisine.

– Ben, dit-elle, timidement. Est-ce que je pourrais appeler mes parents ?

Ben allait refuser, mais Riley intervint.

– Le téléphone, y marche plus, ma pauv'e dame. Ça fait deux ans maintenant qu'il prend la poussière. J'ai pas payé la facture. Maddie, elle appelait sa sœur de temps en temps, moi, j'ai jamais aimé parler dans ce machin. J'aime bien regarder les gens les yeux dans les yeux, quand je leur parle.

Il mit son doigt derrière l'épaule.

– Le plus proche est chez Herman, à une quinzaine de kilomètres, de l'autre côté de la crête.

Zoé se tourna vers Alex.

– Et votre portable ?

– Y a pas de signal dans le coin. Chez Herman non plus, ça marche pas.

– Bon, alors, j'irai chez Herman. Il y a un cheval, que je pourrais emprunter ?

– Vous n'irez nulle part ! s'exclama Ben.

À cet instant, il entendit des bruits de sabots dans la cour et se retourna pour regarder par la fenêtre. À travers la vitre poussiéreuse, un jeune homme à la peau dorée et aux cheveux noirs luisants, en veste de jean, descendait d'un grand cheval pommelé, qu'il attachait à la balustrade.

– C'est Ira, annonça Riley. Il a dû retrouver le bœuf.

Il se leva et sautilla pour aller rejoindre le jeune homme.

Zoé regardait par la fenêtre. Ben suivit son regard et comprit aussitôt à quoi elle pensait. Ira semblait avoir pas mal de sang indien dans les veines. Vingt-trois ans environ, il était beau et en pleine forme.

– N'oubliez pas ce que j'ai dit ! prévint Ben. Vous restez à l'intérieur. Il y a des gens qui nous cherchent.

Elle ne répondit pas.

– Parfait. Bon, allons voir si nous pouvons faire démarrer ce camion.

50

– Il va falloir dévisser ce boulon, sinon, vous n'y arriverez pas ! s'exclama Alex.

Des rais de lumière filtraient par les interstices du mur de bois, projetant de grandes bandes plus claires sur le sol de terre battue et le fatras de la grange : piles de piquets, outils, burettes d'huile, sac d'engrais. Au-dessus de leurs têtes, des poules s'ébattaient dans le foin.

Ben était allongé sous le châssis d'un camion encore plus vieux, au fond de la grange. Il avait le visage couvert de taches de la rouille qui était tombée sur ses joues, tandis qu'il essayait de dévisser les écrous qui retenaient le moteur.

– Prenez la clé à chaîne, plutôt.

Il reposa la clé à molette et prit celle que lui tendait Alex. En levant les yeux vers elle, il s'aperçut à quel point elle était séduisante. Ce n'était pas la première fois.

Les cheveux auburn étaient tirés en arrière, et les mèches folles qui encadraient son visage la rendaient plus attirante encore. Il faisait chaud dans la grange, et elle avait remonté ses manches de chemise jusqu'aux épaules.

Elle avait une tache de graisse sur le muscle brillant et tonique de l'avant-bras. La chemise à carreaux était largement déboutonnée. Elle repoussa une mèche qui lui cachait les yeux.

– Vous avez pris des cours de mécanique à la CIA ?

Elle lui sourit.

– Essayez de vivre avec quatre frères, tous dingues de bagnoles !

Ben passa la clé autour du boulon obstiné qui céda dans un craquement. Il ne tarda pas à dégager le démarreur et se hissa hors du camion. Il se releva, tout étourdi.

Elle tendit le bras et lui posa la main sur l'épaule. Le contact était doux et chaud, sous la chemise en jean.

– Ne faites pas trop d'efforts. Je continue.

– Vous en avez déjà fait beaucoup !

Elle regarda le démarreur. Ce n'était qu'une masse de rouille et de câbles anarchiques.

– Vous pensez qu'il va fonctionner ?

– Qui sait !

Elle le lui prit des mains. Ses doigts s'attardèrent un peu plus longtemps que nécessaire, comme pour une caresse. Elle leva les yeux vers lui.

– Je suis contente quand même, dit-elle.

– Contente de quoi ?

– Malgré tout ce qui s'est passé et qui risque de se passer encore, je suis contente de vous avoir connu. Contente que vous soyez en vie. Contente d'être avec vous. J'ai simplement peur que cela ne dure pas longtemps.

Il ne répondit pas. Ils restèrent ainsi un moment. Ses yeux bleus plongèrent dans les siens et retinrent longuement son regard. Elle avait les lèvres légèrement ouvertes.

– Vous êtes très seul, dit-elle.

De nouveau, elle lui toucha la main, plus longuement, entrelaçant ses doigts dans les siens.

– Je le sais. Je le vois. Parce c'est aussi ce que je ressens. La solitude. L'absence.

Sentant son cœur s'accélérer, il caressa le bras nu. La peau était douce et lisse. Il monta la main vers son épaule, lui caressa les cheveux et la joue. Il passa son doigt sur le coin de sa bouche, et elle pencha la tête pour l'embrasser tendrement. Ils se rapprochèrent. Leurs mains s'agrippèrent plus fort, comme s'il y avait urgence.

Leur baiser fut passionné, ravageur. Il la serra contre lui, explorant son corps, sentant ses bras sur son dos, ses cheveux sur son visage. Puis, à contrecœur, il s'écarta.

– Non, je ne peux pas.

– De quoi as-tu peur ?

Ses yeux cherchèrent les siens.

– Nous en avons envie tous les deux. Je me trompe ?

– Non. Ce n'est pas possible.

– Pourquoi ? Pourquoi lutter ? Nous n'avons pas beaucoup de temps à passer ensemble.

Il ne trouvait pas ses mots. Il n'avait jamais pu les trouver, même lorsqu'il y pensait seul, même dans ses moments les plus désespérés.

– J'ai perdu quelqu'un, murmura-t-il. Quelqu'un de proche. Plus proche que n'importe qui. Il n'y a pas longtemps.

Elle se mordit les lèvres et soupira. Lui passa les mains dans les cheveux.

– J'ai vu ton alliance.

Il ferma les yeux, hocha doucement la tête.

– Tu veux en parler ?

– Elle est morte.

– Comment s'appelait-elle ?

– Leigh.

– Comment est-ce arrivé ?

Il leva les yeux.

– Elle a été assassinée.

En entendant ses propres mots, il fut de nouveau frappé par l'horreur de ce drame. Soudain, il revoyait toute la scène, comme un cauchemar récurrent qui ne cessait de le hanter.

Il revit la lame noire du couteau. Qui plongeait, s'enfonçait dans son corps, lui prenait sa vie.

Le dernier regard. Les mots qu'elle avait prononcés et qui resteraient à jamais gravés dans son esprit.

Il inspira profondément.

– C'était ma faute. J'étais censé la protéger de l'homme qui l'a tuée. J'ai échoué. Il est revenu et il me l'a prise.

Il garda le silence un long moment et soupira.

– Elle me manque. Elle me manque tellement !

Alex lui posa la main sur le bras. Le contact était chaleureux et rassurant.

– Ce n'est pas toi qui l'as tuée, Ben. Ce n'est pas à toi de porter ce fardeau.

Il hocha la tête, sentant toute la douleur revenir. Il avala sa salive.

– Cela ne change rien. Tous les jours, je prie Dieu pour qu'il me pardonne d'avoir laissé faire une chose pareille. Je ne crois pas que Dieu m'écoute. En fait, je crois qu'il ne m'a jamais écouté, pas une seule fois dans ma vie. Il m'a abandonné depuis longtemps.

– Tu ne penses pas ce que tu dis.

Il lui prit la main et la serra gentiment.

– Trouve quelqu'un de mieux que moi, Alex. Je ne suis pas un homme pour toi.

– Tu es un homme extraordinaire. Je te connais à peine, mais je le vois.

Il ne répondit pas.

Ce fut à cet instant qu'il entendit le bourdonnement des rotors, les coups de feu dans la cour de la ferme et le cri de Zoé.

51

Désœuvrée, lasse, Zoé s'était promenée autour de la maison. Après avoir été enfermée si longtemps, elle se sentait pleine d'énergie contenue et s'ennuyait à ne rien faire.

Par la fenêtre, elle avait vu Ira dans les paddocks qui débourrait un poulain, celui qui avait fait tomber Riley. Sous un ciel bleu sans nuage, l'herbe ondulait doucement dans la brise.

Soudain, elle avait éprouvé l'envie irrépressible d'aller dehors, de parler à Ira. Il était si séduisant ! Elle adorait la manière souple et athlétique dont il se déplaçait. Elle sourit intérieurement, en imaginant la sensation du contact de sa peau.

Ben lui avait ordonné de ne pas sortir, elle ne l'avait pas oublié. Qu'il aille au diable ! Il la prenait pour une idiote. Elle entendrait l'hélicoptère bien avant d'être repérée. Elle en avait assez d'être traitée comme un bébé !

Elle se rendit au paddock, sentant la chaleur du soleil sur son visage et la brise dans ses cheveux. Ira l'aperçut de loin. Elle alla vers, lui, un grand sourire aux lèvres.

– Bonjour. Je m'appelle Zoé. Vous devez être Ira.

Ira descendit de cheval, s'essuya les mains et alla la rejoindre à la barricade.

– Ravi de faire votre connaissance, dit Ira.

Zoé adorait faire du charme, et elle s'y entendait. Ira fut immédiatement réceptif. Elle savait qu'il n'y avait pas beaucoup de jolies blondes dans les environs.

Quelques minutes plus tard, ils riaient et plaisantaient, se lançaient des œillades, se touchaient, sur l'initiative de Zoé, la plupart du temps. Il était un peu submergé par tant d'intérêt, mais elle voyait à son regard qu'il pensait que la vie dans le désert offrait parfois certaines compensations.

– Vous aimez monter à cheval ? demanda-t-il.

– Oui, oui, je monte à cheval. Mais je n'ai jamais utilisé de selle américaine.

– C'est facile. On est comme dans un fauteuil. Vous voulez essayer ?

– Vous me faites la courte échelle ?

Elle escalada la palissade et apprécia le contact de sa main ferme tandis qu'il l'aidait à se mettre en selle. Le poulain était bien dressé, et elle le trouva très réactif lorsqu'elle lui fit faire le tour de la carrière, pour faire connaissance. Ensuite, elle le lança au trot.

– Restez bien en selle, ne vous redressez pas ! Suivez son rythme.

Elle s'adapta très vite, puis, agitant l'extrémité de la rêne, elle le lança au grand galop. Ira restait au centre de la carrière, tandis qu'elle tournait autour de lui, cheveux au vent, soulevant un nuage de poussière sous les sabots du poulain.

– C'est fantastique ! allait-elle s'exclamer, lorsque l'expression sur le visage d'Ira la fit se retourner. Elle resta bouche bée de terreur. Le poulain fit un écart, la déstabilisant sur la selle.

L'ombre la survola.

L'hélicoptère sortit du disque du soleil, nez en bas, rotor de queue en l'air.

Le poulain rua, et Zoé se sentit voler. Elle retomba dans la poussière. Ira courut vers elle, inquiet. L'hélicoptère noir s'approchait, tel un requin qui attaquait, remplissant l'atmosphère du bruit de ses rotors, soulevant des nuages et des nuages de poussière. Zoé se redressa. Le point rouge d'un rayon laser se déplaçait sur son corps. Elle hurla. Pris de panique, le poulain ruait et se cabrait.

Soudain, le sol fut balayé par un tir d'arme automatique.

Ira prit Zoé par le bras et l'entraîna vers la maison. L'homme au fusil, penché par la porte de l'hélicoptère, un pied sur le patin, lâcha une autre rafale prolongée qui fit jaillir les cailloux dans leur sillage, alors qu'ils s'enfuyaient en trébuchant. Elle jeta un coup d'œil horrifié par-dessus son épaule et son regard croisa celui de l'homme qu'elle espérait ne plus jamais revoir.

Jones lui adressa un sourire sardonique par-dessus son M16. Il tira encore, savourant l'instant. Il eut un petit coup au cœur en voyant cette garce trébucher, mais, trop vite, l'Indien la remit sur pied.

Il hurla au pilote de se maintenir en position stationnaire et visa de nouveau. D'un pas chancelant, les cibles s'étaient déjà réfugiées à l'intérieur de la maison et avaient claqué la porte derrière elles. Jones jura et envoya une rafale sur le perron. Les fenêtres volèrent en éclats, tandis que les balles s'enfonçaient dans les tissus d'ameublement.

À l'intérieur, Ira avait plaqué Zoé au sol et recouvrait son corps du sien. Les éclats de verre volaient tout autour d'eux. Les rideaux étaient réduits en lambeaux par les tirs qui s'enfonçaient dans les murs et le sol. Zoé hurlait.

Ben et Alex se précipitèrent hors de la grange et virent l'hélicoptère au-dessus de la cour, à cinq mètres du sol. Ben sortit le Beretta de sa poche arrière, leva son arme au moment où l'hélicoptère tournait pour leur faire face, les patins presque au niveau du sol, à présent.

Ben avait tout de suite reconnu la silhouette au fusil. Il n'hésita pas un instant et tira. Jones recula rapidement et disparut de la vue, au moment où Ben lâchait deux balles rapides qui vinrent heurter le fuselage. Soudain, l'hélicoptère vira et monta en flèche, dans un fracas de moteurs. Ben tira encore deux autres balles sous le ventre de la bête, mais les balles de 9 mm n'étaient pas assez puissantes pour l'endommager. Il jura.

Ils coururent se réfugier à l'intérieur de la maison, tandis que l'engin s'éloignait. Ben avança sur le perron à grands pas et ouvrit la porte. Il vit Ira qui protégeait Zoé de son corps.

– Tout le monde va bien ? hurla-t-il.

Ira hocha la tête, un peu étourdi et aida Zoé à se lever.

Riley entra dans la pièce en boitillant, les yeux écarquillés, un vieux fusil de chasse Ithaca à la main.

À l'intérieur de la pièce, la poussière retombait ; le silence s'installait après le vacarme de l'assaut. Ira aida une Zoé en larmes à monter dans sa chambre, tandis que Riley faisait le tour de la cuisine dévastée, en s'accrochant à son arme et en jurant.

Alex suivit Ben qui sortait. Il resta sur le perron et scruta l'horizon, songeur, abritant ses yeux du soleil.

– C'était Jones. Il reviendra.

– Il aura toute une armée avec lui. Dans quelques heures, au plus. Il faut filer.

– Essayez d'installer le démarreur.

– Où allez-vous ?

Ben retournait déjà à l'intérieur.

– Riley, j'ai besoin de savoir si vous avez d'autres armes, ici.

Le vieil homme le regarda un instant, une lueur pétillant dans les yeux, comme s'il rentrait en service actif, après être resté longtemps en sommeil. Il grommela et fit signe à Ben de le suivre. Il trottina le long d'un couloir et poussa une porte qui ouvrait sur un escalier de bois, menant à un sous-sol délabré. Un fusil était suspendu à un râtelier de fortune. Mince et compact, en noyer et acier bleu. L'homme le décrocha et le tendit à Ben sans un mot.

C'était un Marlin.22. Bienvenu, mais surtout destiné à chasser les lapins ou les écureuils.

Riley vit l'expression de Ben.

– Je sais à quoi tu penses, mon garçon. C'est du lourd, que tu veux.

Ben ne répondit pas.

– Viens, je vais te montrer.

Le vieil homme traversa le sous-sol et s'approcha d'un fatras de meubles hors d'usage, couverts de poussière et de toiles d'araignée. Il commença à débarrasser le désordre, haletant sous l'effort. Il se pencha et tira une vieille malle.

– Je ne l'ai pas ouverte depuis mon retour de Corée, dit Riley. Je suppose que je n'avais pas envie de revoir ce qu'il y a dedans. Si on croit au destin, je sais peut-être pourquoi je me suis donné le mal de parcourir la moitié du tour du monde avec ce truc !

Il souffla sur la poussière et ouvrit le couvercle. À l'intérieur, il y avait une couche de matériel d'emballage. Riley l'enleva et la jeta par terre. En dessous, il découvrit une couche de sacs en toile, tachés de graisse qui sentaient fort l'huile à fusil. Riley les souleva par le coin et l'ôta.

– Voilà ! J'arrive même plus à le soulever, mais j'étais pas mauvais avec, à l'époque.

– J'y crois pas ! dit Ben en clignant des yeux. Un Browning automatique !

Il n'avait vu ce modèle qu'une seule fois. Le BAR, comme on l'appelait, était un fusil-mitrailleur léger utilisé pendant la Première Guerre mondiale, amélioré pour la Seconde, et abandonné au cours des années soixante. Le genre d'arme qu'on ne trouvait plus que dans les musées militaires, pourtant celle-ci brillait comme un sou neuf ! Métal gris étincelant, bois bien huilé, avec des organes de visée en fer comme il se devait avant l'ère du caoutchouc, des polymères, des rayons laser et des optiques infrarouges.

Ben plongea la main dans la malle et sortit le fusil-mitrailleur. Il était lourd et bien huilé. Il l'examina. Il était en parfait état : le canon propre, le mécanisme souple. Même la bandoulière de toile semblait neuve. Le chargeur était long et incurvé. Il y en avait cinq de rechange, au fond de la malle.

Riley sourit.

– Version spéciale antiaérienne, haute capacité ! On dézinguait des avions avec ces joujoux !

Il fouilla encore dans le sous-sol, poussant des vieilleries hors de son chemin.

Il se pencha et sortit une grosse boîte de munitions qu'il reposa par terre. Vert olive, rouillée aux angles, elle portait une inscription en lettres jaunes sur le côté.

Riley ouvrit les fermoirs de métal et le couvercle se souleva en grinçant. Du vieux cuivre scintillait à l'intérieur. Elle contenait plus d'un millier de cartouches, bien alignées. Un calibre militaire .308, parfaitement préservées, légèrement graissées. Vieilles de plus d'un demi-siècle, elles brillaient toujours.

– T'as tout ce qu'il faut pour déclencher une guerre, fiston !

– C'est exactement ce qui va se passer, dit Ben.

Il défit le chargeur et commença à y mettre des balles.

Le vieil homme l'observait.

– T'es un vrai soldat, toi, je me trompe ?

– J'en étais un, avant, répondit Ben.

– Où ?

– Dans l'armée britannique. Special Air Service.

– J'ai entendu parler de vous. Opérations secrètes. Le siège de l'ambassade d'Iran à Londres ?

– C'était dix ans avant mon époque, dit Ben. J'ai servi dans le Golfe. En Afghanistan. En Afrique. Des opérations secrètes, la plupart du temps. Des choses dont vous n'avez pas envie d'entendre parler, et moi non plus.

– Secret défense, dit Riley.

– Le sale boulot pour que des types en costard fassent leur nid. Plus jamais !

– Les mêmes que ceux qui s'en prennent à nous en ce moment.

– Plus ou moins. C'est à moi qu'ils en veulent. Ce

n'est pas votre guerre, Riley. J'aimerais que vous restiez en dehors de tout ça.

Riley cracha par terre.

– On verra, mon garçon. Je me suis battu contre ce fichu gouvernement pendant cinquante ans. Et tu m'as sauvé la vie. Le moins que je puisse faire, c'est de rendre la politesse.

– Ce ne sont pas des tendres !

– Je ne suis pas un ange non plus, fiston. Je suis vieux, mais je sais encore cogner quand il le faut.

Ben le remercia d'un signe de tête.

– J'aurais encore besoin de deux trois bricoles.

52

Ben retourna vers la grange. Alex descendait du moins vieux des deux camions et essuyait ses mains pleines de graisse et de rouille avec un tissu. Elle avait une nouvelle tache d'huile sur la joue. Elle paraissait inquiète, mais sourit en le voyant.

– T'as réussi ?

Elle se dirigea vers la porte du chauffeur, l'ouvrit dans un grand craquement et monta dans la cabine.

– C'est le moment de vérité !

Le moteur se mit en route dans un rugissement et un nuage de fumée bleue. Son visage s'illumina d'un sourire de triomphe lorsqu'elle coupa le moteur. Elle descendit de la cabine, courut vers Ben et le prit dans ses bras.

– Maintenant, on y va !

Il ne répondit pas.

– Alors ?

– Les choses ne sont pas aussi simples, Alex.

– Qu'est-ce que tu dis ?

– Vous partez, toutes les deux. Allez vous réfugier chez Herman, à quinze kilomètres. C'est le moment de faire intervenir tes amis. Ils s'occuperont de Zoé.

On lisait l'inquiétude dans son regard. Elle hocha la tête, têtue.

– On y va tous. On a encore le temps !

Il lui posa la main sur l'épaule, et passa un doigt sur la peau douce de son cou.

– On n'y arrivera jamais à découvert. Ils nous rattraperont vite. Et si on laisse Riley et Ira seuls ici, ils se feront tuer. Je ne veux pas avoir leur mort sur la conscience. Il faut arrêter ces gens. Partez, laisse-les-moi. Je m'en occuperai !

– Si tu restes, je reste.

De nouveau, il hocha la tête.

– Je veux te savoir en sécurité. Je ne supporterai pas…

Sa voix retomba.

– Moi non plus, je ne supporterai pas qu'il t'arrive quelque chose.

– Fais-moi confiance ! Il ne m'arrivera rien.

– Tu ne sais pas contre qui tu te bas.

– J'en ai une petite idée.

Elle soupira, visiblement émue. Elle lui caressa la main. Du doigt, il essuya la larme qui se formait au coin de l'œil. Elle riait à travers ses larmes.

– C'est dingue, dit-elle. Je ne pensais pas qu'il pourrait m'arriver une chose pareille !

Elle le regarda dans les yeux une seconde et le serra très fort. Il sentait son attente, son angoisse dans la manière dont elle l'enlaçait. Pendant un bref instant, il se laissa aller au plaisir de la sentir contre lui, de respirer le parfum de ses cheveux. Une partie de lui aurait aimé figer ce moment. Que cela puisse être aussi simple, que cette possibilité lui soit ouverte. Mais ce n'était pas le cas, et c'était tout sauf simple. Cela ne pourrait jamais arriver.

Il lui prit le bras et l'écarta de lui.

– Maintenant, il faut y aller.

– D'accord, murmura-t-elle à regret.

Ils firent avancer le camion devant la maison, vérifièrent le niveau d'huile, les pneus et la courroie. Tout semblait OK. Ben alla chercher Zoé, lui expliqua qu'elle partait. Elle hocha doucement la tête, le suivit, monta dans le camion et s'installa en silence.

C'était dur de voir Alex s'en aller, cependant, Ben était soulagé de savoir qu'elle et Zoé seraient en sécurité. Il essaya de ne pas dévoiler ses sentiments quand Alex démarra et s'éloigna avec un dernier signe. Il s'abrita les yeux du soleil et observa le camion qui roulait le long de l'allée chaotique.

Soudain, il s'arrêta devant le portail. La porte du conducteur s'ouvrit et Alex descendit. Elle courut vers lui. L'enlaça et l'embrassa.

– Prends bien soin de toi, Ben Hope. C'est un ordre !

– Ce n'est pas un adieu, lui répondit-il. Allez, vas-y ! Fiche le camp.

Les larmes aux yeux, elle retourna au camion en courant. Elle remonta en hâte sur le siège du conducteur, et appuya sur l'accélérateur, faisant patiner les roues. Cette fois, elle ne s'arrêta pas. Ben regarda encore le camion sautiller sur le terrain, jusqu'à ce qu'il parvienne à la petite piste qui sillonnait vers le sommet de la montagne, au loin.

Alex et Zoé étaient parties.

À présent, du travail l'attendait.

L'heure suivante fut pleine de sueur et de poussière. Il étudia le plan de la ferme, pensa aux angles d'attaques, réfléchit aux manières de procéder.

Ce serait un homme seul contre tous. Une équipe

lourdement armée. Des professionnels qui frapperaient vite et fort. Pourtant, la victoire restait possible. Possible, sans plus. Il disposait d'un atout. Un atout majeur.

Il trouva ce qu'il voulait et empila son matériel contre un des murs de la grange. Comme il était lourd, il avait dépoussiéré un vieux chariot à grain pour le transporter. Riley était trop fragile pour l'aider, mais Ira était rapide et plein de bonne volonté.

Tandis qu'ils remplissaient le chariot, le jeune homme s'arrêta et leva les yeux.

– Ils vont être nombreux, non ?

Il semblait se réjouir à cette idée.

– Ils ne prendront aucun risque, cette fois. Ils veulent en finir. Je veux que vous restiez à l'abri, avec Riley, compris ?

– Je suis un Indien Blackfoot, dit Ira, la voix pleine de fierté. Pour moi, ces gens sont les descendants de ceux qui ont privé mes aïeux de leurs terres et qui les ont confinés dans des réserves. Ils nous ont spoliés de nos droits de naissance, fit-il en hochant la tête, solennel. Si maintenant c'est le moment de leur reprendre quelque chose, vous ne pourriez pas me faire partir même avec dix mustangs sauvages ! De toute façon, je ne veux pas rater le spectacle.

Ben le regarda.

– N'ayez pas une vision si romantique de la guerre. Ce que vous allez voir, ce sera la pire chose que vous avez jamais vue dans toute votre vie !

Lorsque tout fut en place, Ben aida Ira à mettre les chevaux à l'abri dans les paddocks les plus éloignés, à près de cinq cents mètres dans la prairie ondoyante. Le soleil dardait de tous ses rayons, et Ben avait mal à l'épaule. Lorsque le dernier cheval franchit le portail et alla rejoindre ses congénères dans l'herbe verte, Ben regarda sa montre. Il était un peu plus de seize heures.

C'était le moment.

En levant les yeux vers le ciel bleu au-dessus du sommet des montagnes, il vit que son instinct ne l'avait pas trompé.

Ils arrivaient.

53

Trois… Trois points noirs se détachaient du ciel, en formation en « V ». Le grondement des rotors devenait de plus en plus assourdissant à mesure qu'ils s'approchaient.

Ben ordonna à Ira de se réfugier dans le sous-sol et de s'assurer que Riley y resterait jusqu'à la fin des hostilités. Ira n'hésita qu'une seconde ou deux avant de courir vers la maison. Ben se dirigea vers la remise, où il avait installé le BAR sur un bipied, devant la fenêtre de l'étage. Il verrouilla la porte derrière lui, monta l'escalier branlant, et s'installa derrière son arme. Son gros sac de toile, à côté de lui, contenait les chargeurs de rechange, les munitions et un Beretta.

Les hélicoptères s'approchèrent rapidement et survolèrent la ferme dans un tohu-bohu épouvantable qui effrayait les chevaux, au loin. Le vent aplatissait l'herbe dans les paddocks.

De son point de vue privilégié, à l'abri des regards, à travers l'œilleton du fusil-mitrailleur, Ben regardait les appareils qui descendaient, tout en maintenant leur formation. Des hommes en noirs surgirent des flancs ouverts et glissèrent le long des filins, telles des araignées au bout de leur fil. Six hommes par appareil, trois de chaque côté, en tenue de combat : gilet pare-balles, lunettes, casque, pistolet automatique. Une démonstration de force intimidante, qui terroriserait les cœurs les mieux accrochés.

À présent, c'était le moment d'utiliser son atout. Ce n'était pas vraiment le BAR, chargé et armé, prêt à semer une nuée de balles sur le terrain. Ni ses années d'entraînement intensif. Non, c'était une qualité intrinsèque, qui l'avait aidé à devenir le soldat qu'il était autrefois.

Il n'aimait pas tuer, pourtant, il était doué pour ça. Dès le début de sa carrière militaire, son instinct avait toujours été très sûr. Il utilisait toutes les armes disponibles : vitesse, agressivité, effet de surprise, force de l'impact. Si ces gens voulaient la guerre, ils allaient être servis ! S'il ne s'en sortait pas, il leur aurait au moins fait connaître l'enfer !

Avant même que les hommes aient posé pied à terre, il débloqua le cran de sécurité du BAR et tira sur l'un des hélicoptères. Il vida le réservoir. Là où un mince pistolet n'avait aucune chance de pénétration, des balles haute vélocité .308 chemisées métal, tirées à neuf cents coups/minute avaient l'effet d'un rasoir brûlant plongé dans une motte de beurre. Le réservoir se déchira dans un bruit de métal et de fibre de verre, suivi du vacarme de l'explosion de l'hélicoptère qui tomba au sol. La boule de feu engloutit les soldats. Ils n'avaient pas eu la moindre chance !

Pas de quartiers, pas de pitié. Il ne faut pas en avoir car l'ennemi n'en a pas. Ben tira dans les flammes, le fusil-mitrailleur tremblant dans ses bras comme un marteau-piqueur, les douilles roulant sur le sol à ses pieds, l'odeur de poudre envahissant l'air.

Il vit les silhouettes enflammées qui tentaient de se redresser, agitaient les bras et basculaient en arrière dans le brasier.

Une seconde explosion déchira l'hélicoptère en deux. Un énorme champignon de flammes s'éleva dans les airs, formant une longue colonne de fumée noire. Les débris s'éparpillèrent dans toute la ferme.

Moins un !

Les deux autres appareils battirent en retraite. Les pilotes remontèrent rapidement. Les hélicoptères rugirent au-dessus de la ferme et reprirent un arc parallèle. Ils revinrent bientôt vers la grange. Les hommes en tenue de combat tactique se penchaient de chaque côté, en position de tir.

Ben repéra le leader. Les douilles s'écoulaient de la culasse brûlante, tandis qu'il envoyait rafale après rafale dans le fuselage. Une rangée de trous perça la carlingue. Il aperçut un spray de brume rosée… le sang d'un blessé. Le Plexiglas explosa sous le tir nourri.

L'hélicoptère prit un angle étrange, perdit de l'altitude et tomba en piqué. Le bruit des rotors se transforma en un whoump-whoump bancal, tandis qu'ils envoyaient des nuages de poussière en tournoyant anarchiquement.

Pendant un instant, on aurait dit qu'il allait s'enfoncer dans le sol, juste en face de la maison, mais soudain, une lame de rotor se prit dans la vieille étable, et l'appareil défonça la structure de bois, envoyant voler planches, échardes et morceaux de fer rouillé.

Moins deux. Plus qu'un !

Le troisième hélicoptère était toujours en vol et prenait de l'altitude pour éviter les projections.

Quelques secondes plus tard, les derniers hommes en noir sortirent de l'étable en ruine, arme en position de tir, en plein dans la ligne de mire de Ben. Une rafale de gauche à droite, et les hommes tombèrent dans une giclée de sang. C'était presque trop facile.

Soudain, tout se compliqua !

Les armes longue portée modernes sont munies de cache-flammes efficaces, destinés à dissimuler le départ de la balle aux yeux ennemis. Le BAR appartenait à une génération antérieure à ces raffinements. Lorsque le torrent de balles déchira le toit de la grange et transperça le bâtiment, Ben comprit que la lueur jaune vif de l'éclair, qui sortait de la bouche du canon, avait révélé sa position au pilote du troisième hélicoptère.

Des fragments de tuile et de toit tombèrent sur lui. Les fenêtres explosèrent, et des éclats de maçonneries dégringolèrent tout autour de lui, tandis que le troisième hélicoptère planait au-dessus des bâtiments et déversait les feux combinés d'au moins deux ou trois fusils d'assaut.

Ben roula sur lui-même, attrapant le Browning et tirant son sac de munitions derrière lui. Il braqua l'arme verticalement et rendit le tir à travers le toit. Une pluie de poussière lui tomba sur le visage.

L'appareil vira et dériva vers la maison. Ben sauta sur ses pieds, passa le sac à bandoulière sur son épaule, rampa vers les marches branlantes et sortit sous le soleil aveuglant.

Il se retrouva dans une allée couverte de débris, entre la remise et l'étable. À trente mètres sur sa gauche, il voyait la carcasse d'un tracteur hors d'usage. Plus près, à une quinzaine de mètres, de chaque côté, appuyées contre les murs d'un bâtiment, deux masses informes, entourées de débris divers, étaient couvertes de bâches.

À sa droite, derrière les dernières dépendances, le troisième hélicoptère s'approchait régulièrement de la ferme. Sous le regard de Ben, six hommes descendirent à terre. Ben s'aplatit contre la paroi. Les hommes ne le virent pas en se dispersant dans diverses directions, où ils se répartirent en se faisant des signes.

Néanmoins, le pilote l'avait repéré. Le nez de la machine plongea, se frayant un chemin entre les bâtiments, prenant de la vitesse, l'avant des patins rasant presque le sol.

Ben fit un écart et alla s'abriter derrière le tracteur. Des balles explosèrent derrière lui tandis qu'il courait entre les deux masses bâchées. Il courut encore plus vite. Lorsqu'il se jeta derrière le tracteur les balles soulevaient un serpent de poussière dans son sillage.

Il leva son arme. L'hélicoptère s'abattait droit sur lui, à quelques mètres à peine, provoquant d'énormes remous.

Il se trouvait exactement entre les deux masses bâchées.

Exactement là où il le voulait.

Il tira. Non pas sur l'hélicoptère mais dans la masse de gauche. Puis sur celle de droite. Il vida son chargeur en formant un arc de feu. Puis il jeta son arme vide et s'aplatit sur le sol derrière le vieux tracteur.

L'éclair de lumière aveuglante occulta tout le reste.

Dans la grange, un peu plus tôt, il avait découvert les grandes bouteilles de propane cylindriques, qui servaient de réserve pour la vieille cuisinière à gaz.

À côté, il avait trouvé des sacs de clous de dix centimètres de long qu'il avait attachés sur les bouteilles avec du ruban adhésif, en serrant bien fort, pendant qu'Ira maintenait la bouteille en équilibre. Cachées sous les bâches crasseuses, elles formaient une version rudimentaire mais gigantesque d'une bombe à fragmentation.

Il n'y avait qu'un léger problème. Il n'avait pas l'intention de se trouver aussi près lorsqu'il les ferait exploser ! Dans l'espace confiné entre les deux bâtiments, leur effet serait dévastateur. L'explosion massive atteignit l'hélicoptère de face.

Ce fut comme si l'appareil avait heurté un mur ! Il fut projeté au sol comme un malheureux jouet et implosa. Les vitres s'effondrèrent sur elles. Les lames de rotor volèrent en éclats. La boule de feu du propane en flammes atteignit les bombes de pétrole et les jerrycans qu'il avait cachés le long du mur, derrière tout un fatras de matériel hors d'usage. Un rideau de flammes s'enroula autour des flancs de l'hélicoptère, incinérant tout ce qu'il contenait. Les silhouettes embrasées s'effondraient, hurlaient, gémissaient, agonisaient.

Ben garda le visage collé dans la poussière tandis que la boule de feu avançait vers lui. Il sentit la chaleur dans son dos et, pendant un instant de terreur, il crut qu'il allait se consumer. Puis, le souffle chaud s'éloigna, et Ben se redressa, chancelant.

Autour de lui, tout était détruit. Les bâtiments en ruine étaient en feu. Des corps jonchaient le sol, et l'odeur de chair calcinée emplissait l'atmosphère. L'hélicoptère n'était plus qu'une carcasse en flammes.

Il sortit de son abri. Le fusil-mitrailleur gisait dans la poussière, à quelques mètres de lui. Il l'attrapa, mais vit qu'un éclat de métal avait écrasé le réceptacle du chargeur. Ben jura, prit le Beretta et vida les cartouches du BAR, devenues inutiles.

Soudain, les hommes qui étaient descendus du troisième hélicoptère resurgirent, tous les six. Ils avançaient au milieu des débris, arme en position, avec les flammes qui se réfléchissaient dans leurs lunettes.

Ben comprit qu'il était dans une mauvaise situation. D'autres hommes arrivaient ! Leur chef eut un grand sourire. Jones ! Il avait dû atterrir avec un autre hélicoptère un peu plus loin, utilisant les trois premiers comme une diversion. Cinq hommes l'accompagnaient, tous en tenue de combat tactique, tous armés du même fusil d'assaut M16.

Une douzaine d'hommes en tout. Disposant d'environ trois cents balles haute vélocité, rien que pour Ben. Et il était pris au beau milieu, sans espoir de pouvoir s'abriter.

– Je t'ai eu ! cria Jones. Tu es seul, maintenant !

54

Lorsque Ben entendit le coup de feu, son corps se tendit involontairement, comme celui d'un boxeur qui s'apprête à encaisser un coup. Dans le souffle de temps suspendu, dont un homme dispose pour se préparer à une mort imminente, il attendit l'impact de la balle qui le tuerait.

Soudain, un des hommes fut soulevé de ses pieds, comme si on l'avait attaché à un train grande vitesse. Il atterrit dans la poussière, les bras en croix, son fusil d'assaut tirant en tous sens. Le bruit des tirs résonnait dans toute la ferme.

– Pas si seul que ça, cria une voix.

Soudain, l'enfer se déchaîna. Des coups de feu partaient dans toutes les directions. Le bruit sec d'un petit calibre retentit, et un autre militaire tomba, en se tenant la tête. Les autres se dispersèrent et se jetèrent à terre derrière les pièces de machines agricoles, les bidons rouillés, les piles de vieux pneus de tracteur et tout ce qui pouvait constituer une protection.

Le tireur, qui connaissait parfaitement les lieux, passait d'un abri à l'autre. Un nouveau coup de feu retentit et un des militaires hurla, tandis que sa cuisse se déchirait dans une grande éclaboussure de sang. Un homme, qui se tenait à côté de Jones, tomba en avant, sans un bruit.

Deux tireurs, donc. Le Marlin .22 et l'Ithaca ! Riley et Ira venaient participer aux festivités. Ben plongea derrière le tracteur. À sa gauche, quatre hommes s'aplatissaient derrière l'hélicoptère en flammes.

À sa droite, Jones et son équipe se tapissaient derrière un tas de bois. Les hommes tiraient sporadiquement dans le vide, leurs mouvements saccadés trahissant leur angoisse. Ben fit usage de son pistolet et tua l'un d'eux. Le tir de riposte rebondit contre le pare-chocs du tracteur. Ben tira à nouveau. Toucha une autre cible.

Soudain, son cœur sembla s'arrêter : au bout de l'allée, entre les ruines de l'étable incendiée et la remise, à une dizaine de mètres de Jones et des hommes qui lui restaient, Ira sortait à découvert, le Marlin à la main. Le menton levé, il avait une étincelle d'orgueil dans le regard. Le vieux Riley Tarson sautillait derrière lui, accroché à son fusil, la foudre sur le visage.

– Vous ! Vous n'avez rien à faire ici ! hurla-t-il.

Jones braqua son arme vers les deux hommes. Ben lâcha quatre balles rapides et Jones se réfugia dans la poussière, derrière le tas de bois.

Ensuite, ce fut la débandade. Les tirs se croisaient dans un grand « V » de flammes dévorantes. Ira tomba, grimaçant de douleur. Riley défendait son terrain, lâchant coup après coup.

Le Beretta recula dans la main de Ben, encore et encore, jusqu'à ce qu'il soit vide. La bataille se termina aussi vite qu'elle avait commencé. Un silence étrange régna sur la ferme. L'allée était jonchée de cadavres.

Jones était le dernier ennemi survivant. Il sortit de sa cachette, jeta son arme vide et courut le plus vite possible, en se protégeant le visage du bras, tandis qu'il trébuchait dans les flammes de l'épave en feu et se faufilait entre les bâtiments. Riley posa son arme et s'accroupit à côté d'Ira. Le jeune Indien se tenait la jambe, grognant de douleur. Du sang coulait entre ses doigts.

Riley leva les yeux vers Ben qui approchait.

– Il me semblait que t'avais besoin d'un coup de main !

– Je vous revaudrai ça !

Ira sourit faiblement.

– On les a bien eus, non !

Ben s'accroupit et examina la blessure.

– Ce n'est qu'une estafilade. Riley, vous feriez mieux de l'aider à rentrer. Il pourrait en venir d'autres.

– Où tu vas ? demanda Riley.

– Chercher Jones !

Ben se retourna et partit à grands pas. Il éjecta le chargeur vide et le laissa tomber dans la poussière pendant qu'il en installait un autre.

Du côté de l'étable, l'incendie lui bloquait le passage. Il s'abrita sous les ruines de la remise, se fraya un chemin à travers les flammes et courut vers la cour juste à temps pour voir Jones entrer dans la grange.

Il trébuchait et se mouvait maladroitement dans sa tenue de combat. Ben traversa la cour derrière lui et le suivit à l'intérieur de la grange, une des seules dépendances qui n'avait pas brûlé.

Il faisait sombre et frais à l'intérieur. Ben regarda tout autour de lui.

Soudain, Jones sortit de l'ombre, brandissant la pointe d'une fourche contre la poitrine de Ben.

Ben fit un écart sur le côté, et la fourche s'enfonça dans la paroi de bois.

Jones recula, le regard plein de haine. Il se baissa et défit la bande Velcro qui retenait son couteau de combat, dans un étui fixé à la jambe. Il sortit la lame et s'accroupit, tel un animal prêt à bondir.

– Tu n'aurais jamais dû entrer là-dedans. Grave erreur !

Jones poussa un hurlement sauvage et se rua sur Ben. Il pointa son couteau vers la gorge de son assaillant. Ben se plaça dans l'arc du mouvement, attrapa le poignet de Jones et le tordit. Il lâcha son couteau.

L'homme de la CIA hurla de douleur. Il se dégagea et recula dans l'ombre, pour s'approcher de l'échelle qui menait à la réserve de foin, cherchant frénétiquement un objet qui pourrait lui servir d'arme. Il trébucha sur un bidon vide et renversa une pile de piquets de clôture. Il en attrapa un. Long d'un mètre cinquante, en pin épais, il était pointu à l'extrémité. Jones essaya de s'en servir comme d'une lance, mais, trop lourd, le pieu se coinça en biais dans le support rouillé d'une grande scie circulaire, pointe en l'air.

Ben avançait toujours. Jones n'avait plus aucun refuge.

– Tu es chez moi, maintenant. Tu es faible, sans arme. Tu es fichu ! Tu n'aurais jamais dû te mettre en travers de mon chemin.

Jones poussa un cri étranglé et grimpa à l'échelle branlante. Ben le suivit sur la mezzanine, à neuf mètres de haut, où les balles de foin, couvertes de toiles d'araignée, baignaient dans la lumière poussiéreuse, qui filtrait par la lucarne du gâble. Il leva son arme et la braqua vers la tête de Jones.

Jones plongea dans le foin à genoux, le visage tordu de frayeur.

– Ne me tue pas ! Je t'en supplie !

Ben baissa son arme et la rangea dans sa ceinture.

– Non, je ne vais pas te tuer.

Il fouilla dans son sac.

Jones poussa un cri de terreur en voyant le flacon et la seringue. Ben laissa tomber son sac et s'approcha de l'agent de la CIA. Il enfonça l'aiguille dans le flacon et la ressortit. Jones essaya de ramper le plus loin possible. Il chignait, à présent. Ben l'attrapa, le jeta dans le foin et enfonça l'aiguille dans son cou. Il injecta le produit.

De nouveau, Jones hurla, découvrant ses dents cassées en pleurnichant.

– Qu'est-ce que vous m'avez fait ?

Ben se releva. Il jeta la seringue vide dans l'ombre.

Soudain, Jones craqua devant lui. Il se tapa la tête contre le sol, s'arracha les cheveux, s'enfonça les doigts dans la gorge, tentant vainement de vomir le produit. Des larmes coulaient sur ses joues.

– Alors, qu'est-ce que ça fait, Jones ? demanda Ben. De savoir que dans quelques heures tu seras aussi dingue que le pauvre type de la vidéo ?

– Tue-moi ! sanglota Jones, des brins de paille sur son visage trempé de sueur. Je t'en prie, tue-moi !

– Pas question ! Tu vas tout me raconter.

Il s'adossa aux bottes de foin et l'observa pendant que la drogue pénétrait dans le système sanguin. Une minute ou deux plus tard, l'agitation de Jones retomba, et l'homme sembla se détendre. Il s'avachit dans le foin.

La transformation était vraiment stupéfiante. Il fallut encore quelques minutes pour que l'homme se décontracte totalement. Il avait une expression impavide, comme si tous les muscles étaient anesthésiés. Ses yeux partaient dans le vide. Ensuite, il se mit à parler d'une voix bredouillante.

Ben savait parfaitement ce qu'il avait à faire. Il se trouvait à l'extrémité d'une file interminable de cadavres d'agents du gouvernement et de policiers. Qui ne faisaient que s'ajouter à la liste des ennuis les plus effroyables dans lesquels il s'était trouvé, il aurait donc besoin de preuves solides pour sortir de cette situation. Il espérait que Jones allait les lui fournir.

Il fouilla dans son sac et, à tâtons, trouva la forme oblongue de son téléphone. Il le sortit, activa la fonction vidéo. Braqua le téléphone vers Jones.

Il parla d'une voix claire et puissante.

– Dites-nous qui vous êtes.

L'agent cligna des yeux.

– Je m'appelle Alban Hainsworth Jones, murmura-t-il, sans la moindre hésitation. Je travaille pour la CIA.

Ben hocha la tête. Ce truc avait l'air efficace !

– Dites à la caméra les noms de la personne qui a été enlevée à Corfou par les anciens agents du gouvernement, Kaplan et Hudson, en collaboration avec des membres actifs de la CIA.

Le regard de Jones allait de droite à gauche. Il se tordait les doigts, comme s'il menait une lutte intérieure, pour essayer de ne rien avouer, malgré les signaux chimiques qui envahissaient son esprit.

– Zoé Bradbury, murmura-t-il. Zoé Bradbury a été enlevée par des agents américains et conduite dans un site sécurisé clandestin, dans une région déserte du Montana, pour y être interrogée.

– Quel a été votre rôle dans cette affaire, agent Jones ?

– Obtenir les informations, en usant de la force et de la torture si nécessaire. Et éliminer toute opposition, c'est pourquoi j'ai tué le Dr Joshua Greenberg et deux officiers de police de Géorgie.

La sueur s'écoulait sur son front. Son visage se distordait, les veines proéminentes formaient un « Y » livide sur son front. Le conflit intérieur semblait le déchirer.

Ben approcha la caméra.

– Pourquoi les informations dont disposait Zoé Bradbury étaient-elles si importantes ?

– À cause de Jérusalem.

– Expliquez-vous.

De nouveau, les yeux de Jones roulèrent, si bien qu'on ne voyait plus que les blancs. De nouveau, ses lèvres découvrirent les dents brisées. Il avait l'air d'un zombie. Ben en avait des frissons.

– C'est trop tard maintenant, dit Jones. Le mouvement est en marche. C'est inéluctable. Cela se produira dans moins de vingt-quatre heures.

– Trop tard pour quoi faire ?

– Il ne s'agit pas de la fille. Il s'agit de guerre.

– Quelle guerre ?

De nouveau, les yeux de Jones reprirent vie, et il regarda Ben. Il eut un sourire étrange.

– La guerre de la Bible.

Ben analysa les mots. C'était un peu comme une pichenette sur le visage. L'effet restait en surface.

– Continuez.

La sueur coulait sur le nez de Jones, à présent. Ben n'avait jamais vu personne transpirer autant. Une mare se formait à la base du cou et mouillait les vêtements. Il semblait brûlant. Les yeux roulaient et s'agitaient de manière inquiétante.

– La fin du monde, murmura Jones. La Fin des Temps. Armageddon. Ça commence ! Ils vont tout déclencher. Ça commencera à Jérusalem.

– Qu'est-ce qu'ils vont faire ?

– Quelque chose de gigantesque, continua Jones. Et ni vous, ni personne, ne pourrez rien faire pour l'empêcher.

Abasourdi, Ben avait du mal à réfléchir, tandis qu'il essayait de comprendre le sens de ces paroles.

– Slater est le grand responsable. Qui est-ce ?

Jones avait un sourire figé et sauvage. Il commençait à trembler violemment. Il marmonna des propos incompréhensibles.

– Parlez clairement, dit Ben.

Jones leva les yeux vers lui. Ils étaient injectés de sang.

– Je vais devenir fou, murmura-t-il.

– Oui. Mais répondez à ma question.

Sous l'effet de la drogue, ou des horreurs qui traversaient l'esprit de cet homme qui savait devoir passer le reste de ses jours dans la peau d'un forcené, quelque chose se produisit soudain. Ben le vit dans ses yeux, mais réagit trop lentement.

Soudain, Jones se redressa sur ses pieds. Ben tendit le bras pour l'asseoir. Pourtant, animé d'une force exceptionnelle, Jones réussit à forcer le passage. Avant que Ben puisse l'arrêter, il s'était approché du bord de la plate-forme de foin. Il n'y avait ni barrière ni rampe pour le retenir. Jones se jeta dans le vide et tournoya dans les airs. Ben vit la lueur dans les yeux de Jones qui tombait…

Il n'atteignit jamais le sol.

Sa chute fut bloquée par le piquet de clôture dont il avait voulu se servir de lance un peu plus tôt. Le pieu s'enfonça entre les deux épaules et le corps s'empala sous la force de son propre poids ; les organes sortirent de la cage thoracique. Couvert de chairs sanguinolentes, le piquet de bois dépassait du corps de manière grotesque.

Jones leva les yeux vers Ben. Sa tête penchée en arrière formait un angle peu naturel. La lame de la vieille scie circulaire s'était enfoncée dans le crâne. Du sang et de la matière grise coulaient sur le disque d'acier rouillé avant de dégouliner sur le râtelier et de tomber sur le sol.

Ben ferma le téléphone, le glissa dans sa poche, attrapa son sac et descendit par l'échelle. Il réfléchissait toujours à ce que Jones venait de lui confier.

Ils avaient enlevé Zoé pour déclencher la bataille d'Armageddon.

Cela semblait totalement absurde, et, pendant un instant, Ben se demanda si c'était la vérité ou simplement les fruits d'un délire, induit par la drogue.

Néanmoins, quelque chose dans le regard de Jones lui disait que ce dernier n'inventait rien, même s'il perdait peu à peu la raison.

Ben observa le cadavre de l'agent de la CIA, essayant de comprendre le sens de ses propos.

Soudain, il se tendit, alerté par des bruits à l'extérieur. Il se précipita vers la porte et sortit sous le soleil. Dans la cour et les allées, les débris se consumaient toujours. Il sentait la chaleur sur son visage.

À travers la brume de chaleur et l'écran de fumée qui montait, il vit de nouveaux appareils qui se posaient derrière le portail. Quatre hélicoptères, vert foncé, presque noirs, marqués des lettres « FBI ».

Le premier à toucher le sol fut un Boeing bimoteur. Ben n'en avait plus revu depuis qu'il avait quitté l'armée. Les portes s'ouvrirent. Un homme descendit. Il portait un costume, et non une tenue de combat. Ses cheveux gris ondulaient dans le vent des rotors, tandis qu'il courait à travers champs, tête baissée.

Alex se trouvait derrière lui. Les yeux écarquillés, elle observait la ferme dévastée, les bâtiments en flammes, les épaves carbonisées. Lorsqu'elle aperçut Ben, son visage s'éclaira.

Ben avança vers eux, au milieu du carnage. Il sortit le Beretta de sa ceinture et le jeta dans la poussière.

D'autres hommes descendaient des hélicoptères. L'homme au costume gris avança droit vers Ben. Il mit la main dans sa poche et en ressortit un badge.

Des agents l'entourèrent de chaque côté, arme braquée vers Ben.

Las, Ben leva les mains.

– Je suis l'agent spécial Callaghan, dit l'homme en costume gris. Vous êtes en état d'arrestation.

55

Ben fut brusquement poussé à l'intérieur de l'hélicoptère par deux hommes silencieux en costume sombre et lunettes noires. Il observa Callaghan qui faisait monter Alex et Zoé dans un second appareil, avant de monter avec elles.

Il faisait déjà presque nuit après le long vol, lorsque l'hélicoptère atterrit sur une piste privée, où deux SUV et des hommes armés attendaient. On escorta Ben jusqu'à un jet privé étincelant. Les gardes le maintenaient à l'écart d'Alex et Zoé. Un peu plus tard, le jet atterrit sur un aéroport militaire. D'autres voitures noires l'attendaient. Ben avança vers l'une d'elles, dont on tenait la portière ouverte à son intention, et s'y installa, encadré par deux agents. Callaghan monta sur le siège du passager, et la voiture démarra à grande vitesse, en tête d'un cortège de véhicules noirs. Personne ne parlait.

Néanmoins, Ben se doutait de l'endroit où on l'emmenait. Il vit bientôt qu'il ne s'était pas trompé. Des agents de sécurité montaient la garde devant les hautes portes d'acier, marquées de l'aigle et de l'étoile, logo de la CIA. Callaghan montra sa carte et une série de portes s'ouvrirent devant eux.

Ils roulèrent au milieu d'un complexe de bâtiments, avec des milliers de fenêtres illuminées, tel un vaisseau spatial dans l'obscurité, longèrent des pelouses éclairées, où des rangées de drapeaux américains flottaient au vent. Tout était immaculé, c'était un monument à la gloire nationale, imbu de toute sa supériorité.

La voiture s'arrêta enfin, et l'on conduisit Ben à l'intérieur d'un immeuble. L'endroit débordait d'activité, et il fallut passer d'autres postes de sécurité et se faufiler parmi des centaines d'employés qui s'agitaient dans les corridors. Callaghan avait une démarche sèche et rapide, et Ben le suivait, conscient de la présence des hommes en noir derrière lui.

En jetant un coup d'œil par-dessus son épaule, il vit qu'Alex suivait, à une quinzaine de mètres. Elle aussi était escortée par des hommes en noir taciturnes. Elle lui sourit, mais d'un sourire nerveux. Zoé n'était nulle part en vue.

Ben suivit Callaghan dans un labyrinthe de salles de travail, encombrées de bureaux et de terminaux d'ordinateurs, avec des employés et des agents de sécurité partout. On se serait cru à la bourse de Londres ! Des rangées d'horloge, avec l'heure de différents pays. Des centaines de moniteurs qui scintillaient, avec des écrans géants aux murs, projetant les informations du monde entier.

Des cartes électroniques du monde, éclairées et animées, qui montraient des mouvements et des déplacements dont Ben pouvait à peine deviner la provenance. Partout, des gens avaient les yeux rivés à l'écran, comme si la sécurité nationale risquait d'être compromise s'ils détournaient le regard, ne serait-ce qu'une seconde.

À l'extrémité de la dernière salle des opérations, ils franchirent des portes de verre coulissantes. La petite pièce attenante était dissimulée par des stores vénitiens. Un garde se leva à leur approche. Callaghan lui montra sa carte. Les portes s'ouvrirent dans un whooosh régulier et Ben suivit Callaghan dans une longue salle de réunion.

Au milieu, la table brillante était entourée de chaises de cuir. Trois des murs étaient lambrissés de bois, le quatrième consistait en un grand miroir, flanqué du drapeau américain sur la gauche et de l'emblème de la CIA, brodé au fil blanc et or, sur la droite. Le plafond bas était incrusté de spots.

Les agents silencieux firent entrer Alex dans la pièce et sortirent. Les portes se refermèrent dans un clic. Elle regarda Ben. Elle aurait visiblement eu beaucoup à dire, néanmoins elle se sentait obligée de garder le silence. Il soutint son regard un instant, tentant de la rassurer.

Un homme imposant aux épaules larges, d'une petite soixantaine, en costume sombre et cravate militaire, était installé en tête de table. Il avait la solennité d'un juge. Callaghan fit le tour de la table et s'assit à sa droite. Il redressa sa cravate et regarda vers lui, pour l'inviter à prendre la parole. De toute évidence, c'était lui le grand responsable.

– Je m'appelle Murdoch, dit l'homme, d'une voix profonde et suave.

Ben lisait l'intelligence dans ses yeux. Murdoch fit un signe, calme et lent, indiquant les chaises sur sa gauche.

– Je vous en prie, asseyez-vous !

Ben s'assit et Alex prit un siège à un mètre de lui. Elle toussa nerveusement.

Ben était bien déterminé à prendre l'initiative. Les lieux étaient conçus pour intimider, mais il ne se laisserait pas impressionner.

– Où est Zoé ? demanda-t-il.

– Mlle Bradbury est entre de bonnes mains, répondit Murdoch calmement. L'agent Callaghan ici présent est chargé de sa sécurité.

– Elle est entre les mains de la CIA ?

– Elle est en sécurité, insista Murdoch. Vous n'avez pas besoin d'en savoir plus.

Il fit la moue, mettant en ordre ses pensées, puis se pencha lourdement sur la table et leva vers Ben des yeux pénétrants.

– C'est une situation très délicate, pour nous tous, ajouta-t-il, plein de sous-entendus.

Ensuite, son regard parcourut la pièce et se fixa sur Alex.

– Agent Fiorante, vous comprenez bien que vous vous êtes attiré des ennuis ? Avant que nous commencions, avez-vous quelque chose à dire ?

Ben sentait sa nervosité, un peu comme la présence d'un arc électrique. De toute évidence, elle savait, comme il s'en doutait, que, de l'autre côté de ce miroir, des gens les observaient, les écoutaient, les filmaient et transcrivaient le moindre mot prononcé dans cette salle.

– Rien qui ne soit pas déjà dans la déclaration que j'ai faite en chemin.

– Bon, revoyons ça ensemble, pour la bonne tenue du dossier, dit Murdoch.

Callaghan eut un sourire froid.

Alex s'exprima prudemment, mesurant chacun de ses mots.

– Je faisais partie de l'équipe de Jones, et j'avais

l'impression que nous prenions part à des opérations autorisées. Néanmoins, pendant cette période, j'ai été témoin de certains incidents qui m'ont paru hautement suspects, pour le moins. Je peux affirmer que Jones a personnellement exécuté deux agents de police en Géorgie, ainsi que le Dr Greenberg, dans un site sécurisé, à Chinook, dans le Montana. Cela s'est passé sous mes yeux. Je peux également affirmer que Jones et ses associés utilisaient le site du Montana pour emprisonner et, si nous n'étions pas intervenus, torturer et assassiner Zoé Bradbury.

– Et vous n'avez pas songé à rapporter les faits à vos supérieurs, sur le moment ? la coupa Callaghan, en lui jetant des regards agressifs, de l'autre côté de la table.

– Monsieur, l'agent Jones était mon supérieur immédiat. J'étais inquiète pour ma sécurité. Cela dit, je regrette mon action.

Murdoch avait un visage impassible. Il hocha la tête gravement.

– C'est un sujet dont nous pourrons discuter plus tard.

Il se tourna vers Ben.

– Parlons plutôt de vous. J'ai consulté votre dossier militaire. Nous savons exactement qui vous êtes. Alors, inutile de recourir à des faux-semblants.

Ben le regarda droit dans les yeux.

– Je n'avais aucune intention de vous dissimuler quoi que ce soit.

– Vous avez été engagé par la famille de Mlle Bradbury pour la retrouver ?

Ben hocha la tête.

– J'aidais un ami. Je n'étais pas impliqué sur le plan professionnel.

– Peu importe. Mais le nombre des cadavres commence à ressembler à l'une de vos opérations militaires. D'abord, la Grèce, ensuite la Géorgie et enfin le Montana. Nos enquêteurs sont toujours en train de compter les cadavres ! Tous étaient des agents en activité ou d'anciens agents du gouvernement. La ferme dans laquelle nous vous avons retrouvé ressemble à un champ de bataille. D'après ce que je vois, major Hope, vous laissez une trace de dévastation et de désolation dans votre sillage, partout où vous passez.

– Seulement lorsque les gens se mettent en travers de mon chemin, précisa Ben. Et vous pouvez m'appeler « monsieur » Hope.

– Exact. Vous avez pris votre retraite.

– Je suis étudiant en théologie.

Murdoch esquissa une ombre de sourire.

– Bon, voudriez-vous m'expliquer cette histoire d'enlèvement ?

– En fait, cela n'a jamais concerné Zoé Bradbury, commença Ben. Elle ne jouait qu'un rôle annexe. C'est bien plus énorme, bien plus énorme.

– À quel point ?

– Il s'agit de guerre, poursuivit Ben. La guerre qui mettrait fin à toutes les guerres.

– Cela n'a aucun sens ! grommela Murdoch. Reprenons tout, depuis le début. Vous insinuez que ce Jones fait partie d'une organisation fantôme qui officie au sein de l'Agence ?

– Sous votre nez. Avec ses associés, il utilisait les ressources de l'Agence à ses fins.

– Qui sont ?

– J'ai mis un moment à comprendre. Mais comme

je vous l'ai dit, j'étudie la Bible. Tout y est. Tout y est depuis des millénaires, dans les écrits prophétiques.

Callaghan secoua la tête, perplexe.

– L'Apocalypse, dit Ben.

– Oh, lâchez-nous ! s'énerva Callaghan. Les prophéties, le nombre de la Bête ? Vous ne pouvez pas faire taire ce crétin ?

– La ferme, Callaghan, intima Murdoch en gardant les yeux sur Ben.

– Monsieur Hope, j'aimerais que vous m'expliquiez cela plus clairement.

– L'organisation est une cellule militante évangéliste. Elle a pour but de déclencher un attentat terroriste à Jérusalem.

Callaghan éclata de rire. Murdoch le regarda, sans se départir de son sérieux.

– Si vous ne me croyez pas, dit Ben, vous croirez peut-être l'un des vôtres. Vous avez pris mon téléphone à la ferme. Rendez-le-moi.

– Qui voulez-vous appeler ? demanda Callaghan en ricanant. Votre avocat ou votre confesseur ?

—- Donnez-lui ce téléphone !

Callaghan fit un geste de reddition exagéré, fouilla dans son attaché-case et sortit un sac de plastique transparent. Il posa le téléphone sur la table. Ben le prit et fit dérouler le menu. Il reposa le téléphone, l'écran face aux deux hommes et leur passa la vidéo de Jones.

Callaghan et Murdoch observaient et écoutaient. Callaghan desserra sa cravate et se tortilla sur sa chaise. L'expression de Murdoch s'assombrit encore. La vidéo se terminait sur l'image de Jones, qui disparaissait de l'image, et le son du piquet de bois qui s'enfonçait dans son corps. Ben tendit le bras et éteignit l'appareil.

– Vous vous rendez compte que ces aveux ont été obtenus en toute illégalité, le prévint Murdoch. Cela ne peut en aucun cas faire office de preuve.

– Il n'y avait rien de très légal dans cette opération ! Je lui ai administré le sérum que l'agent spécial Jones destinait à Zoé Bradbury. Sans ordonnance, bien sûr !

Murdoch lui adressa un regard pesant.

– Je vous écoute…

Ben lui raconta tout ce qu'il savait, en commençant par le début, sans omettre aucun détail. À la fin de son récit, il savait qu'il avait capté l'attention de Murdoch car de profonds sillons se dessinaient sur son front.

Callaghan semblait toujours sceptique.

– Ce Slater, le type qui donnait les ordres à Jones… Dommage qu'il n'ait jamais cité ce nom pendant sa déclaration.

– C'est la vérité, interrompit Alex, en regardant Ben nerveusement.

– Vous l'avez rencontré personnellement ? lui demanda Callaghan, hostile.

Elle marqua une pause et hocha la tête.

– Non, monsieur, pas vraiment.

Callaghan sourit et indiqua Ben.

– Donc, nous sommes obligés de vous croire sur parole.

– Vous auriez un prénom ? demanda Murdoch.

– Je n'ai pas eu le temps de demander, répondit Ben. Nous n'étions pas au mieux…

– Alors, en fait, vous ne savez pas de qui il s'agit, dit Callaghan.

– Je pourrais vous le décrire. Mon âge, à peu près, américain, les cheveux roux, costaud, un mètre soixante-quinze environ, très professionnel, aisé, il porte une montre de luxe.

– En gros, vous n'avez rien de solide, cracha Callaghan.

– Malgré tout, j'aimerais en savoir plus sur lui, coupa Murdoch. Si ce type existe, il est dans notre base de données.

Il posa la main à plat sur la table, les lèvres tendues par la concentration.

– Laissons ça pour l'instant. Je ne comprends pas bien ce que vous me racontez. Pourquoi un groupe évangéliste voudrait-il déclencher une guerre ?

– Je vais rester simple. Des gens œuvrent délibérément pour que la prophétie biblique se réalise. Peut-être parce qu'ils sont convaincus que cela doit arriver. Peut-être parce qu'ils en ont assez d'attendre que Dieu fasse le premier pas. À moins que cela ne soit qu'un artifice, faire comme si cela allait arriver, afin de duper des millions de fidèles et leur faire croire que la Fin des Temps est proche. Quoi qu'il en soit, je crois que les motivations sont largement politiques.

– Et qui serait impliqué ? demanda Murdoch, calmement. Et à quel niveau ?

– Je ne sais pas. Mais sûrement quelqu'un tout en haut de l'échelle. Les responsables ont beaucoup à gagner à conduire le monde à la guerre et à générer une panique massive, ou une euphorie massive, dans un corps électoral de plus de cinquante millions d'Américains !

– Balivernes ! s'exclama Callaghan. Ce ne sont que des spéculations idiotes !

Sans tenir compte de son attitude, Murdoch regardait Ben et le prenait très au sérieux.

– Comment en êtes-vous venu à cette conclusion ?

– Pensez à Jérusalem, d'un point de vue stratégique, précisa Ben. Vous avez là le plus vieux site du judaïsme et de l'islam dans la même ville. C'est un lieu de rancœurs et de frustrations. Une poudrière religieuse qui n'attend qu'une étincelle pour exploser. Et c'est le point de départ du mouvement de la Fin des Temps. Cinquante millions de paires d'yeux, fixées sur la ville, qui interprètent le moindre incident de la politique mondiale en termes de prophétie biblique…

– Je vous suis, l'encouragea Murdoch.

– La prophétie dit que la guerre commencera par une attaque contre le peuple élu d'Israël. Alors, que feriez-vous si vous vouliez que quelque chose comme ça se mette en marche ?

Murdoch réfléchit un instant.

– Je profiterais des tensions religieuses en Israël. Je chercherais à provoquer les dirigeants musulmans pour qu'ils frappent les Juifs, le grand jeu.

– Le premier coup devrait cibler les musulmans, continua Ben, avec la certitude que le monde islamique voudrait se venger de leurs ennemis.

– Nous cherchons donc une attaque initiale contre l'Islam.

Ben hocha la tête.

– Exact. Quelque chose qui bouleverserait vraiment le monde musulman. Une provocation sans précédent, qui déclencherait des représailles redoutables.

Murdoch leva les sourcils.

– Vous pensez à quelque chose en particulier ?

– J'y ai réfléchi. Un attentat terroriste. Un assassinat au plus haut niveau. Un geste audacieux, considéré comme une insulte suprême.

Murdoch claqua la langue.

– Le champ est vaste. Nous n'avons aucune idée de ce qu'ils envisagent, ni de qui sont les ordonnanceurs. Nous ne savons pas par où commencer.

– Nous savons deux choses, dit Ben. Un, cela va se produire dans les prochaines vingt-quatre heures. Et deux, la responsabilité sera rejetée sur les Juifs.

Callaghan fit une grimace et tapa sur la table.

– C'est totalement ridicule !

Murdoch ne lui prêta pas la moindre attention.

– Laissez-moi vous expliquer pourquoi cela m'inquiète.

Il se tourna vers le miroir sans tain, et Ben vit qu'il avait eu raison.

– Cessez de filmer. Arrêtez les transcriptions !

Ensuite, Murdoch se tourna vers Ben et Alex. Il fronça les sourcils.

– Ce que je vais vous dire ne doit pas quitter cette pièce. Il y a trois mois, un agent du Mossad, un tueur professionnel connu sous le nom de Salomon, a soudain disparu des écrans radars de la CIA. Présumé mort. Nous n'avons pas retrouvé le cadavre, et personne n'a revendiqué la responsabilité de l'assassinat, si c'est bien de cela qu'il s'agit. Pour l'instant, ce n'est qu'une hypothèse, mais il me semble que la disparition de Salomon est parfaitement cohérente avec ce que vous me racontez aujourd'hui.

– Je ne serais pas très surpris, si on retrouvait ses empreintes sur l'arme du crime d'un nouvel assassinat et un portefeuille rempli de cartes de crédit, juste à côté. Comme ce qu'on a retrouvé dans l'épave de l'avion du 11 Septembre, avec les cartes d'identité des terroristes.

Murdoch plissa les yeux.

– Je préfère ne pas avoir entendu ce commentaire !

– Je connais toutes les ficelles de la guerre sale, dit Ben. Lorsqu'on se sert de vous comme d'un pion, vous êtes obligés d'apprendre les règles du jeu.

Callaghan s'adossa à sa chaise, lançant un regard sévère à son collègue.

– Monsieur, vous n'allez pas prendre ce type au sérieux ? C'est un électron libre, un anarchiste !

Murdoch se tourna lentement et le regarda.

– Si, je le prends très au sérieux. Et Callaghan, si vous n'avez rien de plus constructif à dire, je vous suggère de vous taire.

Callaghan ne répliqua pas.

Murdoch se pencha sur la table.

Il se pinça l'arête du nez et exhala.

– Bon, je vais essayer d'éclaircir cela avec mes supérieurs. Mais quand ils auront entendu ce que j'ai à leur dire, il y a de grandes chances que vous soyez déjà sur un vol pour Israël, monsieur Hope.

– Pour quoi faire ?

– Essayer d'empêcher cette catastrophe, si c'est bien cela qui est prévu. On vous donnera tout ce dont vous aurez besoin, une fois que vous serez sur place. Callaghan vous mettra en contact avec nos hommes, là-bas.

Ben hocha la tête.

– Je ne travaille pas pour vous.

– Considérez-vous comme engagé. Officieusement, bien sûr.

– Je vous ai donné toutes les informations dont je

disposais. J'ai fait ma part. À présent, j'ai envie de rentrer chez moi. C'est votre problème.

Les rides du front de Murdoch s'approfondirent.

– Si vous avez raison sur ce que vous avancez, la Troisième Guerre mondiale, ce sera le problème de tout le monde. Apparemment, nous n'avons pas beaucoup de temps pour trouver une solution.

Il fit claquer sa langue, pensif.

– Je ne peux pas envoyer des agents de l'Agence. C'est exactement le genre de situation dans laquelle un inconnu serait plus efficace. Quelqu'un qu'on ne pourrait pas faire remonter jusqu'ŭ nous.

– Vous voulez dire que s'il m'arrivait quelque chose… Un simple dommage collatéral, facile à enterrer.

– Considérez ceci comme un service que je vous demande. Et, bien sûr, nous vous remercierions en oubliant les incidents en Géorgie. On trouvera peut-être même un autre criminel que l'on pourra accuser du meurtre.

– Monsieur, puis-je vous rappeler que je suis le témoin de ces meurtres que l'agent Jones… interrompit Alex.

– Je crois que vous feriez mieux de vous taire, agent Fiorante. Vous êtes également impliquée dans cette situation. Vous avez reconnu avoir tiré sur un de vos collègues. Nous ne pouvons pas écarter cela d'un geste de la main.

Murdoch s'adossa à son siège et croisa les bras sur son ventre.

– Donc, monsieur Hope, ou vous coopérez, ou vous êtes accusé du meurtre de deux policiers et de quelques agents fédéraux. Et l'agent Fiorante passera une dizaine d'années dans une prison fédérale pour son action. C'est à vous de choisir.

– Qu'est-ce qui vous fait croire que je suis l'homme de la situation ?

– Ne tournons pas autour du pot, major. L'horloge tourne. Si l'on en vient au combat sniper contre sniper, j'ai des éléments qui me prouvent qu'on ne pourrait pas trouver mieux que vous, dit Murdoch en sortant une boîte d'allumettes de sa poche.

Il fit glisser le couvercle avec un doigt, jeta une allumette usagée sur la table.

– Ça vous rappelle quelque chose ?

Ben la regarda.

– Disons que je suis d'accord. Mais j'ai certaines conditions.

Murdoch hocha la tête.

– Je suis un homme raisonnable. Je vous écoute.

– Je veux qu'on renvoie Zoé Bradbury dans sa famille.

– Hors de question, interrompit Callaghan, c'est un témoin clé !

– C'est aussi une victime. Victime de la corruption au sein de votre agence et d'abus de pouvoir. Donc, si vous ne voulez pas que les informations s'ébruitent à l'extérieur, arrangez-vous pour qu'on la ramène en Angleterre sous bonne escorte et qu'on lui accorde une garde rapprochée au Royaume-Uni jusqu'à ce que toute l'affaire soit terminée.

Murdoch réfléchit un moment.

– Bon, d'accord, mais il faudra qu'elle revienne témoigner, si nécessaire.

– Et je veux qu'en échange de ma collaboration, aucune charge ne soit retenue contre l'Agent Fiorante.

– Autre chose ? demanda Murdoch en hochant doucement la tête.

– J'ai laissé une situation un peu compliquée en Grèce. Il y a un capitaine Stephanides à Corfou qui aimerait sûrement me parler.

Murdoch fit un geste de la main.

– On peut arranger ça. Il n'a jamais entendu parler de vous. C'est tout ?

– C'est tout.

– Alors, affaire conclue, dit Murdoch. Vous partez pour Jérusalem.

56

Il était plus de dix heures du soir lorsque Ben et Alex sortirent de la salle de réunion. Les salles des opérations étaient aussi agitées qu'auparavant.

Murdoch les accompagna et les fit traverser une série de portes, pour les conduire dans une salle d'ordinateurs si encombrée de matériel que la dizaine de membres du personnel avait peine à circuler.

Callaghan était penché sur l'une des stations, avec un technicien. Murdoch s'approcha de lui.

– Il y a plus de vingt-deux mille Slater entre trente-cinq et quarante-cinq ans aux États-Unis.

– Vous pouvez préciser la recherche ? Couleur des cheveux, taille, profession ?

– Ça va mettre un moment pour intégrer ces paramètres ! s'exclama Callaghan.

– Dépêchez-vous ! On n'a pas de temps à perdre !

Ben et Alex restèrent seuls dans un vestibule silencieux pendant que Murdoch passait quelques appels.

– Merci, dit-elle. Ce n'est pas juste, la manière dont ils te traitent.

– Promets-moi deux choses !

– OK, lesquelles ?

– D'abord, assure-toi que Zoé soit rendue à sa famille en toute sécurité.

– Bien entendu. Et l'autre ?

– Prends bien soin de toi. Sois heureuse, d'accord ?

Elle eut un sourire hésitant.

– C'est ta façon de me dire au revoir ?

– Peut-être, je ne sais pas ce qui va arriver.

– Je pourrais t'appeler un jour ?

– J'en serais ravi.

Il lui donna son numéro de portable qu'elle répéta, pour le mémoriser.

Une porte s'ouvrit et Murdoch réapparut.

– C'est fait. Votre avion décolle à minuit, pour Israël.

– Que se passera-t-il, là-bas ?

– Vous remarquerez qu'on improvise pas mal. J'espère en savoir plus lorsque vous poserez le pied à Jérusalem. Nos agents essayeront de repérer les cibles probables. On vous contactera.

Il regarda sa montre et grimaça. Il se tourna vers Alex.

– Vous travaillerez sous les ordres de l'agent Callaghan. Nous vous confions la sécurité de Zoé Bradbury. Elle vous connaît et se sent en confiance. Elle est un peu nerveuse, vous parviendrez peut-être à la calmer.

– Aucun souci, répondit Alex. Elle peut rentrer avec moi ce soir.

Pour la première fois de la soirée, Murdoch semblait satisfait. Un vrai sourire chaleureux éclaira son visage.

– Merci, Alex. Trois agents seront postés devant chez vous, même si je pense que Mlle Bradbury n'est plus en danger.

Il fit un signe en direction de la porte, en regardant Alex. Elle hésita et se tourna vers Ben.

– Alors, c'est ici que nos chemins se séparent, dit-il.

– Je suppose. On se reverra plus tard, alors ?

– Un jour ou l'autre, répondit-il.

Elle lui prit la main. Leurs doigts se croisèrent pendant un bref instant, avant de se séparer. Murdoch le remarqua et détourna le regard.

– Prends soin de toi, murmura Alex.

Elle se retourna et disparut derrière la porte.

– Bon, voyons si vous pouvez aider Callaghan à retrouver votre dénommé Slater.

Ben passa l'heure suivante dans une pièce sombre remplie d'écrans, à visionner des centaines de photos d'identité, que les agents et les ordinateurs avaient réussi à isoler parmi les vingt-deux mille Slater. Après les avoir toutes examinées, Ben s'adossa à sa chaise et hocha la tête.

– Vous en êtes certain ? demanda Callaghan.

– Absolument, je n'oublie jamais un visage.

– Alors, il vous a donné une fausse identité. J'en étais certain. Je ne comprends pas pourquoi Murdoch nie l'évidence. Et cela nous ramène à la case départ. C'était une perte de temps !

Ben ne répondit pas.

Callaghan remonta sa manche pour consulter sa montre.

– On y va. Il faut que je vous mette dans cet avion.

57

Shady Oak, comté de Fairfax, Virginie 23 h 30

Le véhicule de la CIA s'arrêta devant la petite maison de bois blanche dans la ville assoupie, à quelques kilomètres du quartier général de Langley. Alex et Zoé descendirent, et deux agents les accompagnèrent dans l'allée du minuscule jardin. La rue était vide et silencieuse. Alex ouvrit la porte, les gardes vérifièrent l'intérieur. Tout était normal. Ils retournèrent à la voiture. Dans quelques heures, une autre équipe les remplacerait.

Alex fit entrer Zoé dans le grand salon.

– Faites comme chez vous, dit-elle en allumant les lumières.

La maison semblait froide et inhabitée. Alex alluma la cheminée artificielle à gaz, et les flammes jaillirent instantanément. Elle vérifia le répondeur téléphonique. Aucun message.

Zoé s'écroula sur un divan de cuir blanc et se frotta les yeux.

– Vous avez l'air exténuée, dit Alex. Je crois que nous aurions bien besoin d'un verre toutes les deux. Qu'en pensez-vous ?

Elle traversa la cuisine ouverte, prit une bouteille de vin rouge, l'ouvrit et servit deux grands verres. Zoé accepta le sien avec gratitude.

– Voilà, c'est fini.

Zoé sourit.

– C'est fini !

– On a passé un sale moment.

Zoé hocha la tête.

– Je ne veux même plus y repenser. C'est si étrange de se retrouver ici. Je suis impatiente de rentrer à la maison.

– Vos parents seront contents de vous revoir.

– Je les ai appelés de Langley.

– Comment ça s'est passé ?

– Ils ont éclaté en sanglots.

– Il y aura des larmes quand vous rentrerez.

– Sans doute.

– Je vais préparer le dîner. Vous aimez la pizza ?

– N'importe, ça ira.

– Je sais simplement que vous êtes végétarienne. Il y a des poivrons et des anchois, je les enlèverai sur la vôtre.

– Ne vous embêtez pas. Je pourrais engloutir un âne farci !

À cet instant, le téléphone sonna et Alex répondit en mettant le haut-parleur.

– Tout est arrangé, dit la voix profonde de Murdoch. Mlle Bradbury pendra un vol commercial demain matin à Arlington. Callaghan viendra la chercher chez vous, un peu après dix heures.

– Bien compris, dit Alex.

– Et je vous accorde quelques jours de congé, ajouta Murdoch. Vous en avez besoin.

Alex le remercia.

Zoé commençait à se détendre et à se réchauffer.

– On dirait que vous êtes en vacances !

– Ça ne me fera pas de mal.

Alex retourna à la cuisine et sortit des pizzas du congélateur. Elle les mit aux micro-ondes, et, quelques minutes plus tard, installées devant le comptoir de bois, elles dégustaient leur pizza avec un verre de vin.

– C'est très sympa, ce salon, dit Zoé, la bouche pleine.

– Ça me convient. C'est pratique et fonctionnel. J'y suis rarement, alors, c'est parfait.

– Vous vivez seule ?

– Oui.

– Pas de petit ami ?

– Pas le temps.

Zoé vida son verre et le reposa, un sourire sur les lèvres.

– Ben vous plaît, malgré tout.

Alex soulevait la bouteille pour remplir les verres. Elle se figea.

– Ça se voit ?

– Ça saute aux yeux.

– C'est du joli, pour un agent secret !

Elle remplit les verres.

– Il vous aime bien.

Alex ne répondit pas.

– Mais, moi, il ne m'aime pas, dit Zoé, en fronçant les sourcils avant de boire une nouvelle gorgée.

– Je n'en suis pas certaine, rétorqua Alex, mentant délibérément.

– Je ne le lui reproche pas. Je ne lui ai apporté que des ennuis. En fait, je n'attire que des ennuis à tout le monde.

– Vous étiez sous pression.

– Non, ce n'est pas une excuse, dit Zoé en hochant la tête. Je voulais que vous sachiez que je suis vraiment désolée pour tout ce qui est arrivé.

Alex sourit et lui caressa le bras.

– C'est fini, à présent. (*À part cette petite histoire de Troisième Guerre mondiale sur le point d'éclater...* pensa-t-elle.) Pour vous, du moins.

– Vous allez revoir Ben ?

– Je ne sais pas. J'espère. Peut-être.

– Si vous le voyez, vous pourrez lui dire quelque chose de ma part ?

– Bien entendu.

– Dites-lui que je n'ai jamais voulu que son ami… Ce qui est arrivé à son ami. Je ne voulais pas faire de mal. Ce n'était qu'une stupide blague. Je n'ai pas réfléchi.

– Je lui dirai, ne vous inquiétez pas, la rassura Alex en souriant chaleureusement.

Zoé regarda dans le vide pendant un moment.

– Je suis navrée, pour Nikos, dit-elle. Il est mort. À cause de moi.

Elle renifla.

– Et Skid. Ses jambes… Il ne méritait pas ça.

– Non, sans doute pas.

– Je vais changer, dit Zoé. Les choses vont être différentes, désormais. Il est temps que je grandisse.

– Et si on ouvrait une autre bouteille de vin ? proposa Alex.

58

Aéroport international Ben Gourion, cinquante kilomètres à l'ouest de Jérusalem, le dix-huitième jour, 15 h 50, heure locale

La chaleur blanche étouffante du soleil écrasa Ben lorsqu'il descendit de l'avion. Il prit un taxi à l'extérieur de l'aéroport, et s'adossa à la banquette de vinyle brûlant, regrettant de ne pas avoir sa flasque de whisky. Il tenta de ne pas trop penser à l'enfer qui l'attendait, tandis que la vieille Mercedes le conduisait à sa destination.

Jérusalem. La ville à laquelle, selon le Talmud, Dieu avait offert neuf parts de toutes les beautés du monde… ainsi que neuf parts de toutes ses souffrances.

La ligne d'horizon était blanche sous un ciel sans nuage et un soleil torride. Enfumée, bruyante, grouillante comme une fourmilière, la ville ressemblait beaucoup à toutes celles du Moyen-Orient ou d'Afrique du Nord : la fournaise, les cars, les milliers de touristes et tous les habitants, entassés sur quelques kilomètres carrés, dans un décor où l'ancien côtoyait le moderne, et où les gratte-ciel de la banlieue offraient un contraste total avec deux millénaires d'architecture religieuse.

Des noms comme la Colline des Munitions rappelaient l'histoire ensanglantée de la cité.

Au cours de l'histoire, Jérusalem est passée entre plus de mains que la plupart des villes historiques, et, avec chaque domination, chrétiens, juifs et musulmans avaient laissé leurs marques. Ce qui, pour Ben, expliquait le rôle politique délicat que la ville tenait depuis si longtemps. Rôle qui était sur le point d'atteindre un terrible apogée, si Jones avait dit vrai.

Vers seize heures trente, il prit une chambre dans un hôtel, un établissement délabré et morne, en bordure de la ville, duquel il entendait les appels lancinants à la prière d'une mosquée voisine. Sa chambre était rudimentaire et fonctionnelle, mais elle aurait tout aussi bien pu grouiller de cafards, peu lui importait.

Qu'allait-il faire ? Il était rongé par la frustration. C'était totalement idiot de l'envoyer ici, avec si peu d'éléments. Le temps pressait, et il ne pouvait strictement rien faire.

Il se doucha et se changea, consacra quelques minutes à étudier le plan de la ville et fit les cent pas dans sa chambre, surveillant impatiemment le téléphone en attendant l'appel que Murdoch lui avait promis. Rien ne venait.

La barbe ! Il sortit de la chambre et se dirigea vers le bar de l'hôtel. L'endroit était vide, en dehors du serveur grisonnant. Ben tira un tabouret et alluma une des cigarettes qu'il avait achetées à l'aéroport. Dans cette chaleur, une grande bière fraîche lui semblait plus appropriée qu'un double scotch. Penché sur le bar, il sirotait sa bière et observait la fumée qui montait. Son épaule était toujours douloureuse. Le Montana lui paraissait à des lieues. Alex aussi.

À dix-sept heures deux, le téléphone sonna enfin.

– Hope. C'est Callaghan. Notez.

Ben sortit un petit carnet et un crayon de sa poche.

– J'écoute.

Callaghan lui donna une adresse à Jérusalem.

– C'est dans la vieille ville. Au sud-ouest du quartier juif. Vous avez rendez-vous à dix-huit heures trente, heure locale.

– Avec qui ?

– Un homme qui aura des informations. On vous donnera tout ce dont vous avez besoin.

– Quelqu'un de chez vous ?

– Disons que c'est un lieu à nous.

– Un agent dormant ?

– Disons une connaissance.

– Et qu'est-ce que votre connaissance aura pour nous ?

– Il semblerait que vous ayez raison, dit Callaghan. On a des informations sensibles à vous transmettre. Quelque chose d'énorme est sur le point de se produire. On croit que Jérusalem est bien la cible. Il vaut mieux que vous l'appreniez de la bouche de notre type.

– Ça a été drôlement rapide !

– Oui, les choses avancent vite. Grâce à vos informations, ajouta-t-il, à contrecœur.

– Comment s'appelle-t-il ?

– Ça n'a pas d'importance. Il vous attend, dit Callaghan, impatient. Je sais que cela paraît bizarre, mais je n'ai pas besoin de vous apprendre que le facteur temps joue un rôle essentiel. Alors, allez-y ! Nous avons besoin de vous.

– Et Slater ?

– On y travaille toujours. Faites-nous confiance ! L'affaire est entre nos mains, à présent.

– Et Zoé ?

– Un accord est un accord. Je vais aller la chercher chez Fiorante et la mettre dans un avion pour l'Angleterre.

– Je vérifierai, je m'assurerai qu'elle est bien arrivée.

– Ne vous en faites pas. Hope ?

– Oui ?

– Bonne chance ! dit Callaghan, avant de raccrocher.

Ben reposa le téléphone et passa encore une minute à savourer sa bière. Il semblait enfin que son tour du monde en zigzag entrait dans sa phase finale. Il espérait simplement que le contact de Callaghan disposerait d'informations exploitables.

Il quitta l'hôtel, sorti dans la fournaise et prit un taxi qui l'emmena rapidement au centre du vieux Jérusalem. Le temps pressait, pourtant il n'avait rien d'autre à faire que de se détendre avant l'heure du rendez-vous. Il entra dans la vieille ville par la porte de Damas, méli-mélo de boutiques, de touristes, d'agents de change, de mendiants et de colporteurs. Il se fraya un chemin entre les étals où l'on vendait de la nourriture, des journaux, du Coca-Cola israélien rafraîchi sur de la glace, des Lewis de contrefaçon et du matériel électrique. Un escadron de soldats israéliens avançait à travers la foule : uniformes kaki à col ouvert, lunettes noires, fusils d'assaut et lanceurs de grenades armés et verrouillés. Bienvenue à Jérusalem ! Perdu dans ses pensées, il se promena dans le cœur de la vieille ville.

C'était un labyrinthe de petites rues sombres et sinueuses et de places inondées de soleil dont la moindre pierre rappelait un chapitre de la longue et tumultueuse histoire de la ville.

Bientôt, Ben se retrouva dans les pas d'un million de pèlerins chrétiens, sur la Via Dolorosa, le Chemin de la Souffrance, où le Christ avait porté sa croix avant la crucifixion. La route sacrée le mena au cœur du vieux quartier chrétien.

Il s'arrêta et recula de quelques pas pour admirer un haut bâtiment en se protégeant les yeux des rayons du soleil. Ses longues études de théologie lui permirent de reconnaître l'endroit.

L'église du Saint-Sépulcre. L'un des sites les plus vénérés du christianisme, le site qui symbolisait la mort et la résurrection du Christ. Les pierres grêlées portaient les marques de siècles de graffitis religieux gravés à travers les âges par les pèlerins qui avaient parcouru le monde pour venir se recueillir ici.

La vieille église attirait toujours de nombreux visiteurs. Une procession interminable de touristes occidentaux, en sorts et t-shirts chatoyants, appareil photo autour du cou, contemplait l'architecture millénaire. L'odeur des produits solaires flottait dans l'air et le brouhaha des voix, souvent américaines, se réverbérait sur les murs de pierre.

Ben observait et s'interrogeait. Pourquoi étaient-ils venus ? Était-ce des gens ordinaires qui avaient parcouru des milliers de kilomètres pour admirer et photographier des vieilles pierres ? Étaient-ils là, du moins pour certains, pour des motivations religieuses plus profondes ? Combien étaient ici pour réfléchir aux événements apocalyptiques qui, d'après leurs croyances, allaient se produire de leur vivant ?

Voulaient-ils rendre hommage au berceau de leur civilisation où tout avait commencé et tout allait finir ?

Même dans ce cas, cela ne faisait pas d'eux des va-t-en-guerre inconscients. Ces millions d'évangélistes, dont le soutien pouvait permettre l'ascension d'un Clayton Cleaver, ou fournir le prétexte à la guerre à des forces politiques plus sombres, ne se doutaient pas un instant que leur dévotion risquait d'être ainsi dévoyée et pervertie. Ils n'imaginaient pas que certains pourraient ainsi manipuler la prophétie biblique pour accéder au pouvoir et détruire des vies.

À moins que… ? Ben repassa toute l'histoire de l'humanité dans son esprit. Était-il vraiment si surprenant qu'une poignée d'hommes cyniques et sans scrupules tire avantage de la foi innocente de tant d'autres ? N'était-ce pas ce que faisaient les puissants depuis l'aube de la civilisation… Jouer les dieux, le jeu le plus dangereux qui soit ?

Il regarda sa montre. Près de six heures et quart. Il était temps de se mettre en marche. Il sortit le morceau de papier de sa poche, avec l'adresse qu'il avait notée.

Dans une rue proche, il trouva un autre taxi Mercedes délabré. Il montra l'adresse au chauffeur. Le type hocha la tête, Ben monta dans la voiture qui démarra aussitôt.

Dans quelques minutes, il saurait ce qui se tramait.

Et il n'aurait plus qu'à trouver un moyen de l'empêcher.

59

Shady Oak, Virginie, 10 h 05, heure locale

Alex alla ouvrir la porte et trouva Callaghan, avec deux autres agents qui attendaient dans la brise ensoleillée.

Ils entrèrent.

– Elle est prête ? demanda Callaghan.

Zoé descendait l'escalier.

– J'arrive !

– Vous avez tout ce qu'il vous faut ? demanda Alex.

– Je n'ai pas apporté grand-chose.

Zoé lui sourit.

– Alors, c'est un adieu. Je ne pense pas qu'on ait l'occasion de se revoir.

– Non, je ne crois pas. Faites bon voyage, Zoé. Prenez soin de vous.

– Merci pour tout ce que vous avez fait pour moi.

Zoé prit la main d'Alex et la serra très fort.

– Je n'oublierai pas.

Alex la regarda s'éloigner vers le GMC noir et monter à l'arrière. Les agents la suivirent. Callaghan s'installa sur le siège du passager.

Alex fit un petit signe amical, ferma la porte et entra à l'intérieur de la maison.

– Et voilà ! murmura-t-elle.

Soudain, un objet attira son attention. Une lueur brillante sous la table basse. Elle s'approcha. C'était le précieux bracelet en or de Zoé. Il avait dû tomber lorsqu'elle avait enlevé son pull-over.

– Flûte !

Zoé avait traversé bien des épreuves avec ce bracelet, elle devait y tenir. Alex se mordit les lèvres un instant, se demandant que faire. Elle regarda par la fenêtre. Au bout de la rue, la voiture noire disparaissait tout juste. Alex aperçut encore la lumière des stops, avant que le véhicule ne tourne à gauche.

Sur l'instant, Alex décida de le suivre. L'aéroport n'était qu'à quelques kilomètres, elle pourrait les rattraper et rendre le bijou à Zoé.

Sa Coccinelle était garée à quelques mètres de la maison. Alex attrapa les clés et se précipita à l'extérieur.

Elle avait déjà mis le contact et démarrait lorsqu'elle songea à téléphoner à Callaghan. *Merde !* L'appareil était resté à la maison. Trop tard pour changer d'avis à présent. Peu importait.

Alex fila le long de la petite rue tranquille de banlieue, tourna à gauche et accéléra en direction de l'autoroute. La circulation s'intensifiait. Elle aperçut la grosse voiture noire, huit ou neuf véhicules devant elle. Sans la perdre du regard, elle suivit la route familière et enfila un CD des Creedence Clearwater Revival, en conduisant à quatre-vingt-dix kilomètres/heure.

Quelques minutes plus tard, ils approchèrent de la bifurcation pour l'aéroport. Alex regarda dans son rétroviseur, se prépara à mettre son clignotant et à changer de voie.

Le GMC continuait tout droit. Elle restait sur l'autoroute.

Alex fronça les sourcils. Le panneau indiquant l'aéroport apparut et disparut derrière elle. Bizarre. Murdoch avait pourtant dit qu'on emmenait Zoé directement à l'aéroport. Que faisaient-ils ?

Elle continua. Le temps passait. L'album se termina. Elle le remarqua à peine. Le ciel se couvrait à présent, et la pluie commença à s'écraser sur le pare-brise.

Le GMC quitta l'autoroute pour prendre une route de campagne. La forêt défilait et la circulation commençait à s'amenuiser. Ils s'éloignaient de plus en plus de Langley et de Washington, pour aller Dieu savait où. Quelque chose disait à Alex de ne pas trop s'approcher, et elle freina pour augmenter la distance qui la séparait de Callaghan.

De plus en plus loin dans la campagne… La pluie martelait les vitres, les essuie-glaces battaient la mesure. La route devenait étroite et sinueuse. Alex restait assez loin pour ne pas être repérée, sans perdre le GMC de vue.

Elle était perplexe. Que se passait-il ? Elle aurait aimé pouvoir appeler Murdoch à Langley. Quelle idiote d'avoir oublié son téléphone chez elle !

L'horloge de la Coccinelle approchait onze heures, et la jauge d'essence commençait à glisser dangereusement vers le rouge lorsque le GMC s'arrêta enfin. À soixante mètres en arrière, Alex vit les feux de freinage s'allumer, tandis que le véhicule noir disparaissait dans un chemin forestier, et roulait parmi les flaques d'eau. Elle suivit précautionneusement.

La GMS cahota sur la piste avant de s'arrêter devant un grand portail de fer forgé, à demi dissimulé dans de hautes fougères. La pluie tombait à verse, à présent.

Alex coupa le moteur et fit les derniers mètres au point mort, arrêtant doucement la voiture derrière des buissons. Elle sortit sous la pluie et se dissimula en longeant la bordure du chemin. Elle observait, tandis qu'un des agents descendait, s'approchait du portail et ouvrait le cadenas. On entendit un bruit de chaîne. L'agent ouvrit la porte et la voiture avança.

Quelques secondes plus tard, elle entendit des cris.

La voix de Zoé !

Pas de téléphone, pas d'armes. Alex ne s'était jamais sentie aussi nue. Elle rampa dans les buissons, en veillant à ne pas casser de brindilles. Ses cheveux et ses vêtements, trempés par la pluie, lui collaient à la peau. Elle regarda à travers le feuillage. Derrière le portail, se dressait une gigantesque demeure. On aurait dit un luxueux pavillon de chasse, abrité des regards. Les jardins étaient mal entretenus, comme si l'endroit servait rarement.

Les hommes de Callaghan tiraient Zoé hors du GMC et l'entraînaient vers la maison. Callaghan marchait devant. Il ouvrit la porte et les hommes poussèrent Zoé à l'intérieur, malgré ses protestations et ses coups de pied. Ensuite, la porte se referma.

Alex avait le cœur qui tambourinait. Elle regarda sa montre. Il était onze heures neuf. Elle essaya de réfléchir à l'endroit où elle se trouvait.

Alex s'approcha du portail et se déplaça rapidement dans les hautes herbes du jardin, passant d'arbres en buissons, pour éviter de se faire repérer d'une des nombreuses fenêtres.

Elle arriva à la maison. Elle avait le cœur dans la gorge. Elle écouta. Aucun bruit.

Soudain, elle entendit le déclic du chien d'un pistolet et sentit le métal dur contre sa nuque.

– C'est bien imprudent, dit une voix qu'elle n'avait jamais entendue. Vous les suiviez, mais moi je vous suivais !

Elle risqua un coup d'œil derrière elle. L'homme au pistolet était élégamment vêtu d'un long manteau de pluie noir, ouvert sur son costume. Il avait les cheveux roux flamboyant, et une étincelle d'humour pétillait dans ses yeux. La pluie dégoulinait de son parapluie.

– Vous êtes Slater, dit-elle.

– Et vous devez être l'agent Fiorante. J'ai beaucoup entendu parler de vous !

Soudain, elle comprit. *Callaghan et Slater.* Ils avaient toujours travaillé ensemble.

– Allez, avancez, mains en l'air. Vous les baissez et vous êtes morte !

Alex obéit. Il la poussa à l'intérieur de la maison. Les lambris de bois sombres scintillaient dans la semi-obscurité. Dans la cheminée, des vieilles bûches noircies gisaient parmi les cendres. Aux murs, les têtes d'animaux aux yeux brillants, les bois et les cornes projetaient des ombres sinistres. Elle trembla, l'eau de ses vêtements se répandait sur les dalles du sol.

Des pas résonnèrent dans le couloir et une porte s'ouvrit. Callaghan entra, le visage tordu de fureur. Trois hommes le suivaient, arme en position de tir.

– Tiens, tiens, une visite !

Callaghan la regardait.

– C'était très intelligent de votre part, Fiorante. Mais la frontière est bien mince entre la bêtise et l'intelligence, et vous venez de la franchir !

Il fit signe aux autres.

– Fouillez-la !

Ils la fouillèrent brusquement, mais soigneusement.

– Ça va.

Alex écarta une mèche de cheveux mouillés de son visage et lança un regard de défi à Callaghan.

– Qu'avez-vous fait de Zoé ?

Callaghan sourit.

– Vous voulez la voir ? Je ne vais pas vous refuser ce plaisir !

On emmena Alex le long d'un corridor sombre, alors que Callaghan et Slater ouvraient le chemin. Au fond du couloir, une lourde porte en fer forgé menait à une alcôve. Callaghan sortit une longue clé de sa poche et l'ouvrit. Les agents poussèrent Alex à l'intérieur. Elle tomba dans une petite volée d'escalier et atterrit durement sur le sol de béton. Du sang coulait de sa lèvre lorsqu'elle se releva.

Slater descendit les marches derrière elle, avec toujours cette petite étincelle joyeuse dans le regard. Il s'arrêta à mi-chemin et se pencha sur la rambarde de fer.

– Quel dommage ! s'exclama-t-il en la toisant. Une si jolie fille !

Alex entendit des sanglots derrière elle. Elle se retourna et vit Zoé, affalée contre un mur, dans l'ombre. Elle avait le visage mouillé de larmes et une coupure sur le front. Alex s'approcha d'elle et la prit dans ses bras.

– Bande de salauds !

Callaghan descendit et s'arrêta près de Slater.

– Je crois que c'est là que nos chemins se séparent, mesdames.

Il fouilla dans sa poche et en sortit un Glock 9 mm qu'il braqua vers Zoé, avant de le basculer vers Alex.

Alex refusa de flancher. Elle ne lui montrerait pas sa peur. Zoé gémit, en lui serrant la main.

– Allez vous faire foutre ! dit Alex.

– Elle me plaît cette fille, elle a du tempérament. Dommage que je n'aie pas le temps de mieux la connaître !

– C'est une vermine, et la vermine, on l'éradique ! cracha Callaghan, prêt à tirer.

– Attendez ! ordonna Slater.

Callaghan baissa son arme, impatient.

– Qu'est-ce qu'il y a ?

––J'ai une meilleure idée, dit Slater, souriant. Vous venez souvent ici ?

– Pas autant que je voudrais, répondit Callaghan, vous savez comment c'est.

– Disons, une fois tous les quatre ou cinq mois ?

– Les années calmes.

– Et c'est une année calme ?

– Non, c'est une année folle.

– Alors, si on se contentait de les enfermer et qu'on revenait prendre de leurs nouvelles dans cinq ou six mois ?

Callaghan fit la grimace.

– Ça va sacrément puer en bas !

Slater hocha la tête.

– Je ne vous ai jamais parlé de mon chien. J'avais un retriever, quand j'étais môme. Il était sympa, mais finalement, je m'en suis lassé. Je l'ai enfermé au sous-sol, pour voir ce qui arriverait. Il a mis un sacré temps à crever, ça, je peux vous le dire, mais je vous assure que la puanteur s'estompe, avec le temps, une fois que les rats ont dévoré toute la chair. Les vers font leur travail, aussi, et les fluides corporels s'assèchent. On se retrouve avec une sorte d'écorce vide.

– Vous êtes malade, dit Alex.

– Ça me botte ! s'exclama Callaghan. Qu'en pensez-vous, mesdames ? Ça vous laissera le temps de mieux vous connaître. Vous pourrez peut-être essayer de creuser un tunnel. Dommage, les fondations sont horriblement épaisses et directement creusées dans la roche !

– Ça vous occupera pendant que vous agoniserez, ajouta Slater qui regarda sa montre. On ferait mieux d'y aller, l'avion du sénateur m'attend.

– Quel sénateur ? hurla Alex.

Le sourire de Slater s'agrandit.

– Qui finance tout ça, à votre avis ? L'Armée du Salut ?

Éberluée, Alex cligna des yeux.

– Un sénateur américain est derrière tout ça ?

– Oh, il n'en sait fichtre rien ! ricana Slater. Richmond est un crétin d'évangéliste plein aux as, qui sait à peine quel jour de la semaine nous sommes. C'est moi qui signe les chèques, pas lui. Lui, il guide les fidèles, mais cette opération, c'est la mienne.

– Qu'est-ce que vous manigancez, bande d'abrutis ?

Slater haussa les épaules.

– Cela me chagrine qu'une belle femme comme vous meure dans l'ignorance. Nous sommes sur le point d'ouvrir le rideau sur le plus grand spectacle du monde, auquel vous ne pourrez malheureusement pas assister. On vise haut, et on frappe fort. À côté, la bombe de Corfou ressemblera à un simple pétard mouillé !

Il lui raconta tout en détail, se réjouissant visiblement de son expression de détresse.

– Vous êtes cinglés, murmura-t-elle, horrifiée. Complètement cinglés.

– On ne fait qu'anticiper les choses, agent Fiorante, dit Callaghan. Ne pensez pas à tout cela comme à un projet à nous. C'est un plan divin. S'il doit mener à la guerre, qu'il y ait la guerre, puisque Dieu le veut !

– Avec moi, vous pouvez laisser Dieu en dehors de tout ça, ajouta Slater. C'est Callaghan, le bigot de service !

L'agent de la CIA lui adressa un regard sauvage.

– Vous ne vous en tirerez pas, dit Alex. Ils attendent Zoé en Angleterre. Si elle n'arrive pas, les sonnettes d'alarme vont se déclencher.

– Nouvelle erreur ! On n'attend plus personne !

– Ils m'ont forcé à appeler mes parents dans la voiture, dit Zoé en reniflant. Pour leur dire que j'avais rencontré quelqu'un et que je ne rentrerai pas tout de suite.

– Et ils ont l'habitude de ce genre de fantaisie, pas vrai ? dit Callaghan.

– Murdoch s'apercevra que je ne suis plus là, dit Alex. Cela vous retombera dessus, d'une façon comme d'une autre.

– Écoute, chérie, souffla Slater, quand les gens s'apercevront de quelque chose, le monde sera si différent qu'ils auront bien d'autres soucis en tête !

– Vous pouvez nous tuer, dit Alex, mais Ben Hope viendra vous rechercher.

Slater et Callaghan échangèrent des regards amusés.

– Vous avez un grand sens de l'à-propos, agent Fiorante, dit Callaghan. Il est onze heures vingt-cinq, c'est-à-dire six heures vingt-cinq en Israël. Votre petit ami fonce droit dans un piège, au moment où nous parlons. Dans cinq minutes, il n'existera plus.

Slater ricana.

– Amusez-vous bien, les filles !

Les deux hommes tournèrent les talons et remontèrent les marches, abandonnant Alex et Zoé dans le noir.

60

Quartier juif, Jérusalem, 18 h 29, heure locale

Ben trouva le vieil immeuble délabré au bout d'une petite impasse pavée. La rue était tranquille. Une femme voilée se réfugia en hâte derrière un porche en le voyant approcher. Pile à l'heure ! Il regarda de nouveau son carnet en avançant dans l'ombre fraîche de l'immeuble. Ses pas résonnaient sur le sol de pierre, tandis qu'il montait les marches, en vérifiant les numéros des appartements.

C'était un lieu très ordinaire. Une planque pour une agence comme la CIA qui doit se fondre totalement dans l'environnement sans permettre de distinguer les agents des autres membres de la communauté. Parfois, même leurs épouses ignorent tout de leur double vie.

Les agents dormants sont en général des personnes sans histoire, qui n'ont aucune raison d'attirer l'attention de la police ou d'une quelconque autorité. Ils ont pour mission de rassembler des informations peu sensibles et, parfois, de servir de messager ou d'apporter un soutien logistique aux agents plus pointus, en mission sur leur territoire.

Ben se rendit à l'appartement dont on lui avait donné le numéro et frappa à la porte. Il écouta. Il n'entendit aucun bruit à l'intérieur. Il consulta sa montre. Il était parfaitement à l'heure. Il frappa de nouveau.

La porte s'ouvrit. Décharné, l'homme, au visage de faucon, aux cheveux noirs coupés en brosse et à la barbe épaisse, portait un jean et une chemise blanche. Il avait un regard sombre et intense.

– Monsieur Hope ?

Ben hocha la tête.

– Entrez, lui dit l'homme.

Ben le suivit dans un salon.

La pièce aux murs blancs et presque nus était parcimonieusement meublée. De toute évidence, on l'attendait. Sur la table, se trouvait un mince dossier, dont on voyait dépasser les feuilles dans le coin inférieur. Juste à côté, un Heckler & Koch 9 mm au chien ouvert, et un chargeur plein. Sur le divan, un fusil de sniper démonté, avec silencieux et lunette.

Si l'on en vient au combat sniper contre sniper, avait dit Murdoch…

– Callaghan m'a dit que vous aviez quelque chose pour moi, dit Ben.

– C'est exact, répondit l'homme avec un sourire mystérieux. Quelque chose d'important, mais avant, puis-je vous offrir un café ?

– Je n'ai pas le temps.

De nouveau, l'homme sourit.

– Vous avez raison.

Le mouvement fut aussi soudain que violent. Avant de pouvoir réagir, Ben sentit le vent provoqué par le geste de l'agresseur. Quelque chose passa devant son visage, comme un éclair. Instinctivement, il leva le bras pour se protéger. Le garrot lui mordait les doigts. Ben essaya de s'en défaire, néanmoins son agresseur puissant le tirait toujours en arrière. Le fil s'enfonçait dans la chair. Ben donna des coups de pied et se débattit.

Le barbu souriait. Lentement, il tendit la main vers l'arme qui se trouvait sur la table.

Ben luttait pour sa vie. L'homme au garrot se tortillait. Du coin de l'œil, Ben vit une porte ouverte. Un autre homme entra, muni d'un long couteau incurvé.

Le piège était bouclé. Callaghan l'avait conduit à sa mort !

Alors, il mourrait en combattant. Il se jeta à terre, entraînant son agresseur dans sa chute, ce qui ne fit que resserrer l'étreinte du fil. Ben se sentait étouffer. Il donna un violent coup de pied, dessinant un grand arc, au-dessus de lui. Son pied heurta l'homme au visage. Soudain, le garrot se desserra.

L'homme au couteau approcha.

Ben roula sur le sol et donna un coup de pied dans le genou de l'homme. Avec une force brutale, il tapa droit sur l'articulation qu'il entendit céder. Le type hurla et lâcha son couteau sur le sol.

Ben se redressa sur ses pieds. Il attrapa l'étrangleur par les cheveux et lui flanqua son genou dans la figure. En se retournant, il assena un coup du plat de la main à la gorge de l'homme au couteau, lui écrasant le larynx.

De nouveau, Ben se tourna vers l'étrangleur et mit tout son poids dans un coup de coude qui lui enfonça le visage et lui fit avaler quelques dents. Le type tomba à terre et roula sur le dos. Ben lui posa le pied sur la gorge. Du sang coula de la bouche.

Le barbu manipulait le pistolet, il mettait le chargeur et plaçait la première balle dans la chambre. Il leva l'arme et tira. L'explosion fut assourdissante dans la pièce exiguë. Ben sentit l'onde de choc de la balle. Du plâtre gicla sur sa joue, tandis que la balle se plantait dans le mur, à dix centimètres de sa tête. Ben arracha le cadre du mur et le jeta. Il tourbillonna dans la pièce et toucha l'homme au poignet. Le verre se brisa. L'homme cria et lâcha son arme.

Ben se rua vers lui et lui assena un coup de poing. L'homme était rapide. Une main sur le poignet, une rotation du corps et Ben vola dans les airs. Il atterrit sur une table basse en verre qui se brisa sous son poids. Le barbu vint lui enfoncer un genou dans la poitrine et le roua de coups. Ben lui assena un grand coup de pied dans le plexus solaire, le projetant en arrière. L'homme retrouva son équilibre et s'approcha de nouveau.

Le combat fut rapide et féroce. Coup, parade, coup, parade, un chaos de mouvements. Ben le toucha à la gorge. L'homme chancela un peu, mais tenait toujours Ben par le bras et l'envoya valdinguer contre l'étagère. Des livres, des éclats de verre et des étagères brisées volèrent en tous sens. Ben attrapa un gros volume et se redressa sur ses pieds.

De nouveau, l'homme se ruait vers lui, insatiable. Ben lui jeta le livre à la figure. Du sang coula des lèvres ouvertes. Ben lui donna un coup de coude au visage, sentant la brutalité de l'impact. L'homme hurla, le visage en sang. Il s'effondra. Ben se jeta sur lui, l'attrapa par les cheveux et lui cogna la tête contre le sol. Encore et encore.

Soudain, Ben sentit son téléphone vibrer dans sa poche. Il se laissa distraire une seconde de trop.

L'homme se défendit comme un animal, en griffant et se tortillant. Les deux combattants roulaient sur le sol, accrochés l'un à l'autre. Soudain, la main de l'homme trouva le pistolet par terre.

Le canon se leva, son petit œil noir droit dans les yeux de Ben. Ben s'en empara, serra les doigts autour de l'acier froid. Le canon s'écarta de lui. C'était un combat de force, à présent, à celui qui parviendrait à contrôler l'arme.

Soudain, le coup retentit dans le capharnaüm de la pièce.

•

61

Alex examinait la cave, cherchant une issue. La porte était solide. La lampe de poche qu'elle avait trouvée sur une étagère pleine de toiles d'araignée projetait une lueur jaunâtre dans les recoins de la pièce sombre. Elle aurait espéré voir une trappe, une chute à charbon.Rien. Elles étaient piégées.

Assise sur les marches de pierre, la tête dans les mains, elle ne pensait plus qu'à une chose. Ben. C'était un piège ! Elle aurait voulu le joindre, le prévenir, agir, mais il était sans doute trop tard. Ils ne prendraient pas de risque avec lui. Ils le tueraient. Elle sentait ses yeux gonfler.

– Alex ? murmura Zoé, dans l'ombre. Ils doivent être partis, à présent. On s'en va !

– Ne dites pas de bêtises.

– Je ne dis pas de bêtises. On s'en va.

– Zoé, nous sommes enfermées. On ne peut pas sortir.

Pourtant, tandis qu'Alex scrutait les ombres, elle vit le petit écran s'allumer, et son cœur sursauta.

– Où est-ce que vous avez trouvé ce téléphone ?

– Je l'ai piqué à l'homme de Neandertal, assis à côté de moi, dans la voiture. Il n'a rien remarqué.

Alex éclata de rire, sidérée.

– Bravo !

– J'étais pickpocket, quand j'avais quinze ans, pratique ! dit Zoé. Il y a des choses qu'on n'oublie pas. Et devinez quoi, j'ai enregistré tout ce que ces salauds ont dit. Ça pourrait s'avérer utile.

– Passons un appel.

Zoé sauta sur ses pieds et se déplaça dans la cave.

– Le signal est faible. Attendez, j'ai une barre ! Quel est le numéro de la police, ici, 911 ?

– N'appelez pas les flics. Donnez-le-moi !

Alex courut vers elle et attrapa l'appareil.

Le signal était fuyant. La barre apparaissait et disparaissait. Alex essayait désespérément de se souvenir du numéro que Ben lui avait donné. Elle se le remémora d'un coup. Elle appuya sur les touches aussi vite que possible. La tonalité. Elle écouta intensément. Le téléphone sonnait dans le vide.

– Oh, mon Dieu. Ils ont dû l'avoir !

De l'autre côté du monde, Ben se releva, chancelant, et regarda le cadavre de son agresseur. Il lui manquait la moitié du visage, le sang, la chair, les os du crâne et de la mâchoire s'étaient dispersés sur le sol, autour de l'impact.

Ben haletait et tremblait, avec la montée d'adrénaline. Son sang et celui des trois hommes allongés dans l'appartement dévasté lui maculaient le visage.

Le téléphone vibrait toujours dans sa poche. Devait-il répondre ? Il le sortit avec ses doigts ensanglantés et le regarda longuement. Il décrocha et colla l'appareil à son oreille.

– Ben ? C'est toi ?

– Alex ?

Le ton de sa voix l'inquiétait. Il avait immédiatement compris qu'elle était en danger.

– Tu vas bien ! Grâce à Dieu !

– Il n'y est pas pour grand-chose.

– Callaghan fait partie de la bande !

– Je viens de m'en apercevoir. Où es-tu ?

– Avec Zoé. Nous sommes dans la cave de Callaghan.

Elle lui résuma la situation, lui expliqua comment elle avait suivi Callaghan et comment Slater l'avait piégée. Elle lui raconta ce qu'il lui avait dit à propos du sénateur chrétien.

– Richmond n'est au courant de rien, dit-elle, dans une avalanche de mots. Ils l'utilisent comme une sorte de figure de proue.

– Bon, écoute, dit Ben, réfléchissant le plus vite possible. Voilà ce qu'on va faire. N'appelle pas la police. Est-ce que l'on peut avoir confiance en ton ami, Frank ?

– Absolument.

– Alors, appelle-le ! Retrace le chemin avec lui, pour qu'il puisse vous retrouver.

– Je crois savoir où nous sommes.

– Parfait. Il trouvera sûrement un moyen de vous faire sortir. Invente l'histoire que tu veux, mais il ne doit parler de cela à personne. Ensuite, Zoé et toi, faites-vous discrètes et restez en sécurité. Je vous contacterai.

– Ce n'est pas tout, ajouta-t-elle, je sais ce qu'ils vont faire. Il y a une grande prière musulmane, dans une mosquée de Jérusalem. Le Président et quatre membres du Conseil musulman y seront. Ils vont la faire sauter.

Ben sentit son cœur tressauter.

– Quelle mosquée ?
– Celle du mont du Temple, répondit Alex.
– Quand ?
– À sept heures, heure locale.
Il regarda sa montre.
– C'est dans vingt minutes !
– Vas-y Ben ! Il faut empêcher ça !
Alex raccrocha.

C'était comme si tout l'air venait d'être aspiré de la pièce. Il avait été stupide, complètement aveugle de ne rien voir venir ! D'une certaine manière, c'était un coup de maître sans pareil, si horrible fût-il.

Le mont du Temple, au cœur de la vieille ville, est l'un des endroits les plus disputés de toute l'histoire des religions. Pour les chrétiens, c'est l'endroit où Dieu a créé la Terre et le site du Jugement Dernier.

Pour les musulmans, c'est le Noble Sanctuaire, où le prophète Mahomet est monté aux cieux. Ce fut autrefois le site du temple juif le plus sacré, jusqu'à ce que les Romains le détruisent, en 70 avant Jésus-Christ.

Sur les ruines du temple, on avait construit le site le plus saint de l'islam après La Mecque et Médine : Qubbat al-sakhra, le Dôme du Rocher, une magnifique mosquée octogonale, couronnée d'une coupole d'or que l'on voit dans toute la ville. Cet épicentre du passé religieux sanglant de Jérusalem, que s'arrachaient des dizaines de nations, était devenu, depuis que le gouvernement israélien avait, à contrecœur, confié les lieux aux musulmans en 1967, le symbole ultime de la lutte entre Israël et la Palestine.

Détruire le Dôme du Rocher, désacraliser un tel temple sacré, et en faire rejaillir la responsabilité sur Israël, c'était allumer un feu qui verrait la prophétie de l'Apocalypse se réaliser. Israël entrerait en guerre contre le monde musulman. Bien entendu, les États-Unis interviendraient, au côté d'Israël. L'appel aux armes retentirait dans tout le monde arabe. Le Djihad prôné par les fondamentalistes arriverait enfin. Un conflit mondial.

Dans un monde livré au carnage et au chaos, des dizaines de millions de chrétiens évangélistes se rassembleraient derrière les dirigeants en qui ils avaient confiance. Les événements comme ceux du 11 septembre deviendraient la routine. Et pire encore, bien pire. Ben se souvenait des propos de Clayton Cleaver, prédisant une guerre atomique, et un frisson glacé le secoua. C'était un scénario de fin du monde, et le temps pressait bien plus qu'il ne l'aurait imaginé.

Il fallait tout arrêter… L'avenir de l'humanité ne dépendait que de lui !

62

Ben dégringola l'escalier, sortit sous le soleil brûlant et courut dans la rue. En voyant cet énergumène couvert de sang qui filait comme le vent, les passants s'écartaient de son chemin. Ses pas résonnaient dans les rues étroites.

Tout en courant, il consulta sa montre. Six heures quarante-deux.

Dix-huit minutes.

Haletant, il courait de plus en plus vite, suivant un chemin sinueux dans les rues pavées, écartant les badauds sur son passage. Arrivé à un carrefour, il regarda tout autour de lui, pour se repérer. Devant lui, la rue était pleine d'étals et de touristes. Les taxis et les voitures klaxonnaient pour se frayer un passage dans la circulation. Impatient, un motard sur une grosse BMW faisait patiner son moteur, en attendant qu'un groupe de touristes dégage la voie.

Ben courut derrière lui. Le motard avait un sac à dos, retenu par des bretelles. Ben attrapa une des bretelles et fit tomber le motard sur le sol. Avant que la moto se soit couchée, il attrapa le guidon, passa la jambe par-dessus la selle, enclencha une vitesse et ouvrit les gaz. La BMW se rua en avant avec un rugissement agressif, et la foule se dispersa rapidement pour le laisser passer. Il longea la ruelle de marché, braquant à droite et à gauche, se faufilant au milieu des piétons affolés.

Intérieurement, il comptait les secondes et mesurait les distances. La vieille ville est très ramassée, ses quatre quartiers n'occupant qu'une zone de deux kilomètres de large, au maximum. Le Dôme du Rocher n'est situé qu'à cinq cents mètres de l'Église du Saint-Sépulcre, où il se trouvait plus tôt.

Ben continuait à rouler, accélérant toujours au milieu des étals et de la circulation, sautillant sur les pavés. Soudain, il entendit le hurlement d'une sirène de police derrière lui, les gyrophares scintillaient dans ses rétroviseurs. Un muret bordait la rue, à sa droite. Un trou dans le mur. Une volée d'escalier raide qui montait entre les vieilles maisons. Il y propulsa son engin, en s'accrochant au guidon. Le pneu avant heurta les marches avec une secousse qui manqua de le faire tomber. Le moteur crissait, tandis qu'il forçait sa machine à monter les marches.

La voiture de police avait disparu, néanmoins il entendait d'autres sirènes au loin, deux ou trois, au minimum, qui convergeaient vers lui.

Il vit une pancarte indiquant Batei Mahasse. Il était dans la bonne direction, mais, d'autres lumières apparaissaient dans son rétroviseur. Deux voitures de police, qui se rapprochaient vite.

Soudain, un groupe de gamins traversa devant lui. Il braqua pour les éviter, perdit le contrôle de la BMW et s'écrasa dans une vitrine. Il tomba à terre. Les voitures de police s'arrêtèrent derrière lui. Les policiers se précipitèrent. Chancelant, il se redressa, donna un coup au plus proche d'entre eux, qui tomba à terre. Un second lui attrapa le bras. Ben lui donna un coup de pied à l'entrejambe. Avant que le policier ait eu le temps de crier, Ben s'enfuyait en courant.

Six heures quarante-neuf.

Onze minutes.

Il était tout proche à présent. Il apercevait l'entrée de la grande esplanade qui menait au Mur des Lamentations, en bordure du quartier juif. Les rayons du soleil étincelaient sur la splendide coupole d'or.

Des voix hurlaient, des sirènes retentissaient. Il jeta un coup d'œil derrière lui. De nouvelles forces de police s'étaient jointes à la poursuite. Au pas de course, il longea le Mur des Lamentations, dispersant les religieux en habits.

Devant lui, se dressait la porte des Marocains, la seule qui permette aux non musulmans de pénétrer dans le complexe du mont du Temple.

Ben la franchit, passa devant la billetterie, bousculant la foule de touristes. Les gens protestaient avant de s'écarter en le voyant couvert de sang. Toujours en courant, il traversa la vaste esplanade, en direction du Dôme du Rocher. Les poumons en feu, il avait l'impression que ses jambes allaient l'abandonner d'une seconde à l'autre. Il s'efforça de poursuivre sa course.

Ben entendait les cris des policiers. Il s'engouffra dans la foule, essayant de réfléchir, malgré son cœur qui tambourinait. La foule des fidèles entrait à l'intérieur du monument. La prière allait commencer. Les dignitaires musulmans étaient déjà à l'intérieur.

Quatre minutes.

Il se retourna, regardant en toutes directions. La bombe pouvait se trouver n'importe où. Elle pouvait être attachée au corps d'un des milliers d'individus qui l'entouraient. Elle aurait pu être cachée depuis des semaines, n'attendant que le signal d'une commande à distance pour se déclencher.

Il voyait déjà le magnifique dôme se fendre en deux, sous la force de l'explosion. La coupole d'or crachant des flammes et des débris, tandis qu'à l'intérieur tout volerait en éclats. La boule de feu qui montait dans le ciel bleu de Jérusalem. La colonne de fumée noire, signalant à des kilomètres à la ronde qu'un cataclysme venait de se produire…

Trois minutes.

Il n'avait plus aucune chance de pouvoir intervenir à temps !

Ce fut à cet instant qu'il repéra le visage dans la foule. C'était celui d'un Occidental, un petit homme en veste légère et pantalon de toile. Il portait un sac de cuir en bandoulière. Cela aurait pu être un banal touriste, noyé dans la masse.

Mais Ben n'oubliait jamais un visage, et celui-ci était resté gravé dans sa mémoire depuis Corfou.

Les images lui revenaient comme dans un tourbillon. L'homme à l'ordinateur. Les mêmes traits acérés. Le même regard vide et impavide. C'était lui. Le poseur de bombes. L'assassin de Charlie.

Ben se fraya un chemin à travers la foule pour aller vers lui. La police n'était plus qu'à vingt mètres. Ben courut plus vite. Une femme hurla.

Le poseur de bombes le vit. Ses yeux se rétrécirent un instant, et soudain, il disparut, se fondit dans la foule.

Deux minutes.

Ben courait comme il n'avait jamais couru de sa vie, le long de petits monuments et d'anciens bâtiments. Il dévala les marches de pierres inégales menant à un labyrinthe de piliers et d'arches. Devant lui, le poseur de bombes était une silhouette évanescente, qui se faufilait à travers les arches et s'abritait dans les allées, tournant à droite et à gauche, tandis que la foule l'évitait.

Ben le rattrapait peu à peu. Leurs pas résonnaient dans les antiques édifices de pierre.

Une minute.

Il vit l'homme fouiller dans son sac de cuir. Tenir quelque chose dans sa main. Une petite forme rectangulaire. Une télécommande ! Il tapait sur des touches tout en courant.

Il entrait un code.

Le sang de Ben se figea dans ses veines. Il mit la main dans la poche de hanche et sortit le pistolet du barbu caché sous sa chemise ensanglantée. Il tira.

Le poseur de bombes s'aplatit au sol. La balle rebondit sur un mur de pierre grêlé. La foule hurla, affolée.

Le poseur de bombes courut se réfugier dans une autre allée, passant entre des arches qui menaient en toutes directions. Ben le gardait dans son champ de vision, mais d'extrême justesse. Il ne pouvait pas se permettre de le perdre de vue, ne serait-ce qu'une seconde car il risquait de finir de composer le code. Ensuite, il n'aurait plus qu'à appuyer sur une touche, et s'en serait fini.

Il y aurait des centaines de victimes, des milliers, peut-être.

Il était sept heures tapantes.

À des milliers de kilomètres, sur la banquette arrière de la limousine, Irving Slater observait l'aiguille des minutes de sa montre en or, qui marquait le compte à rebours avant son grand moment de gloire. Adossé sur les coussins de cuir, il souriait.

– C'est l'heure du grand spectacle ! dit-il à voix haute.

63

Le poseur de bombes plongea sous une arche en ruine, son dispositif toujours à la main.

Soudain, il voltigea dans l'air en poussant un hurlement de douleur et de surprise, tandis qu'un scooter venant en sens inverse le renversait.

Ben arriva juste à temps pour le voir s'étaler sur la rue étroite en un amas de bras et de jambes. Le scooter tomba sur le flanc dans une gerbe d'étincelles. Le conducteur roula sur lui-même. Le dispositif de mise à feu rebondit sur les pavés.

Le visage du poseur de bombes était couvert de sang. Découvrant ses gencives, sous l'effet de la douleur et de la concentration, l'homme rampait vers son détonateur. À dix mètres de là, Ben vit les doigts tremblants se resserrer autour de l'objet noir que l'homme ramenait vers lui.

Ben se jeta sur lui et le frappa à la tête. Le frappa encore. La tête ballottait, l'homme crachait du sang. Ben attrapa les doigts et essaya de lui arracher l'objet des mains.

Il entendit un cri aigu derrière lui. Il se retourna. Tout pantelant, couvert de sueur, à trois mètres de lui, un jeune policier brandissait une arme au bout de son bras tremblant. Ben lisait la frayeur dans son regard. La frayeur, mais la détermination aussi. Il cria un ordre en hébreu.

Ben leva les mains et se redressa lentement.

Le jeune policier braqua son arme vers le poseur de bombes.

Ce dernier se contenta de sourire. Il s'assit dans la poussière et posa son pouce au-dessus de la touche « entrée ».

Le code était complet. S'il appuyait sur cette touche, le monde changerait à jamais. Ben entra en action plus vite que jamais. D'un mouvement du coude, il frappa le policier au visage, tout en s'emparant de son arme. Il tira de manière instinctive, sans prendre le temps de viser.

La balle toucha le poseur de bombes au poignet, et lui arracha la moitié des doigts, dans un jet de brume rouge. Le détonateur déchiqueté tomba au sol.

Le poseur de bombes resta à genoux, se tenant la main, les yeux levés vers Ben, bouche bée.

– Qui êtes-vous ? demanda-t-il, la voix éraillée.

– Personne, répondit Ben, avant de lui tirer une balle dans la tête.

64

– Quand tout ceci sera terminé, dit Murdoch, vous honorerez votre partie du contrat.

Ben était assis sur le bord du lit, dans son hôtel de Jérusalem, essayant de trouver une partie de son corps qui ne lui faisait pas mal.

– Mais avant, vous allez honorer la vôtre !

Il ne voulait pas parler de Callaghan et de Slater à Murdoch. Pour eux, il avait une petite idée en tête.

– Je tiens toujours mes promesses, dit Murdoch. Nous prendrons tout en charge. Quant à vous, vous êtes un homme libre. Vous n'êtes jamais venu ici. Je n'ai jamais entendu votre nom.

L'appel suivant fut pour Alex. Ben utilisa le numéro duquel elle l'avait appelé de chez Callaghan. Il priait pour qu'elle réponde. Pour qu'elle aille bien. Au bout d'une dizaine de sonneries, il entendit enfin le son de sa voix.

Quand elle le reconnut, elle fondit en larmes.

– Je vais revenir, lui dit-il. Retrouve-moi au mémorial Lincoln, à Washington, demain après-midi, à une heure.

Il resta longuement sous la douche chaude, pour laver le sang et effacer les souvenirs de la journée.

Ensuite, il rassembla ses affaires et quitta l'hôtel. Il se retrouva à l'aéroport en moins de quarante minutes, et, quelques heures plus tard, il embarquait pour Washington.

Ce n'était pas encore terminé.

65

Washington, le dix-neuvième jour

Il reposa le pied sur le sol américain à midi. Il alla au centre-ville et s'assit sur les marches chaudes, au pied du mémorial Lincoln. Les rayons du soleil dansaient à la surface du lac artificiel qui s'étendait devant lui.

Au-delà, se dressait l'Obélisque du Washington Monument, et, plus loin encore, le dôme du Capitole, siège du Sénat américain.

Alex n'était pas encore arrivée. Il sortit son téléphone, en pensant aux deux appels qu'il devait encore passer. Le premier était destiné à Augusta Vale.

Elle semblait heureuse d'avoir de ses nouvelles.

– Désolé d'avoir dû vous faire faux bond, mais j'ai eu un empêchement.

– Les journalistes continuent à m'appeler. Ils veulent tout savoir du mystérieux tireur qui a remporté le prix avant de disparaître.

Je voulais simplement vous remercier pour votre hospitalité.

– Ce n'est rien Benedict. La prochaine fois que

vous passez à Savannah, venez me rendre visite. Vous serez toujours le bienvenu chez moi. Et s'il y a quelque chose que je peux faire pour vous…

– Oui, en fait. Vous avez le numéro du révérend Cleaver ? J'aimerais commander quelques-uns de ses livres.

– Oh, je suis sûr qu'il sera ravi de vous entendre !

Ben composa le numéro qu'elle venait de lui communiquer.

– Comment allez-vous, Clayton ?

– Bien, répondit Cleaver, méfiant.

– Plus riche d'un million de dollars ?

– L'argent est arrivé il y a deux jours, dit Cleaver, perplexe. Comment le savez-vous ?

– Une intuition. Je vous appelle pour passer un accord.

Cleaver avala sa salive.

– Un accord ? Quel genre d'accord ?

– Pas de panique, Clayton. Je ne vais pas vous prendre votre argent. Pas tout, du moins.

– C'est très généreux de votre part.

– Oui, oui, je sais. Bon, voilà, et ce n'est pas négociable. Vous êtes prêt ?

– J'écoute.

– D'abord, vous allez rendre un quart de l'argent à la Fondation Vale, pour la nouvelle aile de l'hôpital.

– Bien sûr, j'y avais déjà pensé, bredouilla Cleaver. Mais vingt-cinq pour cent…

– Non négociable, répéta Ben. Je n'ai pas fini. J'imagine qu'une fois que vous aurez payé les usuriers, vous voudrez remeubler votre maison ? Vos murs sont toujours nus ?

– Euh, oui… mais…

– Bon, je connais une jeune peintre pleine de

talent, à Oxford, en Angleterre. Elle s'appelle Lucy Wilde. Je veux que vous regardiez son site.

– Quel est le rapport avec moi ?

– Vous allez devenir mécène de l'art contemporain, Clayton. Vous allez lui acheter toutes les toiles qu'elle a à vendre et lui offrir une somme rondelette pour lui en commander d'autres. Et je vérifierai, au cas où votre définition de somme rondelette serait trop différente de la mienne.

– C'est insensé, je n'aime même pas l'art moderne !

– C'est l'occasion d'apprendre ! Bon, voilà la suite. Il y a un fermier du Montana qui a besoin d'argent pour rénover sa propriété. Quelqu'un l'a transformée en champ de bataille. Il a aussi besoin d'un ou deux camions. Je vous enverrai son adresse et un numéro de compte sur lequel virer l'argent.

– Combien ? demanda Cleaver, soupçonneux.

– Un beau chiffre rond. Disons, un million de dollars.

Il y eut un petit cri étouffé à l'autre bout du fil.

– Vous me saignez à blanc, Ben.

– J'y avais pensé, mais je préfère me contenter de cela. Bon, vous êtes prêt pour la suite ?

– Allez-y, dit Cleaver, très las.

– Bien. Il y a un certain avocat qui a besoin d'une opération pour réparer ses jambes.

Cleaver explosa.

– McClusky ? Vous voulez que je file de l'argent à McClusky ?

– Exact, dit Ben. Une petite avance pour qu'il puisse s'installer, ce ne serait pas une mauvaise idée non plus. Euh, trois cent mille ? Non, attendez, cinq cent mille, ce sera mieux.

Silence à l'autre bout du fil.

– Encore une chose, ajouta Ben.

Il marqua une pause. C'était ce qui comptait le plus pour lui.

– Je veux que vous fassiez un dépôt, un million de livres sterling.

– Pour qui, dit Cleaver, méprisant. Pour vous ?

– Pour un enfant. Un enfant qui n'est pas encore né, mais qui compte beaucoup pour moi. L'argent restera bloqué jusqu'à sa majorité et, à dix-huit ans, il recevra la somme en entier. Vous aurez des nouvelles d'un avocat londonien qui arrangera tout. Vous n'aurez qu'à signer le contrat.

Il y avait beaucoup réfléchi. Il n'avait aucun moyen que Rhonda lui pardonne, aucun moyen de pouvoir lui expliquer la situation. Que pouvait-il faire ? Aller lui présenter des excuses ? Lui écrire une lettre ? Il pouvait au moins offrir ce cadeau au fils de Charlie.

– J'espère que je me suis bien fait comprendre.

– Oh, oui, je comprends parfaitement. Et si je n'avais pas envie de tenir ces promesses, si généreuses de votre part ?

– Je vous surveille, Clayton. Vous vous apercevrez que je ne suis pas aussi indulgent que vos usuriers. Je n'ai pas envie de briser les illusions de miss Vale, mais si je vois que vous ne faites pas ce que je vous ai demandé, soyez sûr que je lui ferai savoir quel imposteur vous êtes. Pas seulement d'ailleurs. Je prendrai le premier avion, et quand j'en aurai fini avec vous, on vous confondra avec un lapin écrasé sur la route. Et je tiens toujours mes promesses.

– Maintenant, je suppose que vous allez me demander de filer dix millions à cette fichue Zoé Bradbury, grogna Cleaver.

– Non, vous pouvez les garder. Je ne crois pas que Zoé Bradbury mérite un cent de plus, de vous ou de qui que ce soit.

Il y eut un long silence à l'autre bout du fil, tandis que Cleaver réfléchissait aux termes du contrat.

– Je n'ai guère de marge de manœuvre, dit-il.

– Aucune.

Cleaver poussa un soupir défait.

– Bon, vous avez gagné. C'est d'accord.

Alex arriva au moment où Ben raccrochait. Elle portait un pantalon noir et une veste en cuir bordeaux qui rehaussait la couleur de ses cheveux. Elle ne put s'empêcher de sourire en le voyant. Elle courut sur les marches et le serra dans ses bras.

– J'ai eu peur de ne jamais te revoir.

Ils s'embrassèrent longuement avant de se séparer.

– Frank vous a libérées ? demanda Ben.

Elle hocha la tête.

– Nous sommes restées chez lui, avec Zoé. Nous avons menti, comme tu l'avais demandé. Elle y est toujours.

– Bien. Elle ne doit pas sortir avant que tout soit terminé. Tant que je ne me suis pas occupé de Slater et de Callaghan, elle est en danger. Toi aussi, lorsque Callaghan s'apercevra que tu es encore en vie et que tu es témoin de toute l'affaire.

– Et maintenant ?

– Je vais rendre visite au sénateur Bud Richmond.

– Pas sans moi, dit Alex.

66

Montana, 10 heures, le vingtième jour

La Porsche 959 rutilante filait sur la route de montagne, les pneus larges s'agrippant à l'asphalte dans les virages. La voiture s'arrêta devant la Ford délabrée, qui bloquait la route, capot ouvert. Bud Richmond descendit de sa voiture de sport, souriant à la jolie femme aux cheveux auburn, penchée sur le moteur, la jauge d'huile à la main, l'air désemparé.

– Je peux vous aider ?

– Oui, sénateur, dit Ben, en descendant du véhicule.

Il braquait une arme vers le visage du politicien. Alex sourit et referma le capot.

– Qu'est-ce que c'est que cette histoire ? demanda Richmond.

– Nous voulons vous parler d'Irving Slater. Allons faire un tour.

Quarante minutes plus tard, le visage couleur de cendres, le sénateur écoutait encore Ben qui lui détaillait les projets de Slater. Alex lui avait fait écouter l'enregistrement que Zoé avait fait dans la cave.

– Je n'en crois pas mes oreilles, dit Richmond, d'une voix défaite.

– C'est vous, la clé de voûte de son plan, dit Ben. Il vous a utilisé dès le début.

– Parfois, il se conduisait bizarrement, avoua Richmond. Toutes ces réunions secrètes dans le téléphérique… Je m'étais toujours posé la question…

– À présent, vous savez.

Richmond serra les poings.

– Je savais qu'il avait ses méthodes… Qu'il ne me tenait pas en haute estime et me traitait de crétin derrière mon dos. Mais je n'aurais jamais imaginé… qu'il en arriverait à de telles… abominations, dit-il, la voix tremblante de colère. Seigneur, dire que j'ai laissé des meurtriers pénétrer dans mon entourage ! Des suppôts de Satan !

Il leva les yeux vers Ben.

– Je suis scandalisé. Que puis-je dire ? Il faut livrer Slater à la justice.

Il se tourna vers Alex.

– Avez-vous déjà informé vos supérieurs de la situation ?

– Non, personne ne sait rien, à part nous, répondit-elle.

Richmond se mordit les lèvres.

– Callaghan et Slater doivent être arrêtés. Je passe un coup de téléphone…

– Non, ce n'est pas dans nos projets !

Richmond fronça les sourcils, perplexe.

– Et que voulez-vous faire, alors ?

– Parlez-moi un peu de ce téléphérique, dit Ben.

67

Hôtel Bellagio, Las Vegas

Irving Slater avait soudain pris des vacances, lorsqu'il avait appris que le Dôme du Rocher était toujours intact. Il se morfondait incognito dans sa suite du Bellagio. Buvant du bourbon et s'empiffrant de chocolat, il avait passé des heures au téléphone avec son courtier en bourse pour réfléchir aux diverses possibilités.

Au pire, il pourrait quitter le pays en quelques heures. Il avait écumé la carte du Brésil, sur l'Internet. Il se plairait, au Brésil. Les plages de Rio, avec une armée de jolies filles ! Il y serait heureux et pourrait réaliser de bonnes affaires en bourse pour être riche jusqu'à la fin de ses jours. C'était une échappatoire attractive, si les choses devaient mal tourner.

Pourtant, au fil du temps, la panique des débuts s'était estompée. Il ne s'était rien passé de grave. Les informations n'avaient parlé de rien. Il avait eu le temps de remettre ses pensées en ordre. Bon, Ben Hope était toujours en vie, le piège n'avait pas fonctionné. Et alors ? Hope n'avait rien de tangible contre lui. Ceux qui l'avaient vu dans le Montana étaient tous morts. Aucun indice ne le liait à Callaghan, et Callaghan avait parfaitement couvert ses traces. En revenant de Jérusalem, Hope irait peut-être jouer les délateurs auprès de Murdoch, mais il n'avait pas l'ombre d'une preuve. Les seuls véritables témoins étaient ces deux salopes, enfermées dans la cave de Callaghan. Et elles n'auraient pas l'occasion de parler à grand monde ! Il était bien à l'abri, au sec.

Le lendemain, en fin de matinée, il avait reçu un appel. C'était Richmond. Le sénateur semblait agité, mais heureux.

Il disait avoir reçu un communiqué émanant de la Maison Blanche. Il était invité à un dîner pour discuter de la politique religieuse au Moyen-Orient. C'était une nouvelle fantastique. Il voulait que Slater interrompe ses vacances pour l'aider à préparer son discours.

– Retrouvez-moi au chalet de ski, dit Richmond. Ce soir, huit heures.

Slater regarda sa montre, en fronçant les sourcils.

– Je peux arriver tout juste, si je pars maintenant. Mais pourquoi le chalet ?

– Nous avons fait des vérifications. La maison est infestée de micros. Mon bureau… tout ! On s'en occupe, en attendant, on a besoin d'un lieu plus discret.

Slater était consterné. C'était peut-être une ouverture. Pourrait-il en profiter pour faire fonctionner son stratagème, malgré tout ? En faisant les cent pas, il fulminait contre les écoutes. Qui avait bien pu les installer ? Peu importait, à présent.

Après un vol précipité, et un trajet en limousine pied au plancher, Slater arriva enfin dans le chalet de montagne.

Il faisait chaud, et il avait besoin de se doucher. Il avait mal aux fesses, après ces heures de voyage.

Le vieux chalet se trouvait de l'autre côté de la vallée de montagne, et on ne pouvait y accéder que par le téléphérique. En trottinant, Slater monta les marches qui menaient à la cabine de contrôle, attenante à la maison. Il s'installa dans la cabine et braqua la télécommande vers la console. Il allait partir lorsqu'il entendit une voix.

– Attendez !

C'était Callaghan.

– Qu'est-ce que vous fichez ici ?

– Richmond m'a convoqué pour une réunion. Un truc à propos de la Maison Blanche.

– Pourquoi Richmond aurait besoin de vous ?

– Je ne sais pas. Il a dit que c'était important. Où est-il ?

– De l'autre côté, dit Slater, en indiquant la vallée. Dans le chalet de ski.

Callaghan pâlit.

– On ne peut pas le rencontrer dans la maison ?

– Elle est truffée de micros.

– Ça me paraît bizarre, dit Callaghan. Bon, puisqu'il y tient, allons-y.

Slater appuya sur le bouton. Aucun effet. Il secoua la télécommande et recommença. Cette fois, il entendit un lourd grincement de poulies au-dessus de sa tête, et la cabine commença à s'éloigner de la maison. À mi-chemin, dans le vide, la cabine s'arrêta soudain, sans raison.

– Qu'est-ce qui…

Slater essaya d'actionner sa télécommande.

Pas de réaction.

– La batterie doit être à plat, murmura-t-il.

Pourtant, la diode verte était allumée. Son cœur s'accéléra.

– Cette saloperie ne marche pas ! s'exclama Callaghan, une note de terreur dans la voix. Comment va-t-on redescendre ?

Soudain, le téléphone sonna dans la poche de Slater.

De sa place, au creux d'un rocher à trois cents mètres de là, la cabine n'était qu'un petit cube qui se balançait dans le vide. Ben rangea la télécommande que Richmond lui avait donnée après l'avoir remplacée par la version trafiquée dont disposait Slater.

Slater répondit.

– Sénateur, c'est vous ? dit-il d'une voix nerveuse, teintée d'inquiétude.

– Hé, non, Slater ! dit Ben dans l'oreillette Bluetooth.

Silence.

– Qui est-ce ?

– Regardez sur la gauche. Si vous avez de bons yeux, vous me verrez. Le petit point sur la montagne…

– Hope ?

– Vous vous demandez sans doute comment tout cela est arrivé, dit Ben. À dire vrai, je n'ai pas envie de prendre la peine de vous expliquer. Vous n'avez pas besoin de savoir. Les cadavres n'ont pas besoin de savoir.

– Ne faites pas ça ! s'écria Slater. J'ai beaucoup d'argent. Je ferai de vous un homme riche.

– Ce n'était pas un si mauvais plan, dit Ben. Vous êtes malin. Et Callaghan aussi. C'était une bonne idée, de vous avoir effacé de la base de données de la CIA.

Tout en parlant, Ben ouvrait les fermoirs de l'étui à fusil, à côté de lui. Il en sortit l'arme. C'était le Remington que le père de Bud Richmond avait offert à son fils, pour son vingt et unième anniversaire. Il n'avait jamais servi. Il ouvrit le compartiment à munitions et sortit cinq longues cartouches coniques .308. Il les enfila une par une dans le chargeur et actionna la culasse. Il s'installa derrière son arme. À travers la lunette, il voyait clairement le système de câbles et de poulies, au-dessus du toit de la cabine.

Slater avait dû entendre le cliquetis métallique dans le téléphone.

– Je travaille pour un sénateur américain, dit-il, affolé. Vous ne pouvez pas me tuer.

– Au fait, j'ai un message du crétin, pour vous…

– Quoi ?

– Vous êtes viré !

Il débloqua le cran de sécurité et visa, sans s'occuper des hurlements de panique dans son oreillette.

Il ne sentit même pas la queue de détente bouger. Le recul lui enfonça la crosse dans l'épaule.

À trois cents mètres de là, le câble craqua. Les extrémités étaient toutes déchiquetées. Les poulies tournaient dans le vide. La cabine tangua et tomba de trois mètres, avant d'être arrêtée net par ce qui restait du câble.

À l'intérieur, Slater et Callaghan hurlaient et tapaient contre les vitres comme des forcenés, s'accrochant désespérément au sol bancal.

Ben actionna de nouveau la culasse, trouva ses marques et tira encore. L'écho du coup de fusil se répercuta dans toute la vallée.

Pendant un instant, la cabine sembla suspendue dans le vide, puis elle tomba comme un caillou. Elle fit une chute de près de mille mètres avant de heurter le premier rocher. Elle explosa. Les débris roulèrent sur le flanc de la montagne. Quelque part, les petites tiges d'allumettes des silhouettes de Slater et Callaghan hurlaient au milieu des plaques de métal, en allant s'écraser cinq cents mètres plus bas.

Lorsque les corps atteignirent le bas de la pente, Ben avait déjà rangé son arme. Il passa l'étui sur son épaule et descendit vers la vallée.

68

Alex attendait en bas, dans la voiture. Ben s'installa sur le siège du passager. Elle démarra et longea la route déserte et poussiéreuse. Ils gardèrent le silence un moment.

– J'aurais aimé avoir le temps de mieux te connaître, dit-elle, doucement.

– Cela aurait pu être différent.

– Et ce n'est pas le cas ?

– Non.

– Tu ne changeras pas d'avis ? Tu ne veux pas rester un moment ? Voir comment ça se passe ?

Il ne répondit pas.

– Je sais ce que tu ressens, mais il faut bien que la vie continue.

– Je ne suis pas prêt, Alex. Je suis désolé. C'est comme ça.

Le temps passait. Les kilomètres défilaient.

– Que vas-tu faire à présent ? demanda-t-elle beaucoup plus tard.

– Rentrer chez moi.

– Reprendre tes études de théologie ?

Il ne répondit pas pendant un long moment.

Il baissa la vitre. Le vent s'engouffra dans leurs cheveux. Il fouilla dans son sac et en sortit sa vieille Bible. Il la regarda quelques secondes. Ce livre n'aurait jamais plus la même signification pour lui. Plus à présent. Il le jeta par la fenêtre.

Sous la force des cent kilomètres/heure, le livre s'ouvrit dans une furie de pages avant de retomber sur le bas-côté herbu et de disparaître, loin derrière eux.

– Sans doute pas, alors.

– Et toi ?

Elle le regarda.

– Ce que je vais faire ? La même chose que toi. Tirer les leçons. Changer de direction. Peut-être que l'Agence n'est pas faite pour moi, après tout. Je me suis engagée parce que je voulais aider les gens. Je suppose qu'il y a de meilleurs moyens d'y parvenir. Je pensais reprendre mes études de médecine.

Il hocha la tête.

– C'est une bonne idée. Tu seras un très bon médecin.

Elle tendit le bras et lui serra la main.

– Tu vas me manquer, Ben Hope.

– Toi aussi.

– Tu es sûr que ça ira ?

– Oui, oui.

– Vraiment ?

Il sourit.

– Oui, vraiment.

– On restera en contact ?

Il ne répondit pas.

– Je suis sûre que tu n'en feras rien, soupira-t-elle.

Quelques kilomètres plus loin, un panneau indiqua une petite ville. Il lui montra un endroit où elle pourrait le déposer et elle s'arrêta.

Elle le laissa descendre sans dire un mot. Il passa sa veste sur son épaule, et la regarda s'éloigner.La voiture devenait de plus en plus petite, jusqu'à ce qu'elle ne soit plus qu'un petit nuage de poussière au loin. Le soleil se couchait.

Il se retourna et marcha vers la ville.

Note de l'auteur

La prophétie du dernier jour est une œuvre de fiction, néanmoins, plusieurs millions de gens à travers le monde, des chrétiens évangélistes, américains en majorité, croient avec ferveur que les événements apocalyptiques de la Fin des Temps, décrits dans la Bible, pourraient s'abattre sur nous à tout moment. Les références bibliques citées dans ce livre sont exactes[1]. Pour ces millions de gens, ce scénario est bien réel. Inéluctable, cette fin est proche, et ceux d'entre nous qui n'y sont pas préparés connaîtront un destin funeste.

L'exégèse biblique étant une entreprise titanesque des plus délicates, nous avons pris certaines libertés dans l'écriture de *La prophétie du dernier jour,* dans l'intérêt de la fiction ; il a été nécessaire de simplifier les choses. Ceux qui croient aujourd'hui en la Fin des Temps s'appuient le plus souvent sur plusieurs passages de la Bible, plutôt que de s'inspirer d'une seule source, comme les personnages de ce roman. C'est pour cette raison que les prophéties sur

1. Pour la traduction française, les citations sont tirées de la Bible de Jérusalem. (*N.d.T.*)

la Fin des Temps connaissent quelques variantes : certains pensent que l'Enlèvement aura lieu avant la Tribulation, d'autres qu'il se produira quelque temps après le début de la Tribulation, ce qui signifierait que tous, croyants comme non croyants, devraient endurer une longue période de souffrances avant que les bienheureux soient sauvés. C'est cette position mi-tribulationiste qu'adoptent Clayton Cleaver, ainsi que les conspirateurs de la Fin des Temps de ce récit.

L'Apocalypse, livre sur lequel ceux qui croient en la Fin des Temps s'appuient dans l'histoire, ne constitue en réalité qu'un des textes prophétiques de la Bible – parmi les autres, on peut citer le livre d'Ézékiel de l'Ancien Testament – mais c'est de loin le plus fort, avec la référence classique au chiffre « 666 », qui fait désormais partie intégrante de la culture populaire. Les connaisseurs repéreront très vite que je me suis inspiré des livres d'Ézékiel, de Daniel, ainsi que d'autres écrits bibliques. À cet égard, je me suis rendu coupable d'un tour de passe-passe scripturaire. Mes plus plates excuses aux puristes : toutefois, *La prophétie du dernier jour* n'est qu'une œuvre de fiction…

… N'est-ce qu'une simple fiction ? Pendant mes recherches préliminaires, j'ai été frappé par un certain nombre de faits étranges qui ressemblaient à des « signes », devenant de plus en plus flagrants, à mesure que j'approfondissais le sujet. À milieu de l'écriture du roman, j'ai été réveillé en pleine nuit par ce qui m'a semblé être un tremblement de terre, événement très rare, et d'autant plus bizarre là où je vis. Des recherches plus poussées ont révélé toutes sortes d'épisodes qui, dans une certaine mesure, pouvaient être signe des prémices de la Fin des Temps : anomalies climatiques, invasions de criquets africains en France, épidémies de maladies rares, instabilité sociale croissante, accroissement des tensions au Moyen-Orient. À une plus grande échelle, les astronomes découvrent aujourd'hui des preuves de collision entre des galaxies entières. Plus je les lis, plus je commence à trouver que les terribles avertissements de Clayton Cleaver sont étrangement convaincants.

L'Apocalypse aura-t-elle lieu ? Il ne nous reste plus qu'à attendre pour le savoir. Enfin, je souhaiterais souligner que le portrait peu flatteur de certains des disciples de la Fin des Temps dans cette fiction n'est en aucun cas un reflet de ce que sont réellement les chrétiens, quelle que soit leur interprétation de la prophétie biblique. Ben Hope est un héros de fiction et les héros n'existent que s'il y a des méchants face à eux !

J'espère que vous apprécierez autant la lecture de *La prophétie du dernier jour* que j'en ai apprécié l'écriture. Ben Hope reviendra.

Scott Mariani

Remerciements

À nouveau, je dois remercier toute l'équipe éditoriale, toujours aussi brillante et efficace, ces héros de l'ombre qui comblent le gouffre entre la phase solitaire de l'écriture et le moment magique où le livre devient un objet tangible entre vos mains.

Merci à mon agent, Broo Doherty.

Du même auteur

Le Secret de l'Alchimiste

Comment refuser lorsqu'un père désespéré vous demande de risquer votre vie pour sa fille ? La nouvelle mission de Ben Hope : retrouver un antique manuscrit qui pourrait sauver cette fillette qui n'a que quelques semaines à vivre.

Le document, rédigé par l'alchimiste Fulcanelli, contiendrait en effet la formule d'un élixir permettant de prolonger la vie. Depuis les Nazis, jusqu'à la puissante société secrète Gladius Domini, tous ont rêvé de s'emparer de cet incroyable trésor.

Et certains sont prêts à tout pour y parvenir. Ben se lance dans une course effrénée pour découvrir, s'il existe, ce secret dissimulé depuis des siècles.

Un thriller haletant sur les traces des secrets de l'alchimiste Fulcanelli.

ISBN : 978-2-35288-475-0

CHEZ LE MÊME ÉDITEUR

Le Huitième Péché

Philipp Vandenberg

La ville de Rome dissimule bien des mystères. L'antiquaire Lukas Malberg est habitué à y faire des découvertes surprenantes, mais pas à trouver un cadavre. Cela ressemble à un suicide, mais de curieuses coïncidences sèment le doute.

Désormais, pour Malberg, il ne s'agit plus d'explorer de poussiéreux manuscrits, mais d'exhumer certains des secrets les mieux gardés du Vatican. Il découvre ainsi que des scientifiques tentent de décoder... le gène de Dieu !

D'étranges cardinaux, des meurtres mystérieux et une énigmatique confrérie tissent une incroyable énigme qui mêle religion, histoire et science.

Un thriller de Vandenberg, l'un des maîtres du genre, surnommé par la presse internationale le « Dan Brown allemand ».

ISBN : 978-2-35288-841-3